ASSASSINATO
NA
FAMÍLIA

FILM 200-6

FILM 200-6

LM 200-6

ASSASSINATO NA FAMÍLIA

CARA HUNTER

TRADUÇÃO DE
EDMUNDO BARREIROS

UM CORPO. SEIS ESPECIALISTAS.
VOCÊ CONSEGUE RESOLVER
O CASO ANTES DELES?

TRAMA

Título original: *Murder in the family*
Copyright © 2023 by Cara Hunter.
Publicação da obra mediante acordo com a Johnson & Alcock Ltd.

Direitos de edição da obra em língua portuguesa no Brasil adquiridos pela Trama, selo da EDITORA NOVA FRONTEIRA PARTICIPAÇÕES S.A. Todos os direitos reservados. Nenhuma parte desta obra pode ser apropriada e estocada em sistema de banco de dados ou processo similar, em qualquer forma ou meio, seja eletrônico, de fotocópia, gravação etc., sem a permissão do detentor do copirraite.

EDITORA NOVA FRONTEIRA PARTICIPAÇÕES S.A.
Av. Rio Branco, 115 – Salas 1201 a 1205 – Centro – 20040-004
Rio de Janeiro – RJ – Brasil
Tel.: (21) 3882-8200

IMAGENS DO MIOLO: Foto de Mitch Williams © Westend61/
Getty Images.
Planos de Londres, Westminster e Southwark, imagem de 1810
© London Metropolitan Archives, Londres.
Planta da mansão Dorney Place © The Reading Room/
Alamy Stock Photo.
Hidrante © Erik Mclean, Unsplash.
Todas as outras imagens © Shutterstock.com.

```
DADOS INTERNACIONAIS DE CATALOGAÇÃO NA PUBLICAÇÃO (CIP)

H945a    Hunter, Cara
            Assassinato na família/ Cara Hunter;
         traduzido por Edmundo Barreiros. - 1. ed. -
         Rio de Janeiro: Trama, 2025
            512 p.; 15,5 x 23 cm

            Título original: Murder in the family
            ISBN: 978-65-81339-07-4

         1. Literatura americana suspense . I. Barreiros,
         Edmundo. I I. Título
                              CDD: 808.8
                              CDU:82 32

André Felipe de Moraes Queiroz - Bibliotecário - CRB-4/2242
```

CONHEÇA OUTROS
LIVROS DA EDITORA:

www.editoratrama.com.br
◎ f 𝕏 /editoratrama

Para minha agente, Anna Power, pela paciência, humor e perspicácia que nunca falham. Eu não teria conseguido fazer nada disso sem ela.

TELEVISÃO *The Times, 8 de novembro de 2023*

E ENTÃO RESTOU UM
VIRADA FINAL À LA AGATHA CHRISTIE DÁ A *INFAME* UM CLÍMAX MATADOR

ROSS LESLIE

A nova série *Infame* terminou ontem com uma reviravolta que não apenas surpreendeu a todos, mas também levou o público ao delírio.

Foi o maior sucesso da Showrunner na temporada de outono, sem sair da lista dos dez maiores sucessos do streaming desde que o primeiro episódio foi ao ar no dia 3 de outubro, gerando debates acalorados entre aqueles que se lembram dos velhos tempos com uma nostalgia profunda. Como eu disse na época em que foi lançada, deve ter sido necessário coragem para fazer a distribuição gradual em vez de seguir a tendência da cultura de maratonar, mas valeu a pena. E não apenas por permitir que acontecimentos da vida fora das telas fossem incorporados ao fim do último episódio duplo de ontem à noite.

O formato desta temporada foi novidade para a franquia de *Infame*, e desconfio que para muitos espectadores também. Entretanto, por mais inovadora que possa ter parecido, a sequência final do episódio de ontem à noite provou que aquilo a que estávamos assistindo por todas essas semanas foi, na verdade, uma releitura muito moderna da trama de *E não sobrou nenhum*, criada originalmente por Agatha Christie e reinventada por toda nova geração de escritores do gênero policial desde então, de forma mais notável por PD James, mas também mais recentemente nomes como Lucy Foley e Sarah Pearse. Um pequeno grupo de estranhos, isolados do mundo exterior, que começa a se voltar uns contra os outros ao perceberem, aterrorizados, que há um assassino entre eles, escondido em plena vista.

Isso foi comprovado ontem à noite. E, é claro, não vou contar a você quem é. Digamos apenas que não vou ser o único espectador que vai voltar a assistir toda a série para entender como deixei passar despercebido...

@RLeslieTV

★★★★★

DEZ MESES ANTES

SHOWRUNNER

9 DE JANEIRO DE 2023

Nova temporada de *Infame* mostra cineasta britânico revisitando o assassinato de seu padrasto, sem solução há vinte anos

Gravado em locações em Londres, Quem matou Luke Ryder? vai incluir vídeos caseiros jamais vistos, entrevistas com membros da família e acesso exclusivo à cena do crime

Infame: Quem matou Luke Ryder? estreia terça-feira, dia 3 de outubro (das 21h às 23h), na Showrunner

Na sétima temporada do sucesso mundial *Infame*, o diretor Guy Howard vai conduzir os espectadores pelo caso que o traumatizou na infância e assombrou sua família por duas décadas. Em outubro de 2003, quando Howard tinha dez anos, seu padrasto, Luke Ryder, foi encontrado morto no jardim da casa da família em um bairro elegante de Londres. Apesar da investigação longa e de alto nível pelas forças policiais britânicas, ninguém foi indiciado, e o caso permanece sem solução.

Em um formato novo para a franquia da série, o produtor Nick Vincent, da Dry Riser Films, uniu personagens-chave no caso original a especialistas renomados nos campos da investigação de cena de crime, da psicologia forense, da investigação criminal e da lei para revisitar o crime e tentar identificar o responsável, que ainda permanece desconhecido e à solta. Entre os participantes estão:

ALAN CANNING
Inspetor detetive. Polícia Metropolitana (Aposentado)

MITCHELL CLARKE
Jornalista, cobriu o caso para a imprensa londrina em 2003

HUGO FRASER
Principal advogado criminalista do Reino Unido

DRA. LAILA FURNESS
Psicóloga forense

JJ NORTON
Investigador de cena do crime, polícia de Gales do Sul

WILLIAM R. SERAFINI
Detetive, Departamento de Polícia de Nova York (Aposentado)

Após meses de produção, a série em sete episódios vai acompanhar o trabalho dessa equipe enquanto eles reexaminam depoimentos originais, tornam a entrevistar testemunhas e revisitam as provas de 2003 sob a luz dos desenvolvimentos posteriores na ciência forense. Eles também vão entrevistar membros da família que nunca se pronunciaram diante das câmeras sobre os acontecimentos daquela noite.

O diretor do departamento de documentários da Showrunner, Garrett Holbeck, disse:

— Estamos todos empolgados com o ritmo e a tensão que esse novo formato introduz na série, e minha esperança é que não apenas vamos oferecer aos espectadores uma compreensão em primeira mão desse caso importante, mas talvez encontrar uma conclusão há muito esperada pela família.

O primeiro episódio de *Infame: Quem matou Luke Ryder?* vai ao ar no vigésimo aniversário do assassinato, terça-feira, 3 de outubro (das 21h às 23h), na Showrunner. Os episódios subsequentes serão liberados a cada semana.

Infame é uma série premiada produzida pela Dry Riser Films para a TV Showrunner, exibida pela primeira vez em 2014. Líder reconhecida no campo de true crime, *Infame* anteriormente cobriu crimes famosos e não solucionados como a morte de JonBenét Ramsay, o desaparecimento de Lauren Spierer, o assassinato de Peter Falconio, na Austrália, em 2001, e o caso da "Garota Camaleão", Camilla Rowan, no Reino Unido. A série é famosa pelas reportagens incisivas, análises profundas e acesso exclusivo às pessoas mais próximas do crime.

A Dry Riser Films de Nick Vincent é uma inovadora criadora de ponta de programas de entretenimento e documentários. Projetos anteriores incluem *As lanternas vermelhas: viagens pela China* (2016), produzido e dirigido por Dominic Cipriani; *O verdadeiro território pátrio: por dentro da CIA* (2018), produzido por Rudy Assad; e *Prendendo os senhores das drogas da Colômbia* (2019), produzido por Beth McVeigh. *Infame* é produzida por Nick Vincent, editada por Fabio Barry, com pesquisa de Tarek Osman. A fotografia da sétima temporada é de Zach Kellerman e Mary-Ann Ballinger, com design da Medium Rarc Creative e música da Pangolin Sound Studios.

Guy Howard cursou Cinema e Mídias na Universidade de Thanet, Reino Unido, e trabalhou em diversos projetos para a TV britânica. Este é seu primeiro projeto de grande relevância.

INFORMAÇÕES PARA A IMPRENSA
Xanthe Malthouse
Dry Riser Films Ltd
xanthe@dryriserfilms.com

NOTA PARA OS EDITORES:

A seguir, enviamos mais informações sobre os participantes. Entrevistas e/ou fotos podem ser agendadas com quaisquer participantes mediante solicitação. Por favor, entrem em contato com Xanthe Malthouse para mais detalhes.

A seguir, os currículos profissionais dos participantes:

ALAN CANNING

Policial aposentado

EXPERIÊNCIA

Serviço de Polícia Metropolitana

Inspetor detetive, polícia de Brent
2009-2022
> Investigação dos principais crimes e incidentes graves no município de Brent, na Grande Londres
> Planejamento e alocação de recursos da polícia com base em cada incidente
> Implantação de políticas e padrões da Polícia Metropolitana
> Ligação com autoridades locais e grupos comunitários

Sargento detetive, polícia de Hayes e Harlington
2001-2009

Sargento uniformizado, polícia de South Croydon
1995-2001

Detetive, polícia de Brixton Hill
1990-1995

Policial uniformizado, polícia de South Croydon
1984-1995

FORMAÇÃO ACADÊMICA

Faculdade de Treinamento da Polícia, Hendon, 1984

Escola Secundária de Carlisle Road, Croydon, 1972-1984

DADOS PESSOAIS

Data de nascimento: 5 de maio de 1967

Estado civil: casado

Filhos: nenhum

HOBBIES

Golfe, leitura e viagens

MITCHELL CLARKE

JORNALISTA FREELANCER

QUEM SOU EU

Nasci em Ladbroke Grove em 1982, e permaneço por lá. Meu pai era jamaicano; minha mãe, de Granada, ambos membros orgulhosos da geração de imigrantes posterior à II Guerra. Os valores que eles me ensinaram moldaram quem eu sou e aquilo a que sou leal: minha raça, minha classe, meus amigos e meus valores. Eu digo a verdade como ela é. Em preto e (às vezes) branco.

O QUE EU FAÇO

NOTÍCIAS
Reportagens impactantes e destemidas, independentemente de quem ou o que estou cobrindo.

MATÉRIAS
Histórias bem pesquisadas, aprofundadas e comoventes nascidas de uma associação antiga e profunda com minha vizinhança e minha comunidade.

Meu trabalho aparece na imprensa local e nacional há 30 anos, do *West London Evening News* ao *Daily Mirror*, do *The Voice* ao *New Statesman*.
Ele/dele.

LADBROKE GROVE, LONDRES W11

OS 100 MELHORES ADVOGADOS DE 2022

#OS100MELHORESADVOGADOS

Hugo Fraser

MEMBRO DO CONSELHO REAL

Presente nesta lista pela quarta vez, algo sem precedentes, Fraser continua a impressionar como um dos mais carismáticos e requisitados advogados, e favorito para liderar sua Câmara assim que abrir uma vaga. Considerado por muitos um dos principais membros do Conselho Real de sua geração, Fraser nunca foge de casos exigentes de alto nível e se destaca por apresentar, de maneira eficaz e poderosa, provas vis e complexas. Conhecido não apenas por seus estudos em Eton, mas também por seu gosto por ternos caros, Fraser é corajoso, criativo e orgulhoso de sua inteligência. Não é de se admirar que ele se destaque entre seus pares.

LAILA FURNESS

Psicóloga clínica e forense

PERFIL

* Psicóloga forense registrada pelo Conselho de Profissionais de Saúde
* Membro da Sociedade Britânica de Psicologia (SBP)
* Registro na SBP de supervisora aprovada de práticas psicológicas

FUNÇÃO ATUAL

* Fundadora e principal profissional da Furness Associados, Oxford

ÁREAS DE ESPECIALIZAÇÃO

* Avaliação psicológica forense
* Avaliações pré-julgamento e fornecimento de testemunhos especializados majoritariamente relacionados a criminosos violentos em série
* Dinâmicas de personalidade e de família e trabalho com traumas

FORMAÇÃO ACADÊMICA

* Diploma em Psicologia Forense. Sociedade Britânica de Psicologia, 2009
* Doutorado em Psicologia Clínica, 2002
* Mestrado em Métodos de Pesquisa em Psicologia, 1999
* Graduação em Psicologia, 1996

EXPERIÊNCIA

Trabalhei para o Serviço Nacional de Presídios, tanto em unidades de alta segurança para adultos quanto em instituições para jovens em conflito com a lei, e como parte de equipes do Serviço Nacional de Saúde em Londres, Liverpool e Derbyshire, lidando com questões como a dependência de álcool e drogas, transtornos de personalidade e abuso sexual de crianças.

PUBLICAÇÕES SELECIONADAS

* "Dissociação na psicologia criminal forense", *The Psychiatrist*, verão de 2020
* "Além de Mindhunter: traçando o perfil das abordagens atuais de assassinos em série", *Clinical Psychology Journal*, verão de 2016
* "Crime e síndrome de transtorno pós-traumático", *British Journal of Psychiatry*, junho de 2013
* "Terapia cognitivo-analítica no tratamento de criminosos seriais e violentos", *American Papers in Forensic Psychology*, outono de 2006
* "Rumo a uma compreensão mais humanizada do transtorno de personalidade dissociativa", *The Psychiatrist*, verão de 2004
* "Depois que partiram: lidando com o luto e a ausência", trabalho apresentado na conferência da EABCT, Manchester, 2002 (como Laila Khan)

CURRICULUM VITAE

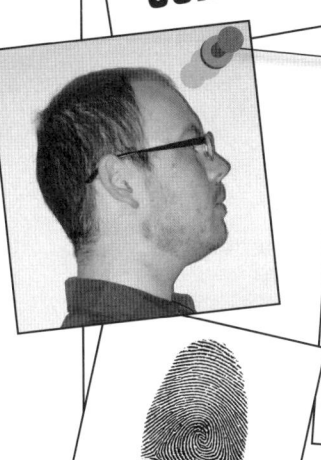

MEU NOME É
JJ NORTON
E SOU UM INVESTIGADOR FORENSE

Trabalho nesse campo há mais de vinte anos. Me formei em ciência forense na Universidade de Birmingham. Em seguida fiz um mestrado na Universidade de Huddersfield. Trabalhei para a Polícia de Manchester, para a polícia de Gloucestershire e atualmente para a polícia de Gales do Sul.

MINHAS HABILIDADES

- Análise de DNA
- Análise de respingos de sangue
- Perícia
- Balística
- Investigação de cena de incêndios
- Toxicologia
- Perícia digital
- Antropologia forense
- Entomologia

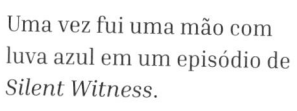

É PRECISO SABER

Uma vez fui uma mão com luva azul em um episódio de *Silent Witness*.

Presenciei 378 autópsias, entre elas a de um homem morto pela queda de um piano de cauda, a de três pessoas atingidas por raios e a de uma parcialmente devorada por uma baleia-assassina.

Flertei com a ideia de me tornar padre antes de me decidir pela ciência forense.

Eu sou membro da Mensa.

Já tive uma tarântula de estimação.

Sou faixa preta de taekwondo.

Nunca assisto a documentários de true crime na TV.

WILLIAM R. SERAFINI JR.

SERVIÇOS INVESTIGATIVOS

ORGULHO DE TER
PERTENCIDO
AOS MELHORES DE
NOVA YORK

"Tudo o que se deseja de um investigador particular"
— CLIENTE SATISFEITO

EXPERIÊNCIA

Trabalhei por trinta anos como detetive em Manhattan no Departamento de Polícia de Nova York. Nesse período, investiguei mais de 350 homicídios, 250 crimes sexuais e incontáveis roubos, invasões de domicílio, incêndios criminosos, crimes ligados a drogas e assaltos a pedestres.

Estive presente em milhares de cenas de crime e lidei com quase o mesmo número de criminosos. Fui condecorado por bravura seis vezes, baleado três vezes (uma delas quase fatal) e me casei duas vezes (uma delas, também, de forma quase fatal).

Trabalhei em conjunto com o FBI, a Polícia Metropolitana de Londres e a Europol.

Somando tudo isso, há muito pouco que eu não saiba sobre investigação de cena de crime, perfil de criminosos, vitimologia ou procedimentos investigativos e, se eu mesmo não souber, sem dúvida conheço alguém que vai saber.

Por que me contratar? Porque eu não desisto.

Faço o trabalho mesmo que eu morra tentando. Bem, talvez não exatamente, mas você entende o que eu quero dizer.

HABILIDADES

- Honestidade
- Integridade
- Franqueza
- Persistência
- Bom julgamento
- Iniciativa
- Coragem
- Discrição

-

FIM DO RELEASE
DE IMPRENSA

-

E-MAIL INICIAL DE NICK VINCENT, 31 DE MARÇO DE 2023

Data: Sexta-feira, 31/03/2023, 14h05   **Importância:** Alta
De: Nick Vincent
Para: Guy Howard, Hugo Fraser, Alan Canning, Mitch Clarke, Laila Furness, Bill Serafini, JJ Norton
CC: Tarek Osman, Fabio Barry, equipe de produção da Dry Riser

Assunto: Infame: Quem matou Luke Ryder? Cronograma de gravações

---

Foi ótimo encontrar todos vocês pessoalmente na semana passada. É sempre bom conhecermos uns aos outros antes de filmar, embora, como eu disse, vamos passar o episódio inicial com apresentações, para mostrar aos espectadores sua experiência sem uma torrente de texto (ao contrário da imprensa, o público não vai ter visto seus currículos!).

Sintam-se à vontade para fazerem perguntas uns aos outros nesse estágio (experiência, conhecimento etc.), pois as interações entre vocês — tanto positivas quanto negativas — vão ser uma parte fundamental da dinâmica mostrada na tela. Também é um bom jeito de garantir que os espectadores entendam as diferenças entre os procedimentos policiais e jurídicos dos EUA e do Reino Unido (–> Alan/ Bill/ Hugo).

Como expliquei, o primeiro episódio vai exigir a menção de informações que vocês já sabem para botar o público no clima, mas depois vai fluir muito mais livremente. A equipe de pesquisa ainda está trabalhando em certos elementos específicos da investigação sobre os quais, deliberadamente, não vamos informar nenhum de vocês — é crucial que isso não pareça "ensaiado". Queremos que vocês pareçam realmente surpresos se — conforme esperamos — conseguirmos indícios novos e significativos pelo caminho. E, é claro, essa ainda é uma investigação aberta — nós podemos acabar com algo muito diferente do que atualmente visualizamos.

Tivemos que ajustar algumas questões logísticas para a semana que vem, por isso anexei um cronograma atualizado. Qualquer pergunta, é só enviar uma mensagem ou um e-mail para mim.

Vejo vocês na segunda-feira.
Nick

MENSAGENS DE TEXTO ENTRE AMELIE E MAURA HOWARD, 1º DE ABRIL DE 2023, 21H56

Ele vai mesmo fazer isso?

Parece. Olha, eu sei como você se sente, mas é muito importante para ele

Ele pode nunca mais ter outra chance tão grande quanto esta

É o que ele diz

Você não precisa fazer isso, Am. Na verdade, eu acho que você não deveria

Acho que *nenhum* de nós deveria fazer isso

Mamãe ia ODIAR

Bem, não é como se ela fosse perceber, né

Essa não é a questão e você sabe

Guy vai fazer de qualquer jeito, então não faz sentido nós duas discutirmos

Está bem. Só me mantenha informada, certo?

E se eles descobrirem alguma coisa?

Qual a possibilidade disso?

> Nunca dá pra saber com aquelas pessoas

> Se metem na vida dos outros sem se importar com as consequências

> Olha, deixa comigo. Confia em mim, não vou deixar que nada de ruim aconteça

> Promete?

> Prometo bj

MENSAGEM DE VOZ DEIXADA PARA PETER LASCELLES, 2 DE ABRIL DE 2023, 10H03

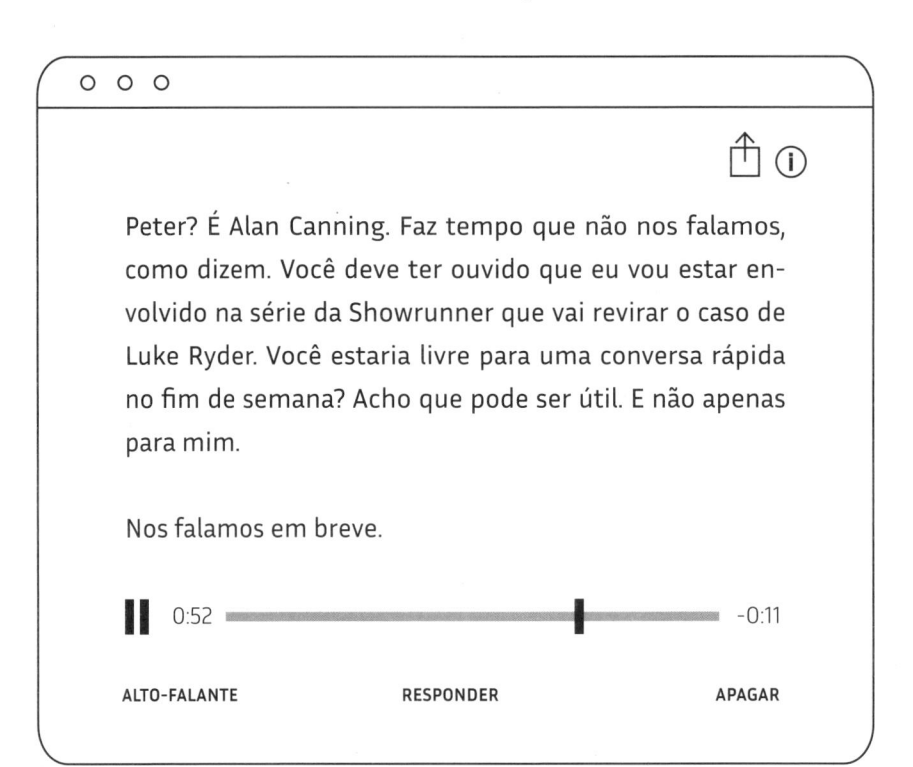

Peter? É Alan Canning. Faz tempo que não nos falamos, como dizem. Você deve ter ouvido que eu vou estar envolvido na série da Showrunner que vai revirar o caso de Luke Ryder. Você estaria livre para uma conversa rápida no fim de semana? Acho que pode ser útil. E não apenas para mim.

Nos falamos em breve.

0:52 ———————————————— -0:11

ALTO-FALANTE   RESPONDER   APAGAR

EPISÓDIO UM
GRAVAÇÃO

ELENCO
Alan Canning (AC)
Mitchell Clarke (MC)
Hugo Fraser (HF)
Laila Furness (LF)
JJ Norton (JJN)
Bill Serafini (WS)

CHAMADA DA EQUIPE: 9H
CÂMERA PRONTA: 9H30

Nascer do sol: 6h27
Pôr do sol: 19h37
Previsão do tempo: 12°, nublado

PROGRAMAÇÃO DO DIA

INFAME:
Quem matou Luke Ryder?

Segunda-feira,
3 de abril de 2023

EPISÓDIO 1:
EM LOCAÇÃO.
DIA 1 DE 3

PRODUTOR **Nick Vincent**
DIRETOR **Guy Howard**
EDITOR **Fabio Barry**
PESQUISADOR
Tarek Osman
ASSIST. DE PROD.
Jenni Tate
GERENTE DE LOCAÇÃO
Guy Johnson

Café da manhã no set
a partir das 8h30
Almoço a partir das 12h45
Previsão de término: 17h30

LOCAÇÃO Dorney Place
Larbert Road, 2
Campden Hill, Kensington,
Londres

OBSERVAÇÕES:
É preciso reservar vagas de estacionamento
antecipadamente na locação.
O metrô mais próximo é o de Holland Park.
Telefone de contato para emergências: 07000 616178.

EQUIPE

Cargo	Nome	Telefone	Chamada	Cargo	Nome	Telefone	Chamada

Dry riser
DRY RISER FILMS Ltd
227 Sherwood Street London W1Q 2UD

SEQUÊNCIA DE CRÉDITOS: MONTAGEM em P&B em estilo arthouse com imagens e recortes curtos: cobertura da época dos noticiários sobre a cena do crime, fotos de família

CANÇÃO-TEMA - "It's Alright, Ma (I'm Only Bleeding)" [Bob Dylan] da trilha sonora de Sem destino [1969]

FIM DOS CRÉDITOS

INFAME

FADE IN

QUEM MATOU LUKE RYDER?

FADE OUT

FRAME NEGRO, SURGE o TEXTO em VOICEOVER - Narrador (voz feminina)

> Na noite de sexta-feira, 3 de outubro de 2003, a polícia foi chamada até um endereço elegante no Oeste de Londres.
> A ligação foi feita por uma criança, que estava tão abalada que os primeiros socorristas não sabiam ao certo o que esperar.
> Um acidente? Violência doméstica? Talvez um roubo?
> O que eles encontraram foi um corpo.
> No jardim, ao pé de um lance de escadas, com o rosto e a cabeça brutalmente espancados.
> Não havia mais ninguém na casa. Apenas duas adolescentes traumatizadas e seu irmão pequeno, dormindo no andar de cima.

FADE OUT

CORTA PARA: Guy na sala de estar de Dorney Place. Janelas duplas, mobília um pouco antiquada, vista para o jardim. Guy está levemente acima do peso, com olhos azuis cativantes e cabelo louro escuro um pouco comprido. Ele usa um único brinco, uma corrente de prata no pulso e um relógio pesado estilo aviador com uma pulseira cromada. Ele está usando uma camisa branca e jeans.

>NICK VINCENT (Produtor) - off
>E você era aquele menino.

>GUY HOWARD
>Era, sim.

>NICK VINCENT (Produtor) - off
>E as garotas eram suas irmãs?

>GUY HOWARD
>(assente)
>Maura tinha 15 anos, Amelie tinha 13 e eu tinha dez. Foi Maura quem ligou para a emergência.

>NICK VINCENT (Produtor) - off
>Ela encontrou o corpo?

>GUY HOWARD
>Encontrou.

>NICK VINCENT (Produtor) - off
>E quem era ele?

>GUY HOWARD
>Luke Ryder. Meu padrasto.

CORTA PARA: MONTAGEM de manchetes de jornais da época com a opinião do público, noticiários e recortes como a seguir:

Assassinato de Ryder: Polícia vai interrogar a esposa

MARIDO DE SOCIALITE ENCONTRADO MORTO

"Eles estavam tão felizes": família entristecida com morte "sem sentido"

Crime da loba em Kensington: A vítima era um golpista?

Campden Hill abalada por assassinato "cruel"

<u>REPORTAGEM 1</u>
Mais de duas semanas depois que o corpo de Luke Ryder, 26, foi encontrado selvagemente espancado no jardim da casa de sua esposa em Campden Hill, a Polícia Metropolitana não parece estar mais perto de descobrir o responsável. A sra. Ryder estava em uma festa naquela noite, e a única outra pessoa em casa era seu filho de 10 anos. A descoberta horrível só foi feita quando suas filhas voltaram do cinema, por volta das dez e meia.

<u>VOZ 1 (mulher na rua)</u>
Foi totalmente horrendo. *Horrendo*. Tenho amigos que ainda estão com medo de sair sozinhos, ainda mais à noite. Um crime desses... simplesmente não acontece por aqui.

<u>VOZ 2 (homem ao telefone)</u>
Claro que foi a mulher. Quem mais pode ter sido? Quem mais tinha um motivo? Quanto a entrar naquela casa sem ser visto por ninguém, é impossível. Se você quer saber minha opinião, ele a estava traindo e ela o pegou no flagra. Não seria a primeira vez, seria?

<u>REPORTAGEM 2</u>
Como se uma morte brutal e aparentemente sem sentido não fosse suficiente, a Polícia Metropolitana está agora sob ataque de ativistas que dizem que Caroline

Ryder está sendo um alvo injustiçado por ser uma mulher mais velha em um relacionamento com um homem muito mais jovem.

 O inspetor detetive Peter Lascelles, que está conduzindo a investigação, disse ontem que "sempre que acontece um assassinato em um contexto doméstico, nossa principal prioridade é sempre interrogar as pessoas mais próximas da vítima e eliminá-las de nossas investigações, e é isso o que estamos fazendo agora".

<u>VOZ 3 (amiga de Caroline)</u>
Conheço Caroline Ryder há dez anos, e ela nunca faria uma coisa dessas. Ela não seria capaz disso. E, apesar do que os jornais estão insinuando, ela e Luke eram muito felizes. Eu sei, porque os vi juntos apenas alguns dias antes da morte dele, e não havia nenhuma tensão entre eles.

 Quanto à ideia de que ela mataria Luke e deixaria que seus próprios *filhos* encontrassem o corpo, bem, qualquer um que a conhecesse diria que é simplesmente inconcebível. Absolutamente inconcebível.

<u>REPORTAGEM 3</u>
Ele passou, porém, a se chamar o "Crime da loba", e depois de mais de uma década, ainda não há indícios que sugiram que Caroline Ryder tenha matado seu marido muito mais jovem, e ela nunca foi indiciada. Nem, na verdade, qualquer outra pessoa.

CORTA PARA: Interior como antes, Guy.

<u>NICK VINCENT (Produtor) - off</u>
Estamos em 2023. Faz quase vinte anos desde que tudo aconteceu. Por que está revisitando isso agora?

<u>GUY HOWARD</u>
Porque eu quero saber a verdade. Porque é isso que faço como cineasta.

E porque minha família viveu com esse fantasma pairando sobre nossa cabeça por quase duas décadas, e até que alguém descubra quem foi o responsável e o bote na cadeia, nenhum de nós jamais vai ter paz.

NICK VINCENT (Produtor) - off
Soube que sua mãe também não está bem.

GUY HOWARD
(assente)
Ela foi diagnosticada com demência precoce. Ela tem só sessenta anos. Esse caso, o assassinato de Luke, destruiu toda a família, mas principalmente minha mãe.

NICK VINCENT (Produtor) - off
Então esse filme... Você quer eximir sua mãe? É esse o motivo para você estar fazendo isso?

GUY HOWARD
Eu quero descobrir a verdade.
(pausa)
Qualquer que seja essa verdade.

MONTAGEM: IMAGENS da área de Campden Hill. Fachadas de quatro andares de tijolos e estuque com grades ao longo da calçada, janelas altas com sacadas de ferro fundido, árvores, glicínias. Carros caros estacionados na rua, mães empurrando carrinhos de bebê, cachorros.

VOICEOVER - NARRADORA
E essa busca pela verdade começa aqui.
  Essa provavelmente é a parte mais cara de Londres da qual você nunca ouviu falar. Aqui não é Mayfair, Belgravia ou sul de Kensington. Não é nem mesmo Chelsea. É Campden Hill, W8, oeste de Londres. O filme de grande sucesso dos anos 1990 estrelado por Hugh Grant e Julia Roberts catapultou o vizinho Notting Hill para a fama internacional, mas Campden Hill e seu ambiente verdejante ainda permaneciam em grande parte anônimos, para grande alívio de seus residentes super-ricos e super-reservados.

Hoje em dia, com dez milhões de libras você mal compra um apartamento na área oeste, e uma daquelas mansões vitorianas pode muito bem chegar ao dobro disso. Mas essa casa... essa casa está em uma categoria à parte.

CORTA PARA: IMAGENS de drone sobre Dorney Place mostrando o tamanho do terreno e a extensão do jardim.

Quando Dorney Place foi construída, nos anos 1760, essa área nem pertencia a Londres. Na verdade, mal era parte de um vilarejo. Havia uma antiga mansão jacobita, Campden House, que deu seu nome à região antes de arder em chamas em 1862, e um grupo de construções menores ao seu redor, mas era basicamente isso.

O voiceover continua sobre a imagem da antiga Campden House seguida por uma panorâmica de um mapa de 1810 de Londres mostrando Kensington e Knightsbridge como aldeias.

Se você passasse por Campden Hill nessa época, ficaria cercado de campos verdejantes, e as chaminés e campanários de "Londres" seriam apenas um borrão distante.

IMAGEM de Dorney Place no início dos anos 1900.

Dorney Place não surgiu com esse nome; ela não começou nem como uma casa.

Em meados dos anos 1850, duas casas geminadas foram transformadas em apenas uma, muito maior, e o novo proprietário começou a "desenvolvê-la", acrescentando novas alas, uma estufa para o cultivo de laranjas e um estábulo, e no fim do século a construção tinha se tornado uma residência muito desejável para um cavalheiro.

MONTAGEM: SEQUÊNCIA de FOTOS da casa da era vitoriana: pessoas tomando chá e jogando tênis com roupas leves de verão; fotos externas da elevação à frente, do pátio, várias imagens do interior, incluindo sala de visitas, hall de entrada, sala de estar.

E tudo isso em uma época em que a Londres que conhecemos agora — a Londres de estações de trem e ruas comerciais — estava apenas começando a surgir.

Em 1900, os campos verdes em torno de Dorney Place tinham desaparecido havia muito tempo. Ruas tinham substituído as veredas, e terraços novos e reluzentes tinham cercado o jardim por todos os lados. Tanto que nem era possível ver a casa da rua.

E ainda hoje é assim.

A CÂMERA sobe a rua na direção da entrada de Dorney Place, então aproxima com o ZOOM. Não há nenhuma câmera de segurança visível.

Há uma entrada discreta na Larbert Road, mas mesmo quando os portões estão abertos, não dá para ver mais que uns poucos metros na entrada de carros. Não há nenhum nome, apenas o número 2 e um teclado para digitar a senha de entrada. Se não soubéssemos que ali havia uma casa, quase certamente passaria despercebida.

Com tantas residências surgindo a sua volta no final dos anos 1800, é quase um milagre que Dorney Place tenha sobrevivido. Mesmo na época, incorporadores iam bater à sua porta até derrubá-la — supondo que conseguissem achá-la — e pode-se imaginar quanto um terreno desse tamanho valeria hoje. Mas ela sobreviveu, e na I Guerra Mundial a propriedade tinha passado para a família Howard.

A CÂMERA faz uma PANORÂMICA até Guy, parado ao lado da entrada.

GUY HOWARD

Minha família.

CORTA PARA: MONTAGEM de VÍDEOS caseiros mostrando Guy quando criança em um balanço, com um cachorrinho, brincando com outras crianças em uma piscina infantil. Vários adultos podem ser vistos no fundo, incluindo Caroline e Andrew Howard.

VOICEOVER - GUY HOWARD

Eu nasci em Dorney Place. Assim como minhas irmãs mais velhas. Era um lugar incrível para crescer. A casa era meio um labirinto em seu interior, pelo menos no segundo andar — escadarias, passagens, sótãos e cantos estranhos onde a casa tinha sido ampliada ao longo dos anos. Para uma criança como eu, parecia um castelo encantado — havia até um porão que fingíamos ser um calabouço, embora na verdade fosse a adega do meu pai.

No verão, quando as árvores estavam repletas de folhas, não dava nem para ver as outras casas, então era como se tivéssemos um jardim secreto onde a gente quase esquecia que estava em Londres. O terreno era tão grande que minhas irmãs tinham até um cavalo. Certo, era só um daqueles pequenos Shetlands, mas ainda era um cavalo. Em *Londres*. Todos os amigos delas iam até lá e se revezavam para montá-lo. Isso as tornou muito populares na escola, eu garanto.

IMAGENS do casamento dos Howard com a legenda "Andrew e Caroline Howard". Em seguida vários retratos de família com as crianças quando bebês, pequenas, de uniforme escolar e como uma família.

Meus pais se casaram em 1987. Foi o segundo casamento de meu pai. Ele tinha 39 anos, minha mãe tinha 24.

CORTA PARA: Árvore genealógica da família Howard.

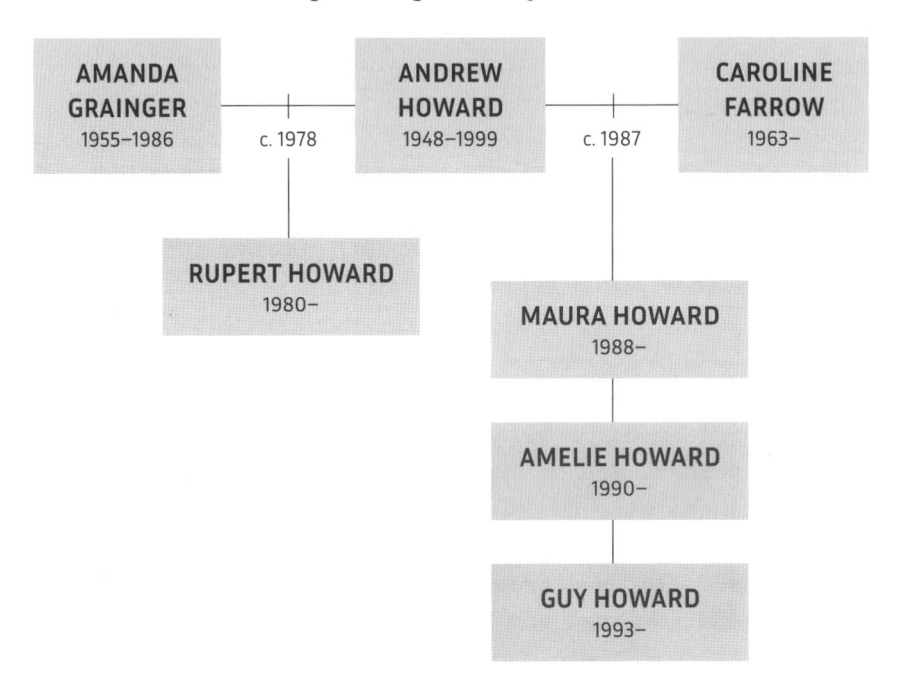

```
AMANDA GRAINGER          ANDREW HOWARD            CAROLINE FARROW
1955–1986   ── c. 1978 ──   1948–1999   ── c. 1987 ──   1963–
                │                         │
          RUPERT HOWARD               MAURA HOWARD
            1980–                       1988–
                                          │
                                      AMELIE HOWARD
                                        1990–
                                          │
                                       GUY HOWARD
                                         1993–
```

Maura nasceu aproximadamente um ano após o casamento; Amelie, em 1990, e eu, em 1993. Nós também tínhamos um meio-irmão mais velho, embora ele passasse a maior parte do tempo na escola. Em Eton.

Eu me lembro de meus pais fazendo várias reuniõezinhas — sempre havia gente na casa à noite. E nos mandavam subir. As garotas costumavam escapar escondidas às vezes para espiar, mas eu só achava tudo bem entediante.

RECONSTITUIÇÃO: Duas meninas pequenas olhando através da balaustrada para um grupo de adultos bebendo em um grande salão abaixo. "Caroline" está animada e rindo em uma das extremidades da sala; Andrew, reservado e silencioso na outra.

No dia seguinte, o lugar fedia a fumaça, havia um monte de garrafas vazias junto das latas de lixo e minha mãe "tinha dor de cabeça". Não sei se ela gostava tanto assim de dar essas reuniões — a maioria das pessoas presentes não era o que você chamaria de "amigos". Eles na verdade não tinham nenhum amigo, pelo menos não nenhum amigo próximo. Meu pai jogava golfe com homens que nunca eram convidados, e minha mãe saía durante o dia e nos dizia que ia se encontrar com as "amigas do almoço". Nós também nunca as víamos em casa.

As pessoas que vinham jantar eram contatos de negócios de meu pai. Banqueiros, advogados, pessoas que trabalhavam com finanças. Ele era "alguma coisa na City". Pelo menos era isso o que minha mãe costumava dizer sempre que surgia o assunto. Eu, é claro, não tinha a menor ideia do que isso significava — levei anos até descobrir o que ele realmente fazia. Tudo o que eu sabia quando criança era que ele quase nunca estava em casa, com exceção dos fins de semana, e ainda assim não em todos.

Mas, quando estava presente, ele sempre dava um jeito de encontrar tempo para nós. Embora eu obviamente na época não pensasse nisso nesses termos. Eu só me lembro do meu pai brincando comigo.

IMAGENS de Guy jogando críquete com o pai no jardim de Dorney Place. Guy arremessa a bola para o pai, que rebate fraco deliberadamente para que Guy possa pegá-la com facilidade. Guy sai correndo vibrando, e Andrew pega-o no colo e lhe dá um abraço. Caroline e as garotas estão assistindo, as meninas em um tapete e Caroline em uma cadeira de jardim. Caroline está usando um chapéu grande que lança sombra sobre seu rosto e tem um copo na mão. Ela parece distraída.

Isso foi no verão de 1999. A cúpula do milênio tinha acabado de ser aberta, o impeachment de Bill Clinton não tinha sido aprovado e havia uma guerra no Kosovo. Mas não é por isso que sei que era 1999. É porque não tivemos outro verão. Não como uma família. Antes daquele Natal meu pai estava morto.

RECONSTITUIÇÃO: IMAGENS em P&B de um menino pequeno sentado em um sofá enquanto adultos circulam ao seu redor. O ponto de vista deixa apenas a parte inferior do corpo dos adultos visível. A luz é baixa, de modo que as figuras projetam sombras longas.

Foi como se um asteroide tivesse nos atingido, saído completamente do nada. Anos mais tarde, minha mãe me contou que ele estava doente havia algum tempo, mas na época ninguém nos disse nada. Na verdade, aconteceu quando ele me levou ao Holland Park em um fim de semana, só nós dois. Ele teve um ataque cardíaco fulminante e morreu ali mesmo. Pelo menos foi isso o que me contaram depois — para ser honesto, não me lembro de nada disso. Quero dizer, eu devo ter visto, mas não tenho nenhuma lembrança. Mas eu me lembro de todo mundo me perguntando se eu estava bem.

Enfim, depois que ele morreu, a casa se encheu de gente — a irmã dele e seus filhos que quase nunca víamos. Homens de terno que nunca tínhamos visto.

E Rupert. Nosso meio-irmão. Essa é a primeira lembrança real que eu tenho dele.

CORTA PARA: Maura Howard, sala de visitas de Dorney Place. Ela agora tem 35 anos, magra, bem-arrumada de um jeito chique meio desleixado. Ela está usando uma camisa azul--turquesa, brincos prateados compridos e um pingente combinando. Ela tem os modos confiantes de sua classe, mas parece frágil mesmo assim; há círculos escuros sob seus olhos, e ela mexe no colar enquanto fala.

<u>MAURA HOWARD</u>
Rupert na época devia ter 19 anos. Ainda na escola, tecnicamente, mas só porque estava indo para Oxford ou Cambridge...

<u>GUY HOWARD – off</u>
Para nossos telespectadores americanos, isso significa fazer as provas de ingresso para as duas universidades, por isso se estuda um ano a mais.

<u>MAURA HOWARD</u>
Certo. De qualquer forma, ele estava muito acima de nós, e era extremamente condescendente conosco só porque podia. Não que eu tivesse percebido na época. Eu só achava que ele era "sofisticado". Minha mãe só usava essa palavra em relação a pessoas que ela aprovava.
(risos)
Mas talvez tenha sido apenas a gravata.
   Eu me lembro de invejar Rup. Ele estava indo para a universidade e não ia ter mais que morar em casa e receber ordens o tempo inteiro. Ele tinha ultrapassado aquela linha mágica que separa as crianças dos adultos.
(respira fundo)
Claro, e ele carregou o caixão. Do meu pai. Filho e herdeiro e tal...
   (olha diretamente para Guy, então vira o rosto)

CORTA PARA: *Guy, na mesma sala, ângulo diferente.*

GUY HOWARD

Ninguém nos explicou nada sobre o funeral. Me lembro que na véspera houve uma grande discussão entre minha mãe e a irmã do meu pai, Alice. Eu descobri depois que Alice não achava que devíamos ir. Que nós éramos novos demais. E agora, pensando bem, ela estava certa.

As garotas tinham 11 e nove anos, mas eu só tinha seis. Velho o bastante para saber que uma coisa muito ruim tinha acontecido, mas novo demais para processar isso da maneira adequada. Todas aquelas pessoas de preto, aquele carro estranho no qual eles o levaram, o buraco no chão. Era como se um de meus livros infantis tivesse ganhado vida. *O hobbit* ou algo assim. Mas não de um jeito bom.

Não me lembro de Rupert falar muito comigo. Eu não esperava que ele fizesse isso — eu podia estar infeliz, perdido e confuso, mas era apenas uma criança. Eu não tinha importância. Por que ele ia se preocupar comigo?

Só anos mais tarde percebi que ele sabia exatamente pelo que eu estava passando, porque já tinha acontecido com ele. Ele tinha a mesma idade que eu quando a mãe dele morreu. E isso também aconteceu de forma inesperada, como com meu pai. Mesmo assim ele nunca conversou comigo sobre isso. Éramos irmãos, mas ele nunca se sentou comigo e perguntou se eu estava bem, nunca me deu nem mesmo um abraço.

(olha para baixo)

CORTA PARA: *Maura.*

MAURA HOWARD

As coisas ficaram uma merda depois disso. A casa esvaziou até restarmos apenas nós. E mamãe. Ela tinha "reuniões" com alguns dos homens de terno e ainda saía para seus almoços. Mas não houve mais festas.

Ela fumava muito, estava sempre com suas "dores de cabeça". Os empregados cuidavam da gente. A mulher que fazia faxina e lavava roupa e a empregada — não consigo lembrar o nome dela, ela foi embora logo depois. Minha mãe odiava essas tarefas, então sempre chamava alguém. Beatriz! Era esse o nome dela.
Nós gostávamos dela. Acho que nos mimava um pouco. Especialmente Guy.

E também havia, é claro, Rup. De um jeito ou de outro, começamos a ver Rup *com frequência*.

CORTA PARA: MONTAGEM: Rupert Howard quando criança — em Dorney Place, com os pais, em Eton, como um jovem em Cambridge.

VOICEOVER – narradora

Rupert Howard nasceu em 1980. Filho único de Andrew com a primeira mulher, Amanda. Ele tinha pouco mais de seis anos quando a mãe morreu em um acidente de carro. Houve boatos de que ela havia bebido, mas o veredito oficial foi um acidente causado por estradas escorregadias devido ao gelo.

Caroline trabalhava para os Howard, e houve um certo escândalo quando Andrew Howard se casou com ela semanas após a morte da esposa.

CORTA PARA: IMAGEM de página do jornal Daily Mail.

De babá a milionária

Por JANET ARDEN PARA O *DAILY MAIL*

Para a filha de um operário de construção criada em Hull, Caroline Farrow está com certeza construindo uma vida muito desejável para si mesma em um dos códigos postais mais elitistas de Londres.

Depois de pouco mais de dois anos trabalhando e vivendo como babá do grande milionário da City Andrew Howard, 39, a jovem de 24 anos vai ser promovida a senhora da casa.

"O casamento está marcado para este verão" — contou-me uma fonte. "Eles estão muito preocupados com as aparências, naturalmente, considerando ter se passado pouco tempo desde a morte de Amanda."

<u>VOICEOVER - narradora</u>
Muitas pessoas, o que talvez não chegue a surpreender, concluíram que Andrew devia estar tendo um caso com Caroline muito tempo antes da morte de Amanda, algo que ele sempre negou.

Chegaram até a sugerir que o acidente de carro não tinha sido nenhum "acidente". Não que dissessem isso em público, é claro. Não é assim que as coisas são feitas em área nobre de Londres.

Qualquer que seja a verdade, os dois estavam casados havia apenas alguns meses quando começaram a circular rumores de que as coisas não estavam bem em Dorney Place.

Caroline dizia a amigos que Rupert estava "desaforado" e "carrancudo", e enquanto Andrew parece

ter feito todos os esforços para suavizar as coisas,
Rupert começou a passar cada vez mais tempo com o
lado da família de sua mãe e, quando fez 13 anos, foi
mandado para Eton e só visitava sua casa de vez em
quando, nos feriados.

CORTA PARA: *Rupert Howard em um escritório na City.
Ele está usando terno, óculos e uma gravata laranja e
vermelha brilhante. Ele se parece muito com o pai.*

RUPERT HOWARD
Se você está me perguntando se eu gostava
dela, então não, claro que eu não *gostava*. Eu
a odiava. Eu era muito próximo de minha mãe e
estava ressentido com Caroline, com a força e a
irracionalidade que qualquer criança de seis anos
naquela situação teria.
  Ela merecia isso? Talvez não. Mas eu nunca gostei
dela e nunca confiei nela. E quanto mais velho eu
ficava, mais me convencia de que estava certo.

CORTA PARA: *Guy assistindo ao VÍDEO com os últimos comentários
de Rupert em um laptop. Ele abre um sorriso sarcástico.*

GUY HOWARD
Não me surpreende que ele tenha dito isso. Ele sempre
deixou bem óbvio o que pensa.
  (dá de ombros)
Acho que eu poderia me sentir do mesmo jeito, se
estivesse no lugar dele.

NICK VINCENT (Produtor) – off
Como estão as coisas entre vocês dois atualmente?

GUY HOWARD
Nós não nos vemos muito. Ele quer se candidatar
ao Parlamento na próxima eleição, então fica o
tempo todo nos bosques de Shropshire bajulando os
conservadores locais.

Mas para responder à sua pergunta, nós nos damos bem. Concordamos em discordar, principalmente evitando as armadilhas bobas.

Como qualquer coisa relacionada à palavra que começa com F.

F de Família.

<u>NICK VINCENT (Produtor) - off</u>
Foi por essa razão que você resolveu não o entrevistar pessoalmente diante das câmeras? Por isso quis que outra pessoa ficasse com essa tarefa?

<u>GUY HOWARD</u>
(se remexe na cadeira)
O filme tem como objetivo chegar à verdade. O que significa que alguns aspectos dele são feitos de forma melhor por outras pessoas. Não por mim.

<u>NICK VINCENT (Produtor) - off</u>
Mas, levando-se em conta o que você disse agora sobre a família ser uma armadilha boba, algumas pessoas podem se surpreender por Rupert ter concordado em participar disso.

<u>GUY HOWARD</u>
Você teria que perguntar a ele. Mas desconfio que ele responderia que não tem nada a esconder.

CORTA PARA: Rupert.

<u>RUPERT HOWARD</u>
(sorri e estende as mãos)
Eu? Eu não tenho nada a esconder. Nada mesmo. Eu não estava nem em Londres no dia em que Luke morreu. E, antes que você pergunte, eu não me sinto culpado em relação a Caroline.
(pausa)
Luke, porém, é outra questão. Eu me sinto culpado por Luke. Você pode dizer que tudo foi por minha culpa.

CORTA PARA: FOTO de cena do crime, o rosto borrado. O corpo está deitado de costas sobre um lance de escada; há rachaduras em algumas lajotas, e uma pá quadrada e várias outras ferramentas visíveis no canto superior esquerdo. Obviamente estava chovendo, mas ainda há uma grande mancha de sangue em torno da cabeça.

NARRADORA

Luke Ryder estava casado com Caroline Howard havia pouco mais de um ano quando morreu. Ele tinha 26 anos e era natural de Kalgoorlie, Austrália Ocidental. O único trabalho remunerado que sabemos que ele já teve foi como barman, primeiro em Sydney, depois na Grécia.

As chances de uma pessoa como ele sequer cruzar o caminho de Caroline Howard eram extremamente pequenas. Mesmo assim... aconteceu, e dois anos depois, ele estava morto.

Ninguém nunca foi acusado pelo assassinato de Luke Ryder. O caso que cativou o público, intrigou a polícia e mudou a vida de seus três jovens enteados para sempre permanece sem solução.

Porém, com o vigésimo aniversário do crime se aproximando, e com tantos avanços recentes em DNA e perícia forense, talvez seja hora de dar outra olhada no caso.

Talvez seja a hora de levar o assassino de Luke Ryder à justiça e dar à família Howard algum tipo de encerramento para o caso.

CORTA PARA: Sala de jantar em Dorney Place. A equipe está sentada em torno de uma mesa, com Nick e Guy. Nick não fez a barba, e seu cabelo escuro, na altura do ombro, está ficando grisalho. Ele usa uma camisa azul de algodão e tem diversas pulseiras de contas e de plástico no pulso esquerdo. Guy veste uma camiseta preta.

Há papéis e fotos sobre a mesa, copos de água, uma cafeteira, laptops. Há também um quadro branco e um mural *apoiados em cavaletes; o mural contém algumas das imagens que já vimos (exterior da casa, portão de entrada, árvore genealógica etc.).*

CLOSE quando a CÂMERA faz uma PANORÂMICA pelas FOTOS, terminando com uma série de imagens da família.

NICK VINCENT (Produtor)

(olhando para as pessoas sentadas em torno da mesa)
E é aí que vocês entram. Se vamos solucionar este caso, precisamos de uma equipe classe A, e é isso o que temos — acho que não há nenhum aspecto da justiça criminal que não estejamos cobrindo em torno desta mesa.

Há sorrisos, alguns risos abafados.

E, como vocês podem ver, estamos aqui em Dorney Place, onde aconteceu o assassinato. É a primeira vez que qualquer pessoa além da polícia ou da família tem acesso à casa, o que vai nos dar uma oportunidade única para percorrer a cena do crime e talvez — depois de todo esse tempo — descobrir o que realmente aconteceu naquela noite.
(gesticulando para a cafeteira)
Esse café também é melhor que o do estúdio.
(mais risos)
E, o que é mais surpreendente, essa na verdade é a primeira vez que todos nos reunimos na mesma sala. Então vamos fazer aquela coisa constrangedora que todo mundo faz e nos apresentarmos um de cada vez. Talvez você possa começar, Alan?

Na SEQUÊNCIA seguinte, a CÂMERA se movimenta até cada pessoa enquanto elas falam. Nome e profissão aparecem na tela.

O primeiro CLOSE é em Alan. Ele está com paletó escuro e gravata, óculos e uma camisa branca um pouco amassada; tem cabelo grisalho curto e um rosto magro. Ele fala de um jeito entrecortado e parece desconfortável.

Enquanto ele fala, são mostrados trechos de VÍDEOS de noticiários de alguns de seus casos, com Alan falando para a câmera, sendo entrevistado pela imprensa etc.

ALAN CANNING

Eu sou Alan Canning, um inspetor detetive aposentado da Polícia Metropolitana, especializado em homicídios. Tenho mais de trinta anos de experiência em investigações criminais e estava trabalhando na polícia quando esse caso aconteceu, embora eu nunca tenha trabalhado nessa equipe.

A CÂMERA se movimenta até Hugo. Ele tem cinquenta e poucos anos, mas não parece. Está usando um terno risca de giz, uma camisa rosa e uma gravata estampada em azul--marinho e branco. Há um forro de moiré de seda vermelha visível no interior do paletó. Ele é tranquilo, confiante, talvez um pouco superior.

HUGO FRASER

Eu sou Hugo Fraser, membro do CR, o que, para as pessoas de fora do Reino Unido, significa Conselho do Rei. Isso quer dizer basicamente que sou membro sênior da ordem dos advogados criminalistas da Inglaterra e do País de Gales, e tenho tanto defendido quanto processado criminosos de todos os tipos desde 1997.

A CÂMERA se dirige para Mitchell. Na casa dos quarenta, ele tem a cabeça raspada, usa óculos e a barba curta está ficando grisalha. Veste uma camisa jeans com uma echarpe de seda estampada.

MITCHELL CLARKE

Meu nome é Mitchell Clarke e sou jornalista. Colaboro com reportagens para a imprensa londrina e nacional há quase vinte anos.

NICK VINCENT (Produtor)

Embora essa não seja a história toda, não é?

MITCHELL CLARKE
(pega uma caneta e começa a brincar com ela)
Não. Eu também fui o primeiro repórter na cena do crime na noite do assassinato de Ryder. Na verdade, eu cheguei lá antes da polícia.

GUY HOWARD
E como isso aconteceu é algo que vamos abordar com muito mais detalhes ao nos aprofundarmos na investigação.
Laila?

A CÂMERA segue para Laila. Ela tem menos de cinquenta anos. Sua pele é marrom e a maquiagem é impecável, porém discreta. Tem cabelo grisalho e curto; Usa uma blusa de cetim verde, uma echarpe de seda e várias pulseiras de ouro. É nítido que cuida muito da aparência.

LAILA FURNESS
Eu sou Laila Furness e sou psicóloga forense. Trabalhei com a Polícia Metropolitana e em várias prisões do Reino Unido, incluindo Broadmoor. Minha especialidade são assassinos em série.

GUY HOWARD
Para que fique claro, nunca houve nenhuma sugestão de que Luke tenha sido vítima de um assassino em série.

LAILA FURNESS
(assente)
Você tem razão, não houve. Mas, como os policiais entre nós sabem, é preciso examinar *todas* as teorias em potencial sobre um crime antes de se concentrar em uma única linha de investigação.

BILL SERAFINI
Eu concordo.

A CÂMERA focaliza Bill. Ele é um homem grande, em todos os aspectos. Imponente fisicamente e dono de uma presença considerável. Tem modos cordiais, mas nitidamente não é uma pessoa que se queira contrariar. Usa um terno pequeno demais para seu tamanho, com um broche com a bandeira americana na lapela.

BILL SERAFINI

Meu nome é Bill Serafini, e sou um detetive aposentado do Departamento de Polícia de Nova York.

MONTAGEM de FOTOS antigas de Bill. De uniforme, recebendo uma medalha, à paisana com um distintivo.

Assassinatos, estupros, incêndios criminosos, sequestros de crianças, crimes de gangues, podem escolher. Eu já investiguei de tudo.
(sorri)
Não pessoalmente, é claro. Eu tinha mais de trinta anos na força policial e agora trabalho como detetive particular. Investigador particular, como diriam vocês ingleses. Qualquer outra coisa que queiram saber, sintam-se à vontade para perguntar.

NICK VINCENT (Produtor)

Obrigado, Bill. E, por fim, JJ.

A CÂMERA enquadra JJ Norton. Ele tem quarenta e poucos anos, cabelo escuro curto e usa óculos. Veste uma camisa preta com as extremidades da gola ornamentadas em prata. Há uma tatuagem na parte interna de seu antebraço esquerdo. Parece um código de barras, mas na verdade é seu perfil de DNA. Ele tem uma garrafa de água de aço inoxidável à sua frente.

JJ Norton

Eu sou JJ Norton. E não, não vou contar a vocês o que significa JJ. Quanto às coisas chatas, eu investigo

cenas de crime para a Polícia de Gales do Sul, o que
tenho feito pelos últimos cinco anos. Antes disso,
basicamente, foi mais do mesmo.

                    GUY HOWARD
              (se dirigindo à equipe)
Vocês todos sabem por que este caso é tão importante
para mim, mas este é o momento em que ele deixa de
ser "meu" caso e começa a ser de vocês.
   Eu estou fazendo este filme, mas não o estou
"dirigindo". Para onde essa história vai em seguida
depende de vocês e de onde suas investigações os
levarem. Qualquer que seja esse lugar.
   De agora em diante, a única vez que vou estar
diante dessa câmera...
              (aponta)
... é como testemunha. Ou se houver alguma outra
razão muito boa. E o mesmo também vale para Nick. O
show agora é de vocês.

*A CÂMERA faz uma PANORÂMICA mostrando a equipe, e
quando ela torna a mostrar seus lugares, Guy e Nick
desapareceram.*

                    BILL SERAFINI
              (olha em torno da mesa)
   Então, vamos começar?

*As pessoas se remexem em suas cadeiras, pegam seus
papéis. Há um ou dois olhares entre eles. Evidentemente,
Bill assumiu uma posição de autoridade.*

   Em minha experiência, é sempre melhor começar a
revisão de um caso antigo com um resumo dos fatos.

                    ALAN CANNING
   Posso fazer esse resumo, com prazer...

> BILL SERAFINI
> (interrompendo)

Com todo o respeito, Alan, acho que nesse estágio precisamos de olhos frescos. Suas informações vão ser valiosas, levando-se em conta seu conhecimento dos procedimentos da Polícia Metropolitana, mas neste momento precisamos começar do zero. Sem ideias pré-concebidas.

Então que tal você, JJ? Afinal, esse caso depende da perícia forense.

> JJ NORTON
> (ironicamente)

E não é o que sempre acontece? Mas é um prazer fazer isso.

> (puxa seus papéis em sua direção)

Está bem, então o que sabemos?

Sabemos que Luke Ryder era casado com Caroline Howard. Que eles não se conheciam havia muito tempo e que o casamento foi, digamos assim, "controverso", e não apenas na família dela.

Sabemos que Luke estava sozinho na casa na noite em que morreu, cuidando de Guy. Caroline estava em uma festa, e as duas garotas estavam no cinema em Notting Hill Gate.

Sabemos que estava chovendo forte quando a polícia chegou lá, mas ainda havia áreas secas sob o corpo, sugerindo que a chuva começou *depois* que ele caiu.

Continua falando sobre a RECONSTITUIÇÃO. VÍDEO em P&B apenas. Está escuro quando a CÂMERA faz uma PANORÂMICA no jardim até chegar à casa. Nenhuma janela está acesa no andar de cima, apenas uma ou duas no térreo. Começa a chover, as gotas captam a luz.

CORTA PARA: Equipe. Agora há uma linha do tempo no mural.

LINHA DO TEMPO – 03/10/03

20h15
Caroline deixa as garotas no cinema

21h05
Caroline vai para a festa

22h20 (aprox.)
Começa a chover

22h30
Garotas chegam em casa e vão para a cozinha

22h45
Maura encontra corpo no jardim

22h47
Ligação para a emergência

22h52
Maura tenta ligar para a mãe

22h56
Polícia e ambulância chegam

<u>JJ NORTON</u>

Sabemos que a ligação para os serviços de emergência foi feita às 22h47, por Maura Howard, e os primeiros socorristas chegaram às 22h56.

Nós sabemos, pelos registros do Gabinete da Polícia Metropolitana, que começou a chover por volta das 22h20 naquela noite, e o patologista estimou que Luke Ryder estava morto havia aproximadamente uma hora quando os paramédicos chegaram, criando uma janela para a hora da morte entre 21h20 e 22h20.

Sabemos que ele tinha um ferimento na parte de trás da cabeça que pode ter sido resultado da queda. Mas a verdadeira causa da morte foi trauma extenso com um instrumento pesado em seu rosto e na parte da frente do crânio, e isso com certeza *não* foi resultado de uma queda.

Além disso, sabemos que não havia sinais de arrombamento e que a entrada principal da propriedade tinha uma fechadura eletrônica com um teclado, o que significava que o portão só abriria se o visitante soubesse o código, ou se alguém *dentro* de casa abrisse para ele. Não havia, porém, câmeras de segurança na rua, então não sabemos quem chegou ou saiu naquela noite.

Então o que nos resta, em minha opinião, e com o devido respeito aos profissionais de segurança em torno desta mesa, são muitas perguntas.

A CÂMERA faz uma PANORÂMICA quando ele se levanta, vai até o quadro branco e pega a caneta. O quadro balança um pouco enquanto ele escreve.

Começando com apenas as mais óbvias.

Um: *Meios*. A polícia nunca identificou de forma conclusiva a arma do crime. O assassino a levou com ele ou foi apenas algo que ele pegou no jardim no calor do momento?

Dois: *Oportunidade*. Quem poderia ter entrado no jardim naquela noite? Foi alguém que Ryder conhecia — alguém que ele deixou entrar? Ou alguém que já sabia a senha de acesso?

Vale observar que não havia lama dentro da casa, e, levando-se em conta o mau tempo dos dias anteriores e o estado da entrada de carros, qualquer pessoa que chegasse da rua teria sapatos muito enlameados. O que torna muito improvável que o assassino tenha entrado na casa. Mas por algum motivo que só podemos imaginar, Luke *saiu*, apesar de estar frio. E foi lá fora que ele morreu.

E finalmente o fator que eu, pessoalmente, acho o mais significativo...

Três: *Motivo*. Quem tinha uma razão para matar Luke Ryder e por quê?

LAILA FURNESS

Eu concordo. O motivo é essencial. Mas o que não estou entendendo em todos os documentos que recebemos sobre o caso é qualquer percepção real de quem Luke de fato era. Acho que precisamos de um quadro muito mais claro da vítima antes de podermos sequer começar a descobrir quem poderia querer lhe fazer mal.

                    BILL SERAFINI
                 (olha em torno da sala)
        Bem, acho que todos concordamos com isso.

Mudar para o modo NARRATIVA.

MONTAGEM de VÍDEOS de arquivo da Austrália em meados dos anos 1970, a inauguração da Ópera de Sydney, pessoas nas praias etc.

                   VOICEOVER - narradora
        Luke Ryder nasceu em Kalgoorlie, Austrália Ocidental,
        em junho de 1977. Seus pais eram Brian e Maureen
        Ryder, e emigraram do sul da Inglaterra para a
        Austrália no início dos anos 1970 — nem de longe os
        primeiros britânicos a procurarem por sol, mar e uma
        vida nova no outro lado do mundo, nem naquela época
        nem agora.
           Mas, enquanto a maioria dessas famílias acabava
        se estabelecendo nas grandes cidades costeiras de
        Sydney, Melbourne, Adelaide e Brisbane, os Ryder
        se viram em uma cidadezinha no meio do outback
        australiano, a um dia de carro de qualquer lugar.

MAPA da Austrália, ZOOM lento até Kalgoorlie.

FOTOS de arquivo da cidade de Kalgoorlie nos anos 1970. Cor desbotada. Pouco desenvolvimento, carros velhos, homens de costeletas longas e bigodes bebendo em bares.

VOICEOVER - narradora

Os pais de Brian Ryder, Victor e Florence Ryder, eram os proprietários de um próspero negócio familiar nas cercanias de Guildford. Mas parece ter havido um problema entre eles antes da partida de Brian da Inglaterra, possivelmente associado a seu casamento.

Brian parece ter cortado todos os laços com a família depois de deixar a Inglaterra, e mesmo que ele quisesse permanecer em contato, ligações interurbanas na época eram muito caras, então a comunicação teria ficado restrita a uma carta eventual que demorava semanas para chegar.

Brian tinha estudado para ser engenheiro de minas, o que explica a escolha da família pela próspera cidade mineira de Kalgoorlie como seu novo lar.

Mas o novo começo que eles esperavam se transformou em tragédia: quando Luke tinha 11 anos, Maureen Ryder sucumbiu ao câncer de mama apenas seis meses depois que a doença foi diagnosticada. Brian Ryder morreu cinco anos mais tarde de cirrose, provavelmente causada por excesso de bebida. Luke parecia ser bem próximo da mãe, e a única foto encontrada em sua carteira quando ele morreu era esta imagem dela com Luke quando ele era um garotinho.

FOTO em P&B de Luke Ryder ainda criança com uma mulher em frente a uma casa de um pavimento com cortinas de filó nas janelas, uma cesta pendurada com flores um tanto murchas e um engradado de leite na porta. Há uma torre de água de concreto ao fundo.

A mulher tem cabelo ondulado curto, uma saia plissada e um cardigã claro jogado sobre os ombros. Seu braço está ao redor de um menininho de camisa branca de mangas curtas e calça curta.

VOICEOVER – narradora

Aos 17 anos, Luke ficou sozinho no mundo, sem família próxima e sem perspectiva: a interrupção de seus estudos por conta da doença da mãe o deixou sem nenhuma qualificação formal. Seu único interesse eram as motocicletas, e, quando a casa de sua família foi vendida depois da morte de seu pai, ele pegou o dinheiro, comprou uma Ducati e fugiu.

Direto para Sydney. Era 1994, e a cidade estava começando a encontrar seu ritmo.

IMAGENS de arquivo de Sydney na época. Bares, praias, biquínis e surfe; muito surfe.

Sydney e Kalgoorlie eram como noite e dia. A maior cidade do país era a capital da diversão da Austrália, animada, colorida e movimentada — um caldeirão de pessoas de todo o mundo que levavam sua comida, música e cultura com elas. Sydney tinha um ar festivo vivo e crescente, uma postura relaxada da vida e, como Luke logo descobriu, algumas das melhores ondas do mundo.

Luke nunca tinha surfado antes, mas não deixou que isso o impedisse. No período de algumas semanas, ele passava todo o tempo que podia na praia.

IMAGENS de arquivo de surfistas.

Foi mais ou menos nessa época que ele ganhou o apelido de "Easy", por causa do filme *Sem destino*, sobre rapazes que viajam pelos Estados Unidos. Levando-se em conta seu sobrenome, era de se esperar que isso tivesse acontecido muito mais cedo, mas a vida nunca fora exatamente "fácil" para Luke em Kalgoorlie.

Porém, naquele momento, as coisas estavam diferentes. Ele tinha um emprego em um bar local, estava em forma, bronzeado e conhecia mais garotas em uma única semana do que durante todo o tempo em Kalgoorlie. A vida estava boa; a vida era "fácil".

E ela podia ter continuado assim se ele tivesse ficado.

Mas ele não ficou.

Depois de alguns anos, ele estava em movimento de novo. Primeiro foi para Bali, depois Camboja e Líbano e então Grécia, onde passou a trabalhar em bares enquanto pulava de ilha em ilha em 1999.

E foi aí que ele conheceu Rupert Howard.

CORTA PARA: Rupert, mesma locação interior/ cenário de antes.

<u>RUPERT HOWARD</u>
Era o verão depois do fim do ensino médio, e meu pai me deu um dinheiro para eu viajar de trem pela Europa por alguns meses. Isso era uma coisa e tanto na época. Barato e animado, e parecia uma aventura, embora raramente se estivesse em qualquer tipo de perigo real. A gente conhecia um monte de pessoas aleatórias, vivia de carboidratos ruins e nunca dormia o suficiente. Transei pela primeira vez, fumei meu primeiro baseado e tive a primeira ressaca depois de ter quase um coma alcoólico, então foi bem inesquecível aquilo tudo. Eu disse a meu pai que ia para a Itália para ver "Arte"...
    (faz um gesto de aspas no ar)
... o que de certa forma nunca aconteceu, e eu me vi na Grécia, na Cefalônia, para ser exato. Uma pequena aldeia de pescadores chamada Assos. E no primeiro bar em que eu entrei, lá estava ele. Com um sorriso aberto. "Oi, parceiro, quer uma cerveja?", e foi assim. Viramos amigos.

Para a vida toda.
    (pausa)
Como acabou acontecendo.

MONTAGEM de FOTOS daquele verão: Rupert e Luke no bar, em um barco, bebendo, fumando, rindo. Há garotas em todas as fotos, mas nunca as mesmas.

Voltei para Eton em setembro para me preparar para entrar em Cambridge, e Luke ficou em Assos. Não me lembro de ele me dizer quais eram seus planos, mas as coisas eram sempre um pouco fluidas quando se tratava dele. Não tive notícias suas e não esperava ter.
Ele não era do tipo que escreve cartas, e é preciso lembrar que não havia Facebook na época. Na verdade, acho que não havia uma única pessoa que tinha sequer uma conexão de internet em Assos.

    A vez seguinte em que eu o vi foi em Londres três meses depois. No primeiro dia do ano. O primeiro de um novo milênio. Não é uma data que a gente esquece. Embora eu mal tenha celebrado. Foi apenas uma ou duas semanas depois da morte de meu pai.

    Acho que se Luke tivesse aparecido em qualquer outro momento eu teria sido bem legal com ele. Quero dizer, todos temos amizades de férias, não temos? Mas elas não costumam funcionar em outras ocasiões. Um pouco como o vinho Retsina.

    Mas, com a morte do meu pai e o clima ruim, e todo mundo se divertindo menos eu, vê-lo foi um lembrete de que a vida nem sempre era uma merda.

    Nós saímos, nos embebedamos e eu paguei, porque ele não tinha um tostão, então ele dormiu no chão porque não tinha um tostão, e o que era para ser apenas algumas noites se transformou em algumas semanas. Na época eu não estava morando em Dorney Place, nunca me senti tão confortável assim lá, para ser honesto, e ficou ainda pior depois que meu pai morreu. Hashtag "tenso" como diria a garotada de hoje em dia.

    Enfim, depois que descobri que no fim das contas tinha passado para Cambridge (o que, para ser sincero, foi tão surpreendente para mim quanto para meus professores), fui viajar de novo. E, dessa vez, Luke foi comigo.

    NICK VINCENT (produtor) - off
Então quando ele conheceu Caroline?

    RUPERT HOWARD
  (mudando de posição na cadeira)
Só nas minhas primeiras férias de Natal.

    NICK VINCENT (produtor) - off
Então isso foi em dezembro de 2000.

    RUPERT HOWARD
Isso. Ela ia para um evento onde iam servir drinques na véspera de Natal e me convidou. Duvido que ela realmente quisesse minha presença, mas todos os seus amigos estariam lá. Foi mais para manter as aparências, sabe?
 Luke estava ficando comigo em Earl's Court, então ele foi também. Eu me surpreendi por ele querer ir, para ser honesto — na verdade, não era o tipo de coisa de que ele gostava, mas também ele nunca era de recusar bebida grátis.
 Achei que íamos atacar o bar e ir embora em uma hora, mas quando fui procurar por ele por volta das nove encontrei os dois na cozinha. Ele e Caroline. E não, antes que você pergunte, não estava *acontecendo* nada, eles estavam só conversando.
 Estou falando de *conversar* de verdade. Eu nunca o havia visto assim perto de garotas antes.
    (risos)
Embora você não pudesse dizer que Caroline fosse exatamente uma "garota".

    NICK VINCENT (produtor) - off
Ele tinha demonstrado algum interesse por mulheres assim antes?

                    RUPERT HOWARD
                (erguendo uma sobrancelha)
Por mulheres mais velhas, é isso que quer dizer? Não,
nunca. Para ser justo, não era comum ver mulheres da
idade de Caroline no tipo de lugares que frequentávamos,
e mesmo tendo havido clientes mais velhas no bar em
Assos, ele nunca fez muito esforço com elas. Educado,
mas indiferente, se entende o que quero dizer.

            NICK VINCENT (produtor) - off
Então o que tornou ela tão diferente?

                    RUPERT HOWARD
                    (dá de ombros)
Sei tanto quanto você. Quando Luke finalmente me
contou que eles estavam juntos, eu ri. Achei que
estivesse brincando comigo.
    Quer dizer, sim, ela era uma mulher atraente. Para
a idade que tinha. Dava pra imaginar que ia rolar uma
trepada rápida só porque seria fácil, mas...
        (faz aspas no ar com os dedos outra vez)
Um "relacionamento"? *Casamento* de verdade? De jeito nenhum.

            NICK VINCENT (produtor) - off
Como, então, você explica isso?

                    RUPERT HOWARD
                (arqueia as sobrancelhas)
Não tenho ideia. Não sei, talvez ele tivesse questões
com a mãe? Afinal de contas, a mãe dele tinha morrido
quando ele não passava de um menino.
    Talvez fosse mesmo *amor*, mas não acredito nisso.
Nunca acreditei. E, claro, todo mundo achou que era
pelo dinheiro. Que ele era apenas um interesseiro.

            NICK VINCENT (produtor) - off
E você concordou?

                    RUPERT HOWARD
                    (ri com desdém)
O que você acha?

CORTA PARA: MONTAGEM de IMAGENS do casamento de Luke Ryder com Caroline Howard. São fotos artísticas, a maioria em preto e branco, nitidamente feitas por um fotógrafo de primeira linha. A cerimônia é no jardim de Dorney Place, com cadeiras dispostas em semicírculo em torno de uma pérgula coberta de flores. Caroline está usando um vestido de seda logo abaixo dos joelhos e carrega rosas brancas. Luke está com um terno claro e camisa com o colarinho aberto, com uma rosa branca na lapela. Ele tem cabelo louro curto e está sorrindo em todas as fotos. Rupert é um padrinho um tanto calado, e as filhas de Caroline aparecem em várias fotos, usando vestidos idênticos de madrinhas. Suas expressões são difíceis de interpretar. Guy só aparece no fundo de uma foto, chutando uma urna de pedra, com a cabeça virada para o outro lado.

NARRADORA

Luke Ryder e Caroline Howard se casaram no jardim da casa dela no verão de 2002, diante de um pequeno grupo de familiares e amigos próximos. A lua de mel foi nas Maldivas, e, quando eles voltaram três semanas depois, não havia nada que sugerisse que o novo casal não estava tão alegremente feliz quanto demonstrava.

Mas isso não impediu a fofoca.

CORTA PARA: Madeleine Downing. Legenda: "Amiga de Caroline Howard." Ela tem sessenta e tantos anos, cabelo grisalho bem cortado e um suéter de caxemira cinza-escuro. Está sentada, em uma cozinha de estilo rural com um rack de panelas de cobre e ervas secas pendurados acima de uma mesa de madeira central; há toalhas de mesa xadrez secando acima de um fogareiro vermelho e um labrador preto dormindo.

MADELEINE DOWNING

É, as pessoas falavam. Acho que era meio inevitável. Sei que virou algo bem moderno desde então, mas mulheres namorarem homens muito mais jovens não era comum na época. Se bem que, para mim a maioria das mulheres que falavam mal de Caroline pelas costas estava apenas com inveja: Luke era muito bonito e *muito* em forma. Todos aqueles exercícios que ele fazia.

E ele não era nada presunçoso — era muito doce e muito atencioso. Quem não ia querer um parceiro assim? Quanto à diferença de idade, eu sempre lembro as pessoas do que Joan Collins disse quando perguntaram a ela sobre o rapaz com quem ela estava casada mais ou menos na mesma época: "Se ele morrer, morreu."

(risos)

E, no caso dela, a diferença de idade era de trinta anos ou algo assim. Com Caroline, eram apenas 14. Nem é tanto assim, não hoje em dia. Enfim, Luke sempre me pareceu muito maduro para a idade que tinha. Caroline costumava chamá-lo de uma "alma velha".

GUY HOWARD - off

Houve especulações na imprensa na época do assassinato de que ele podia estar traindo a Caroline, que a infidelidade podia ter dado a ela um motivo para matá-lo. Você alguma vez viu algo que pudesse sugerir isso?

MADELEINE DOWNING

De jeito nenhum. Ela com certeza nunca me disse nada.

GUY HOWARD - off

Mas ela conversava com você sobre o relacionamento?

MADELEINE DOWNING

Às vezes. Quer dizer, eles tinham discussões de vez em quando, claro. Todos os casais discutem. Mas ela com certeza nunca me deu nenhuma razão para acreditar que houvesse qualquer coisa seriamente errada.

GUY HOWARD – off
Muitas pessoas achavam que ele era um aproveitador. Você achava?

MADELEINE DOWNING
(aparenta desconforto)
Não, não achava. Não acho que o dinheiro importava tanto assim para ele. Quer dizer, olhe só como ele tinha vivido durante os anos anteriores. Surfar e trabalhar em bares dificilmente são escolhas de carreira para alguém que aspira a um estilo de vida cinco estrelas, certo?

E, de qualquer forma, Caroline não estava interessada em hotéis de luxo e restaurantes caros. Esse tipo de coisa não era importante para ela.

CORTA PARA: Abigail Parker. Legenda: "Amiga de Caroline Ryder." Ela está com um tailleur escuro, óculos e uma blusa branca. Evidentemente está em seu local de trabalho: uma mesa, arquivos, um computador.

ABIGAIL PARKER
Acho que dinheiro era muito, *muito* importante para ela. Tudo o que importava era o status. Ser a "castelã" de Dorney Place. Mesmo que ela o tivesse herdado apenas por casamento. E, muito além disso, qualquer construção tão velha sempre precisa de reforma — telhado, encanamento, apenas a manutenção geral. Aquela casa certamente *comia* dinheiro.

GUY HOWARD – off
Mas meu pai a deixou em uma situação confortável, não deixou?

ABIGAIL PARKER
Bem, sim e não. Quero dizer, sim, em comparação com a maioria das pessoas. Mas ela tinha despesas significativas, como eu disse. E também havia mensalidades escolares. Embora não houvesse

possibilidade de mandar você para Eton; ela simplesmente não podia pagar por isso. Embora Luke não fosse exatamente um pobretão. Ele podia estar vivendo como um vagabundo de praia, mas tinha uma grande herança de seus avós esperando por ele.

GUY HOWARD - off
Tinha mesmo? Não tinha acontecido uma grande briga anos antes? Era nisso que Luke levava as pessoas a acreditar.

ABIGAIL PARKER
Tem razão, aconteceu. Mas Luke os procurou logo depois de se casar. Seu avô, na verdade, tinha morrido alguns anos antes, mas a avó ainda estava viva e com muita energia, pelo que todos falavam. E, levando-se em conta que Luke era o único neto, era razoável que esperasse herdar tudo.

Acho que ele não falava sobre ter entrado em contato com ela porque não queria que as pessoas pensassem que ele tinha ido até lá pedir esmola. A imagem de parasita nunca cai bem.

GUY HOWARD - off
Mas minha mãe sabia?

ABIGAIL PARKER
Claro que sabia. Ela foi a primeira a estimular Luke a fazer isso.

(risos)

Na verdade, dava para dizer que, se tinha alguém se aproveitando de alguém naquele casamento, era Caroline, não Luke.

GUY HOWARD - off
Mas isso não pode ter sido um motivo para minha mãe matá-lo, pode? Se ele morresse antes da avó, o dinheiro não ia para minha mãe. Ela não ficaria com

nada. Era um interesse legal dela mantê-lo vivo, pelo menos até que a avó dele morresse.

ABIGAIL PARKER
(contendo uma expressão de aversão)
Bom, isso é outro jeito de dizer as coisas. Mas não, a herança não pode ter sido um motivo. E isso, sem dúvida, foi o que a polícia também concluiu.

CORTA PARA: MONTAGEM de FOTOS de Luke e Caroline: no casamento, na lua de mel na praia, no jardim em Dorney Place, com Guy e as irmãs. Nenhuma das crianças está sorrindo. A CÂMERA se afasta com um ZOOM e percebemos que essas fotos estão espalhadas sobre a mesa diante da equipe.

BILL SERAFINI
Então, acho que todos podemos concordar que o quadro é mais complexo do que pensávamos.

LAILA FURNESS
E Luke é uma personalidade muito mais complexa, também. Depois de perder a mãe tão cedo e seu pai logo depois, desconfio que ele estivesse lidando com muitas questões não resolvidas em torno do luto e do abandono. Mas na superfície ele parecia ser tranquilo e relaxado.

BILL SERAFINI
E também muito habilidoso em dar a volta por cima. Me parece que ele tinha um talento para ler as pessoas. Para descobrir de quem era interessante se aproximar.

HUGO FRASER
Usar, você quer dizer, certo? O que está descrevendo é um manipulador autocentrado, e um muito descarado, pra falar a verdade. E Luke se saía bem nisso por causa daquele rosto de bebê dele e da aparência de quem não liga para nada.

ALAN CANNING
Ele sem dúvida parece ter "levado" Rupert a pagar a maioria de suas contas.

JJ NORTON
Então talvez houvesse outras pessoas que ele tivesse conhecido que não eram tão acolhedoras. Pessoas que acharam que tinham sido, na palavra de Hugo, "usadas"?

ALAN CANNING
Nunca subestimem o poder do dinheiro como motivo para assassinato. Se trinta anos de experiência policial me ensinaram alguma coisa, é isso.

E, é claro, se ele foi morto por alguém que conhecia, alguém que ele tinha irritado, isso explicaria como tiveram acesso a Dorney Place naquela noite.

HUGO FRASER
O que mais sabemos sobre os conhecidos de Ryder? Em tese só estamos interessados em pessoas encontradas em Londres. Isso não pode ser um grupo muito grande.

LAILA FURNESS
(examinando sua cópia do arquivo do caso)
Tem pouquíssima coisa aqui que eu posso ver. Três ou quatro pessoas se apresentaram em resposta ao apelo policial, e todas foram liberadas. A polícia não parece ter desenterrado mais ninguém significativo.

HUGO FRASER
Bom, se tivesse sido enganado por uma vítima de homicídio, você dificilmente ia se apresentar aos rapazes de uniforme e distintivo, ia? Você ia estar se oferecendo como suspeito.

BILL SERAFINI
Mas, sem dúvida, é algo que devemos investigar. Um rapaz daquela idade devia ter mais conhecidos do que

apenas essa lista, mesmo que só companheiros
de copo.

Nós precisamos encontrar essas pessoas.

                    JJ NORTON
Eu não discordo, mas, em minha opinião, nossa
principal prioridade devem ser as provas da perícia
forense. Estou falando sobre minha área, eu sei, mas
precisamos saber mais sobre os ferimentos, o que eles
nos dizem sobre a arma e o que podemos deduzir disso
sobre o assassino.

Ele conhecia seu assassino, como parece provável
levando-se em conta onde ocorreu o assassinato? E
se ele conhecia, foi um ataque premeditado ou um
momento de violência impulsiva? E, de qualquer forma,
o que está por trás disso: raiva, paixão, ciúme,
vingança... o quê?

As pessoas assentem e murmuram ao redor da mesa.

                    BILL SERAFINI
Está bem, sugiro que comecemos expandindo a linha do
tempo para aquele dia — quem estava em Dorney Place
e quando, só para deixar tudo organizado em nossas
mentes. Depois você nos conduz pela perícia, JJ. Acha
que fica bom desse jeito?

                    JJ NORTON
Parece bom.

*A CÂMERA acompanha Bill quando ele se levanta e prende
um mapa e uma segunda folha de papel ao lado da linha do
tempo existente.*

                    BILL SERAFINI
Está bem, então essa era a aparência das primeiras
horas daquele dia em Dorney Place.

LINHA DO TEMPO – 03/10/03

8h35
Caroline sai para levar
Guy para a escola;
as garotas vão a pé

9h
Faxineira chega
(Beatriz Alves)

9h15
Caroline volta para casa

11h15
Caroline sai para almoçar

14h
Alves vai embora

14h45
Caroline volta do almoço

15h30
Caroline sai para
buscar a roupa na lavanderia
e apanhar Guy

16h15
As garotas voltam
da escola

16h45
As garotas saem
para uma festa

19h
As garotas saem
da festa e estão de volta
às 19h15; comem pizza

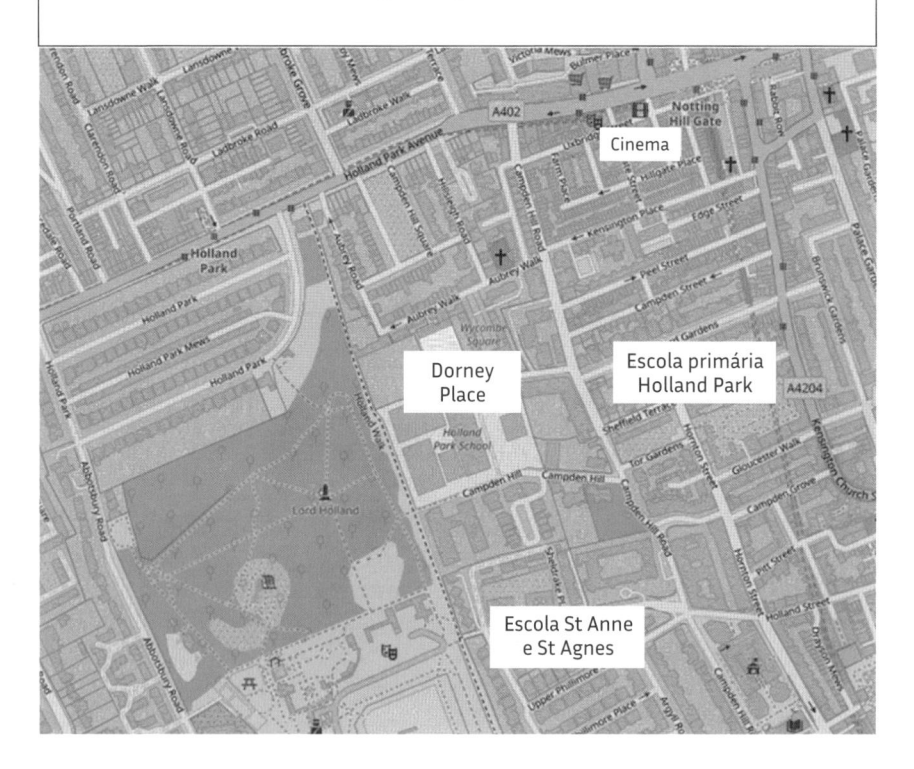

BILL SERAFINI
Três de outubro foi uma sexta-feira, então todas as crianças estavam na escola. Caroline levou Guy para a escola primária Holland Park, enquanto as garotas foram sozinhas a pé para a escola que ficava a três quadras de distância, na Bicester Street...

ALAN CANNING
Se pronuncia "Bister".

BILL SERAFINI
É mesmo? Eu não consigo entender o jeito com que vocês mexem com a língua inglesa.
    (percebe o que acabou de dizer e sorri)
Acho que é isso o que vocês britânicos chamam de ironia, hein?
    Enfim, todos eles saíram de Dorney Place em torno das 8h35, deixando Luke sozinho em casa.

JJ NORTON
Nós sabemos se alguém apareceu ou telefonou durante esse tempo?

BILL SERAFINI
A faxineira, Beatriz Alves, chegou logo depois das nove, mas disse à polícia que não viu ninguém aparecer na casa entre essa hora e quando ela foi embora, às duas.
    Ela também não percebeu nada fora do comum no comportamento de Luke — disse que ele foi educado, mas não trocaram muitas palavras, o que, pelo que parece, era comum. Ele com certeza não parecia nervoso nem agitado. Não, pelo menos, segundo ela.

HUGO FRASER
O que sugere para mim que ou ele não estava esperando que ninguém fosse até a casa naquela noite ou, se estava, com certeza não esperava que as coisas ficassem feias.

            BILL SERAFINI
Certo. E a polícia sem dúvida verificou o LUDs da
casa...

            LAILA FURNESS
Desculpe, LUDs? O que é isso?

            BILL SERAFIN
Desculpe, é só a abreviação de registros de chamadas.
Nos EUA, pelo menos. Embora, a julgar pela expressão
no rosto de vocês, com certeza não é algo usado aqui.

            ALAN CANNING
Então que chamadas foram feitas para a casa naquele
dia?

            BILL SERAFINI
Duas.

Ele pega uma caneta e acrescenta anotações manuscritas à linha do tempo.

Uma foi às 9h46 e durou um minuto e vinte segundos;
o número estava listado em nome de uma lavanderia
a seco, que depois confirmou que eles tinham ligado
para dizer que a roupa de Caroline estava pronta
para ser recolhida. Luke atendeu o telefone e, mais
uma vez, pareceu perfeitamente normal.
    A segunda ligação foi às 14h37 e durou dois
minutos e 33 segundos, e foi de um telefone público.
A polícia determinou que o telefone em questão
ficava no saguão da estação King's Cross, mas nunca
conseguiu determinar quem tinha telefonado.

            HUGO FRASER
Isso é tempo demais para um número errado.

            BILL SERAFINI
Concordo.

LAILA FURNESS
Luke estava sozinho em casa nessa hora?

BILL SERAFINI
Boa pergunta, guardem essa ideia.

Enquanto isso, de volta à linha do tempo: Caroline volta às 9h15, depois de deixar Guy na escola, então fica em casa até 11h15, quando sai para fazer algumas tarefas e depois almoçar. Ela confirmou que Luke estava na casa esse tempo todo e, mais uma vez, parecia perfeitamente normal. Beatriz Alvez também não percebeu nenhuma tensão entre eles, mas talvez não tenha ficado muito no mesmo aposento que os dois, já que estava limpando a casa e de olho na máquina de lavar roupa.

(volta-se para a linha do tempo outra vez) Caroline volta do almoço por volta das 14h45; mais uma vez, Luke parecia bem, e certamente não mencionou a ligação misteriosa da estação de King's Cross. Ela sai outra vez para buscar sua roupa limpa, o que foi confirmado pela polícia, e depois apanhar Guy na escola.

Enquanto isso, Maura e Amelie voltam para casa por volta das 16h15, e trocam de roupa antes de saírem para um tipo de festa na casa de uma amiga.

LAILA FURNESS
(sorrindo)
Um "tipo de festa". Dá pra ver que você não tem filhos.

BILL SERAFINI
(sorrindo em resposta)
É tão óbvio assim? Enfim, havia cerca de uma dúzia de garotas na casa dessa tal menina, e Maura e Amelie ficaram lá até as sete, mais ou menos.

A CÂMERA acompanha Bill quando ele se vira e prende uma série de fotos ao lado da linha do tempo; Maura e Amelie aparecem com várias outras adolescentes em um quarto, com luzes coloridas em torno de um espelho, uma penteadeira cheia de maquiagem e esmalte de unhas, um filtro de sonhos na parede, almofadas de cores vivas espalhadas e visíveis sobre a cama.

As garotas fazem poses e caretas para a câmera, revezam entre elas um chapéu de caubói cor-de-rosa, um boá de penas verde-limão e vários pés de sapatos de salto alto que experimentam ao mesmo tempo em que passam maquiagens e testam penteados diferentes. Elas claramente estão se divertindo muito.

As garotas voltam para Dorney Place por volta das 19h15 e comem pizza na cozinha com Luke e Guy.

<u>HUGO FRASER</u>
Que em tese estavam em casa esse tempo todo.

<u>BILL SERAFINI</u>
É, ou no jardim ou assistindo à TV dentro de casa. Tinha chovido forte de manhã, mas a tarde estava ensolarada, e Luke jogou críquete no jardim com Guy por aproximadamente uma hora. Pelo menos até escurecer.

<u>LAILA FURNESS</u>
Parece que Caroline queria que os dois saíssem de seu pé, ainda mais se ela ia sair naquela noite.

<u>BILL SERAFINI</u>
Talvez. Ao que parece, Luke pretendia ir à festa *com* ela, mas mudou de ideia no último minuto. Sabemos disso pelo depoimento de Caroline à polícia, e isso também foi confirmado por Beatriz Alves, que devia tomar conta das crianças, mas recebeu um telefonema do celular de Caroline às 20h30 daquela noite lhe dizendo que, no fim das contas, ela não precisava ir.

<u>HUGO FRASER</u>
Então é possível que Luke tenha mudado de ideia em relação a sair como resultado da ligação misteriosa de King's Cross?

                        BILL SERAFINI
É.
      (apontando para a linha do tempo da noite)
Como eu disse, Caroline levou as garotas para o cinema
em Notting Hill por volta das 20h15, depois voltou e
encontrou o marido na sala de estar vendo TV, quando ele
disse a ela que na verdade não ia à festa.

                        LAILA FURNESS
E ela aceitou bem?

                        BILL SERAFINI
                     (dá de ombros)
É claro. Ela trocou de roupa, desceu logo depois das
21h, quando ele ainda estava vendo TV e tomava uma
cerveja. E essa foi a última vez que ela viu o marido
com vida...

                         JJ NORTON
Segundo ela.

                        BILL SERAFINI
          (assentindo de forma significativa)
Segundo ela.

                        LAILA FURNESS
E o que Guy se lembra daquela noite? Quer dizer, eu li
a transcrição da entrevista que a polícia fez na época,
mas me perguntei se ele se lembrou de mais alguma coisa
desde então, considerando que ele era a única pessoa
na casa quando Luke foi morto.

                        BILL SERAFINI
                 (olhando além da câmera)
Você quer responder essa, Guy?

A CÂMERA acompanha Guy, que entra em quadro e se senta. Ele se inclina para a frente, apoiando os cotovelos nas coxas.

GUY HOWARD

Respondendo sua pergunta, Laila, não. Não me lembrei de mais nada. Sei que joguei críquete com Luke naquela tarde. Aliás, ele era muito ruim, especialmente para um australiano, o que sempre me irritava porque significava que ele nunca queria jogar por muito tempo.

Então comemos pizza. Não teria aula no dia seguinte, então minha mãe disse que eu podia ficar acordado até as dez, porque havia alguma coisa que eu queria ver na TV, mas Luke me mandou para a cama às 21h30.

(dá um sorriso estranho)

Eu nem consegui ver o fim do meu programa.

HUGO FRASER

Ele disse se estava esperando alguém? Era por isso que ele queria você fora do caminho?

GUY HOWARD

Não, e não sei, nessa ordem.

JJ NORTON

Você ouviu alguma coisa depois disso? A campainha? Vozes?

GUY HOWARD

Não, nada. Depois disso, só me lembro de ser acordado pela minha mãe e a casa estar cheia de gente.

BILL SERAFINI

(conferindo o arquivo)

O que, segundo a polícia, teria sido logo depois da meia-noite.

HUGO FRASER

(estudando as duas linhas do tempo)

Então com base no que acabamos de ouvir, a hora da morte se reduz a entre 21h35, depois que Guy subiu para a cama, e 22h20, quando começou a chover.

BILL SERAFINI
Exato.

JJ NORTON
Então o que aconteceu quando as garotas chegaram em casa?

BILL SERAFINI
Por que não perguntamos a elas?

CORTA PARA: Maura Howard, como antes, na sala de visitas de Dorney Place.

MAURA HOWARD
Nós voltamos por volta das 22h30. As luzes estavam todas acesas, e nada parecia estranho.

GUY HOWARD - off
O portão principal estava fechado?

MAURA HOWARD
Estava.

GUY HOWARD - off
E a porta da frente com certeza estava trancada?

MAURA HOWARD
Claro que estava, não havia como não termos percebido isso. Mas eu tinha a chave, por isso não tocamos a campainha, apenas entramos.

GUY HOWARD - off
Mais uma vez, não havia nenhum sinal de haver nada errado?

MAURA HOWARD
Não, nada. Nós fomos até a cozinha para pegar uma Coca, então segui para meu quarto...

GUY HOWARD - off
O que fica em cima do velho estábulo, aquele que mamãe usava quando começou a trabalhar para papai.

                    MAURA HOWARD
Isso.

                    GUY HOWARD - off
Então o que aconteceu em seguida?

                    MAURA HOWARD
                    (respira fundo)
Eu o encontrei. Quero dizer, eu sabia que alguma coisa estava errada, assim que saí. Eu vi... aquilo.
          (engole em seco e afasta os olhos)
Eu soube que era um corpo. Estava chovendo muito forte e não era fácil enxergar, mas, mesmo assim, deu pra saber.

                    GUY HOWARD - off
O que você pensou que tinha acontecido?

                    MAURA HOWARD
Não tenho certeza se, naquela hora, eu estava pensando muito.
          (dá de ombros)
Acho que se estava pensando alguma coisa era que alguém tinha caído da escada. Mamãe sempre falava como era perigosa, ainda mais com chuva...

                    GUY HOWARD - off
Você o reconheceu? Você soube que era Luke?

                    MAURA HOWARD
                    (sacudindo a cabeça)
Não. Não no início. Parecia um homem. Um homem de preto. Só quando cheguei mais perto eu percebi que era ele.

                    GUY HOWARD - off
Você soube, mesmo no escuro e no estado em que estava o corpo?

                    MAURA HOWARD
Não foi isso...

Ela para e olha para baixo; está visivelmente tensa e com a respiração ofegante, tentando se acalmar. Depois de alguns instantes, ela começa a falar outra vez, mas não ergue os olhos.

    Foram as roupas. Eu reconheci a jaqueta. A de jeans preta. Ela tinha uma logo prateada na gola. Foi uma que mamãe comprou para ele.

GUY HOWARD - off

Então o que aconteceu depois?

MAURA HOWARD

Eu corri. Ou pelo menos quis correr, mas minhas pernas estavam todas dormentes, e eu não parava de escorregar na lama. Assim que entrei, chamei Amelie e disse a ela para ir ver você. Eu estava preocupada que alguma coisa pudesse ter acontecido com você também.

GUY HOWARD - off

Então você ligou para a emergência?

MAURA HOWARD
(hesita, então assente)

Isso. E fechei as portas. Caso quem quer que o tivesse atacado ainda estivesse lá fora.

GUY HOWARD - off

Você também ligou para a mamãe?

MAURA HOWARD

Liguei para o celular dela, mas ela não atendeu. Então a polícia chegou, e tudo ficou uma merda.
    Tipo *para sempre*.

(afasta os olhos)

CORTA PARA: Equipe.

                    LAILA FURNESS
    Pobre criança. Tinha só 15 anos na época. Isso não é
    idade para ter a vida virada de cabeça para baixo.

                    HUGO FRASER
    Essa menção ao celular me fez pensar... Imagino que
    Luke também tivesse um. Houve alguma chamada estranha
    de ou para algum dos dois naquele dia?

                    BILL SERAFINI
                  (balançando a cabeça)
    Nada que a polícia não soubesse explicar.
                  (olha em torno da sala)
    Então, mais alguma pergunta até agora? Não? Nesse
    caso, acho que a bola está com você, JJ.

A CÂMERA se volta para JJ, que abre seu arquivo e começa a botar fotos da cena do crime sobre a mesa. Algumas delas já foram apresentadas: CLOSES em torno do corpo mostrando sangue derramado (as roupas estão nitidamente visíveis, mas os traços faciais foram borrados para a câmera); novas imagens com o ângulo mais aberto mostram o corpo em relação à casa.

                    JJ NORTON
    Então, como podemos ver, Ryder estava usando a
    jaqueta jeans preta que Maura acabou de mencionar.
    Também estava de calça jeans, camiseta, mocassins
    pretos e um relógio Breitling Avenger, que Caroline
    tinha dado a ele de presente de casamento.

                    HUGO FRASER
                  (de forma apreciativa)
    Bela peça.

                    JJ NORTON
    E, se ele parece familiar, é porque Caroline deu
    um modelo igualzinho para Guy no aniversário de
    21 anos dele.

Ele digita em seu teclado, e o mapa de um corpo aparece na tela.

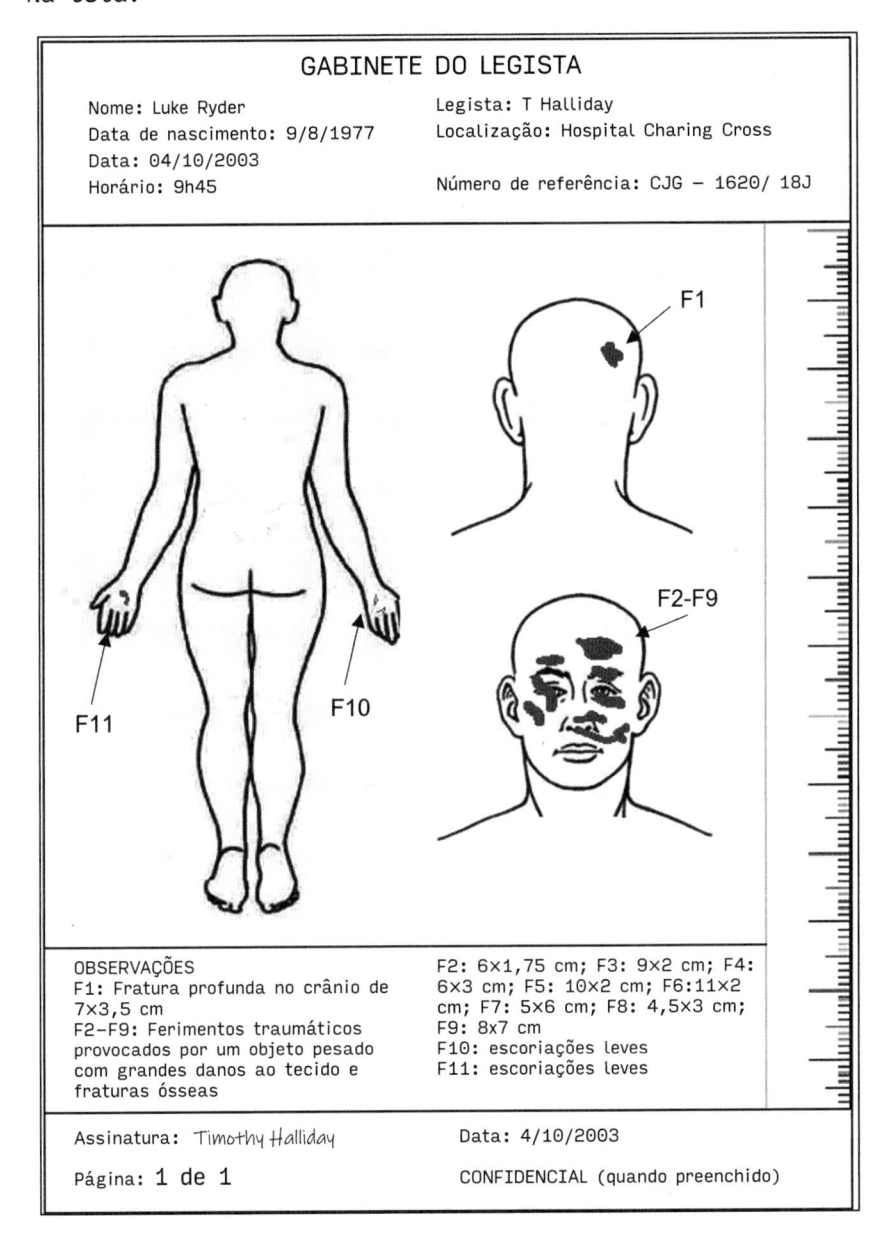

GABINETE DO LEGISTA

Nome: Luke Ryder
Data de nascimento: 9/8/1977
Data: 04/10/2003
Horário: 9h45

Legista: T Halliday
Localização: Hospital Charing Cross

Número de referência: CJG – 1620/ 18J

OBSERVAÇÕES
F1: Fratura profunda no crânio de 7×3,5 cm
F2-F9: Ferimentos traumáticos provocados por um objeto pesado com grandes danos ao tecido e fraturas ósseas

F2: 6×1,75 cm; F3: 9×2 cm; F4: 6×3 cm; F5: 10×2 cm; F6:11×2 cm; F7: 5×6 cm; F8: 4,5×3 cm; F9: 8×7 cm
F10: escoriações leves
F11: escoriações leves

Assinatura: *Timothy Halliday*   Data: 4/10/2003
Página: 1 de 1   CONFIDENCIAL (quando preenchido)

<u>JJ NORTON</u>

Certo, recapitulando, o corpo foi encontrado por volta das 22h45, e nesse ponto Ryder estava morto havia cerca de uma hora. Vamos lá para fora em breve para vermos por conta própria, mas se vocês olharem para o diagrama aqui...

(ele se volta para a planta da propriedade)
Vocês podem ter uma ideia da disposição do terreno.

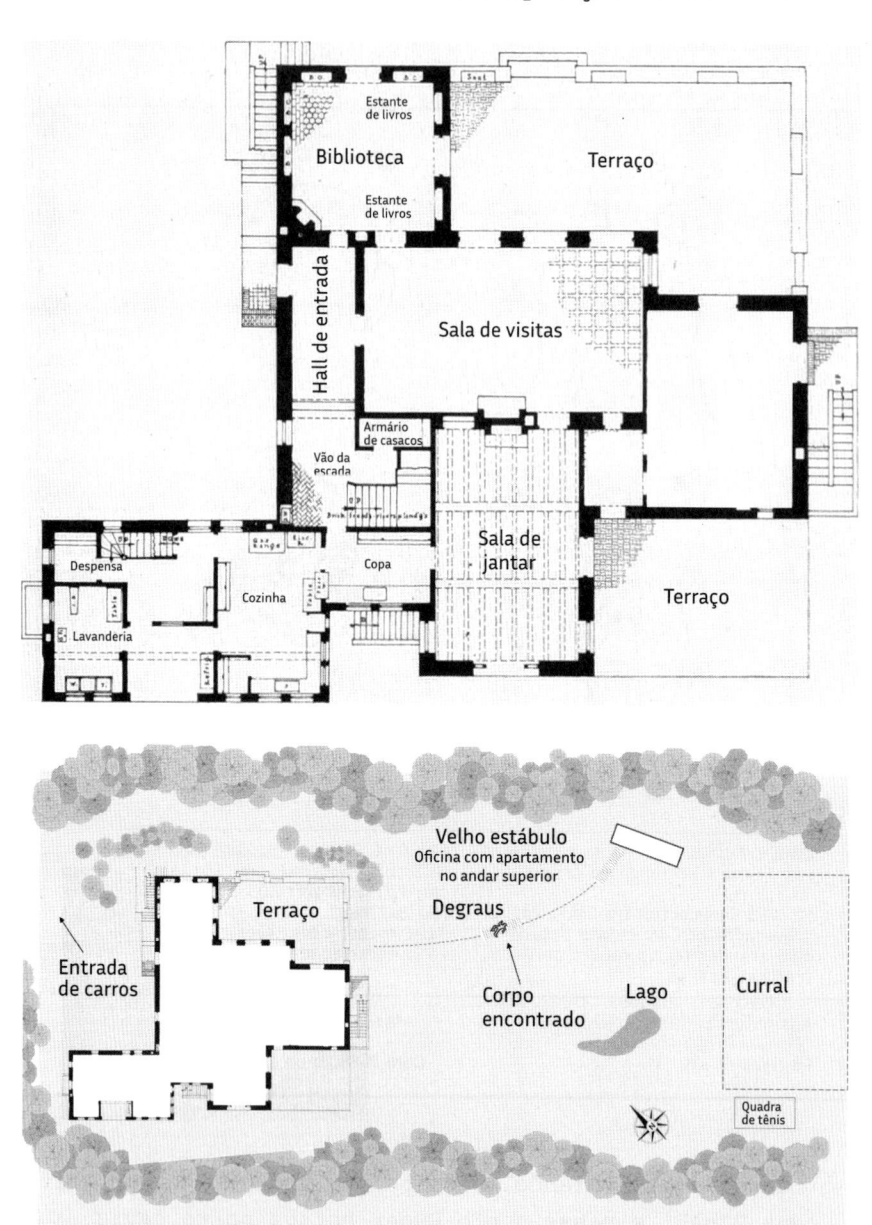

JJ NORTON

Há uma quadra de tênis *aqui*, um curral *aqui*, e essas construções *aqui* são o velho estábulo, que os Howard transformaram em oficina e área de armazenamento. Era aqui que Ryder guardava a motocicleta.

Os cômodos acima foram reunidos em um apartamento autossuficiente para Caroline quando ela começou a trabalhar como babá para os Howard, e, como acabamos de saber, na época do assassinato, Maura Howard tinha se mudado para esses aposentos.

Na verdade, há uma subida bem íngreme da casa na direção do estábulo que vocês obviamente não conseguem ver aqui, mas é por isso que há aqueles lances de escada — o jardim é basicamente disposto em terraços.

(larga o mapa e olha ao redor)

Como eu disse mais cedo, não havia indícios de que o assassino tenha entrado na casa, e as portas estavam todas trancadas quando as garotas chegaram. Também não havia pegadas identificáveis no jardim — o mau tempo cuidou disso.

ALAN CANNING

E, de qualquer forma, era outubro, o tempo estava ruim e fazia apenas cinco graus — qualquer um que chegasse na casa podia com facilidade estar usando luvas e uma capa impermeável, e isso teria eliminado toda transferência de DNA, mesmo sem chuva. E estar vestido assim não teria despertado nenhuma suspeita, não com aquele tempo.

JJ NORTON

Então ou Ryder percebeu que havia um intruso no jardim e saiu para investigar, o que parece um tanto improvável, ou a pessoa era alguém que Ryder conhecia...

MITCHELL CLARKE

Como o homem enigmático de King's Cross. Ou mulher...

JJ NORTON

... e por alguma razão Luke não quis deixar que ela entrasse na casa e decidiu falar com ela do lado de fora, apesar do mau tempo.

LAILA FURNESS

Mas isso não é tão estranho, é? O horário mais cedo que ele pode ter sido morto foi logo depois das 21h30, e a essa hora ele devia saber que Maura e Amelie podiam voltar a qualquer minuto. Se ele estava se encontrando com alguém mesmo remotamente suspeito, posso vê-lo facilmente querendo esconder esse fato das garotas.

BILL SERAFINI

(assentindo de forma significativa)
Especialmente se ele não quisesse que Caroline descobrisse. As garotas não iam esconder nada suspeito dela, ainda mais se pudessem usar isso contra Luke.

LAILA FURNESS

Exatamente.

HUGO FRASER

Mas, por outro lado, Luke mantinha a motocicleta na oficina, o que por si só seria razão suficiente para ele estar no jardim, estivesse esperando alguém ou não.

JJ NORTON

Em teoria, sim, mas ele mantinha essa oficina trancada com cadeado, e quando o encontraram, ele não estava com a chave, ela ainda estava em casa. O que basicamente elimina qualquer possibilidade de que ele tenha sido emboscado quando estava indo trabalhar na motocicleta.

E, só para registro, nenhuma das ferramentas da oficina estava faltando, e nenhuma tinha qualquer traço de sangue ou material biológico.

LAILA FURNESS
O que nos leva à possível arma.

JJ NORTON
Certo.

Ele começa a distribuir as imagens da autópsia; os detalhes estão borrados na câmera.

Isso não é para quem tem coração fraco, com toda a certeza. Como vocês podem ver, há um ferimento na parte de trás da cabeça que certamente foi sério o suficiente para tê-lo derrubado, e também algumas escoriações leves nas mãos, consistentes com uma queda sobre os degraus de pedra. Mas os ferimentos no rosto e na frente do crânio não podem ter sido acidentais.

BILL SERAFINI
(examinando as imagens)
Esses foram contínuos e brutais.

JJ NORTON
(ele vai até o mapa do corpo e aponta)
Houve oito golpes separados e distintos no rosto, que foram sem dúvida a causa da morte. A massa encefálica estava bastante visível na autópsia.

LAILA FURNESS
Clássico excesso de violência. Isso não é aleatório. É pessoal. *Muito* pessoal.

MITCHELL CLARKE
Muito mais se Luke já estivesse apagado, isso exclui qualquer elemento de autodefesa. O assassino devia querer muito vê-lo morto.

HUGO FRASER
Então se a arma não foi uma das ferramentas de Luke, o que a polícia achou que era?

JJ NORTON

Eles não conseguiram identificá-la de forma conclusiva. Ou algo semelhante a um martelo que ele trazia com ele, ou algo aleatório como uma pedra ou uma lajota quebrada do calçamento do jardim.

E como vocês podem ver pelas fotos, o trabalho de reforma feito nas escadas na época significava que na verdade havia muitas lajotas quebradas para escolher.

MITCHELL CLARKE

É um tanto difícil circular por Londres com um martelo embaixo de seu casaco sem ninguém perceber. Só lembrando.

JJ NORTON

Certo. E acho que é por isso que a polícia pendeu mais na direção da teoria da pedra. Mas se foi isso, a chuva eliminou qualquer chance de identificá-la.

BILL SERAFINI

(examinando fotos da cena do crime)

Em relação ao que você falou sobre a reforma, imagino que tudo usado na obra tenha sido testado. Pás e coisas assim?

JJ NORTON

Sem dúvida.

HUGO FRASER

(olhando para a planta)

Tem um lago grande a apenas alguns metros de distância, que para mim está na cara que é um local de descarte. Especialmente se a arma foi apenas um detrito aleatório do jardim.

JJ NORTON

Certo, e sim, o lago foi drenado na época. O fundo estava cheio de pedaços de entulho e lajotas quebradas, então mais um pedaço aleatório seria quase impossível de identificar, mesmo na melhor das hipóteses. Mas com toda aquela água, não ia dar em nada em termos de provas.

                    LAILA FURNESS
Havia algum detrito nos ferimentos ou no cabelo que confirmasse a teoria da pedra?

                    JJ NORTON
Boa pergunta. A resposta é sim, mas não o suficiente para ser definitivo. Considerando que a vítima estava ao ar livre e tinha caído por vários degraus, sempre haveria algum nível de contaminação.

                    ALAN CANNING
A questão na teoria da pedra, sem dúvida, é que uma mulher podia usar algo assim com tanta facilidade quanto um homem.

                    BILL SERAFINI
          (assentindo de forma significativa)
E Caroline estava a apenas 20 minutos de distância a pé.

                    LAILA FURNESS
Os amigos com quem ela estava disseram se ela saiu em algum momento?

                    BILL SERAFINI
"Não que tenham percebido."
   Mas era um coquetel, não jantar, então as pessoas não estavam sentadas. Além disso, havia trinta ou quarenta convidados, então não teria sido necessariamente óbvio se ela tivesse desaparecido por algum tempo.

                    LAILA FURNESS
Mas, quando ela estivesse de volta na festa, estaria chovendo — então estaria bem molhada. Sem falar que estaria coberta de sangue. Sem dúvida alguém teria percebido isso.

BILL SERAFINI
Foi exatamente isso o que os advogados dela disseram para os detetives no caso. Mas vamos tentar localizar algumas pessoas que estavam lá naquela noite para ver se elas podem estar dispostas a falar conosco.

HUGO FRASER
(tomando notas em um bloco amarelo)
Então, até agora, nossa lista de suspeitos está assim:

Caroline — a mais óbvia, se considerarmos que assassinatos dessa natureza são invariavelmente trabalho de um parceiro íntimo. Mas ela tinha um álibi bem decente, assim como nenhum motivo aparente. Nenhum, pelo menos, que tenha sido descoberto.

Rupert — da mesma forma, não tem um motivo óbvio, e também insiste que não estava em Londres, embora eu ache aconselhável que verifiquemos isso de novo.

E, por último, a pessoa misteriosa que telefonou de King's Cross, que nunca foi identificada, muito menos encontrada.

Mas se havia mesmo alguma pessoa que tinha um problema tão grande com ele para querer matar Ryder, vamos ter que procurar muito, porque a polícia não parece tê-lo encontrado.
(olha em torno da mesa)
Quer dizer, para ser sincero, quem mais nós temos?
(silêncio)

MITCHELL CLARKE
(erguendo os olhos)
Eu.

FADE OUT

- CRÉDITOS FINAIS -

E-MAIL DE NICK VINCENT COM O RESUMO DO DIA 6 DE ABRIL DE 2023, 10H11

Data: Quinta-feira, 06/04/2023, 10h11
De: Nick Vincent
Para: Guy Howard, Hugo Fraser, Alan Canning, Mitch Clarke, Laila Furness, Bill Serafini, JJ Norton
CC: Tarek Osman, Fabio Barry, equipe de produção da Dry Riser

Assunto: Resumo do episódio 1 e próximos passos

Só para agradecer outra vez por conseguirem manter em segredo a grande revelação sobre Mitch até o último frame. Nada como um gancho para fazer com que continuem assistindo. Mas, de agora em diante, se algo surgir durante a gravação que vocês não saibam, é só chegar e falar mesmo. Tudo acrescenta ao drama!

Nós gravamos de novo no dia 17, e obviamente o foco principal dessa vez vai estar em Mitch, e como ele se viu nessa situação. Enquanto isso, marcamos uma entrevista de Alan e Bill com Peter Lascelles, o principal investigador original. Ele está aposentado há muito tempo, mas, segundo o que se sabe, ainda está lúcido. Ele ficou em dúvida se devia fazer isso na última vez que conversamos, mas, parece que agora concordou. Hoje em dia ele mora em Devon, então isso deve envolver uma viagem para o sul.

Como sempre, se tiverem qualquer pergunta, gritem.
Nick

Data: Sexta-feira, 07/04/2023, 14h05   **Importância:** Alta
De: Tarek Osman
Para: Fabio Barry, Mel@MediumRare.com

CC: Tarek Osman, Fabio Barry, equipe de produção da Dry Riser

Assunto: Imagens para o episódio 2

Como discutimos, estou anexando algumas fotos que Mitch nos deu feitas em torno de 2003. Como previsto, a Polícia Metropolitana está se recusando a liberar vídeos/transcrições de qualquer dos interrogatórios policiais, então vamos com o plano B e filmar reconstituições.

Também localizei mais imagens de noticiários da investigação original, embora, é claro, nenhuma delas mostre Mitch.

Abraço,
Tarek

**MENSAGENS DE TEXTO ENTRE AMELIE E MAURA HOWARD,
7 DE ABRIL DE 2023, 19H33**

Como foi?

> Como eu esperava, acho. Mas foi estranho voltar à casa

?? Você está lá há meses

> Em meu próprio quarto, sim. Não na casa. É como a porra de uma fenda no tempo, lá dentro. Sério

> Seu quarto está igual ao dia em que você foi embora. O do Guy também

> Isso está me deixando surtada

E as entrevistas?

> Eles estão requentando muito daquelas coisas sobre mamãe e Amanda. O acidente

O que isso tem a ver?

> Guy diz que é "contexto" 😏

> Mas eu acho que isso sempre vai fazer parte de tudo. E, afinal, quem se importa agora, depois de todo esse tempo?

É fácil para você dizer

Olha, eu sei o que estou fazendo, tá bem?
Vai ficar tudo bem, prometo

Não acho que o Rup esteja se saindo
lá muito bem, por falar nisso

Está mais protegendo a própria pele

Babaca

É. Concordo. Então relaxa, ok?
Tá tudo sob controle

EPISÓDIO UM

TRANSMISSÃO | 3 DE OUTUBRO

INFAME

QUEM MATOU LUKE RYDER?

UMA SÉRIE DOCUMENTAL
ORIGINAL DA SHOWRUNNER

TELEVISÃO · The Times, 4 de outubro de 2023

O CASO MISTERIOSO EM DORNEY PLACE

A NOVA SÉRIE DA SHOWRUNNER PODE FINALMENTE SOLUCIONAR UM CRIME INFAME?

ROSS LESLIE

INFAME: QUEM MATOU LUKE RYDER?
Showrunner

MÍSTICOS INGLESES: SAMUEL PALMER
BBC4

A nova temporada da Showrunner começou ontem à noite com uma nova série de *Infame*, dessa vez focada em um caso antigo realmente Infame de 2003. O assassinato brutal do australiano de 26 anos Luke Ryder ocorreu em Campden Hill, a apenas alguns quilômetros de onde eu morava — recém-saído da universidade — na época. Ainda me lembro da ansiedade que o assassinato gerou, especialmente para minhas colegas de casa.

Houve centenas de policiais na investigação na época, e é difícil acreditar que toda possível pista não tenha sido verificada mais de uma vez. Houve uma série de documentários de true crime sobre o caso desde então, e nenhum ofereceu nada de novo. Mas agora, motivados pelo vigésimo aniversário do assassinato, nós temos *Quem matou Luke Ryder?*, dirigido pelo enteado da vítima, Guy Howard, o que dá à produção acesso sem precedentes tanto à família quanto à cena do crime. Se alguém pode descobrir alguma coisa, é ele.

Ao contrário de séries anteriores da franquia *Infame*, *Quem matou Luke Ryder?* também adota um novo formato, reunindo especialistas para reexaminar o caso em tempo real. Um reality show de crime na TV, se você preferir. A julgar pelo gancho no fim do episódio de abertura de ontem à noite, ela com certeza promete.

O SEGUNDO EPISÓDIO DE MÍSTICOS INGLESES FOCA NO PINTOR DO SÉCULO XIX SAMUEL PALMER

INFAME/LUKE RYDER `Entrar`

Acabei de criar este novo subgrupo para todos nós reunirmos nossas ideias — todo mundo é bem-vindo, desde que respeite as regras do grupo!

publicado há 9 horas por Slooth
6 comentários   compartilhar   ocultar   denunciar

Nossa, cara, o que você achou do gancho no final para terminar o primeiro episódio?! Quem sabia desse cara, o Mitch???

publicado há 9 horas por Bernieocortaferro
4 comentários   compartilhar   ocultar   denunciar

> Eu *sempre* fui, tipo, obcecado por esse caso, e garanto que ele não estava nem no radar
>
> publicado há 8 horas por AngieFlynn77
> 2 comentários   compartilhar   ocultar   denunciar

> E a ligação misteriosa de King's Cross ou seja lá de onde tenha sido — corrijam-me se eu estiver errado, mas isso também é novidade. Tem potencial para mudar o jogo?
>
> publicado há 8 horas por Investig4dor
> 8 comentários   compartilhar   ocultar   denunciar

> Concordo
>
> publicado há 8 horas por AngieFlynn77
> compartilhar   ocultar   denunciar

A polícia na época achou que era a mulher. Quer dizer, a imprensa não podia sair dizendo isso, é claro, mas era muito óbvio

publicado há 7 horas por TruCrimr
6 comentários   compartilhar   ocultar   denunciar

> Interessante. Você acha que foi ela?
>
> publicado há 6 horas por RonJebus
> compartilhar   ocultar   denunciar

> Neste momento, sim — não consigo ver mais ninguém com qualquer motivo. Mas talvez esses caras tenham descoberto alguma coisa. Vamos ver
>
> ↪ publicado há 6 horas por TruCrimr
> compartilhar   ocultar   denunciar

Eu gosto do formato. Um pouco como *O homem errado*, se alguém por acaso viu. Joe Berlinger fez esse, em 2018. Eles fizeram um bom episódio sobre o caso de Patricia Rorrer. Tinha muita coisa que eu nunca tinha visto antes também

↪ publicado há 5 horas por Brian885643
11 comentários   compartilhar   ocultar   denunciar

Não posso acreditar que nunca tinha ouvido falar desse caso antes! Totalmente fascinante. E aquela casa! Ah, meu Deus! Eu nem sabia que havia casas como aquela bem no meio de Londres. Quanto vale esse tipo de imóvel? $$$$

↪ publicado há 4 horas por FanaticoporTC88
2 comentários   compartilhar   ocultar   denunciar

> Sigam o dinheiro. Só digo isso
>
> ↪ publicado há 4 horas por TruCrimr
> ocultar   denunciar

>> Concordo. Tem que ser um fator. Com um baita F maiúsculo
>>
>> ↪ publicado há 3 horas por Brian885643
>> compartilhar   ocultar   denunciar

EPISÓDIO DOIS
GRAVAÇÃO

ELENCO
Alan Canning (AC)
Mitchell Clarke (MC)
Hugo Fraser (HF)
Laila Furness (LF)
JJ Norton (JJN)
Bill Serafini (WS)

CHAMADA DA EQUIPE: 8H45
CÂMERA PRONTA: 9H15

Nascer do sol: 5h59
Pôr do sol: 19h58
Previsão do tempo: 3°, nublado

PROGRAMAÇÃO DO DIA

**INFAME:
Quem matou
Luke Ryder?**

Segunda-feira
17 de abril de 2023

EPISÓDIO 2:
EM LOCAÇÃO.
DIA 1 DE 3

PRODUTOR **Nick Vincent**
DIRETOR **Guy Howard**
EDITOR **Fabio Barry**
PESQUISADOR
Tarek Osman
ASSIST. DE PROD.
Jenni Tate
GERENTE DE LOCAÇÃO
Guy Johnson

Café da manhã no set
a partir das 8h30
Almoço a partir das 12h45
Previsão de término: 17h30

*Nota para elenco: cenas externas devem ser filmadas primeiro, vista-se adequadamente

LOCAÇÃO Dorney Place
Larbert Road, 2
Campden Hill, Kensington,
Londres

OBSERVAÇÕES:
É preciso reservar vagas de estacionamento antecipadamente na locação.
O metrô mais próximo é o de Holland Park.
Telefone de contato para emergências: 07000 616178.

EQUIPE

Cargo	Nome	Telefone	Chamada	Cargo	Nome	Telefone	Chamada

DRY RISER FILMS Ltd
227 Sherwood Street London W1Q 2UD

SEQUÊNCIA DE CRÉDITOS: MONTAGEM em P&B em estilo arthouse com imagens e recortes curtos: cobertura da época dos noticiários sobre cena de crime, fotos de família

CANÇÃO-TEMA - "It's Alright, Ma (I'm Only Bleeding)" [Bob Dylan] da trilha sonora de Sem destino [1969]

FIM DOS CRÉDITOS

INFAME

FADE IN

QUEM MATOU LUKE RYDER?

FADE OUT

FRAME NEGRO, SURGE o TEXTO em VOICEOVER - Narrador (voz feminina)

> Três de outubro de 2003: o corpo muito espancado de Luke Ryder é encontrado por sua enteada de 15 anos no jardim da casa de sua mulher, em um bairro elegante do oeste de Londres.
>
> Não havia mais ninguém em casa, nenhum sinal de arrombamento, nada tinha sido roubado e não havia motivo aparente para o ataque brutal.
>
> Até onde o público sabia, a polícia estava fazendo pouco progresso.
>
> O que eles não sabiam era que um homem tinha sido detido para ser interrogado horas após encontrarem o corpo.
>
> O nome desse homem era Mitchell Clarke.

FADE OUT

CORTA PARA: *Equipe parada diante do portão de Dorney Place. O céu tem nuvens, mas está limpo e obviamente frio para abril, pois estão todos de casaco e cachecol.*

> BILL SERAFINI

Então, Mitch, o fim do último episódio foi provavelmente um verdadeiro choque para nossos telespectadores. Por que isso não veio a público na época, você sabe?

> MITCHELL CLARKE

Bom, na verdade nunca fui preso pelo assassinato, e acho que a polícia estava com receio de colocar na mira um cara negro. Especialmente naquela parte da cidade. Vocês precisam lembrar que em 2003 o inquérito de MacPherson ainda estava muito fresco na mente das pessoas.

> BILL SERAFINI
> (para a câmera)

Para nós espectadores americanos, essa foi uma investigação sobre como a Polícia Metropolitana lidou com o assassinato em 1993 de um jovem negro chamado Stephen Lawrence.

As descobertas foram publicadas em 1998, e acusavam a Polícia Metropolitana de ser "institucionalmente racista". Isso na época foi bem explosivo, certo?

> MITCHELL CLARKE

Bastante.

> BILL SERAFINI

Então nos conte o que aconteceu com você, como você acabou envolvido? Você já era jornalista, certo, embora tivesse apenas vinte e poucos anos?

CORTA PARA: *MONTAGEM de reportagens assinadas por Clarke entremeadas com imagens dele na época do assassinato. As imagens continuam durante a próxima fala de Mitch, depois voltam para Bill.*

Estudante negro, 14, última vítima da crescente violência das gangues
POR MITCHELL CLARKE

O adolescente que morreu após um ataque com faca perto da Burnley Road na noite de sexta-feira foi identificado ontem como Jackson Turner, 14, de Ely Close, Westbourne Park.

A mãe de Turner, Carol, negou que seu filho estivesse envolvido em qualquer atividade de gangue e alertou outros pais na área a ficarem mais atentos a seus filhos.

"Jackson era um bom em qualq

Professores da Faculdade Comunitária de Oakley Park confirmaram que Turner era um aluno assíduo até muito recentemente, e esperava-se que ele fizesse cinco exames do ensino médio diferentes.

West London Gazette
Janeiro de 2002

CRIMES DE DROGAS E FACAS SÃO "ENDÊMICOS", DIZ CHEFE DA METROPOLITANA
Por Mitchell Clarke

Policiais graduados da Metropolitana agora aceitam que a quantidade de crimes relacionados a drogas e facas nas ruas de Londres estão chegando a um nível "quase impoliciável", disseram fontes ontem.
Áreas do oeste de Londres foram identificadas como motivo de preocupação especial, com tensão racial e níveis cada vez maiores de participação em gangues citados como algumas das principais causas.

"Estratégia mais eficaz" é necessária com urgência

Discursando em um evento beneficente, o subcomissário Fordham destacou seu compromisso e o de sua força para dar às pessoas de Londres um serviço policial adequado ao século XXI.
O evento, realizado na escola St Anne e St Agnes fez parte de uma campanha para arrecadar dinheiro para o trabalho da Salve as Crianças, na África.

OPINIÃO: O QUE MACPHERSON REALMENTE MUDOU
or Mitchell Clarke

e até lidarmos com preocupações como essa, ouca coisa vai melhorar no curto prazo.
Todo homem negro que conheço foi parado revistado pelo menos uma vez, incluindo ários amigos que na época estavam na iversidade. Mas isso, aparentemente, é omo a polícia nos vê.

The Voice
Junho de 2001

Ladbroke Grove Evening News
Março de 2003

MITCHELL CLARKE
Eu tinha 21 anos em 2003 e era freelancer — não me liguei a nenhum jornal específico até bem mais tarde. Eu estava morando em Ladbroke Grove, e era de lá que vinha a maioria de minhas reportagens.

BILL SERAFINI
Ladbroke Grove fica bem ao lado de Campden Hill, mas em todos os outros aspectos é muito diferente, certo?

HUGO FRASER
Um mundo de distância, e ainda mais na época. Polos tão opostos quanto dois lugares podem ser estando

a pouco mais de um quilômetro um do outro. Estamos
falando de drogas, violência, crimes com pistolas e
facas. Não é uma imagem bonita.

> MITCHELL CLARKE
> (olhando para ele)

E quase tudo isso era — e é — resultado direto de
pobreza, moradias ruins, educação ainda pior e, sim —
desculpe, mas preciso dizer isso —, racismo endêmico
e "institucional". Essas histórias precisam ser
contadas.

> HUGO FRASER
> (erguendo as mãos; ele está usando luvas de
> couro de grife)

Ei, eu não estou discordando. Olhem para mim,
estou longe de representar o anglo-saxão branco e
protestante padrão.

> BILL SERAFINI

Então como você soube do caso Ryder, Mitch? Não
parece seu trabalho habitual.

> MITCHELL CLARKE

Não era. Mas como muitos jornalistas locais, eu ficava
ligado no tráfego de rádio da polícia...

CORTA PARA: VÍDEO de arquivo de scanner da polícia; CLOSE
quando o usuário sintoniza, captando trechos de diálogos
da polícia.

> BILL SERAFINI

Você escutava, certo? Para ficar por dentro do que
estava acontecendo?

> MITCHELL CLARKE

E eu os ouvi chamando um carro para aquele endereço
e tive um pressentimento. Coisas ruins não acontecem
por aqui.

> (gesticula para a rua)

Quer dizer, olhem para este lugar.

   Enfim, eu não tinha mais nada para fazer, estava perto, então vim na esperança de conseguir alguma coisa.

                BILL SERAFINI

E o que você achou quando chegou aqui?

                MITCHELL CLARKE

Bom, como vocês podem ver, a casa não é nem visível da rua. Levei cinco minutos só para encontrar a droga do portão. Eu estacionei ali, do outro lado da rua, e quando o carro da polícia chegou e foi autorizado a entrar, eu saí e os segui a pé pela entrada de carros.

                ALAN CANNING

O que, é claro, era ilegal...

                MITCHELL CLARKE

Tecnicamente, era.

                ALAN CANNING

Não apenas tecnicamente. De verdade. Foi por isso que você acabou...

                BILL SERAFINI
                (interrompendo)

Ei, estamos botando o carro na frente dos bois. Volte para quando você pegou aquela entrada de carros pela primeira vez. Os policiais não perceberam que você os estava seguindo?

                MITCHELL CLARKE

Acho que não. Estava bem escuro. E chovendo. Suas janelas provavelmente estavam embaçadas quase tanto quanto as minhas estavam.

                BILL SERAFINI

O que aconteceu depois?

                    MITCHELL CLARKE
            Bom, por que eu não mostro a vocês?

A CÂMERA se move para mostrar os portões. Eles começam
a se abrir, e a equipe segue Bill e Mitch pela entrada
de cascalho com cercas-vivas altas dos dois lados. Ela
faz uma curva à direita, e depois de alguns momentos a
casa fica visível. Embora tenhamos visto várias fotos dela
antes, ela ainda impressiona.

                    MITCHELL CLARKE
                 (parando e apontando)
            Os policiais estacionaram ali, à esquerda, então
            foram até a porta e tocaram a campainha. Eu esperei
            mais ou menos aqui, onde eles não podiam me ver. Eu
            sabia que não iam me deixar entrar de jeito nenhum,
            mas achei que talvez conseguisse ver alguma coisa
            pelas janelas...

                    BILL SERAFINI
            Então as cortinas estavam abertas?

                    MITCHELL CLARKE
            Estavam. Depois que eles entraram, eu comecei a dar
            a volta pelos fundos.

Eles começam a andar outra vez, atravessando a entrada de
carros até uma trilha que circundava a casa pela direita
e emergia no terraço dos fundos. Alguém exclama "uau".
Os jardins se estendem diante deles; o velho estábulo
e a escada onde o corpo de Luke foi encontrado são
nitidamente visíveis. Não há, porém, sinal de vida, além
de dois pombos em conflito no gramado.

                    LAILA FURNESS
            Tem alguém morando aqui atualmente?

                    BILL SERAFINI
            Caroline estava, até que seu terceiro marido morreu
            no ano passado. Ela agora está morando em Somerset.

Maura se mudou para seu antigo apartamento há alguns
meses, para ficar de olho na casa. Mas fora isso, não.
Não tem ninguém aqui.
    (ele se volta para Mitch)
Então vamos voltar a 2003. O que aconteceu quando
você chegou aqui?

                    MITCHELL CLARKE
Bom, estava muito escuro — a única luz vinha das
janelas, e chovia muito. Mas eu conseguia muito bem
ver alguma coisa ao pé da escada ali. Só não dava
para identificar o que era, parecia uma sombra escura.
Como uma pilha de roupas velhas.

                     BILL SERAFINI
O que é basicamente o que Maura também viu. Vamos dar
uma olhada mais de perto, que tal?

*A CÂMERA acompanha enquanto eles caminham pelo gramado
na direção da escada de pedra. O ponto de vista é baixo,
captando o ruído de seus passos enquanto eles deixam uma
trilha de pegadas na grama congelada.*

                     BILL SERAFINI
Você deve ter percebido muito rápido que não era
apenas uma pilha de roupas velhas.

*A CÂMERA faz um ZOOM até onde o corpo foi encontrado,
então muda lentamente para uma RECONSTITUIÇÃO da noite
do assassinato, com o corpo jogado no escuro e na chuva,
antes de voltar para a luz do dia e o momento presente.*

                    MITCHELL CLARKE
Isso. Foi como algo saído de um filme de terror. O
estado de seu rosto, sangue por toda parte. A chuva
caindo.

                     BILL SERAFINI
O que aconteceu em seguida?

           MITCHELL CLARKE
Acho que eu me distraí só por um minuto, para ser
honesto. Quando vi, havia dois policiais vindo da
casa em minha direção gritando, então eu só fiz a
volta e corri.

Alguns dos outros trocam olhares.

Sei que todos vocês teriam ficado parados, certo? Diriam
a eles o que estavam fazendo aqui? Mas vocês não eram
eu, um garoto negro e pobre de Ladbroke Grove que tinha
tido sua cota de levar dura da polícia...
           (ele se detém e respira fundo)
Trinta segundos depois, eu estava de costas na lama e
estavam me prendendo por assassinato.

           HUGO FRASER
Eles prenderam você naquele instante?

           MITCHELL CLARKE
Isso. Eles me arrastaram até a frente da casa e
me enfiaram em um carro da polícia. Enquanto isso,
o circo inteiro estava sendo montado. Ambulância,
peritos forenses, mais três carros da polícia, o
habitual. Eles me deixaram ali mofando enquanto tudo
acontecia. Eu só fui levado à delegacia de Notting
Hill para ser interrogado depois da uma.

CORTA PARA: Maura Howard, no mesmo lugar que no episódio 1.

           MAURA HOWARD
Eu me lembro de alguma coisa acontecendo do lado de
fora. De repente houve muitos gritos, e o som de
algum tipo de luta no jardim, e a policial que tinha
sido deixada para tomar conta de nós não queria que
saíssemos para ver. Não me lembro de ver um homem.
Amelie pode ter visto, ela estava na janela, mas eu
não consigo me lembrar disso.

CORTA PARA: RECONSTITUIÇÃO, só VÍDEO, sem ÁUDIO.

"Mitchell" é visto de cima sendo conduzido até uma sala de interrogatório da polícia por dois policiais à paisana. Eles lhe apontam uma cadeira e então se sentam em frente a ele, de costas para a câmera. Eles começam a interrogá-lo e as coisas nitidamente ficam acaloradas muito depressa. As imagens continuam conforme se segue.

      MITCHELL CLARKE
Eles me mantiveram ali por seis horas intermináveis. Fazendo as mesmas perguntas várias vezes. O que eu estava fazendo lá, como eu havia entrado. Informei que era repórter, disse a eles para conferirem minhas coisas, mas eles não estavam acreditando nisso. Então ele chegou. Peter Lascelles. O *inspetor detetive* Peter Lascelles.

Na tela, os dois policiais se levantam e saem, e "Mitchell" é deixado sozinho por alguns momentos. Ele permanece sentado sem se mexer, então se encosta na cadeira e olha direto para a câmera. A porta se abre e outro homem entra. Ele é alto, calvo no topo da cabeça. Ele se senta e o interrogatório recomeça.

      MITCHELL CLARKE
E nós repassamos tudo outra vez. As mesmas perguntas, a mesma droga de respostas. Ele parecia ter algum tipo de bloqueio mental que um homem negro sequer pudesse *ser* um jornalista. Ele começou a perguntar se eu tinha drogas, se eu *vendia* drogas, se eu vendia drogas para Ryder, se era *isso* o que eu estava fazendo lá...

CORTA DE VOLTA PARA: A equipe no jardim.

      LAILA FURNESS
Eu não me lembro de nada sobre drogas relacionado a Ryder. Com certeza não apareceu nada na autópsia.

      JJ NORTON
Não, não havia menção a drogas em lugar nenhum.

					LAILA FURNESS
					(para Mitchell)
Então por que Lascelles se concentrou tanto nisso, além do óbvio preconceito racial?

					MITCHELL CLARKE
Não faço ideia.

					ALAN CANNING
E eles revistaram você?

					MITCHELL CLARKE
			(se remexendo um pouco desconfortável)
Revistaram, sim.

					ALAN CANNING
E seu carro?

					MITCHELL CLARKE
Olhem, era só um pouco de maconha. Para uso pessoal.

					HUGO FRASER
Então por *isso* eles se agarraram à tese das drogas.

					MITCHELL CLARKE
Pois é. Eles pareciam pensar que eu tinha ido até lá para encontrar Ryder, para vender drogas para ele, que tinha acontecido uma discussão e as coisas ficaram feias...

					LAILA FURNESS
Você não tinha álibi para mais cedo naquela noite?

					MITCHELL CLARKE
Infelizmente, não.

					LAILA FURNESS
Mas, se tivesse ocorrido uma "discussão" e ele tivesse acabado morto, por que você teria ficado por aqui depois? Não faz sentido.

JJ NORTON
E por que a maconha estava no carro se você estava planejando vendê-la para ele?

MITCHELL CLARKE
É isso. Resumidamente.

ALAN CANNING
Só para registro, para deixar bem claro. Você não conhecia Luke Ryder?

MITCHELL CLARKE
(virando-se para olhar para ele)
Não, eu não o conhecia.

ALAN CANNING
Você nunca tinha se encontrado com ele antes?

MITCHELL CLARKE
Não.

ALAN CANNING
Nunca o havia nem visto?

MITCHELL CLARKE
Não.

ALAN CANNING
Mas a polícia não acreditou em você, acreditou?

MITCHELL CLARKE
Não, não acreditou.

ALAN CANNING
Você sabe por quê?

MITCHELL CLARKE
Não, não sei. Você teria que perguntar a eles.

BILL SERAFINI
(olhando ao redor para a equipe)
Bom, acho que vamos ter que fazer exatamente isso.

CORTA PARA: Bill e Alan em um carro, a caminho de ver Peter Lascelles. Bill está dirigindo usando óculos escuros e está com a janela do motorista aberta, com o cotovelo apoiado nela. Alan está com um casaco pesado e cachecol.

BILL SERAFINI
Você conhecia Peter Lascelles quando você estava na ativa?

ALAN CANNING
Trabalhamos em alguns casos juntos, mas foram investigações grandes, envolvendo um número enorme de pessoas. Eu não o "conhecia". Não nesse sentido.

BILL SERAFINI
(olhando para o lado)
Ele alguma vez falou com você sobre o caso?

ALAN CANNING
(olhando pela janela)
Eu nunca me envolvi com esse caso.

BILL SERAFINI
Mas não foi isso o que eu perguntei, foi?

ALAN CANNING
Eu nunca falei com ele sobre esse caso na época.

BILL SERAFINI
E depois disso?

ALAN CANNING
(sem olhar para ele)
Nós conversamos há algum tempo. Quando ele soube que eu ia fazer este programa.

BILL SERAFINI
(metendo o pé no freio)
Não importa o quanto eu dirija neste país. Eu nunca consigo entender essas coisas de tráfego circular...

ALAN CANNING

Rotatórias.

BILL SERAFINI

O melhor conselho que um britânico já me deu. Ele disse: quando estiver nelas, elas são suas. Você só precisa saber para que lado ir.

(barulho de buzinas)

CORTA PARA: Bill e Alan na porta da casa de Peter Lascelles: um bangalô com uma trilha através de um quintal bem pavimentado. Está ventando, e há o som de gaivotas. A porta se abre e Lascelles aparece. Ele é reconhecível das fotos de imprensa mostradas antes, mas curvado, agora, e usando óculos.

BILL SERAFINI

(tirando os óculos escuros e estendendo a mão)
Sr. Lascelles, Bill Serafini, anteriormente um dentre os melhores de Nova York. É uma honra conhecê-lo, senhor.

PETER LASCELLES

(apertando a mão dele, parecendo um tanto surpreso)
Eu digo o mesmo, o mesmo.

(assentindo para Canning)

Alan.

ALAN CANNING

É um prazer ver você, Peter.

PETER LASCELLES

(chegando para o lado)

Entrem, entrem.

CORTA PARA: Bill e Alan tomando chá na sala de estar de Peter, que dá para o jardim dos fundos. A maior parte dele é um pátio. Há uma churrasqueira um pouco enferrujada em um canto e um balanço de criança. O chá está em xícaras, e em uma bandeja com um bule e um açucareiro.

BILL SERAFINI
Nós andamos conversando com Mitchell Clarke.

PETER LASCELLES
Achei mesmo que iriam fazer isso.

BILL SERAFINI
E ele está convencido de que virou alvo apenas por motivos raciais.
(erguendo as mãos)
Não quero desrespeitar o senhor nem seus procedimentos — também tivemos nossos problemas no Departamento de Polícia de Nova York, como tenho certeza de que o senhor sabe —, mas isso é algo que precisamos cobrir.

PETER LASCELLES
Tenho total consciência de que é isso o que ele pensa e não vou ficar aqui sentado dizendo que a Polícia Metropolitana tinha uma ficha impecável na época. Mas, no caso de Clarke, as coisas não são tão preto no branco como podem parecer. Em nenhum sentido da expressão.

BILL SERAFINI
Explique isso para mim.

PETER LASCELLES
Clarke nos disse que era jornalista, e isso é certo, ele era. Mas ele estava metido com muitas outras coisas também. Se você olhar para as reportagens que ele estava escrevendo, a maioria delas era sobre as mesmas coisas: crime, drogas, gangues. Ele conhecia esse mundo e tinha conexões nele e não usava essas conexões apenas para fazer suas apurações.
  Nós sabíamos muito bem que ele era um pequeno traficante de drogas, mas na época nunca o pegamos com droga suficiente para indiciá-lo.

                    BILL SERAFINI
Ele nega fornecer para Luke Ryder, e até onde podemos
determinar, Luke não era nem mesmo um usuário.

                    PETER LASCELLES
Ryder não tinha um hábito sério, não, mas encontramos
indícios que sugeriam que ele usava de forma
recreativa, principalmente cocaína.

                    BILL SERAFINI
Então você achou que Mitchell estava lá para vender
drogas para Ryder, mesmo que ele não estivesse
portando nenhuma cocaína na hora?

                    PETER LASCELLES
Nós achamos, sim.

                    BILL SERAFINI
Mas Ryder não tinha dinheiro com ele quando foi
encontrado, certo?

                    PETER LASCELLES
Não, não tinha. Nossa teoria era que Clarke tinha
roubado, depois do assassinato. Ele tinha 300 libras.
Em notas de 50. Não é uma combinação comum de notas.

                    BILL SERAFINI
Havia impressões de Ryder nessas notas?

                    PETER LASCELLES
Não. Infelizmente, em 2003, as notas aqui ainda eram
feitas de papel. Nós nunca íamos conseguir nada
delas.

                    BILL SERAFINI
Mas mesmo que tenha razão em relação à suposta
venda de drogas, a sequência de acontecimentos
não bate, não é? Se eles tivessem combinado de se
encontrar, mas isso tivesse acabado em uma espécie de
desentendimento que levou à morte de Ryder, por que
Clarke ia ficar por ali até a polícia chegar?

PETER LASCELLES

Nossa hipótese de trabalho era que Clarke estava revistando os bolsos de Ryder atrás de dinheiro quando viu as meninas Howard chegarem — teria sido possível vê-las pela janela da sala de estar. Ele se escondeu nos arbustos, então viu Maura Howard sair e descobrir o corpo e voltar correndo para dentro. Ele devia saber que a primeira coisa que ela ia fazer era ligar para a polícia, e não havia como ele sair da propriedade sem ser pela entrada de carros e escalar o portão, e isso era arriscado demais: ele podia ser visto com facilidade.

Nós acreditamos que ele decidiu se esconder no jardim, na esperança de escapar quando a atenção dos policiais estivesse em outro lugar.

BILL SERAFINI

Mas eles o encontraram perto do corpo, não foi?

PETER LASCELLES
(dando para ele um olhar estranho)
Foi isso o que ele contou a vocês?

BILL SERAFINI

Ele diz que os policiais uniformizados o viram, ele correu, por instinto, e eles o pegaram do outro lado da casa.

PETER LASCELLES
(sacudindo a cabeça)
Isso não aconteceu. Foi um de meus detetives que o viu escondido nos arbustos e o perseguiu.

BILL SERAFINI

Então o senhor está dizendo que ele está mentindo?

PETER LASCELLES
(dá um sorriso seco)
Vamos dizer que "lembranças podem variar". E, quando fomos de porta em porta depois naquela noite, uma

das vizinhas disse ter visto um homem que batia com
a descrição de Clarke em um carro na rua cerca de
quarenta minutos *antes* da hora que ele disse ter
chegado lá. Mas estava escuro, e ela não conseguiu
ver Clarke nem o veículo muito bem para identificá-lo
ao lado de outras pessoas.

<u>BILL SERAFINI</u>
O senhor encontrou alguma prova de que ele e Luke
se conheciam? Que Ryder o estava esperando naquela
noite?

<u>PETER LASCELLES</u>
Não, não havia registros telefônicos para ligá-los,
nenhum e-mail, nada.

<u>BILL SERAFINI</u>
Mas podia ter sido Clarke ligando daquele telefone
púbico em King's Cross?

<u>PETER LASCELLES</u>
Exatamente. Ele não conseguiu provar onde estava na
hora em que a ligação foi feita.

<u>ALAN CANNING</u>
Foi por isso que ele recebeu apenas uma advertência
por ter sido encontrado no local?

<u>PETER LASCELLES</u>
Exatamente. Nunca tivemos indícios suficientes para
outra coisa.
    (olha de um para outro e pega seu chá)
Mas talvez vocês tenham mais sorte.

*A IMAGEM CONGELA, então a CÂMERA se movimenta e vemos
que toda a equipe estava assistindo a esse VÍDEO. Eles
agora estão em um estúdio, com o mural, o quadro branco
e a tela montados em uma sala de teto alto com janelas
grandes e tijolos pintados de branco. Parece um prédio
escolar vitoriano.*

                    BILL SERAFINI
                (volta-se para Mitchell)
Então o que você tem a dizer sobre o que acabamos de
ouvir?

                    MITCHELL CLARKE
                (dá de ombros)
Eu mantenho o que disse antes. Cada palavra. Eu
não conhecia Ryder, nunca liguei para ele daquele
telefone púbico nem qualquer outra hora, e eu não
estava na rua uma hora antes de ele morrer. Eu só fui
até lá à procura de uma história. E não estava, que
fique registrado, vendendo drogas.

    A razão para a polícia não ter encontrado prova de
mais nada é porque não havia mais nada. Ponto. E essa
é a mais pura verdade.

                    JJ NORTON
Você, porém, se protegeu, não foi? Quero dizer, você
pôs a Metropolitana em uma situação difícil no caso.

CORTA PARA: MONTAGEM de reportagens escritas por
Mitchell, algumas locais, outras nacionais.

METROPOLITANA SOB ATAQUE POR "FRACASSO CATASTRÓFICO" NO ASSASSINATO EM W8, KENSINGTON

Opinião: A falta de progresso na investigação do assassinato em W8 é uma prova selvagem contra a polícia londrina

Polícia considerada "perdida" por parlamentar local quando o assassinato em W8 completa cinco meses

FAMÍLIA AINDA ESPERA RESPOSTA PELO ASSASSINATO DE RYDER

Segundo aniversário do assassinato de Campden Hill chega sem prisões

Catálogo de erros deixa homicídio brutal sem solução

JJ NORTON
(erguendo a sobrancelha)
É um prato que se come frio, hein, Mitch?

MITCHELL CLARKE
(dá de ombros)
Alguém tem que responsabilizar a polícia.

LAILA FURNESS
Então o que você acha agora, Mitch? Depois de escrever sobre o caso por tanto tempo você deve ter uma teoria sobre o que aconteceu.

MITCHELL CLARKE
Eu não sei quem o matou, mas sei que a polícia não tentou ir mais a fundo para saber por que alguém desejaria fazer isso.

BILL SERAFINI
Eles não fizeram o suficiente na vitimologia?

MITCHELL CLARKE
Duvido que a Metropolitana sequer soubesse o que essa palavra significava na época.

LAILA FURNESS
Não tenho certeza se isso é justo...

JJ NORTON
(para Mitch)
Só para eu entender: você acha que o criminoso é uma terceira pessoa ainda desconhecida? Ou seja, que não foi a Caroline nem o Rupert Howard? Estamos procurando pelo assassino de King's Cross?

MITCHELL CLARKE
Em minha opinião, tenho quase certeza de que estamos.

LAILA FURNESS
(com ceticismo)
É mesmo? Caroline era de longe a suspeita mais óbvia.

                    JJ NORTON
Mas nunca houve indícios suficientes para prendê-
-la, houve? Muito menos para condená-la. Não estou
necessariamente discordando de você, Laila, só estou
dizendo que Mitch pode estar certo sobre o motivo, que
havia alguma coisa acontecendo na vida de Luke que a
polícia nunca descobriu.

                    LAILA FURNESS
Só acho que precisamos eliminar Caroline. E, também,
Rupert, antes de sairmos correndo à procura de uma pessoa
desconhecida que a polícia nunca identificou na época e
que agora vai ser ainda mais difícil de encontrar.

                    ALAN CANNING
É exatamente o que eu penso.

                    BILL SERAFINI
Laila tem razão. É por aí que devemos ir agora.
          (olhando em torno da mesa)
Concordam?
          (todos assentem e murmuram concordância)
Então, vamos começar por Caroline.
    JJ, talvez você possa recapitular o que sabemos?

                    JJ NORTON
Com prazer.
          (abrindo seu arquivo)
Caroline Farrow nasceu em um subúrbio de Hull em
1963, filha única de Alan e Jane Farrow.

CORTA PARA: MONTAGEM de FOTOS de Caroline quando criança,
com os pais, na praia, de uniforme escolar, em uma aula
de balé, com um grupo de amigas em seu aniversário,
usando um chapéu de festa. Ela é uma criança muito
bonita, com cabelo castanho e um sorriso radiante e
confiante. Todas as suas roupas são muito femininas.

A família vivia numa situação confortável e
Caroline foi enviada para uma escola particular,

mas, a julgar por suas notas, ela não era uma aluna muito diligente. Quando estava com 16 anos, começou a sair com um homem mais velho que seus pais não aprovavam, então eles a mandaram passar o verão com o tio em Edgbaston para que ela se esquecesse daquele romance.

Ela voltou em setembro, se recusou a retornar para a escola e entrou em um curso de babá de crianças. Quando fez vinte anos, estava morando e trabalhando na área de Kensington em Londres. Isso, claro, era o início dos anos 1980, e, devido ao tempo decorrido, foi difícil encontrar alguém que a conhecesse na época, além de uma mulher para quem ela tinha trabalhado por um breve período em 1984.

CORTA PARA: Ruth Cameron. Legenda: "Ex-empregadora de Caroline Howard." Uma senhora de idade em uma sala de estar com decoração cafona. Quinquilharias, vasos de plantas, um gato birmanês piscando no sofá. Ela tem um leve sotaque americano.

RUTH CAMERON

Nós sempre nos demos muito bem. Não foi a melhor babá que tivemos — ela se distraía com muita facilidade, o que é uma qualidade problemática para quem cuida de crianças. Mas eu gostava dela. Ela era boa companhia. Bem falante.

Não mantivemos contato depois que ela foi embora, mas me lembro de o casamento ser anunciado nos jornais. Não me surpreendi por ela estar se casando. Sempre achei que ser babá era algo provisório até ela achar alguém para sustentá-la.

CORTA PARA: Estúdio. JJ está junto do quadro branco em frente a uma série de imagens.

JJ NORTON

Foi quando Caroline deixou os Cameron que ela arranjou o emprego em Dorney Place, trabalhando para

Andrew Howard e a mulher. Isso foi em 1985, e Rupert tinha acabado de fazer cinco anos.

A CÂMERA faz uma PANORÂMICA sobre as FOTOS expostas no quadro: Dorney Place nos anos 1980: Andrew e Amanda com amigos no jardim; Rupert pequeno sentado no colo da mãe e carregado nos ombros do pai, sorrindo e acenando. Depois fotos da polícia do acidente com o Golf GTi de Amanda Howard, capotado no acostamento da estrada A3, e finalmente várias de Andrew com Caroline na escada da prefeitura de Chelsea no dia de seu casamento. Ela agora está loura, usa um tailleur azul-claro e tem um quê de Jackie O; ele parece um tanto garboso com um terno cinza e gravata prateada. Rupert está em uma foto, se agarrando firme à perna do pai, tão longe de Caroline quanto possível. Ele não sorri.

Como discutimos antes, apenas alguns meses depois que Caroline começou a trabalhar em Dorney Place, Amanda morreu, e, menos de um ano depois, Caroline e Andrew se casaram em uma cerimônia relativamente discreta no juizado local. Se é que podemos chamar a velha prefeitura de Chelsea de "discreta".

Eles sempre negaram ter um caso antes da morte de Amanda, e agora sem dúvida não havia como provar que sim ou que não.

LAILA FURNESS

E o acidente de carro de Amanda? Houve mesmo alguma razão para achá-lo suspeito, ou isso foi mais fofoca maliciosa?

ALAN CANNING

Eu examinei o relatório do acidente, e não havia nada de errado com o carro.

MITCHELL CLARKE

(folheando seus papéis)

Não disseram que foi culpa das estradas congeladas?

JJ NORTON

Foi, mas, segundo a autópsia, o nível de álcool no sangue de Amanda estava logo abaixo do limite legal.

O que surpreendeu muita gente, pois eram apenas 11h da manhã. E a polícia nunca determinou o que ela estava fazendo naquela estrada. A A3 vai de Londres para Surrey e Hampshire, e ela não tinha nenhum amigo nem família naquela parte do país.

LAILA FURNESS

Amanda tinha problemas com álcool?

JJ NORTON

Não, não tinha. Na verdade, ela raramente bebia, o que foi outra coisa que estimulou os rumores.

LAILA FURNESS
(suspira)

A natureza humana. Vocês não a amam?

MITCHELL CLARKE

Então o que exatamente as pessoas achavam que tinha acontecido? Que Caroline tinha batizado seu cappuccino para tirá-la do caminho?

ALAN CANNING

Basicamente.

LAILA FURNESS

Mas isso é ridículo...

ALAN CANNING
(dá de ombros)

Eu sei, mas era isso que as pessoas pensavam.

LAILA FURNESS

Imagino que essas alegações tenham sido investigadas na época.

ALAN CANNING

Elas foram, houve um inquérito policial completo, a família de Amanda cuidou disso.

                    LAILA FURNESS
E?

                    ALAN CANNING
Foi, de forma quase inevitável, inconclusivo. Andrew saiu cedo para o escritório naquele dia, Rupert tinha pouco mais de seis anos, e a única outra pessoa na casa era Caroline. Ela disse que não sabia aonde Amanda estava indo, que ela não a havia visto beber naquela manhã e que com certeza não tinha lhe dado nada. Mas como você prova uma negativa?

                    LAILA FURNESS
Por falar em Rupert, muito do que eu disse antes sobre Luke também se aplicaria a ele: perder a mãe de forma tão repentina e depois vê-la substituída quase imediatamente por alguém de quem ele claramente não gostava teria sido muitíssimo perturbador para uma criança de seis anos. E, apesar de pesquisas sugerirem que crianças muito novas frequentemente aceitam um padrasto ou uma madrasta, não parece ter sido o caso aqui.

                    BILL SERAFINI
E, se Andrew e Caroline estavam tendo um caso, talvez o menino tivesse percebido, não seria a primeira vez.

CORTA PARA: *Felicity Grainger. Legenda "Irmã de Amanda Howard." Ela está em uma cozinha ampla com portas duplas para um grande jardim; a cozinha tem eletrodomésticos pretos, um chão de piso branco e um lustre moderno cheio de pontas.*

                    FELICITY GRAINGER
Era óbvio para mim que Caroline ficou de olho em Andrew desde o começo. Dava para perceber pelo jeito como ela olhava para ele, o jeito como piscava aqueles cílios dela.

Eu disse a Amanda: "Isso aí é encrenca, livre-se dela", mas ela riu. E eu *sei* que minha irmã não teria dirigido aquele carro se tivesse bebido, ainda mais em estradas congeladas. A coisa toda cheira muito mal.

    Eu senti mais pena de Rupert, é claro, o coitadinho, perder a mãe com aquela idade. E Caroline perdeu completamente o interesse por ele depois que Andrew botou um anel no dedo dela. Ficava reclamando que o menino estava "difícil" e "macambúzio". Ainda bem que ele podia contar com a gente.

CORTA PARA: *Estúdio.*

HUGO FRASER
Mas aonde isso nos leva, além da suposição de que Caroline não era a melhor amiga da cunhada?

JJ NORTON
Acho que isso indica que Caroline podia ser implacável se houvesse alguma coisa que ela quisesse. Vamos nos atentar ao seguinte: mesmo que ela não tenha tido absolutamente nada a ver com a morte de Amanda, ela investiu em Andrew muito rápido depois.

BILL SERAFINI
Isso, porém, não dá a ela motivo para assassinar Luke, dá? Pode explicar por que ela se adiantou a princípio e se casou com ele: ela o queria, então ela ia tê-lo de qualquer jeito, independentemente do que qualquer um dissesse.

    Mas isso não explica por que ela ia querê-lo morto.

MITCHELL CLARKE
Talvez ele estivesse tendo um caso. Esse é o motivo mais antigo que existe.

BILL SERAFINI
Na verdade, levantamos essa possibilidade com Peter Lascelles quando fomos vê-lo. Vejam o que ele nos contou.

CORTA PARA: ENTREVISTA de Peter Lascelles com Bill e Alan.

><u>PETER LASCELLES</u>

Nós investigamos isso, claro. Até a mera sugestão de infidelidade pode jogar uma bomba em um relacionamento, ainda mais um em que haja uma diferença de idade significativa. E Caroline nunca me pareceu o tipo de mulher que toleraria ser desprezada.

><u>BILL SERAFINI</u>

Então você a interrogou explicitamente sobre isso?

><u>PETER LASCELLES</u>

É evidente que sim. E ela foi firme em negar que Luke estivesse tendo um caso. Ela disse que "saberia". Que ela "sempre sabia dizer quando ele não estava falando a verdade".

E todas as outras pessoas com quem falamos disseram basicamente a mesma coisa: eles nunca tinham visto nada que sugerisse que Luke a estava traindo. Se havia outro relacionamento, ele o estava mantendo em sigilo absoluto.

><u>BILL SERAFINI</u>

E você acreditou em Caroline?

><u>PETER LASCELLES</u>

Acreditei. Não acho que ela estivesse mentindo para mim.

CORTA PARA: Estúdio. Guy está sentado à mesa com a equipe.

><u>GUY HOWARD</u>

Eu prometi a todos que vocês só iam me ver diante das câmeras nesta série se houvesse uma razão muito boa. Este é um desses momentos. Porque na verdade Peter Lascelles estava errado: minha mãe estava mentindo para ele. Embora mais por omissão que por ação.

Deem uma olhada nisso.

CORTA PARA: ENTREVISTA com Maura Howard. Dessa vez ela está sentada na cozinha de Dorney Place, usando um agasalho bem grande com gola drapeada. Ela puxou as mangas do agasalho sobre as mãos, como se estivesse com frio. O aposento não parece muito habitado.

GUY HOWARD - off

Como estavam as coisas entre Luke e mamãe naquele outono, nas semanas anteriores à morte dele?

MAURA HOWARD
(dá de ombros)

Você também estava lá, você teria visto tanto quanto eu.

GUY HOWARD - off

Acho que não. Eu tinha só dez anos e, para ser honesto, não acho que fosse muito observador.

MAURA HOWARD
(dá um suspiro e desvia o olhar)

Mamãe estava... distraída. Ela saía mais durante o dia e voltava tarde. Houve telefonemas também, telefonemas que ela atendia no andar de cima e fechava a porta.

GUY HOWARD - off

Ela podia estar tendo um caso?

MAURA HOWARD
(tornando a olhar para ele)

Na época, não pensei nisso, acho que não teria passado pela minha cabeça.

GUY HOWARD - off

Sério? Você tinha 15 anos. Você teve um namorado no verão seguinte.

MAURA HOWARD

Olhe, já disse a você. Eu nem pensei nisso.

GUY HOWARD - off

E Amelie?

MAURA HOWARD

(começa a remexer na manga)
Você teria que perguntar para ela, não para mim.

GUY HOWARD - off

Ela não quer falar sobre isso, você sabe. Ela acha que não devíamos estar "revirando o passado". Por isso ela está se recusando a dar uma entrevista diante da câmera.

MAURA HOWARD

(respira fundo)
Olhe, se está perguntando se Amelie achava que algo estava acontecendo com mamãe naquele verão, então a resposta é sim.

Ela teve que voltar em casa na hora do almoço um dia porque tinha esquecido a roupa de natação, e assim que abriu a porta, ela ouviu pessoas no andar de cima. Grunhidos. Gemidos. Barulhos de sexo e tal... O que era, é claro, muito constrangedor, então ela foi e pegou suas coisas o mais rápido que pôde e tentou fingir que não tinha ouvido nada, mas, quando desceu, mamãe estava na cozinha. Parecia um pouco corada e sua blusa estava abotoada toda errada.

GUY HOWARD - off

Am contou isso a você na época?

MAURA HOWARD

Não, só anos depois. Ela disse que não queria que eu ficasse assustada.

GUY HOWARD - off

Como ela sabia que não era Luke?

                    MAURA HOWARD
Ele tinha ido para o norte naquele dia. E, de
qualquer forma, Am ouviu a voz do homem. Ela estava
muito abafada para entender o que ele estava dizendo,
mas ela disse que ele parecia "elegante". Então, *sem
dúvida*, não era Luke.

　　E havia um MGB antigo estacionado na rua naquele
dia. Era vermelho forte. Ela o havia notado algumas
vezes antes também. Só não tinha ligado os fatos
até então.

                GUY HOWARD - off
Mas não podia ser o carro de um vizinho? Ou de um
visitante?

                    MAURA HOWARD
Foi isso o que eu disse. Tudo o que eu sei
é que nenhuma de nós tornou a vê-lo. Embora,
aparentemente, houvesse uma bolsa de ginástica no
banco do passageiro com algumas camisetas e agasalhos
esportivos. Se você está "procurando por pistas".
            (ergue uma sobrancelha)
Boa sorte com isso.

CORTA PARA: Estúdio.

                    GUY HOWARD
            (olhando em torno da mesa)
Ela não está errada, é claro. A equipe de pesquisa
andou procurando por ele, mas faz quase duas décadas;
e uma bolsa de ginástica e um carro esporte vermelho
não são muita coisa para ir em frente.

                    BILL SERAFINI
Só para ter certeza, Amelie não contou nada disso
para a polícia na época?

                    GUY HOWARD
Não. Acho que ela estava tentando proteger minha mãe,
impedir que o nome da família fosse destruído nos

jornais. *De novo.* Mas, enfim, estávamos passando por um momento ruim o suficiente sem isso.

    E lembrem-se, esse incidente teria acontecido pelo menos três meses antes do assassinato, por isso Amelie talvez não tivesse achado que fosse relevante.

JJ NORTON

Não tenho muita certeza. E se Caroline tivesse resolvido terminar com esse homem e ele se recusasse a aceitar? Talvez ele tivesse aparecido para confrontá-la naquela noite e encontrado Luke. Eles podem ter discutido.

ALAN CANNING

É uma situação plausível. Uma que eu sem dúvida teria investigado. E tenho certeza de que Peter e sua equipe teriam feito o mesmo se tivessem tido essa informação. Podia ter sido uma pista muito significativa.

BILL SERAFINI
    (voltando-se para Mitchell)

Você por acaso se lembra de ver um MGB em frente a Dorney Place na noite do assassinato? Você esteve lá.

MITCHELL CLARKE

Não, mas por aquelas bandas carros esporte não são exatamente raros.

ALAN CANNING

Nem mesmo um antigo como esse? Vermelho?

MITCHELL CLARKE

Bom, a) estava escuro, então ele poderia ser de uma cor parecida ou de outra cor qualquer, até onde sei, e b) isso faz vinte anos, parceiro. Sim, ele podia ter estado lá, mas não me lembro de vê-lo, está bem?

LAILA FURNESS

Então o que podemos fazer em relação a isso agora, depois de todo esse tempo?

                    GUY HOWARD
Como eu disse, Tarek e a equipe de pesquisa continuam a investigar, então alguma coisa pode aparecer. E enquanto isso...

                    BILL SERAFINI
Enquanto isso, sugiro que nos concentremos no álibi de Caroline. Se esse homem *foi* até a casa para vê-la naquela noite, tem que ter sido de surpresa — ela não teria saído para tomar um drinque se soubesse que ele estava indo.

                    JJ NORTON
Por outro lado, ele poderia ter ligado quando ela estava na festa dizendo que ia passar na casa, talvez até ameaçando confrontar Luke. Talvez ela tenha entrado em pânico e corrido para casa, mas era tarde demais...

                    LAILA FURNESS
                 (franzindo a testa)
E ao ver o corpo ensanguentado do marido ela simplesmente dá de ombros e deixa as coisas como estão? Não liga para a polícia, não liga para uma ambulância, só volta para onde estava para tomar outro daiquiri de morango?

                    BILL SERAFINI
                    (assentindo)
E ninguém na festa percebe que tem algo de errado. Eu não acredito nisso.

                    ALAN CANNING
Vocês estão se esquecendo de uma coisa. Se esse amante misterioso a tivesse visitado quando ela estava na festa, haveria alguma coisa nos registros telefônicos dela.
                 (aponta para o arquivo)
Mas aqui não tem nada. Nenhuma ligação feita ou recebida no celular dela naquela noite que não tenha

sido exaustivamente verificada durante a investigação original. Incluindo o telefonema não atendido de Maura às 22h52.

                    LAILA FURNESS
Mensagens de texto?

                    ALAN CANNING
                (sacudindo a cabeça)
Não, nenhuma.

                    LAILA FURNESS
Ela pode ter apagado?

                    ALAN CANNING
É, evidentemente ela poderia ter feito isso, mas a perícia forense digital teria sido capaz de recuperá-las. As coisas ficaram muito mais sofisticadas desde então, mas mesmo assim eles teriam encontrado as mensagens apagadas, mesmo em 2003.

                    JJ NORTON
E não havia WhatsApp nem Snapchat na época, é claro. Só lembrando.

                    MITCHELL CLARKE
Há uma explicação óbvia.
                (a equipe olha para ele)

                    JJ NORTON
Vá em frente.

                    MITCHELL CLARKE
Esse homem estava na festa.

                    LAILA FURNESS
Então.... o que você está dizendo? Eles conversam na festa, combinam de se encontrar na casa e ele vai antes dela? Isso é muito arriscado da parte dela, não é? Sabendo que Luke está lá?

JJ NORTON
(vai até a planta do terreno e aponta)
Mas tem o apartamento aqui, certo? O que fica em cima da oficina, onde Caroline morava quando trabalhava lá? Talvez eles tenham combinado de se encontrar ali.

LAILA FURNESS
Mas esse na época já era o quarto de Maura.

JJ NORTON
É, mas Maura estava no cinema naquela noite, não estava? A própria Caroline a havia levado. A barra estaria limpa. Ou pelo menos, ela teria achado isso.

MITCHELL CLARKE
(assentindo)
Só que eles não tomam cuidado suficiente. Luke vê alguma coisa, talvez luzes se acendendo. Ele vai até lá para investigar, e acontece toda a encrenca.

LAILA FURNESS
Essa situação, porém, faria de Caroline muito mais cúmplice. Se foi realmente isso o que aconteceu, ela esteve lá durante todo o tempo.

MITCHELL CLARKE
(com a expressão severa)
E então fugiu depressa, deixando que sua filha adolescente encontrasse aquele show de horrores.

JJ NORTON
(voltando até a mesa e pegando a papelada)
Nós sabemos exatamente quem estava na festa em que ela foi?

ALAN CANNING
A polícia compilou uma lista, mas a suspeita era de que não estivesse completa. Segundo todos os relatos, era uma coisa no estilo "chegou, entrou".

BILL SERAFINI
Nós temos essa lista? Guy?

GUY HOWARD
Não exatamente. Mas Tarek mandou um dos membros da equipe conversar com Phyllis Franks. A festa era pelo aniversário de seu marido, em um restaurante espanhol chamado Penedès, a menos de um quilômetro de Dorney Place. Ele fechou há muito tempo, antes que perguntem.

BILL SERAFINI
Então você conhecia essa mulher?

GUY HOWARD
Phyllis? Na verdade, não. Seu marido era um dos contatos de meu pai na City. Algum banqueiro importante ou algo assim. Jack e Phyllis costumavam estar presentes nos jantares de meus pais, mas não acho que eles socializassem fora disso.

E, só para esclarecer, eu nunca falei com Phyllis sobre isso, obviamente não na época, levando-se em conta que eu tinha só dez anos, tampouco desde que começamos a trabalhar neste programa. Então não tenho ideia do que ela pode nos contar.
(olha em torno da mesa)
Então quem quer pegar essa?

MITCHELL CLARKE
Eu voto em Laila. De mulher para mulher.

LAILA FURNESS
Estou por acaso percebendo um leve toque de sexismo aí, Mitch?

ALAN CANNING
Laila não tem nenhuma experiência com entrevistas pelo que sei...

MITCHELL CLARKE
É exatamente por isso. Não queremos que essa mulher se sinta como se estivesse sendo interrogada.

> LAILA FURNESS
> (para Alan)

Eu entrevisto pessoas o tempo inteiro. Eu sou *psicóloga. É o que faço.*

> ALAN CANNING

Isso não é exatamente a mesma coisa...

> BILL SERAFINI

Hugo, JJ, vocês têm uma opinião?

> JJ NORTON

Talvez Laila devesse ir com Hugo, para equilibrar as coisas.
> (virando-se para ele)

Você interroga pessoas na tribuna, certo?

> HUGO FRASER
> (ri)

Bom, sim, mas o fato de ser membro do Conselho do Rei costuma deixar o cidadão comum assustado.
> (olhando para Laila)

Ou a cidadã comum, nesse caso, obviamente.

> BILL SERAFINI
> (sorrindo)

Ninguém está sugerindo que você apareça com uma daquelas perucas malucas de advogado, Hugo.

> MITCHELL CLARKE

Bom, eu pareço passar a maior parte da minha vida entrevistando pessoas, de um jeito ou de outro. Ficaria feliz em ir junto.

> BILL SERAFINI

Ótimo, então vão Mitch e Laila.
  Furness e Clarke... parece uma série policial.
> (Mitch sorri, Laura, não)

CORTA PARA: A calçada em frente da casa de Frank em Belgravia. Quatro andares, estuque branco com glicínias grandes e muito antigas cobrindo os dois primeiros pavimentos. Luz do sol e o canto dos pássaros. Mitch e Laila param no portão de ferro fundido.

> LAILA FURNESS
>
> Bem, Phyllis Franks está longe de ser "uma cidadã comum", não é? Não importa como você encare isso.
>
> MITCHELL CLARKE
>
> Eles, porém, não estavam morando aqui em 2003.
>
> LAILA FURNESS
> (com um sorriso seco)
> Então esta é a versão "reduzida". Tudo bem para alguns.

A CÂMERA acompanha enquanto eles seguem pelo caminho; a porta é aberta por uma mulher asiática com um vestido cinza-escuro. Ela os conduz a uma sala de estar com vista para a praça. Paredes verde-azulado pálidas, cortinas com brocados pesados, um enorme espelho rococó, tapetes de Aubusson. Phyllis Franks se levanta para recebê-los. Ela é muito pequena e parece muito frágil, mas seus modos são ágeis e animados.

> PHYLLIS FRANKS
> (apertando as mãos deles)
> Dra. Furness, sr. Clarke. Por favor, sentem-se.
>
> LAILA FURNESS
>
> Obrigada por concordar em nos receber, sra. Franks.
>
> PHYLLIS FRANKS
>
> Ah, Phil, por favor. Todo mundo me chama de Phil. Então vocês querem conversar comigo sobre Caroline e Luke.
>
> LAILA FURNESS
>
> Devem ter perguntado a você sobre aquela noite muitas vezes.

PHYLLIS FRANKS
(sacudindo a cabeça e dando um suspiro)
Muitas, muitas vezes.

MITCHELL CLARKE
Você se importa de nos contar sobre ela? Se não for um problema.

PHYLLIS FRANKS
É claro. Era o aniversário do meu marido. Seus sessenta anos. Mas ele não queria fazer nada grande, com todos sentados — Jack nunca gostou de espalhafato. Só drinques com amigos. Uma espécie de festa "venha como estiver". Ele gostava daquele lugar, o Penedès, e ficava bem perto, então fazia sentido.
Nós contratamos tudo e servimos canapés. Eles faziam frutos do mar maravilhosos, foi uma pena quando fechou. Eu me lembro de um jovem supersimpático me elogiando pelo cava.
(ri)
Na verdade era Dom Pérignon.

LAILA FURNESS
Sei que havia muita gente entrando e saindo, mas você devia ter algum tipo de lista de convidados, não tinha?

PHYLLIS FRANKS
Ah, tinha, pelo menos para começar. A polícia ficou com uma cópia dela desde o início. Mas fiz questão de dizer que as pessoas podiam levar amigos e colegas. Foi tudo muito tranquilo. E Jack tinha um círculo de amizades muito amplo — associados nos negócios, pessoas do clube de golfe, velhos amigos de escola, seus colegas de Cambridge. Então foi um grupo muito misturado. Muitos convidados não conheciam muita gente fora de seu próprio grupo.

MITCHELL CLARKE
Mas Caroline Howard com certeza estava lá.

PHYLLIS FRANKS

Caroline Ryder, nessa época, é claro. E, sim, eu com certeza conversei com ela em algum momento. Ela estava muito animada, muito diferente de quando era casada com Andrew. Eu me lembro de dizer para alguém que, se era isso o que um marido muito mais novo fazia com você, eu ia entrar na lista para arranjar um.

(sorrisos)

Eu só estava brincando, é claro.

MITCHELL CLARKE

Você se lembra de Caroline falar sobre alguma coisa em particular?

PHYLLIS FRANKS

Na verdade, não. Era só papo de festa. Eu me lembro de ela dizer que Luke estava meio adoentado e por isso ela estava lá sozinha, mas desconfio que ele não quisesse se aborrecer com um bando de velhos chatos como nós. Não posso dizer que o culpei.

(risos)

Jack tinha idade suficiente para ser seu avô.

MITCHELL CLARKE

Você tem ideia em que momento da noite aconteceu essa conversa?

PHYLLIS FRANKS

A polícia me perguntou a mesma coisa. Eu disse a eles na época que achei que tinha sido por volta das 21h30. Não me lembrei de nada desde então que me levasse a mudar isso.

LAILA FURNESS

Então foi relativamente cedo. Ela poderia ter saído e voltado mais tarde sem que ninguém percebesse?

PHYLLIS FRANKS

Ah, sem dúvida. Para começar, havia uma multidão na pérgula fumando. As pessoas entravam e saíam o tempo inteiro.

LAILA FURNESS
E ela com certeza estava presente no fim da noite?

PHYLLIS FRANKS
Estava, tenho certeza disso, porque a polícia chegou procurando por ela. Deve ter sido por volta das 23h30.

MITCHELL CLARKE
Mas você mesma não falava com ela desde as 21h30, você não sabe se seu estado de ânimo tinha mudado.

PHYLLIS FRANKS
Não. Embora eu ache que alguém falou comigo que ela parecia um tanto pálida. Antes de a polícia chegar, quero dizer. Ela parecia nitidamente muito nervosa quando foi embora.

MITCHELL CLARKE
Você não sabe quem foi que disse isso? Sobre ela estar pálida?

PHYLLIS FRANKS
Infelizmente, não. Como disse à polícia.

LAILA FURNESS
E ninguém mencionou vê-la parecendo estar molhada da chuva? Estava chovendo no fim da noite, não estava?

PHYLLIS FRANKS
Meu Deus, estava, estava chovendo muito. Mas não, eu não percebi. Percebi que ela estava com um pouco de lama e grama nos sapatos quando foi embora. Ela estava usando saltos muito altos. Eles eram creme, pareciam de noiva, então acho que a terra chamou atenção.

LAILA FURNESS
Isso não sugeriria que ela tinha saído?

PHYLLIS FRANKS

Bom, havia uma grande área gramada nos fundos que acabei de mencionar, então se ela tivesse ido até lá para fumar um cigarro, isso podia explicar.

MITCHELL CLARKE

E nós sabemos que ela fumava.

LAILA FURNESS

Com isso em mente agora, tem algum nome de que você se lembrou que não estava na lista a partir da qual a polícia trabalhou?

PHYLLIS FRANKS

Infelizmente, não. Eu teria contado a eles se tivesse.

LAILA FURNESS

Você disse que os sapatos dela eram creme. O que mais ela estava vestindo, você se lembra?

PHYLLIS FRANKS

O vestido era azul-marinho, uma espécie de coisa plissada. E antes que você pergunte, sim, ele sem dúvida *era* escuro o bastante para esconder manchas de sangue. Pelo menos até certo ponto. A polícia me perguntou exatamente sobre isso.

MITCHELL CLARKE

Um MGB vermelho significa alguma coisa para você?

PHYLLIS FRANKS

(parecendo um pouco surpresa)
Mas por que você está mencionando isso?

MITCHELL CLARKE

Você sabe de que tipo de carro que estou falando?

PHYLLIS FRANKS

Claro que sei. Jack tinha um quando nos conhecemos. Com a cor verde do automobilismo britânico. Era um carrinho ótimo...

                    LAILA FURNESS
Você por um acaso se lembra de um estacionado perto do
restaurante naquela noite? Sei que faz muito tempo...

                    PHYLLIS FRANKS
Sabe de uma coisa? Acho que lembro. Tenho quase
certeza de que Jack o mostrou para mim. Afinal de
contas, não se via muitos deles rodando na época.
Ainda menos agora, é claro.

                    MITCHELL CLARKE
Jack sabia de quem era?

                    PHYLLIS FRANKS
                 (sacudindo a cabeça)
Não. Tenho certeza de que ele não sabia. Ou se sabia,
não me disse. Eu teria me lembrado disso. Se ele
ainda estivesse aqui, você poderia perguntar a ele.

                    LAILA FURNESS
Sinto muito, sra. Fr... Phil. Eu não sabia que seu
marido tinha morrido.

                    PHYLLIS FRANKS
                 (com um sorriso triste)
Não precisa se desculpar, querida. Jack não está
morto, só não está aqui. Alzheimer. Infelizmente
atualmente meu marido não sabe nem quem eu sou.
    Agora... chá?

CORTA PARA: Estúdio. O tempo nitidamente passou, pois a equipe está usando roupas diferentes. Guy está novamente à mesa.

                    LAILA FURNESS
                 (olhando ao redor)
Nós só conseguimos chegar até aí, desculpem.

                    BILL SERAFINI
Não é sua culpa. Você fez o que podia. Mas chegamos a
um obstáculo.

(vira-se para Guy)
Acho que você já falou com sua mãe sobre tudo isso.

GUY HOWARD
Falei quando a ideia deste projeto surgiu. Mas não adiantou muita coisa. Infelizmente ela não está muito bem — está muito confusa na maior parte do tempo e fica nervosa com muita facilidade. E, mesmo que pareça se lembrar de alguma coisa, não acho que seja necessariamente confiável.
(olhando ao redor)
Mas sempre que falamos sobre isso, digo, no passado, antes de ela ficar doente, ela sempre manteve a mesma história. Aquela que contou à polícia. Ela esteve na festa a noite inteira, não tinha motivo para matar Luke e também não conhecia ninguém que tivesse.

ALAN CANNING
(folheando os papéis)
Não há menção à sujeira em seus sapatos no arquivo da polícia.

GUY HOWARD
Eu não sabia disso, não até ouvir o que Phyllis disse. Acho que ela ter saído para a área de fumantes é a explicação mais simples.

ALAN CANNING
Mas não a única.

GUY HOWARD
Mesmo assim, navalha de Occam e tudo mais...

MITCHELL CLARKE
Navalha de quê?

HUGO FRASER
"A explicação mais simples está quase sempre certa."

ALAN CANNING
"*Quase* sempre." Mas nem *sempre*. Vamos esperar para ver, certo?

> BILL SERAFINI
> (para Alan)

Você acha que a polícia deixou passar isso, os sapatos? Parece uma coisa muito importante para deixar passar. Nas circunstâncias.

> ALAN CANNING

Claramente alguém devia ter percebido o estado de seus sapatos quando eles foram informá-la na festa.

Mas uma coisa que sabemos que eles com certeza *fizeram* foi testar o vestido à procura de sangue, assim como o casaco que ela levou para a festa. Eu conferi com Peter Lascelles, e ele confirmou que não havia nada em nenhum deles.

E pessoalmente não consigo ver ninguém cometendo aquele tipo de ataque e não ficar com sangue por toda parte.

> JJ NORTON

Mais ainda porque o golpe inicial na parte de trás da cabeça não foi fatal. Pessoas mortas não sangram, mas pessoas inconscientes com certeza sangram. Aqueles golpes no rosto teriam sangrado em profusão.

> MITCHELL CLARKE

Está bem, então onde isso tudo nos deixa? Nós achamos que esse homem misterioso dela existe ou não?

> LAILA FURNESS

Se querem saber minha opinião, sim. Amelie não tinha razão para inventar uma história dessas sobre a própria mãe. Mas em relação a identificá-lo, isso é uma questão bem diferente.

> JJ NORTON

Parece que chegamos a um ponto em que essa investigação pode seguir em várias direções diferentes.

A CÂMERA acompanha quando ele se levanta, vai até o quadro branco e começa a escrever.

Número um: Possível amante de Caroline, que podia ou não ser o dono de um MGB vermelho e de uma bolsa de ginástica.
    Número dois: O passado de Luke. Ainda acho que ele é mais complexo do que parece. Talvez haja uma pessoa — ou incidente — em seu passado que tenha voltado para assombrá-lo. O que também podia muito bem explicar aquela ligação de King's Cross.

              MITCHELL CLARKE
Se era alguma coisa do passado, teria que ser algo bem grande. Um ataque como esse é um crime de fúria.

              LAILA FURNESS
Concordo.

              JJ NORTON
E depois tem o *número três*: Rupert. Ele sempre disse que estava fora da cidade naquela noite, mas acho que isso merece uma olhada mais atenta.

              MITCHELL CLARKE
Mas onde está o motivo? Ele e Luke eram amigos. Foi ele quem apresentou Luke a Caroline.

              LAILA FURNESS
               (secamente)
Verdade.

              MITCHELL CLARKE
Você acha que isso pode ter sido suficiente?

              LAILA FURNESS
Não sozinho, não. Mas levar seu amigo para tomar uns drinques com sua madrasta é uma coisa, ele realmente *se casar* com ela é outra bem diferente. E quando você acrescenta o fator dinheiro...

HUGO FRASER
Concordo. Metade de meu trabalho criminal se reduz
a isso. Confiem em mim: vocês *nunca* devem subestimar a
velocidade com que o dinheiro pode detonar até famílias
supostamente felizes. E até onde posso ver, essa estava
longe disso.
(olha para Guy)
Sem querer ofender.

GUY HOWARD
(levanta as mãos)
Sem problema.

LAILA FURNESS
Mas havia um viés financeiro no caso de Rupert? Pelo
que me lembro, o testamento de Andrew deu a Caroline
o usufruto vitalício de Dorney Place, o que ela ainda
tem, embora tenha tornado a se casar...

MITCHELL CLARKE
(ironicamente)
Duas vezes.

LAILA FURNESS
Mas é Rupert quem vai herdar quando ela morrer. Como
se casar com Luke pode ter mudado isso? Posso ver
isso dando a Rupert um motivo para *matá-la*, para
botar as mãos na casa, mas não Luke...

GUY HOWARD
(rindo sardonicamente)
E se Rupert morrer antes de mim, eu sou o herdeiro
seguinte da casa, o que me daria um motivo muito
grande para *matá-lo*.

LAILA FURNESS
(parecendo um pouco constrangida)
Bom, é, acho que sim. Mas, como eu disse, como a
morte de Luke beneficiou Rupert?

HUGO FRASER

Acho que precisamos mergulhar fundo nas finanças da família Howard. Pode haver alguma coisa enterrada no testamento de Andrew, por exemplo, ou na redação dos fundos de gestão. Acho que estou certo em supor que ele deixou fundos separados para todos os filhos.
É claro, supondo que esteja tudo bem para você, Guy.

GUY HOWARD

Claro. Como eu disse, só quero a verdade. Posso colocar você em contato com nosso advogado.

JJ NORTON

Então estamos de acordo? Nós investigamos Rupert mais a fundo?

Há uma concordância geral em torno da mesa.

Então vamos nos dividir? Alan, você pode ficar com o amante misterioso? Acho que suas conexões na Metropolitana podem nos ser úteis, especialmente se estamos tentando localizar o carro.

HUGO FRASER

Eu gostaria de também investigar esse aspecto.

JJ NORTON

Então restam Rupert e o possível passado turvo de Luke. Eu fico com Rupert. Bill, Laila, Mitch — e vocês?

BILL SERAFINI

Eu cuido de Luke. Parece ser mais a minha praia.

MITCHELL CLARKE

Na verdade, eu também gostaria de dar uma olhada mais atenta nisso.

JJ NORTON

Parece, então, que ficamos nós dois, Laila.

FADE OUT

– CRÉDITOS FINAIS –

**MENSAGENS DE TEXTO ENTRE MAURA E AMELIE HOWARD,
18 DE ABRIL DE 2023, 14H35.**

> Oi, Am

> Eles me entrevistaram outra vez

E...?

> Acho que você não vai ficar muito satisfeita com isso, mas eu mencionei aquele incidente no verão

Aquela coisa com a mamãe?

> É, isso

Mas por que você fez essa merda?

> Que diferença isso faz agora? Ninguém se importa mais com esse tipo de coisa

Bem, eu me importo. Eu simplesmente odeio a ideia do Guy usando o que aconteceu para ganhar *dinheiro*

Você sabe disso melhor que ninguém

> Olha, mamãe nunca vai ver nada disso, então ela não vai ficar aborrecida. De qualquer forma, não é melhor que eles corram atrás desse homem misterioso e nos deixem em paz?

> Acho que é

> Você sabe que eu tenho razão, Am

> Eu cuido disso. Como sempre fiz. É para isso que servem as irmãs mais velhas, certo?

> Amo você bj

> Amo você mais

> Você sabe disso

Data: Sexta-feira, 21/04/2023, 16h35
De: Laila Furness
Para: Mitch Clarke

Assunto: Do outro lado do mundo

Oi, Mitch
 Estava me perguntando se você quer ajuda com a parte australiana das coisas. Tenho um amigo que é jornalista por lá, e ele pode ter contatos úteis. Mas a decisão é exclusivamente sua, é claro.
 Laila

Data: Sábado, 22/04/2023, 17h07
De: Mitch Clarke
Para: Laila Furness

Assunto: Re: Do outro lado do mundo

Parece bom.
 M

Data: Sábado, 22/04/2023, 17h15
De: Laila Furness
Para: Barry Bonnett

Assunto: Favor?

Oi, Barry,

    Vi que você chegou em segundo lugar no campeonato nacional outra vez 👏

    Ainda estou impressionada por você conseguir encontrar tempo para todo esse treinamento mesmo com o trabalho e tudo o mais. Mas acho que pedalar não é difícil no clima de Sydney. Enfim, tenho certeza de que você se lembra de eu mencionar que ia fazer uma coisa da Showrunner. E acabou que tem um viés australiano, e um de meus colegas gostaria de ajuda de alguém local. Se você tiver tempo, eu agradeceria muito. Tenho certeza de que você sabe o que quero dizer.

    Laila

Data: Domingo, 23/04/2023, 23h42
De: Barry Bonnett
Para: Laila Furness

Assunto: Re: Favor?

Oi, Laila,

É, tenho que admitir que estou bem feliz por ter chegado em segundo, um lugar no pódio é sempre bom. Nada mau para um cara velho, hein? Fiz com que os garotos também se interessassem — Stephen está entrando em forma muito bem e, sim, ainda está partindo corações de metade da população feminina da Universidade de Nova Gales do Sul.

(Estou imaginando você sacudindo a cabeça neste momento e dizendo algo sobre farinha do mesmo saco 😊)

Por falar nisso, ele mandou um oi e um obrigado atrasado por seu presente de Natal.

E, sim, não se preocupe, mande seu amigo falar comigo. Vai ser um prazer ajudá-lo, e não se preocupe, vou me assegurar de que ele não meta o nariz onde não é chamado.

Mantenho você informada.

Baz 🚴

EPISÓDIO DOIS
TRANSMISSÃO | 6 DE OUTUBRO

INFAME

QUEM MATOU LUKE RYDER?

UMA SÉRIE DOCUMENTAL
ORIGINAL DA SHOWRUNNER

TELEVISÃO *The Times, 7 de outubro de 2023*

AS VERDADEIRAS DONAS DE CASA DE W8

ANGÚSTIA, ADULTÉRIO E RIQUEZA FORMAM UM COQUETEL ATRAENTE

ROSS LESLIE

INFAME: QUEM MATOU LUKE RYDER?
Showrunner

PERTO DE CASA
Crimetime TV
Reino Unido

Desconfio que o episódio de *Infame* de ontem à noite tenha sido um programa desconfortável em certos departamentos da Metropolitana. Até onde sei, é a primeira vez que se torna público que a polícia prendeu um homem na cena do crime naquela noite. Ele nunca foi indiciado. Era um jornalista local e era negro. E, sim, tinha uma pequena quantidade de drogas em seu carro, mas não houve indício pericial que o ligasse ao crime. Com certeza nada para justificar seis horas de interrogatório policial hostil. Tenho certeza de que todos gostaríamos de pensar que já superamos isso, mas você só precisa ler as notícias para saber que a boa e velha identificação racial está muito viva.

Além disso, o principal prazer oferecido na noite passada (embora seja assumidamente um prazer inconfessável) foi a oportunidade de escutar as dificuldades e traições do dia a dia dos ricos que se reúnem em torno de Campden Hill, onde Luke Ryder estava morando no momento de sua morte. Dizem que dinheiro não compra felicidade; também dizem que os ricos são diferentes. Nessa situação, eles estão certos nos dois casos. Embora ainda seja preciso descobrir se qualquer dessas coisas foi relevante para o que aconteceu com Ryder. Fique atento a este espaço.

Enquanto isso, na terra do drama, estamos de volta com a cidade mais mortífera em *Perto de casa*, uma nova série ambientada em Oxford. Mas nós estamos muito distantes dos pátios dourados e dos crimes da alta sociedade como um mundo de palavras cruzadas do inspetor Morse. Em

📁 **INFAME/LUKE RYDER** Entrar

Está esquentando muito bem, acho que todos concordamos 😉

↪ publicado há 5 horas por Slooth
15 comentários   compartilhar   ocultar   denunciar

Sei que a imprensa está fazendo um estardalhaço por conta da questão racial com Mitch, e, não me entendam mal, eu reconheço que isso com certeza foi um fator. Mas, sério, entrar pelo portão escondido e olhar pelas janelas. Quem *faz* isso?

↪ publicado há 5 horas por Bernieocortaferro
7 comentários   compartilhar   ocultar   denunciar

> Um repórter faz, mas concordo que ele estava caçando problema, e com certeza encontrou
>
> ↪ publicado há 4 horas por AngieFlynn77
> 2 comentários   compartilhar   ocultar   denunciar

> Vocês acham mesmo que foi só isso? Parece muito suspeito para mim. Eu só não acho que ninguém agiria daquele jeito, por mais desesperado que estivesse por uma reportagem.
>
> ↪ publicado há 4 horas por Investig4dor
> 4 comentários   compartilhar   ocultar   denunciar

>> Mas o que ele disse fez sentido, se ele estivesse ali para vender drogas para Ryder, por que ele deixaria a droga no carro?
>>
>> ↪ publicado há 4 horas por AngieFlynn77
>> compartilhar   ocultar   denunciar

>> Só estou dizendo que alguém está mentindo — ele disse que estava perto do corpo, a polícia afirma que ele estava escondido nos arbustos. Os dois não podem estar certos
>>
>> ↪ publicado há 3 horas por Investig4dor
>> 2 comentários   compartilhar   ocultar   denunciar

> Eu li algumas coisas dele. Ele tem um rancor do tamanho do Monte Rushmore pela forma como foi tratado
>
> publicado há 3 horas por FinnShaw1616
> compartilhar   ocultar   denunciar

Acho que aquele sujeito Canning sabe mais do que está dizendo. Para começar, ele com certeza voltou e verificou o envolvimento de Clarke antes de tudo isso começar. Ele simplesmente estava bem informado demais

publicado há 4 horas por TruCrimr
comentários   compartilhar   ocultar   denunciar

> Concordo. Com certeza tem uma pauta. A pergunta é o quê
>
> publicado há 3 horas por RonJebus
> 8 comentários   compartilhar   ocultar   denunciar

> Achei que ele e Bill estavam engraçadíssimos naquela viagem. Estou morrendo de rir. Kkkkk, isso é que é dupla estranha
>
> publicado há 3 horas por JasonGlover45
> compartilhar   ocultar   denunciar

E a mulher? Caroline? Ninguém sabia que ela estava traindo, sabia? Não na época

publicado há 3 horas por Dil0Cao1962
8 comentários   compartilhar   ocultar   denunciar

> Boa observação. Isso fez com que eu me perguntasse se essa "demência" dela é só um pouco conveniente *demais*
>
> publicado há 3 horas por RonJebus
> 19 comentários   compartilhar   ocultar   denunciar

> Ah, faça-me o favor, quem inventaria uma coisa dessas?
>
> publicado há 2 horas por AngieFlynn77
> 11 comentários   compartilhar   ocultar   denunciar

> Alguém com muito a perder
>
> publicado há 2 horas por TruCrimr
> 39 comentários   compartilhar   ocultar   denunciar

EPISÓDIO TRÊS

GRAVAÇÃO

ELENCO
Alan Canning (AC)
Mitchell Clarke (MC)
Hugo Fraser (HF)
Laila Furness (LF)
JJ Norton (JJN)
Bill Serafini (WS)

CHAMADA DA EQUIPE: 8H45
CÂMERA PRONTA: 8H30

PROGRAMAÇÃO DO DIA

INFAME:
Quem matou Luke Ryder?

Segunda-feira
2 de maio de 2023

EPISÓDIO 3:
ESTÚDIO
DIA 1 DE 2

PRODUTOR **Nick Vincent**
DIRETOR **Guy Howard**
EDITOR **Fabio Barry**
PESQUISADOR
Tarek Osman
ASSIST. DE PROD.
Jenni Tate
GERENTE DE LOCAÇÃO
Guy Johnson

Café da manhã no set a partir das 8h30
Almoço a partir das 12h45
Previsão de término: 17h30

*Nota para elenco: cenas externas devem ser filmadas primeiro, vista-se adequadamente

LOCAÇÃO Frobisher Studios
Kingston Road, 131-137
Maida Vale, oeste de Londres

OBSERVAÇÕES:
Vagas de estacionamento limitadas no local.
O metrô mais próximo é o de Warwick Avenue.
Telefone de contato para emergências: 07000 616178.

EQUIPE

Cargo	Nome	Telefone	Chamada	Cargo	Nome	Telefone	Chamada

DRY RISER FILMS Ltd
227 Sherwood Street London W1Q 2UD

SEQUÊNCIA DE CRÉDITOS: MONTAGEM em P&B em estilo arthouse com imagens e recortes curtos: cobertura da época dos noticiários sobre cena de crime, fotos de família

CANÇÃO-TEMA - "It's Alright, Ma (I'm Only Bleeding)" [Bob Dylan] da trilha sonora de Sem destino [1969]

FIM DOS CRÉDITOS

INFAME

FADE IN

QUEM MATOU LUKE RYDER?

FADE OUT

FRAME NEGRO, SURGE o TEXTO em VOICEOVER - Narrador (voz feminina)

> Há vinte anos, no dia 3 de outubro de 2003, Luke Ryder foi encontrado brutalmente espancado no jardim da casa de sua esposa.
>
> Eles estavam casados havia apenas um ano, mas é possível que Caroline Ryder já o estivesse traindo.
>
> Esse simples fato pode ter disparado uma série fatal de acontecimentos, ou algo no passado de Luke pode ter voltado para assombrá-lo?
>
> Ou talvez a resposta, tanto na época quanto hoje, esteja muito mais próxima do que se imagina...

FADE OUT

CORTA PARA: Equipe no estúdio. Agora há ainda mais fotos e diagramas no mural.

BILL SERAFINI
Então, para atualizar todo mundo, faz duas semanas desde nosso último encontro, e muita coisa aconteceu nesse tempo. Um ou dois de nós cortaram o cabelo, para começar...

Vários da equipe sorriem, Bill esfrega a mão na parte de trás da cabeça.

... e, sim, isso me inclui.
Enfim, agora estamos juntos novamente para essa atualização. Para recapitular, estávamos seguindo três linhas de investigação.
(gesticula na direção do quadro branco)
Uma, o homem com quem Caroline Howard Ryder podia estar saindo na época do assassinato.
Duas, o próprio passado de Luke.
E três, se Rupert Howard, enteado de Caroline, teve algum motivo — ou oportunidade — para matar Luke. Então, quem quer começar?

JJ NORTON
Com prazer, Bill.

Bill se senta em seu lugar, e JJ o substitui no quadro branco.

Eu estava investigando Rupert Howard, e qualquer razão que ele pudesse ter para matar Luke. Então vamos fazer isso à moda antiga.

Ele pega a caneta e começa a escrever; alguns dos outros trocam sorrisos: JJ ama suas listas.

MEIOS: Isso é o fácil. Qualquer um que tivesse acesso ao jardim pode ter pegado uma pedra ou uma lajota do calçamento dos canteiros de flores. *Todos* os nossos possíveis culpados tinham os meios.

Ele faz uma marca ao lado de Meios; o quadro balança um pouco, e ele o movimenta até deixá-lo mais estável.

OPORTUNIDADE: Rupert é bem único entre o grupo de suspeitos porque ele não precisava que ninguém o deixasse entrar: ele tinha a própria chave. Então, quanto a isso, ele corresponde. A pergunta, porém, é se ele realmente estava na vizinhança na hora.

Ele vai até o mural e aponta para um mapa da Inglaterra e do país de Gales. Londres e Cambridge estão marcadas.

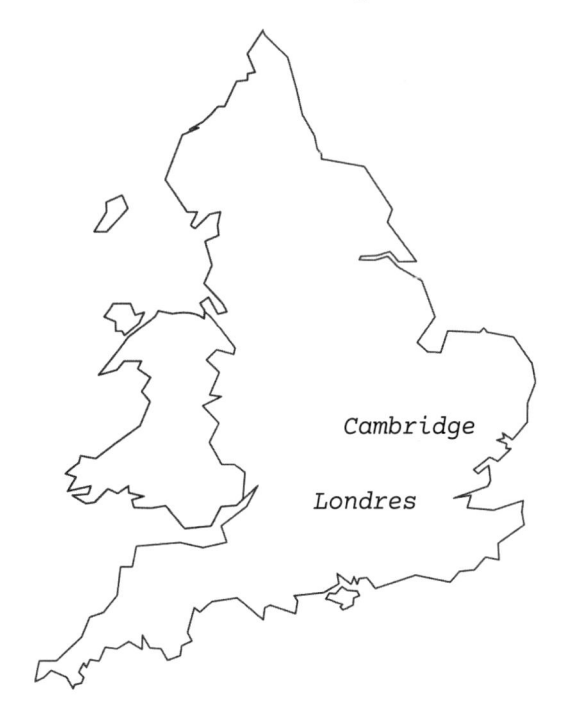

Rupert sempre sustentou que estava em um jantar em sua antiga faculdade naquela noite. E, como vocês podem ver no mapa, estamos falando de uma distância de uns cem quilômetros. Pelo menos umas duas horas de carro, não muito menos de trem, se levarmos em conta o tempo que levaria para viajar por Londres até Dorney Place, também. E esse é apenas o tempo para chegar lá — seriam mais duas horas para voltar.

Então, levando em conta que o assassinato aconteceu entre umas 21h30 e 22h20, Rupert teria tido que deixar Cambridge *no máximo* às oito, o que teria sido bem no meio do jantar. E ele não teria voltado para Cambridge até bem depois da meia-noite.

(virando-se para olhar para a equipe)
Então, Rupert estava mesmo em Cambridge naquela noite? E, se estava, ele ficou lá a noite inteira? O único jeito de conseguir respostas para qualquer dessas perguntas seria falando com alguém que estava lá.

Felizmente a faculdade mantém registros muito bons, e eles me puseram em contato com Malcolm Severn, que era amigo e contemporâneo de Rupert. E agora — convenientemente — um professor na mesma faculdade.

CORTA PARA: JJ e um homem de meia-idade sentados no saguão de uma faculdade de Cambridge. Paredes forradas de madeira, retratos de época, mesas compridas com castiçais de prata. Severn é um homem corpulento, com cabelo branco farto e tez corada.

JJ NORTON
Obrigado por conversar comigo, professor Severn.

MALCOLM SEVERN
Sem problema.

JJ NORTON
Então, você se lembra do jantar de 3 de outubro de 2003?

MALCOLM SEVERN
Sem dúvida. Principalmente porque fui interrogado pela Polícia Metropolitana sobre ele logo depois. Eu e a maioria do resto do grupo de meu ano.

JJ NORTON
E você se lembra de Rupert estar lá naquela noite?

MALCOLM SEVERN
Lembro. Na verdade, estávamos sentados perto, juntos — éramos todos parte do mesmo grupo de amigos.
E, por mais que seja difícil de imaginar olhando para nós agora, éramos um grupo bem rebelde na época.
(ri)
Eu lembro que o reitor mandou uma mensagem da mesa diretora pedindo que a gente se comportasse.

JJ NORTON
Então não havia como Rupert ter se ausentado sem que você percebesse?

MALCOLM SEVERN
Com certeza não pelo tempo que ele teria levado para ir e voltar de Londres.
(hesita)
Embora eu lembre que ele deixou a mesa em um momento...

JJ NORTON
Ah, é? Quando foi isso?

MALCOLM SEVERN
Eles tinham começado a servir as entradas, então devia ser em torno das 8h30. Ele ficou fora apenas meia hora.

JJ NORTON
E, quando ele voltou, aonde disse que tinha ido?

MALCOLM SEVERN
(parecendo um pouco nervoso)
Ele disse que teve que dar um telefonema. Algo sobre uma pequena emergência e ter que resolver alguma coisa em DP.

JJ NORTON
DP?

MALCOLM SEVERN

Dorney Place. Ele sempre a chamava assim, desde que eu o conheci.

JJ NORTON

Estou confuso — ele disse que, era uma emergência, o que implica em algo que aconteceu de repente, então como ele sabia sobre ela? Alguém tinha ligado ou enviado uma mensagem para ele durante o jantar para dizer que havia um problema?

MALCOLM SEVERN

Acho que ele pode ter recebido uma mensagem de texto. Não era permitido usar telefones celulares no salão, mas Rupert nunca achou que essas regras se aplicassem a ele.

JJ NORTON

Então ele deixou o jantar para dar um telefonema?

MALCOLM SEVERN

O que, por falar nisso, foi um grande problema. Ele recebeu uma repreensão por fazer isso — ninguém deve sair até que o mestre dê permissão.

JJ NORTON

E ele nunca contou a você qual foi a "emergência"?

MALCOLM SEVERN

Não.

JJ NORTON

Isso não foi um tanto estranho?

MALCOLM SEVERN
(hesita)

Acho que foi. Eu não achei na época, mas agora que você mencionou isso, é. Foi um pouco estranho.

CORTA PARA: *Estúdio. Como antes, JJ ainda está junto do mural.*

              HUGO FRASER
Bom, uma coisa que sabemos é que, para quem quer
que Rupert tenha ligado naquela noite, não foi
para a linha fixa de Dorney Place — não há registro
de nenhuma ligação assim. Tampouco no celular de
Caroline.

              JJ NORTON
Embora o horário seja interessante — pouco mais
de uma hora depois que Rupert fez essa ligação
misteriosa, Luke estava morto. É uma coincidência e
tanto, vocês não acham? Quem sabe, ele podia estar
armando a coisa toda...

              LAILA FURNESS
                (cética)
Ah, fala sério, você não pode estar sugerindo que
Rupert mandou matar Luke. Estamos falando de Campden
Hill, não da *Cosa Nostra*.

              JJ NORTON
Concordo. Mas, mesmo assim, é estranho.

              BILL SERAFINI
Você perguntou a Rupert sobre isso?

              JJ NORTON
          (lançando um olhar frio a ele)
Com toda a certeza.

*CORTA PARA: ENTREVISTA com Rupert. Ele está em seu
apartamento, dessa vez. Uma poltrona de couro, pilhas de
jornais, um aquecedor à lenha. Veste uma camisa xadrez,
colete de lã e uma gravata de tricô.*

              JJ NORTON - off
Na noite em que Luke morreu, você estava em um jantar
em Cambridge, certo?

RUPERT HOWARD
Correto. O que nossos semelhantes de Oxford chamariam de "celebração anual".
(de forma condescendente)
Foi um jantar de reunião. Para todos que estavam no mesmo ano que eu.

JJ NORTON - off
Eu sei o que é uma celebração anual. Um de seus colegas de turma disse que você saiu para fazer uma ligação durante o jantar.

RUPERT HOWARD
Na verdade não me lembro.

JJ NORTON - off
Essa pessoa também nos contou que você disse que havia uma "emergência" em DP que precisava ser "resolvida".

RUPERT HOWARD
(franzindo a testa)
Eu não me lembro disso.

JJ NORTON - off
É uma estranha combinação de palavras para ele usar se não aconteceu. Ele disse que você sempre se referia a sua casa como "DP".

RUPERT HOWARD
(indiferente)
Olhe, Caroline estava totalmente desesperada em relação à casa. Sempre havia alguma coisa errada ou precisando de conserto. Máquinas de lavar, encanamento, esse tipo de coisa. E o jardim estava em um estado de completo...

JJ NORTON - off
E ela ligava para você quando coisas assim davam errado? Embora, segundo todas as fontes, vocês não fossem próximos?

                    RUPERT HOWARD
                (estreitando os olhos)
Às vezes.

                    JJ NORTON - off
Você tem habilidade como bombeiro hidráulico? Talento para decoração? Faz tudo com as próprias mãos?

Rupert lança um olhar fulminante em sua direção, mas não diz nada.

                    JJ NORTON - off
De qualquer forma, sabemos que você não ligou para ela naquela noite em particular. Não havia ligações de seu celular para o dela. E nenhuma para a casa, também. Nós verificamos.

                    RUPERT HOWARD
                    (ficando irritado)
Eu nem me lembro de fazer nenhuma ligação.

                    JJ NORTON - off
Seu amigo estava bem seguro.

                    RUPERT HOWARD
Quem é esse "amigo"?

                    JJ NORTON - off
Malcolm Severn.

                    RUPERT HOWARD
                    (rindo alto)
Meu Deus, Severn Enfadonho? Ele sempre estava onde não era bem-vindo. Nossa, não falo com ele há anos.

                    JJ NORTON - off
As lembranças dele sobre aquela noite parecem bem claras. Tem certeza de que não se lembra da ligação?

                    RUPERT HOWARD
Eu já disse...

JJ NORTON - off

Porque Malcolm parece achar que você foi repreendido por deixar o salão durante o jantar sem permissão. Isso me parece uma coisa que você não esqueceria.

RUPERT HOWARD

Como eu disse...

JJ NORTON - off

E é estranho, pensando bem — é de se imaginar que tudo o que aconteceu naquela noite ficasse marcado em sua mente.

RUPERT HOWARD

Olhe, o que você está querendo?

JJ NORTON - off

Estou tentando descobrir a verdade.

RUPERT HOWARD

A polícia não estava interessada em minhas ligações telefônicas na época.

JJ NORTON - off

Talvez devessem ter estado.

RUPERT HOWARD

(arrancando o microfone e se levantando)
Já chega disso. Nós terminamos. Eu gostaria que você se retirasse.

Filme corta para estática.

CORTA PARA: *Estúdio, como antes.*

JJ NORTON

Isso não é exatamente o comportamento de um homem inocente. Não segundo minha cartilha. Mas até agora, isso é tudo que temos sobre ele.

LAILA FURNESS

Talvez "DP" não significasse Dorney Place. Talvez ele só o tenha usado como desculpa. Uma cortina de fumaça.

HUGO FRASER

Ele tinha apenas 23 anos — para que um garoto dessa idade ia precisar de uma cortina de fumaça? Ele não era um grande chefão do crime...

LAILA FURNESS

Não, mas ele podia estar mexendo com drogas ou algo assim...

HUGO FRASER
(sorrindo)

Entendi... "DP" *na verdade é Drug Pusher*, uma sigla em inglês para alguém que vende drogas...

LAILA FURNESS

Obrigada por explicar o que eu já sei, Hugo, nada machista da sua parte. Mas você sabe tão bem quanto eu que ele podia estar traficando um pouco por fora. Isso explicaria por que ele ficou tão sensível em relação a isso, não só na época, mas especialmente agora — não fica bem para um aspirante a membro do Parlamento pelos conservadores.

BILL SERAFINI

Até onde sei, eu concordo. Mas de qualquer jeito ele parece ter um álibi para aquela noite. E, para ser honesto, ainda não vejo que motivo ele podia ter.

Dito isso, pode haver algo nas finanças da família que lhe desse um. JJ, o que descobriu em relação a isso?

JJ NORTON

Era Laila quem estava nesse caso.

LAILA FURNESS
(erguendo os olhos)

Ah, sim. Recapitulando: isso se tratava de estabelecer se Rupert tinha uma razão para matar Luke, seu velho amigo, não vamos nos esquecer disso.

Levando-se em conta que confirmamos que Rupert estava seguramente em Cambridge naquela noite, não pode ter sido um assassinato por uma discussão que saiu de controle: outra pessoa deve ter feito isso a mando dele. Se não um assassino profissional, então um amigo ou conhecido. Em outras palavras, tinha que ser premeditado.

Então, Rupert tinha um motivo forte o bastante para tramar o assassinato de Luke Ryder?

A resposta curta é: acho que não.

Eu dei uma olhada no testamento de Andrew Howard...

CORTA PARA: IMAGENS de arquivo de documentos intitulados "Testamento" etc.

... e Caroline ficou muito bem com ele. Não apenas com o usufruto vitalício da casa, mas um belo portfólio de dinheiro e investimentos financeiros, que são dela para usar durante sua vida.

O que quer que reste no momento de sua morte, deve ser igualmente dividido entre os quatro filhos: Rupert e os três de Caroline, Maura, Amelie e Guy. A casa, como sabemos, passa para Rupert com a morte dela, como filho mais velho de Howard.

BILL SERAFINI

Então os filhos de Caroline estão contando que ela não queime todo o dinheiro, porque, se ela fizer isso, eles não recebem nada?

LAILA FURNESS

Essa também foi minha interpretação. Embora, é claro, eu não seja advogada...

HUGO FRASER

Bem, eu sou e concordo. Por isso levanto a próxima pergunta óbvia: como estava a questão legal no momento do assassinato de Luke?

LAILA FURNESS

Ah, é aí que fica interessante. Até onde pude descobrir, Caroline *estava* torrando o dinheiro, e em ritmo acelerado. Parece que o valor do portfólio caiu cerca de 30% entre a morte de Andrew, em dezembro de 1999, e a morte de Luke, em outubro de 2003.

Parte disso se deveu a flutuações do mercado, mas mesmo assim ela estava gastando os fundos de maneira desenfreada.

ALAN CANNING
E você acha que esse nível de gastos se devia a Luke?

LAILA FURNESS
Não diretamente. Ele não tinha acesso ao dinheiro, pois estava tudo no nome dela. Mas parece que ela estava gastando dinheiro tanto *nele* quanto *com* ele. Para começar, ela comprou uma Harley para ele, e os dois fizeram várias viagens caras.

ALAN CANNING
Então sua teoria é de que Rupert pode ter mandado matar Luke para reduzir os gastos dela? Parece muito tênue para mim.

MITCHELL CLARKE
(assentindo)
Se ele fosse se dar a todo esse trabalho, e correr um risco tão grande, teria sido muito mais eficiente se livrar *dela.*

Assim ele receberia o dinheiro imediatamente. *E* ainda ficaria com a casa.

LAILA FURNESS
Portanto acho que isso não faz sentido. O telefonema de Cambridge é estranho, e Rupert está muito na defensiva, mas isso pode ser por alguma coisa sem nenhuma relação.

E, de qualquer forma, como Bill já disse, não tem sentido. Matar Luke não ia resolver os problemas de Rupert. Na verdade, isso podia piorar tudo: Caroline poderia se casar de novo — com alguém ainda mais inadequado.

BILL SERAFINI
O que nos leva ao homem misterioso com o qual ela podia ou não estar tendo um caso.
Hugo, Alan, aonde vocês chegaram com isso?

ALAN CANNING
Bem, cobrei alguns favores e tive acesso ao banco de dados do registro de veículos.
(pegando uma folha de papel de seu arquivo) Havia apenas trinta mil MGBs registrados ainda rodando em outubro de 2003. Se filtrarmos apenas modelos vermelhos, então é evidente que o número reduz drasticamente, mas ainda estaríamos olhando para vários milhares. Havia a *possibilidade* de filtrarmos por localização geográfica, mas nós, é claro, não tínhamos como saber onde esse homem morava...

MITCHELL CLARKE
Com certeza é uma suposição razoável ele ser de Londres.

LAILA FURNESS
Concordo.

ALAN CANNING
... o que era justo o que eu estava prestes a dizer, se vocês tivessem deixado que eu terminasse. Concordo que, se Caroline estava se encontrando com alguém com frequência, ele devia morar mais ou menos perto. Em Londres, no mínimo, ou nos condados em torno da cidade.
Se aplicarmos esse filtro ao registro de veículos juntando à cor da pintura, ficaríamos com pouco menos de cem veículos. Oitenta e seis, para ser mais exato.

LAILA FURNESS
Nada mau. Na verdade, menos do que eu teria esperado.

                    ALAN CANNING
Se aplicarmos, em cima disso, um filtro de idade e
gênero e procurar apenas homens com mais de 25 anos,
o número reduz ainda mais, vai para 42.

*Ele vai até o mural e põe o mapa da Grande Londres com
vários pontos vermelhos sobre ele.*

    E aqui era onde estavam esses 42.

                    BILL SERAFINI
Isso ainda é uma tarefa e tanto. E os dados são de vinte
anos atrás. Metade desses caras pode estar morta hoje.

                    LAILA FURNESS
                    (concordando)
Ou se mudou.

                    ALAN CANNING
            (voltando-se para olhar para eles)
O que é exatamente o que estou descobrindo. Eu
comecei com aqueles que viviam mais perto de
Dorney Place, supondo que o amante de Caroline,
se ele existiu, provavelmente era de uma classe
socioeconômica semelhante. E, sim, eu sei que essa
pode ser uma suposição equivocada.

                    LAILA FURNESS
                    (em voz baixa)
Na verdade, eu não consigo ver Caroline se
interessando por um encanador de Hackney...

                    ALAN CANNING
            (levantando um pouco a voz)
Até agora falei com 16 pessoas que tinham um MGB
vermelho naquela época e viviam na mesma área de
Londres que Dorney Place. Mas, até o momento, não
encontrei nada óbvio.

                    BILL SERRAFINI
Acho que isso sempre foi um *Hail Mary*.

HUGO FRASER
(voltando-se para ele)
Sabe, nunca entendi o que os americanos querem dizer com isso.

BILL SERAFINI
(sorrindo)
É um passe longo bem no fim de um jogo de futebol americano. Basicamente, uma última chance difícil.
    Enfim, o que você tem feito esse tempo todo enquanto Alan aumenta a conta de telefone dele?

HUGO FRASER
Eu, meu bom senhor, tenho falado com as amigas de Caroline, aquelas que conseguimos encontrar, para ver se elas podem ter uma pista de quem era o sr. X.

BILL SERAFINI
Bem, parece um bom plano.

CORTA PARA: *Madeleine Downing. Legenda anterior: "Amiga de Caroline Howard." Dessa vez, em sua sala de estar.*

MADELEINE DOWNING
Você está perguntando para a pessoa errada. Nunca vi a mínima indicação de que ela estivesse tendo um caso.
(ri)
Por que ela ia precisar fazer isso quando tinha um marido jovem e em forma à disposição? O que foi aquela coisa que Paul Newman disse? "Por que sair para comer um hambúrguer quando você pode ter filé em casa?"

CORTA PARA: *Jennifer Dennison. Legenda: "Amiga de Caroline Howard." Cabelo escuro com uma trança francesa, uma blusa de seda estampada. Ela está em uma cozinha azulejada em azul e branco com vista para um jardim.*

JENNIFER DENNISON
Ela nunca me disse nada, e tenho quase certeza de que teria dito se alguma coisa estivesse mesmo acontecendo.

                    HUGO FRASER - off
Então ela teria se aberto com você? Vocês tinham esse tipo de relacionamento?

                    JENNIFER DENNISON
Eu sem dúvida confiava nela se é isso o que está querendo dizer.
                    (enrubesce um pouco)
Olha, se quer saber, eu estava passando por uma coisa assim na época, está bem? Eu acabei deixando meu marido. Então acho que ela teria contado se estivesse passando pela mesma coisa.

                    HUGO FRASER - off
Ela e Luke eram felizes?

                    JENNIFER DENNISON
Até onde sei. Ela nunca disse nada diferente. Pelo menos, não para mim.

CORTA PARA: Carmel Piper. Legenda: "Amiga de Caroline Howard." Uma mulher atraente com uma cabeleira comprida loura-clara e um colete de couro trabalhado. Ela está a uma mesa em uma cafeteria. Há arte abstrata em cores pastel nas paredes, flores frescas na mesa, e o café está em uma xícara azul com um pires; é nitidamente um estabelecimento independente, de nenhuma das grandes redes.

                    CARMEL PIPER
Para ser honesta, não éramos muito próximas. Eu era apenas uma de suas "amigas de almoço". Nós nos reuníamos a cada mês e meio mais ou menos — eram apenas coisas leves. Fofoca, quem tinha passado as melhores férias, esse tipo de coisa; você sabe como são as coisas por aqui. Tudo muito inofensivo no geral.

                    HUGO FRASER - off
Você alguma vez a viu receber um telefonema ou uma mensagem que sugerisse que ela estava tendo um caso?

                    CARMEL PIPER
                      (rindo)
Não sei como seria possível dizer isso! Mas a
resposta é não. Nunca a vi sair correndo para atender
o telefone, ou de repente dizer que precisava estar
em outro lugar, nem nada assim.
   Para ser honesta, eu tinha a impressão de que
ela mantinha sua vida bem compartimentada. Um lugar
para todo mundo, e cada um em seu lugar. Se é que me
entende.

CORTA PARA: *Estúdio, como antes.*

                    BILL SERAFINI
E quanto à bolsa de ginástica? Teve mais sorte com
isso? Embora seja outra possibilidade remota, eu sei.

                    HUGO FRASER
Infelizmente, não. Havia, e ainda há, um grande
número de academias naquela parte da cidade, sem
mencionar as quadras de tênis no Queen's e três
clubes de squash, até onde sei.

                    JJ NORTON
Vale a pena cruzar referências entre os membros
desses clubes com os donos de MGBs vermelhos?

                    ALAN CANNING
Duvido que a maioria deles tenha registros de 2003.
Quer dizer, sim, podemos *perguntar*, mas mesmo que
a informação ainda exista, é quase certo que não a
entreguem a nós.

                    MITCHELL CLARKE
Proteção de dados. Um inferno na minha vida.

                    LAILA FURNESS
E, de qualquer forma, esse homem podia não pertencer
a um clube. Podia só, sabe, fazer cooper. Alguém
ainda faz cooper hoje em dia? Ainda está na moda?

> JJ NORTON
> (rindo)

Acho que agora as pessoas precisam "correr" para serem levadas a sério.

> ALAN CHANNING
> (sem rir)

Então, para resumir, com base no novo indício de Maura Howard, acho que concordo que Caroline *tinha* algum tipo de relacionamento extraconjugal, mas, até agora, não temos nenhuma pista de quem esse homem poderia ser.

> LAILA FURNESS

Mas você vai continuar investigando? Estou falando dos carros.

> ALAN CANNING
> (cansado)

É, eu posso continuar a investigar.

> HUGO FRASER

Então tudo o que nos resta agora são Bill e Mitch, e o que eles conseguiram descobrir sobre Luke.

> MITCHELL CLARKE
> (para Bill)

Tudo bem se eu começar?

> BILL SERAFINI

Vá em frente.

Mitch se levanta e vai até o mural, até o mapa da Austrália.

> MITCHELL CLARKE

Então voltemos a Kalgoorlie. O que evidentemente é algo que Luke nunca planejou fazer.

Entrei em contato com a escola primária local para ver que registros eles tinham da época, e para ser honesto, não havia muita coisa. Nenhuma foto, infelizmente, mas eles têm um grupo de Facebook para ex-alunos, então a escola publicou uma coisa nele para mim, e eu recebi quatro ou cinco mensagens em resposta, e fizemos uma chamada em grupo pelo Zoom.

CORTA PARA: VÍDEO de Mitch sentado à mesa, com seis pessoas em uma tela do Zoom.

Então você na época estava no mesmo ano que Luke Ryder?

CORTA PARA: CLOSE de Tracy Ryan. Legenda: "Colega de escola de Luke Ryder." Bonita, com cabelo ruivo preso em um rabo de cavalo e com uma blusa listrada. Ela tem o rochedo de Uluru como fundo de tela.

TRACY RYAN

Meu Deus, eu me lembro de Luke. Um garoto pequeno meio nerd. Sempre o tratavam como um cachorro. Não literalmente, é claro, mas você sabe o que eu quero dizer.

CORTA PARA: Scott Grant. Legenda: a mesma que a anterior. Ele é louro, mas seu cabelo está começando a rarear no topo. Usa camiseta do Motörhead e um brinco.

SCOTT GRANT

Merda, tem razão, é assim mesmo que eu me lembro dele. Eu fiquei muito surpreso quando soube que ele tinha sido morto. Quer dizer, por ele estar em Londres e tudo o mais, para ser honesto, ainda mais casado com uma mulher mais velha e sexy com uma tonelada de dinheiro.
(ri)
Nunca achei que ele fosse capaz disso.

CORTA PARA: Donna Gilchrist. Legenda: igual à anterior. Cabelo escuro com corte pixie. Som de crianças ao fundo.

> DONNA GILCHRIST
> A coisa toda sempre me pareceu meio suspeita. E eles nunca solucionaram, não é?

A CÂMERA *se afasta para pegar todo o grupo.*

> MITCHELL CLARKE
> É isso o que estamos tentando agora. Mas, depois de todos esses anos, não é fácil.

> SCOTT GRANT
> Eu não invejo seu trabalho, parceiro.

> TRACY RYAN
> Então o que você precisa de nós? Quer dizer, eu nunca mais vi esse cara depois que ele se mudou para Sydney.

> MITCHELL CLARKE
> E por que você acha que ele foi embora?

> TRACY RYAN
> É brincadeira, né? Quer dizer, os pais dele morrem, ele herda o dinheiro, o que mais ele vai fazer? Eu mesma teria partido se tivesse metade dessa oportunidade.

CORTA PARA: *Estúdio, como antes.*

> MITCHELL CLARKE
> Como era de se esperar, não deu em nada. Então a próxima parada era Sydney. Infelizmente, o bar onde Luke trabalhou fechou há muito tempo, mas, graças a um velho amigo de Laila que agora mora lá, consegui localizar o homem que era o dono na época.

CORTA PARA: *Mitch à sua mesa, dessa vez ao telefone em viva-voz.*

MITCHELL CLARKE
(para o telefone)
Alô, é Don?

DON WYNDHAM
Don Wyndham, isso mesmo.

MITCHELL CLARKE
E você era o dono do Board Room, é isso mesmo? O bar?

DON WYNDHAM
Era, sim. Fui o proprietário até me aposentar, há 15 anos.

MITCHELL CLARKE
E acho que pelo nome ele era popular com a galera do surfe...

DON WYNDHAM
(ri)
Nem dava para se mexer por causa deles. Especialmente nas noites de sexta.

MITCHELL CLARKE
E Luke Ryder trabalhou para você? Isso deve ter sido logo depois que ele chegou a Sydney em 1994.

DON WYNDHAM
O jovem "Easy"... com certeza, trabalhou para mim por uns dois anos. Bom garoto. Um pouco tímido no começo, mas logo saiu da concha, ainda mais depois de ser picado pelo mosquito do surfe. E isso foi um caso sério para ele — primeiro a prancha, depois a mulherada.
  Merda, desculpe — eu não devia falar assim, não hoje em dia. Com o #MeToo e toda aquela bobagem...

MITCHELL CLARKE
Então ele fazia sucesso com as garotas?

DON WYNDHAM
Não no começo. Como eu disse, ele era tímido e meio magricela, mais para baixinho. E havia muita concorrência, também, com todos os outros rapazes. Mas depois que ele ganhou um pouco de massa muscular, ficou pronto para a ação. Embora mais ou menos um ano depois ele tenha conhecido uma garota e, de repente, ele só falava nela. Não tinha olhos para mais ninguém.

MITCHELL CLARKE
Você sabe o nome dela?

DON WYNDHAM
Não, foi mal. Faz muito tempo. Pelo que me lembro, ela também gostava dele. Dava para ver pelo jeito como eles ficavam juntos. Logo depois disso ele foi embora.

MITCHELL CLARKE
Ele foi embora? Você sabe por quê?

DON WYNDHAM
Para ser honesto, foi tudo meio misterioso. Em um momento ele está procurando um lugar para ele e essa garota irem morar juntos, então, de repente, ele avisa que está se demitindo e em menos de uma semana vai embora.

MITCHELL CLARKE
Mas ele nunca explicou a você por quê?

DON WYNDHAM
Não, ele nunca me disse nada. Ele parecia muito estressado com o que quer que fosse. Alguns dos outros caras achavam que ele tinha engravidado a garota e estava procurando uma saída de emergência.

MITCHELL CLARKE
Você acha que foi isso o que aconteceu?

DON WYNDHAM
Não tenho ideia. Sei que ela não foi com ele, porque eu a vi uma ou duas vezes algumas semanas depois

disso. Parecia bem abalada, a coitada. Mas, se
quer me perguntar para onde Easy foi, nem se dê ao
trabalho. Eu não tenho a menor ideia.

>   MITCHELL CLARKE
> E quando foi isso?

>   DON WYNDHAM
> Agora que você perguntou, verão de 1995. Talvez no fim
> de novembro?

>   MITCHELL CLARKE
> Você por acaso tem alguma foto dele da época?

>   DON WYNDHAM
>   (ri)
> Eu duvido, parceiro! Foi vinte anos atrás! Mas vou
> dar uma procurada e ver o que posso encontrar.

CORTA PARA: Estúdio, como antes. Mitch ainda está perto do mural.

>   MITCHELL CLARKE
> Mas, na verdade, tivemos sorte. Don achou duas fotos
> antigas, mas como vocês podem ver...
>   (apontando para o mural)
> ... elas não nos dizem muita coisa.

A CÂMERA dá ZOOM em algumas FOTOS. Uma mostra um bar lotado — pelo menos 15 pessoas em quadro, em sua maioria homens jovens. Eles estão todos segurando garrafas de cerveja e sorrindo; parecem bem bêbados. Há um círculo desenhado com marcador vermelho em torno de uma figura da fileira de trás, mas ele está bastante obscurecido pela pessoa na frente. Na segunda foto, um bando de rapazes corre na direção das ondas carregando pranchas de surfe. O sol está começando a nascer e está baixo sobre a areia. Luke novamente está marcado em vermelho, mas só é visível de trás.

                    HUGO FRASER
Ah, bem, foi uma boa tentativa...

                  MITCHELL CLARKE
Na verdade, ainda não terminei. Don ainda tinha as
declarações de imposto do bar, então soube me dizer
exatamente quando Luke foi embora — era dia 29 de
novembro de 1995. Daí eu fiz uma busca na internet
sobra qualquer coisa que tenha acontecido em Sydney
nessa época que pudesse explicar por que ele foi
embora de repente.

                    JJ NORTON
Você não acha que foi só por causa da garota?

                  MITCHELL CLARKE
Não sei, talvez tenha sido, mas achei que valia
a pena verificar outras possibilidades também.
Especialmente por que Don não tinha visto nenhum
indício de problema com a namorada.

                    JJ NORTON
E?

                  MITCHELL CLARKE
E eu achei uma coisa.
        (ele se vira para o mural e prende prints de dois
              recortes da imprensa de Sydney)

                                    Sydney Morning Herald
                                    27 de novembro de 1995

Motorista bêbado procurado em Sydney por atropelamento e fuga
POR MICKEY BOONE

A inspetora Field confirmou que a polícia de Nova Gales do Sul acredita que o incidente foi um atropelamento e fuga... embriagado.
— Infelizmente já vimos muitos casos de motoristas bêbados causando acidentes sérios e em seguida fugindo da cena — disse ela. — Pedimos à pessoa envolvida que se apresente.

The Australian
28 de novembro de 1995

Acidente em estrada em Waverley deixa homem em coma
POR SIOBHAN BURNHAM

A polícia foi chamada para a cena de um sério acidente de estrada na Rosewood Road depois que um motorista que passou ligou para informar que havia um homem inconsciente na estrada.
A vítima foi transferida imediatamente para a emergência acredita-se que ele não tenha recobrado a consciência.

A polícia está apelando p que testemunhas que tenh visto ou ouvido alguma co na Rosewood Road entre 23h50 de sexta-feira e 1h30 sábado se apresentem. A legacia pode ser contatada sistema de informação de mes ou no distrito policial Waverley na Bronte Road.

A equipe troca olhares: o nível de energia na sala sem dúvida aumentou. Mitch abre um mapa do centro de Sydney, pega a caneta e começa a fazer anotações no mapa.

O bar Board Room ficava *aqui*, o endereço de Luke na época, que Don tem no arquivo, era *aqui*, e o acidente aconteceu *aqui*.

                JJ NORTON
                (assentindo)
Então o acidente foi em uma linha direta entre onde ele morava e onde ele trabalhava.

              MITCHELL CLARKE
Certo. E cinco dias depois que aconteceu, quando a polícia estava se aprofundando na investigação, Luke pede demissão.

              BILL SERAFINI
            (solta o ar devagar)
Meu Deus.

              MITCHELL CLARKE
E essa hora da madrugada é precisamente quando Luke estaria a caminho para casa do trabalho. E é uma aposta razoável que ele estivesse bebendo.

                JJ NORTON
O que, como diz a reportagem, teria dado a ele uma razão muito boa para não ter parado.

              MITCHELL CLARKE
Exatamente.

                JJ NORTON
Você falou com a polícia de Sydney?

              MITCHELL CLARKE
Falei. Eles me disseram que o motorista responsável nunca foi encontrado. E não havia mais nada na cena para ajudar a identificar o veículo — nenhum fragmento

de tinta nem nada assim. Mas um morador local ouviu um barulho de motor muito alto por volta daquela hora.

ALAN CANNING
A polícia chegou a desconfiar que pudesse ter sido uma motocicleta?

MITCHELL CLARKE
Aparentemente não. E é tarde demais. Não há como investigar essa linha agora, é claro, e não há como localizar a motocicleta, também, para ver se ela tinha algum dano...

JJ NORTON
De qualquer forma, isso não teria sido conclusivo. Se foi só um atropelamento de raspão, a motocicleta pode ter saído totalmente ilesa.

MITCHELL CLARKE
Então, no momento, esse caminho é um beco sem saída. Mas mesmo assim ele pode nos oferecer uma explicação possível — e, eu acho, interessante — de por que Luke Ryder de repente decidiu deixar o país.

HUGO FRASER
E por que alguém poderia ter desejado matá-lo. Um dos parentes da vítima se encaixaria como suspeito em potencial. Supondo que eles soubessem para onde Luke tinha fugido, é claro.

ALAN CANNING
É, mas isso não teria sido fácil. E eles teriam de guardar um rancor terrível para ainda estar nesse caso sete anos depois, do outro lado do mundo.

JJ NORTON
O que nós sabemos sobre a vítima?

MITCHELL CLARKE
(suspira)
Não muito, infelizmente. A polícia foi um pouco reservada sobre a coisa toda. Tive a impressão de

que a família pôs muita pressão para não divulgar o nome do homem. Havia, pelo que parece, "razões pessoais".

BILL SERAFINI
(com ar de quem sabe o que diz)
Alguém que estava onde não devia estar.

JJ NORTON
Esse também seria meu palpite — talvez um homem casado que estivesse pulando a cerca...

HUGO FRASER
Nós sabemos o que aconteceu com ele? Ele sobreviveu?

MITCHELL CLARKE
Nesse momento, sei tanto quanto você. Mas comecei a investigar os registros de óbito nas semanas após o acidente, para ver se consigo achar alguma coisa. Embora não tenhamos como saber se alguma dessas coisas tem a ver com Luke Ryder, é claro.

LAILA FURNESS
Verdade. O atropelamento pode ter sido cometido por uma pessoa totalmente diferente. Isso pode ser uma busca sem sentido.

BILL SERAFINI
Mas bom trabalho, Mitch. Muito bom trabalho.

JJ NORTON
Concordo. E isso é algo que a Metropolitana não parece ter descoberto na época, então parabéns.

ALAN CANNING
Só se isso se mostrar relevante. Como Laila diz, pode não ter absolutamente nada a ver.

HUGO FRASER
(ignorando-o)
Consegue superar esse feito, então, Bill?

BILL SERAFINI
(sorri e se levanta enquanto Mitch se senta)
Vou fazer o possível, Hugo. Vou fazer o possível.
(virando-se para encará-los)
Então enquanto Mitch estava perseguindo Luke pelo outback, investiguei para onde ele foi em seguida. Em 2003, a polícia britânica determinou que, quando ele deixou Sydney, foi primeiro para Bali, e depois para o Camboja.

Ele prende mapas dos dois países, com marcações em Kuta e Kampot, respectivamente.

Nos dois lugares ele fez apenas trabalho informal, ou pelo menos até onde consegui determinar. Se houve algum outro incidente desfavorável, não encontrei. Embora à luz do que Mitch acabou de nos contar, o fato de ele não trabalhar em bares em nenhum dos lugares pode ser significativo. Somado ao fato de que ele não ficou por muito tempo em nenhum dos dois lugares. Seu passo seguinte depois do Camboja foi Beirute...
(ele prende outro mapa.)
... onde ele chegou em janeiro de 1997. Não sabemos exatamente o que ele estava fazendo lá ou por que ele escolheu esse lugar, mas o Líbano estava longe de ser uma opção óbvia para férias ao sol. O país ainda se recuperava de uma guerra civil selvagem, o governo era fraco ou mesmo inexistente em algumas localidades, e havia áreas onde grupos terroristas como o Hezbollah e o HAMAS operavam praticamente com impunidade. Como Luke estava prestes a descobrir.
(ele se vira e prende um recorte
do New York Times)

BOMBA EM ÔNIBUS EM BEIRUTE DEIXA 13 MORTOS

Há ocidentais entre as vítimas
Casa Branca condena ataque terrorista "abominável"

POR KEN DAVEY

BEIRUTE — Pouco depois das 14h, horário local, o centro da capital do Líbano foi abalado por uma explosão que estilhaçou janelas em um raio de quase dois quilômetros.

não assumiu a responsabilidade pelo que foi um dos piores ataques em Beirute na história recente. Mais de trinta pessoas estão sendo atendidas no hospital, e os 13 mortos confirmados até agora incluem três ocidentais. Um americano

```
New York Times
5 de agosto de 1997
```

CORTA PARA: IMAGENS da CNN sobre o resultado do ataque. Corpos estão estirados na rua, há destroços retorcidos do ônibus, escombros e estilhaços de vidro espalhados pelo chão. Em seguida, surge um hospital lotado e caótico, pessoas em leitos improvisados, uma aparece sem uma das pernas e há várias com curativos em torno da cabeça e do rosto.

LAILA FURNESS
(nitidamente chocada)
Eu me lembro de quando isso aconteceu. Foi horrível. E está dizendo que *Ryder* estava envolvido nisso?

BILL SERAFINI
(assente)
Ele foi um dos feridos. Teve cortes superficiais e um braço quebrado, passou três dias no hospital em

Beirute e então — sem nenhuma surpresa — resolveu deixar o país.

    Quando conseguimos encontrá-lo de novo, ele estava em Assos, onde, dois anos depois, ele ia conhecer Rupert Howard e o último capítulo de sua vida ia começar a se desenrolar. Não que, na época, ele soubesse disso, é claro.

                  HUGO FRASER
Uma coisa horrível o que aconteceu, é claro, mas não vejo como Ryder ser pego em um atentado a bomba em um ônibus em Beirute poderia levar alguém a localizá-lo e matá-lo em Londres seis anos depois.

    A pista de Mitch, por outro lado...

Há uma concordância geral, e as pessoas assentem.

                  BILL SERAFINI
Não tão depressa, meus caros. Essa não foi a única coisa que descobri.

Ele se vira e prende uma foto no mural. É um jovem forte com cabelo louro-escuro e um sorriso confiante.

                  HUGO FRASER
Quem é esse aí?

                  BILL SERAFINI
É Luke Ryder.

As pessoas trocam olhares e depois encaram Bill, bastante confusas.

                  HUGO FRASER
Não, não é.

                  BILL SERAFINI
É, sim. Este é o homem que deixou Sydney em novembro de 1995 e foi ferido em um atentado a bomba num ônibus em Beirute em agosto de 1997.

Só que ele não foi ferido naquele dia.

Ele foi morto.

O homem que temos procurado, o homem que conheceu Rupert Howard na Grécia, o homem que se casou com Caroline Howard e acabou espancado até a morte no jardim da casa dela... não era Luke Ryder.

Ele era um impostor.

FADE OUT

- **CRÉDITOS FINAIS** -

E-MAIL DE NICK VINCENT COM O RESUMO DO DIA, 5 DE MAIO DE 2023

Data: Sexta-feira, 05/05/2023, 9h15 **Importância:** Alta
De: Nick Vincent
Para: Guy Howard, Hugo Fraser, Alan Canning, Mitch Clarke, Laila Furness, Bill Serafini, JJ Norton
CC: Tarek Osman

Assunto: Sensacional

Acho que todos podemos concordar que foi um fim de episódio e tanto! Créditos sem tamanho para Bill por tirar isso da cartola e fazê-lo com tamanha desenvoltura. E, mais uma vez, desculpem por insistir em parar de filmar nesse ponto. Sei que vocês todos têm uma tonelada de perguntas — eu também tenho —, mas precisamos que façam essas perguntas diante das câmeras, para manter a energia e o ritmo da investigação. E vocês não vão precisar esperar muito — a próxima gravação vai ser no dia 16, e Tarek vai entrar em contato com a logística etc.
    Abraços,
    Nick

Data: Sábado, 06/05/2023, 9h55
De: Alan Canning
Para: Guy Howard

Assunto: Bill

Guy,

Posso confirmar se você estava ou não sabendo da revelação de Bill antes que ela acontecesse? Estou realmente assombrado por ele ter conseguido fazer uma descoberta tão extraordinária no curto período em que está no caso: ele só começou a investigar o passado de Luke há menos de um mês.

Além do mais, está bem claro que a Metropolitana não tinha, e continua sem ter, ideia de nada sobre essa suposta "impostura". Mas talvez você e Nick estivessem mantendo esse segredo desde o começo. Seria bom saber se é verdade.

Abraço,
Alan

Data: Sábado, 06/05/2023, 10h03
De: Guy Howard
Para: Alan Canning

Assunto: Re: Bill

Eu não tinha a menor ideia.

MENSAGENS DE TEXTO ENTRE AMELIE E MAURA HOWARD, 6 DE MAIO DE 2023, 11H49

> Você recebeu minha mensagem de voz?
> Sobre Luke e ele ser um *falso* do caralho

Como assim?

> É isso mesmo o que eu disse

O que Guy disse? Ele sabia?

> Não, com certeza, não

> Pra falar a vdd, ele estava péssimo

> Disse que Nick tinha agido pelas costas dele

Ah, bem, o que ele esperava?

Ainda não consigo acreditar que aquele filho da puta do Luke nos enganou e ainda se deu bem. E mamãe? Você acha que ela sabia?

> Acho que não tem a menor chance de que ela soubesse

E agora?

> Não sei, Am. Não sei mesmo

> Isso pode explicar muitas coisas

> MUITAS coisas

Ah, merda

**MENSAGEM DE VOZ DEIXADA PARA GUY HOWARD POR NICK VINCENT,
6 DE MAIO DE 2023, 23H05**

Guy? Sou eu. Olhe, sei que você está puto e no seu lugar eu também estaria, mas acho que quando você se acalmar e tiver uma chance de pensar melhor sobre isso, vai ver que era a coisa certa a fazer pela série. Aquele último frame congelado em seu rosto foi uma das melhores tomadas finais que já vi em muito, muito tempo. Ouro puro, parceiro, ouro televisivo puro.

Enfim, vamos botar tudo em dia na segunda-feira. Estou com as crianças no fim de semana então por aqui está parecendo o fim dos tempos.

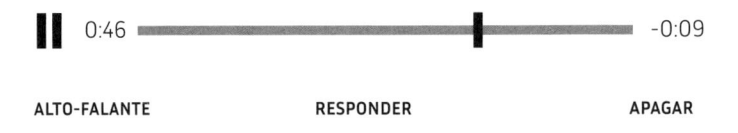

0:46   -0:09

ALTO-FALANTE   RESPONDER   APAGAR

EPISÓDIO TRÊS

TRANSMISSÃO | 9 DE OUTUBRO

INFAME

QUEM MATOU LUKE RYDER?

UMA SÉRIE DOCUMENTAL
ORIGINAL DA SHOWRUNNER

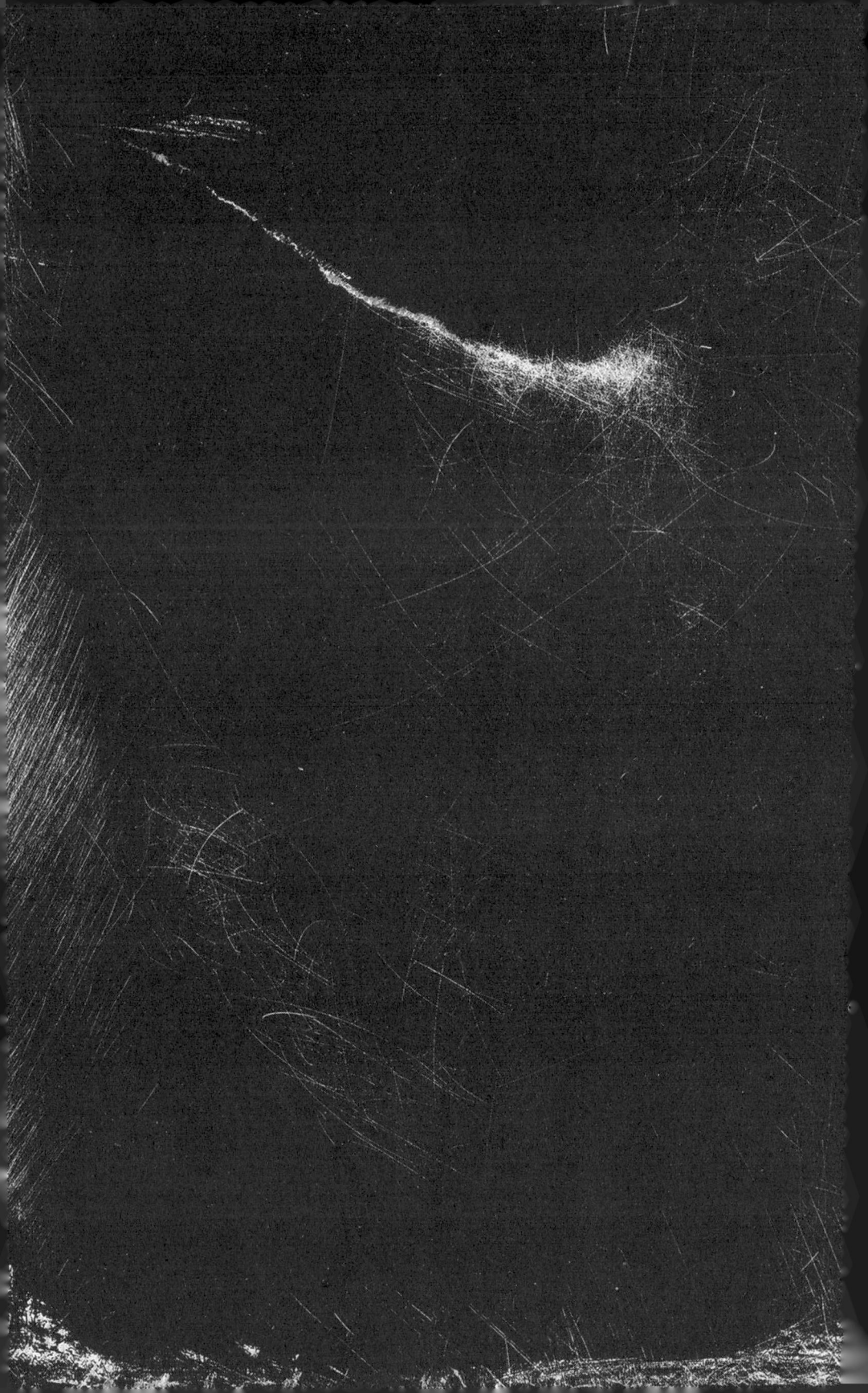

TELEVISÃO The Times, 10 de outubro de 2023

A TRAMA SE ADENSA LINDAMENTE

O NOVO *INFAME* É MUITO MAIS QUE REQUENTAR MATERIAL VELHO

ROSS LESLIE

INFAME: QUEM MATOU LUKE RYDER?
Showrunner

CORAGEM EM AZUL E BRANCO: A HISTÓRIA DO CHELSEA FC
ITV

True Crime pode ser o gênero *du jour* — e, como leitores habituais sabem, eu sou um fã dedicado —, mas ele tem um calcanhar de Aquiles: por mais detalhados, perspicazes e bem produzidos que sejam esses programas, muitos deles apenas requentam os velhos resquícios de um caso antigo, sem acrescentar nada novo ou significativo para a mistura. Pode-se dizer que o simples ato de trazer esses casos há muito adormecidos novamente para a luz do dia pode motivar o surgimento de novas testemunhas ou a descoberta de novos indícios, e houve, é verdade, vários exemplos de alto perfil, o mais famoso deles o caso de Adnan Syed, após o sucesso mundial do podcast seriado. Entretanto, com demasiada frequência os detalhes repulsivos da dor de outra pessoa simplesmente são apresentados apenas com propósitos de entretenimento. As questões éticas que isso levanta são, é claro, evidentes.

Mas o mesmo não pode ser dito sobre a nova série de *Infame*. O episódio de ontem à noite terminou com uma nova prova tão surpreendente que as pessoas ficam se perguntando como a Metropolitana não descobriu isso na época. Eu vou, é desnecessário dizer, permitir que você descubra a natureza exata dessa revelação, mas é seguro dizer que você não vai se decepcionar.

Coragem em azul e branco: a história do Chelsea FC mostra a evolução do clube de uma esforçada equipe que lutava no meio da tabela para o sucesso estonteante nas costas do poder do dinheiro interminável de Roman Abramovich. O apresentador Jim White (um torcedor do Chelsea por toda a vida) é um âncora divertido, trazendo uma vida de conhecimento de futebol com método, assim como um olho atento para a ironia enquanto o

INFAME/LUKE RYDER [Entrar]

PUTA MERDA! O QUE FOI ISSO?

publicado há 2 horas por Investig4dor
29 comentários   compartilhar   ocultar   denunciar

E a gente achando que a história de Mitch era um gancho. Isso põe uma bomba embaixo da droga do caso inteiro

publicado há 2 horas por Bernieocortaferro
7 comentários   compartilhar   ocultar   denunciar

> Vi o que você fez aí, Bern 😊
>
> publicado há 2 horas por Brian885643
> 2 comentários   compartilhar   ocultar   denunciar

> Um pouco grosseiro, não acham? Nas circunstâncias? Pessoas morreram
>
> publicado há 2 horas por AngieFlynn77
> compartilhar   ocultar   denunciar

Aquele Serafini ou é a porra do investigador mais sortudo na história do crime ou tem alguma coisa por trás disso. Não há como uma coisa dessas ter caído no colo dele

publicado há 2 horas por TruCrimr
48 comentários   compartilhar   ocultar   denunciar

> Sortudo, talvez. Insuportável, com certeza. Ele está começando a me encher o saco
>
> publicado há 1 hora por RonJebus
> 1 comentário   compartilhar   ocultar   denunciar

> Não tanto quanto o babaca do Rupert. O cara se acha 🦘
>
> publicado há 1 hora por Slooth
> 11 comentários   compartilhar   ocultar   denunciar

> E ele mente muito. Não ouvia tanta mentira em menos de cinco minutos desde o último programa eleitoral do partido conservador #quenovidade
>
> publicado há 1 hora por JimBobWalton1978
> compartilhar   ocultar   denunciar

Eu acho muito que o atropelamento em Sydney pode ter alguma coisa a ver com isso. Mais uma coisa que a Metropolitana parece não ter descoberto

publicado há 2 horas por PaulWinship007
compartilhar   ocultar   denunciar

> Nem me fale. Aquela investigação teve mais furos que as meias velhas do meu avô
>
> publicado há 1 hora por TCFanatic88
> 1 comentário   compartilhar   ocultar   denunciar
>
>> Não tenho certeza — acho que conspiração é muito mais provável que um erro nesse caso. Toda aquela "riqueza geracional", saca? Os figurões da Metropolitana só estão cuidando dos próprios interesses.
>>
>> publicado há 1 hora por Slooth
>> compartilhar   ocultar   denunciar

O tal do Fraser, aliás, parece conhecer muito sobre Campden Hill — todo aquele papo sobre tênis e onde fica o clube de squash #estousódizendo

publicado há 2 horas por ProDTtive
4 comentários   compartilhar   ocultar   denunciar

> Talvez ele apenas goste muito de raquetes
>
> publicado há 1 hora por TachtRocker1964
> 1 comentário   compartilhar   ocultar   denunciar
>
>> Acho que ele gosta mais é de trambiques, isso sim. Porra, ele é advogado
>>
>> publicado há 1 hora por Slooth
>> compartilhar   ocultar   denunciar

Se querem minha opinião, acho que precisamos recomeçar do zero. Isso muda TUDO

publicado há 2 horas por ProDTtive
177 comentários   compartilhar   ocultar   denunciar

EPISÓDIO QUATRO
GRAVAÇÃO

ELENCO
Alan Canning (AC)
Mitchell Clarke (MC)
Hugo Fraser (HF)
Laila Furness (LF)
JJ Norton (JJN)
Bill Serafini (WS)

CHAMADA DA EQUIPE: 8H45
CÂMERA PRONTA: 9H

PROGRAMAÇÃO DO DIA

INFAME: Quem matou Luke Ryder?

Terça-feira
15 de maio de 2023

EPISÓDIO 4:
ESTÚDIO
DIA 1 DE 2

PRODUTOR **Nick Vincent**
DIRETOR **Guy Howard**
EDITOR **Fabio Barry**
PESQUISADOR
Tarek Osman
ASSIST. DE PROD.
Jenni Tate
GERENTE DE LOCAÇÃO
Guy Johnson

Café da manhã no set a partir das 8h30
Almoço a partir das 12h45
Previsão de término: 17h30

*Nota para elenco: cenas externas devem ser filmadas primeiro, vista-se adequadamente

LOCAÇÃO Frobisher Studios
Kingston Road, 131-137
Maida Vale, oeste de Londres

OBSERVAÇÕES:
Vagas de estacionamento limitadas no local.
O metrô mais próximo é o de Warwick Avenue.
Telefone de contato para emergências: 07000 616178.

EQUIPE

Cargo	Nome	Telefone	Chamada	Cargo	Nome	Telefone	Chamada

Dry riser
DRY RISER FILMS Ltd
227 Sherwood Street London W1Q 2UD

SEQUÊNCIA DE CRÉDITOS: MONTAGEM em P&B em estilo arthouse com imagens e recortes curtos: cobertura da época dos noticiários sobre cena de crime, fotos de família

CANÇÃO-TEMA - "It's Alright, Ma (I'm Only Bleeding)" [Bob Dylan] da trilha sonora de Sem destino [1969]

FIM DOS CRÉDITOS

INFAME

FADE IN

QUEM MATOU LUKE RYDER?

FADE OUT

FRAME NEGRO, SURGE o TEXTO em VOICEOVER - Narrador (voz feminina)

> Na noite de 3 de outubro de 2003, o corpo brutalmente espancado de um jovem foi encontrado no jardim da casa de sua esposa em Londres.
> Pelos últimos vinte anos, todos — incluindo sua família e os agentes da lei — achavam que o nome do homem era Luke Ryder.
> Porém, graças às nossas investigações, provamos agora, de forma conclusiva, que esse não era seu nome verdadeiro.
> "Luke Ryder" estava vivendo uma mentira.

FADE OUT

CORTA PARA: Estúdio. A equipe está sentada em torno da mesa. Eles estão vestidos de forma diferente da vez anterior: o tempo passou.

> HUGO FRASER

Bom, acho que todos podemos concordar que na última vez tivemos uma revelação e tanto, Bill.

> MITCHELL CLARKE

É, você soube esconder muito bem *essa* carta na manga.

> BILL SERAFINI
> (rindo)

Desculpe, gente.

> ALAN CANNING

Então, você vai nos dizer quem realmente era "Luke Ryder"?

> BILL SERAFINI
> (voltando-se para o mural e começando a prender fotos de identificação policial)

Havia cinco ocidentais no ônibus naquele dia, três dos quais morreram. Essas cinco pessoas eram o verdadeiro Luke Ryder, um britânico chamado Joe McGrath, duas garotas holandesas chamadas Famke Meijer e Marit Reitsenma e o nosso homem...
> (tocando a primeira foto)

... um americano, um homem chamado Eric Dwight Fulton. Natural de North Birmingham, Alabama, nascido em 11 de março de 1966.
> (as pessoas levam um tempo para absorver isso)

> LAILA FURNESS

Mas isso faria com que ele fosse pelo menos dez anos mais velho que o verdadeiro Luke...

> BILL SERAFINI

Onze, na verdade, mas é.

                         JJ NORTON
Espere aí, você está dizendo que o homem que se casou
com Caroline Howard não era Luke Ryder, mas alguém
11 anos mais velho?
             (se encosta na cadeira)
Estou impressionado por ele ter conseguido fazer
isso. E ninguém em torno dele nunca suspeitou.

                      BILL SERAFINI
Você e eu, JJ — e não acho que Guy vai se importar
que eu diga que ele ficou tão perplexo quanto o resto
de nós.

*CORTA PARA: Guy, em Dorney Place. A cadeira está no meio
da sala. Ele, dessa vez, está com uma camisa e jeans.*

                       GUY HOWARD
Para ser honesto, ainda estou tentando processar
isso. Eu não tinha ideia, de verdade. Sei que eu era
apenas um menino na época, mas crianças podem ser
surpreendentemente boas em sentir se as pessoas não
são autênticas. Eu nunca senti isso nele. Nem uma vez.

*CORTA PARA: Maura sentada na mesma cadeira. Ela agora
está usando uma camiseta preta de manga comprida
decotada. Suas unhas também estão pintadas de preto.*

                    GUY HOWARD – off
Sabe quando eu te contei que Luke não era quem dizia
ser? Acontece que, na verdade, nem australiano ele
era. Ele era do Alabama.

                      MAURA HOWARD
                  (olhando fixamente)
Alabama? Sério? Que merda é essa?

                    GUY HOWARD – off
Você alguma vez desconfiou de alguma coisa?

MAURA HOWARD

Eu? Claro que não — por que eu desconfiaria? Eu tinha, tipo, *13* anos quando mamãe o conheceu, como eu poderia saber? Ele não *falava* como americano.

GUY HOWARD - off
(com uma risada rápida)

Pelo menos isso explica por que ele era tão ruim no críquete. Mas, sério, você não se lembra de mamãe dizendo alguma coisa sobre seu sotaque ou qualquer coisa assim? Ou sobre a aparência dele? Mesmo de brincadeira?

MAURA HOWARD
(franzindo o cenho)

Eu não estou entendendo...

GUY HOWARD - off

Não era apenas seu nome que era falso, Maurie. Ele estava vivendo com a identidade de outra pessoa. Alguém muito mais novo do que ele.

Quando eles se conheceram, ele não tinha 23 anos como disse a mamãe. Ele tinha 34.

MAURA HOWARD
(arregalando os olhos)

Você só *pode* estar brincando. Trinta e *quatro*? Depois de toda a merda que ela passou pela diferença de idade, e o tempo inteiro eles tinham praticamente a mesma idade?

GUY HOWARD - off

É.

MAURA HOWARD

Mas como ele conseguiu fazer isso? Como mais ninguém percebeu? Não nós, não as crianças, mas os adultos? Tipo a droga do Rupert, pra começo de conversa?

CORTA PARA: Rupert Howard, dessa vez, no escritório de sua casa. Está vestindo uma camisa com o colarinho desabotoado e um cardigã de tricô.

RUPERT HOWARD

Você está dizendo que quando eu o conheci em Assos ele na verdade tinha 32 anos? Acredite em mim, não havia *a menor* possibilidade de que o cara, qualquer que fosse seu nome, fosse assim tão velho.

Sem chance.

De jeito nenhum. Deve ter ocorrido algum tipo de erro.

NICK VINCENT (Produtor) – off

Parece que não.

RUPERT HOWARD

Ah, o que é isso, ele estava se comportando como a droga de um *estudante* — se embebedando, dormindo no chão da casa das pessoas, geralmente fazendo papel de bobo. Por que alguém na casa dos trinta ia *querer* passar por essa merda toda outra vez? Eu não ia querer.

NICK VINCENT (Produtor) – off

Ele estava vivendo com o passaporte de outra pessoa — ele não tinha escolha.

RUPERT HOWARD

É, mas, acredite em mim, ele estava se *divertindo*. Se o que você diz é verdade, esse homem não estava apenas fingindo, ele era completamente louco.

CORTA PARA: Diana Moran. Legenda: "Psiquiatra consultora." Ela tem pele branca, cabelo escuro na altura do ombro e óculos um pouco pesados demais para seu rosto. Ela está sentada em um canapé baixo no que é nitidamente um ambiente clínico: gráficos com cores pálidas, móveis funcionais, obras de arte banais e inofensivas. A CÂMERA se afasta e mostra Guy sentado ao lado dela.

DIANA MORAN

Podemos estar falando aqui de um distúrbio conhecido como "síndrome de Peter Pan", mas preciso observar que esse não é um transtorno mental reconhecido, embora o termo seja relativamente muito usado em círculos terapêuticos. Como o nome sugere, pessoas que exibem esse padrão de comportamento basicamente não querem crescer.

É um fenômeno muito mais comum em homens, e é perceptível em características "adolescentes" como não querer assumir responsabilidades, uma relutância a se prender a planos ou objetivos específicos e a tendência a usar drogas ou álcool como meio de fuga. Esses homens geralmente lidam muito mal com dinheiro e deixam em seu rastro uma série de falências, enquanto culpam todos menos a si mesmos pelo fato de as coisas terem dado errado.

O outro lado disso é que eles frequentemente são muito sedutores — seu "jeito infantil" pode passar por bom humor e acessibilidade emocional, o que as mulheres podem achar muito atraente. Um sopro de ar fresco, pode-se dizer. Até que se torna óbvio que essas características atraentes estão quase sempre acompanhadas de uma incapacidade de se comprometer em longo prazo. Como crianças, esses homens também se entediam com facilidade.

GUY HOWARD

Isso é uma coisa que nasce com você ou é resultado de sua criação ou algum tipo de trauma?

DIANA MORAN

Como eu disse, não é um transtorno reconhecido formalmente, mas alguns casos documentados parecem ter origem em uma infância especialmente rígida. Um pai com formação militar, por exemplo, pode achar difícil expressar seus sentimentos, fazendo com que o menino sinta que ninguém está "cuidando dele", o que o leva a buscar esse tipo de atenção e apoio de outras pessoas posteriormente em sua vida.

GUY HOWARD

Então você acha que "Luke Ryder" sofria dessa síndrome?

DIANA MORAN

Eu não disse isso, é sempre muito perigoso dar um diagnóstico sem ver o paciente. Mas há algumas características que você descreve nele que eu acho que podem ser sugestivas.

Mas outras que você mencionou parecem divergir de forma bem clara do típico comportamento de Peter Pan. Por exemplo, pelo que diz, esse homem funcionava perfeitamente bem como adulto, pelo menos depois que começou o relacionamento com sua mãe — tanto que os amigos dela comentavam sobre sua aparente maturidade. Da mesma forma, ele não teve nenhum problema em assumir um compromisso de longo prazo com ela, embora, mais uma vez, como você mesmo observou, pudesse haver um elemento significativo de interesse pessoal em jogo aí.

Também não é comum que Peter Pans procurem mulheres mais velhas ou da mesma idade deles — tendem a se interessar por mulheres muito mais novas —, em parte para provar para si mesmos e para os outros que ainda são "jovens". Então "Luke" sem dúvida não se encaixava nesse padrão específico.

Por outro lado, em alguns desses casos o desejo de "ser cuidado" é tão forte que pode levar homens assim a gravitarem na direção de mulheres mais velhas, especialmente aquelas com meios ou status significativos. Há um caso bem famoso nos Estados Unidos em que uma importante política de Nevada se envolveu com o enfermeiro que cuidava de seu marido, que era cerca de dez anos mais jovem que ela.

GUY HOWARD

O que aconteceu com ela?

DIANA MORAN

Infelizmente, acabou morta. Ele a matou. Mas com certeza não estamos olhando para nada assim aqui.

Embora seja interessante, nesse contexto, observar não apenas o tipo de personalidade de Luke, mas o de sua mãe também: alguns psicólogos acreditam que certas pessoas — nesse caso, em sua maioria mulheres — buscam parceiros que sejam dependentes delas, parceiros dos quais elas possam ser "mães".

Não vai surpreender você que isso seja conhecido como "síndrome de Wendy"; ela é encontrada com frequência em codependência com o tipo de personalidade "Peter Pan".

Você acha que isso pode ter sido relevante no caso de sua mãe?

GUY HOWARD
(sacudindo a cabeça)
Minha resposta imediata seria não. Luke era a exceção, não a regra, na vida de minha mãe. Tanto antes quanto depois de Luke ela se envolveu em relacionamentos com homens consideravelmente mais velhos que ela. Homens que, em sua maioria, cuidavam *dela*.

DIANA MORAN
Interessante.

GUY HOWARD
Você disse que havia outros aspectos do comportamento de Luke que pareciam ter seguido o padrão Peter Pan. De que tipo de coisas está falando?

DIANA MORAN
O fato de ele se entediar facilmente, sua falta de ambição, sua relutância em arranjar um emprego...

GUY HOWARD
Embora dê para atribuir isso à preguiça, porque ele na verdade não *precisava* trabalhar...

DIANA MORAN
Com certeza. Por isso é tão perigoso tirar conclusões de relatos de terceiros.

Creio que você me disse que Luke era muito interessado por sua forma física.

GUY HOWARD
(com um sorriso sardônico)
É, ele fez com que minha mãe montasse uma academia no porão.

DIANA MORAN
O que também é interessante, porque esses "Peter Pans" frequentemente são obcecados com a aparência e o físico: outro jeito de provar que "ainda são jovens". Em alguns casos extremos, esses homens até se vestem e se comportam como adolescentes.

Há exemplos de pessoas na casa dos trinta que usam identidades falsas e são adotadas por famílias acolhedoras. Ou que se matriculam em uma série de escolas secundárias diferentes usando personas adolescentes falsas. Basicamente qualquer coisa para evitar assumir as responsabilidades da vida adulta.

GUY HOWARD
Mas "Luke" não fez uma versão exatamente disso, vivendo com o passaporte de alguém muito mais jovem que ele?

DIANA MORAN
É, mas ele não *escolheu* fazer isso de maneira ativa, escolheu? Ele conseguiu aquele passaporte por um acidente bizarro. Depois que isso aconteceu, ele não viu problema em se tornar aquela pessoa muito mais jovem quando o destino jogou isso em seu colo.

Então acho que a pergunta-chave aqui é se "Luke" foi *forçado* a fazer o papel de um homem muito mais jovem só porque esse era o único passaporte à sua disposição, ou se esse documento apenas *permitiu* que ele vivesse de um jeito pelo qual ele já era naturalmente atraído.

Não tenho certeza se algum dia teremos a resposta verdadeira para isso.

CORTA PARA: *Estúdio.*

JJ NORTON
Acho que isso pelo menos explica todas aquelas coisas que as amigas de Caroline nos contaram sobre ela dizer que Luke era uma "alma velha"...

ALAN CANNING
Esperem um minuto. Estamos botando o carro muito à frente dos bois. Por que a Metropolitana não descobriu isso em 2003?

BILL SERAFINI
(dá de ombros)
Talvez eles simplesmente não tenham investigado isso. Para ser justo, diante do caso não havia necessidade de fazer isso. Até onde eles sabiam, um homem chamado Luke Ryder tinha entrado no Reino Unido com um passaporte australiano válido. Isso não teria gerado nenhuma pergunta.

ALAN CANNING
Ah, eu entendo por que eles não descobriram isso. O que não entendo é como *você* descobriu.

BILL SERAFINI
O que quer dizer com isso?

ALAN CANNING
Você mesmo disse, não havia razão para ninguém duvidar que "Luke Ryder" não fosse exatamente quem ele dizia que era.
 Mas você duvidou.
 Eu só queria saber por quê.

BILL SERAFINI
Fácil.

Ele dá um sorriso matreiro quando percebe o que disse.

Mas vocês queriam saber como eu descobri isso?

Ele se volta para a série de fotos no mural e aponta para a que tem o grupo de surfistas na Austrália.

    Foi isso.

               LAILA FURNESS
    Ainda não estou entendendo.

               BILL SERAFINI
    Dê uma olhada de mais perto.

Ela hesita, então se levanta e vai até o mural. Bill se volta para o resto da equipe.

    Como Laila está prestes a descobrir, o verdadeiro
    Luke tinha uma tatuagem atrás do ombro esquerdo.
    É difícil identificar exatamente o que é, mas meu
    palpite é que seja uma versão da onda de Hokusai.
    Isso é muito popular entre os surfistas.

Laila se volta para o resto deles.

               LAILA FURNESS
    Ele tem razão. Quando se sabe o que está procurando,
    dá para ver imediatamente.

               JJ NORTON
    Não me diga: o "Luke Ryder" que se casou com Caroline
    não tinha tatuagens.

               BILL SERAFINI
    Isso mesmo.

Ele aponta para o mapa do corpo que está preso no mural desde o primeiro episódio.

    Como foi confirmado pela autópsia: Eric Fulton, também
    conhecido como "Luke Ryder", não tinha tatuagens.

               LAILA FURNESS
    Mas ele podia ter feito uma igual com facilidade se
    quisesse se passar por Luke...

JJ NORTON
(sacudindo a cabeça; ele já está um passo à frente)
Ele não fez uma porque não sabia que precisava fazer isso...

MITCHELL CLARKE
(assentindo)
... *porque eles não se conheciam.* Ele não tinha ideia de que o verdadeiro Luke Ryder tinha essa tatuagem. Nem em seu ombro nem em nenhum outro lugar, diga-se de passagem.

BILL SERAFINI
É. Foi apenas um truque aleatório do destino botar os dois no mesmo ônibus exatamente no momento errado. Eles não se conheciam.

HUGO FRASER
Então o que você acha que aconteceu? Esse Eric Fulton roubou o passaporte do verdadeiro Luke Ryder?

BILL SERAFINI
Acho que roubou. Segundo todos os relatos, o verdadeiro Luke estava bem ao lado da bomba quando ela explodiu. Não restou muito dele para ser identificado.

JJ NORTON
E no meio da fumaça e da confusão imediatamente depois, Fulton troca de passaporte com um cara morto?

BILL SERAFINI
Isso mesmo.

Ele se vira e prende uma foto do verdadeiro Luke ao lado da do falso.

LAILA FURNESS
Há, sem dúvida, uma semelhança superficial, mas suficiente para ele conseguir usar o passaporte dele?

BILL SERAFINI
Pense nisso, o passaporte devia estar em péssimo estado quando Fulton botou as mãos nele. Podia nem

estar inteiro. Tudo o que ele precisava fazer era enviar o que tinha restado para as autoridades australianas para que elas emitissem um novo...

HUGO FRASER

... dessa vez usando uma foto dele mesmo. Por mágica, ele conseguiu uma identidade nova junto de um passaporte válido. A única outra coisa de que ele precisava era um sotaque australiano passável. O que não é um desafio insuperável.

BILL SERAFINI

Isso. E é bem possível que ele não tenha pegado apenas o passaporte — talvez ele também tenha roubado a bolsa do verdadeiro Luke. Quem sabe o que mais havia ali — fotos, cartas —, o suficiente para forjar toda uma vida nova.

ALAN CANNING

Vocês estão se esquecendo da família de Fulton, da família de *Ryder*.

BILL SERAFINI

Bem, Fulton foi considerado morto na explosão, então ninguém ia sair procurando por ele. Quanto à família de Ryder, acho que esse era um risco que valia a pena correr.

JJ NORTON
(assente)

E ele provavelmente tinha razão: as pessoas não acabam em zonas de guerra a menos que queiram se perder. Ou fugir. O que, como sabemos por Mitch, o verdadeiro Luke Ryder poderia estar fazendo.

LAILA FURNESS

Mas Fulton não tinha como saber isso.

JJ NORTON
(dá de ombros)

Dois iguais se reconhecem.

LAILA FURNESS
Você acha que Fulton também estava fugindo?

JJ NORTON
Tem que ser uma possibilidade.

MITCHELL CLARKE
(assentindo)
Concordo. Uma bomba explodiu, há corpos e gritos e um caos completo por todos os lados, e qual é a primeira coisa que o cara faz? Revista a bagagem de um homem morto para roubar seu passaporte. Isso não é comportamento "normal", não de acordo com nenhuma definição do termo.

Mas eu não sou psicólogo. O que acha, Laila?

LAILA FURNESS
Bem, eu concordo com Diana Morgan que é sempre arriscado tentar fazer qualquer tipo de diagnóstico com relatos de terceiros. Mas, com isso em mente, a troca de passaportes sugere que mudar de identidade era uma prioridade urgente, até desesperada, para Fulton na época.

Tanto que, assim que a bomba explodiu, embora ele mesmo estivesse ferido, ele viu aquilo não como um desastre, mas como uma oportunidade de ouro.

JJ NORTON
O que faz com que seja ainda *mais* provável que ele estivesse fugindo de alguma coisa.

MITCHELL CLARKE
(para Bill)
O que sabemos sobre esse Fulton? Além do fato de ele ser do Alabama. Sabemos por que ele estava tão ansioso para deixar seu nome verdadeiro para trás?

BILL SERAFINI
Estou em cima disso, mas até o momento, não sabemos muito.

ALAN CANNING
Pelo contrário. Você parece ter descoberto muita coisa em um período muito curto.

JJ NORTON
Descobriu mesmo. Eu, por exemplo, estou impressionado.

Todos concordam.

HUGO FRASER
É claro que vocês sabem o que isso significa, não sabem?

Há silêncio; todos olham fixamente para ele.

Esse homem, Fulton, acabou sendo assassinado seis anos depois e a cinco mil quilômetros daquela explosão de bomba porque ele era, ou alguém *achou* que fosse, "Luke Ryder".
Fulton se deu todo esse trabalho para deixar para trás o que podemos apenas presumir ter sido uma identidade verdadeira perigosa, só para se ver com outra ainda mais perigosa.
Da frigideira para o fogo, como dizem.

MITCHELL CLARKE
Ou talvez ele tenha sido encontrado pelo passado. Alguém que tenha descoberto que ele não era "Luke Ryder", mas Eric Fulton?

Faz-se silêncio novamente enquanto todos consideram as implicações envolvidas com a indagação.

JJ NORTON
(respirando fundo)
Então aonde isso nos leva? Para onde vamos agora?

HUGO FRASER
(ri)
É como a velha piada irlandesa: "Eu não começaria daqui."

                    LAILA FURNESS
                (voltando-se para ele)
Mas precisamos ir a *algum lugar*, não é? Nós devemos
nos concentrar no Luke Ryder pré-Beirute ou no falso,
depois disso?

                    JJ NORTON
Não acho que é um ou outro. Acho que são os dois.

                    BILL SERAFINI
Concordo.

                    LAILA FURNESS
Mas não temos que reavaliar todas as nossas linhas de
investigação sob essa nova luz? Reconsiderar todos os
suspeitos existentes, mesmo aqueles que pensávamos
ter eliminado?

                    ALAN CANNING
Primeiro, e mais importante, Caroline. Ela sabia
sobre essa identidade falsa?
   Talvez ela tenha descoberto, talvez tudo tenha se
tratado disso. Porque, se isso não é um motivo, eu
não sei o que é.

                    JJ NORTON
Para se divorciar dele, sim, mas para assassiná-lo?

                    BILL SERAFINI
Um engodo desses? Já vi muitas pessoas serem mortas
por menos.

                    HUGO FRASER
                (sacudindo a cabeça)
Não acredito nisso. Se querem minha opinião, acho que
devemos seguir o rastro do dinheiro.

                    LAILA FURNESS
Em que sentido?

> HUGO FRASER

No sentido de que, quando Fulton roubou o passaporte do verdadeiro Luke Ryder, ele não tinha como saber que havia uma fortuna de herança esperando para ser reivindicada.

Faz-se uma pausa enquanto eles pensam sobre isso.

> MITCHELL CLARKE

Na verdade, acho que você pode ter percebido uma coisa aí. Para alguém como ele, isso seria como ganhar na droga da loteria. Tudo o que ele precisava fazer era enrolar a coroa e, bingo, pegar a grana.

> JJ NORTON

Você acha mesmo que ele teria conseguido enganar Florence Ryder?

> HUGO FRASER

É bem possível, se quer minha opinião. Lembrem, ela nunca o *havia visto* — nunca tinha visto nem uma foto, até onde sei. E, se Fulton roubou os pertences do verdadeiro Luke, tenho certeza de que um embusteiro empedernido como ele pode ter descoberto mais do que o suficiente para enganá-la.

Mas a questão é que o dinheiro é um jogo de soma zero, especialmente quando se trata de herança: o ganho de "Luke" teria sido a perda de outra pessoa.

> JJ NORTON
> (assentindo)

Quem quer que estivesse na fila para receber o dinheiro da senhora idosa antes do neto havia muito perdido aparecer.

> ALAN CANNING

Esse pode ser o pulo do gato.

> BILL SERAFINI

Mesmo assim...

LAILA FURNESS
Então como descobrimos isso?

HUGO FRASER
Testamentos são informação pública. Se conseguirmos descobrir onde e quando ela morreu, podemos descobrir com facilidade para quem foi o dinheiro.

LAILA FURNESS
Mas, por definição, esse testamento foi feito, ou pelo menos atualizado, *depois* que "Luke" morreu. Ele não vai nos contar o que dizia o original.

HUGO FRASER
Nitidamente não, mas é razoável pensar que ela tenha restabelecido os herdeiros originais.

BILL SERAFINI
Você pode pegar isso, Hugo? Localizar o testamento da velha? Se alguém sabe como se movimentar pelo sistema jurídico britânico é você.

ALAN CANNING
Acho difícil acreditar que a polícia não tenha determinado isso em 2003. Luke não precisava ser um impostor para que esse fosse um fator.

HUGO FRASER
Verdade, mas não me lembro de nada disso na papelada que recebemos.

LAILA FURNESS
Nem eu.

BILL SERAFINI
Talvez você devesse falar com alguns de seus velhos camaradas da Metropolitana também, Alan. Para ver se surge alguma coisa.

ALAN CANNING
Posso tentar. Embora eu ainda tenha uma pilha daqueles velhos MGBs para verificar.

> **BILL SERAFINI**
> Esse tipo de tarefa é entediante, mas pode render frutos no fim. Então obrigado pelo trabalho.

> **LAILA FURNESS**
> Está bem, mas e os outros suspeitos? O fato de "Luke" ser um impostor faz alguma diferença para eles?
> Rupert, por exemplo. Se ele soubesse que o novo marido de Caroline era uma fraude, isso daria a ele um motivo?

> **HUGO FRASER**
> A julgar pelo vídeo que vimos, tudo isso foi uma grande revelação para Rupert. Se ele sempre soube disso, é um ator muito melhor do que gostaria de reconhecer.
> E, mesmo que ele *tivesse* descoberto, acho que teria sido muito mais fácil para ele entregar "Luke" para Caroline e se livrar dele assim, em vez de recorrer a um assassinato sujo e de alto risco.
> E, como eu disse antes, não importa de que forma se olhe para isso, Rupert tinha um motivo muito mais plausível para tirar *Caroline* do caminho, e não Luke.

> **JJ NORTON**
> Concordo com isso.

> **LAILA FURNESS**
> E o amante misterioso, supondo que ele existe?

> **MITCHELL CLARKE**
> Acho que é a mesma situação que a de Rupert: com certeza ele teria usado a informação para voltar Caroline contra "Luke". Ele não tinha que *matá-lo* para tirá-lo do caminho.

> **JJ NORTON**
> Verdade, mas, para mim, ele ainda está no quadro.

> **BILL SERAFINI**
> Concordo.

HUGO FRASER
Uma coisa que acabou de me ocorrer quando estávamos falando sobre celulares. Mesmo levando-se em conta a fase da tecnologia na época, pode valer a pena dar uma outra olhada no lado virtual e de mídias sociais à luz do que sabemos agora.

ALAN CANNING
Mas a questão é a mesma. O Facebook só foi lançado em 2003, não vai ter nada para encontrar.

LAILA FURNESS
Twitter?

MITCHELL CLARKE
(sacudindo a cabeça)
2006.

LAILA FURNESS
(suspira)
De volta à estaca zero.

JJ NORTON
Mas esse é um ponto relevante, Hugo. Não foi só a tecnologia da internet que avançou muito nos últimos vinte anos. Estou me perguntando agora se vale a pena revisar a perícia forense. Pode haver alguma coisa da cena que não rendeu resultados naquela época, mas poderia render agora. Nas roupas, por exemplo, ou nos sapatos.

HUGO FRASER
Sabemos se alguma das provas foi novamente testada depois de 2003?

BILL SERAFINI
Não vi nada sobre isso.

LAILA FURNESS
Nesse caso, com certeza é algo que devíamos seguir.

                JJ NORTON
É um prazer cuidar disso. Mesmo com trabalho na folga
e tudo o mais.

                MITCHELL CLARKE
Posso continuar a investigar na Austrália, ver se
consigo descobrir mais alguma coisa sobre a vítima do
atropelamento.

                LAILA FURNESS
Posso ajudar você com isso?

                BILL SERAFINI
Na verdade, Laila, e se você ficasse com o homem
misterioso de Caroline? Você pode ter mais sorte em
fazer as amigas dela se abrirem.

                LAILA FURNESS
            (hesitando um pouco)
Está bem, se é o que você quer.

                BILL SERAFINI
O que me deixa com nosso amigo, o sr. Fulton.

                JJ NORTON
              (rindo)
Não é de todo mal. Você pode conseguir se divertir
no Alabama com isso.

                BILL SERAFINI
          (rindo em seguida)
Já *esteve* em Birmingham, JJ?

                JJ NORTON
            (piscando)
Não *nessa*, na americana, mas, quando se trata de
sua irmã mais velha britânica, sou um especialista.
Nascido e criado em Birmingham.
        (exagerando no sotaque de Birmingham)
Já que você conseguiu uma coisa tão grande, meu caro,
vamos nós dois embarcar em uma onda e encontrar um

lugar onde possamos conversar um pouco e tomar uns goles. O que acha?

Bill olha para ele evidentemente sem entender nada, então dá um sorriso e sacode a cabeça, e os dois começam a rir.

FADE OUT

FADE IN

EQUIPE NO ESTÚDIO: Bill agora está sem paletó e com o colarinho aberto. Ele está bronzeado. Chove do lado de fora.

JJ NORTON
Aposto que você está animado por estar de volta a Londres, Bill.

BILL SERAFINI
Animadíssimo, JJ, animadíssimo.
(sacudindo a cabeça)
Uma coisa que eu sei é que estou ficando velho demais para beber até tarde. Antigamente eu ficava de pé de novo rapidinho. Mas não agora. Enfim, chega de falar de mim.
(olhando em torno da mesa)
Como tem sido por aqui? Muita coisa a relatar?

MITCHELL CLARKE
Ah, todos estivemos dedicados a nosso dever de casa. O professor vai ficar impressionado.

BILL SERAFINI
(rindo)
Tenho certeza de que você vai ganhar um prêmio, Mitch. Então, quem quer começar?

LAILA FURNESS
Bem, como estou bem certa de que *eu* não vou ganhar nenhum prêmio, acho que devo começar.

> BILL SERAFINI
>
> Acho que está se menosprezando, Laila.
>
> LAILA FURNESS
>
> Duvido. E não sei se nenhum de nós vai conseguir competir com seu encerramento de programa sobre Eric Fulton.
>
> (respira fundo)
>
> Mas lá vou eu mesmo assim. Na última vez em que nos encontramos, ouvimos Jennifer Dennison e Carmel Piper, que eram parte do grupo das "amigas de almoço" de Caroline. Nenhuma delas achou que ela estivesse tendo um caso, mas não ficou claro se elas a conheciam realmente bem para saber. Enfim, não fiquei convencida, não sei sobre as outras pessoas.
>
> Então, com a ajuda de Guy, investiguei um pouco mais fundo e encontramos Shirley Booker.

CORTA PARA: ENTREVISTA. Saguão de hotel. Carpete grosso, um bar no fundo, pessoas circulando, a maioria delas homens de terno formal. A mulher sentada na poltrona em primeiro plano está na casa dos sessenta, cabelo grisalho cacheado e curto, uma jaqueta escura, uma blusa com gravatinha e um broche de ouro na forma de uma folha de trevo.

> LAILA FURNESS – off
>
> Então, só para registro, você pode nos dizer quem é e como conheceu Caroline?
>
> SHIRLEY BOOKER
>
> Meu nome é Shirley Booker e morei com Caroline quando ela chegou a Londres.
>
> LAILA FURNESS – off
>
> Quando ela estava trabalhando como babá?
>
> SHIRLEY BOOKER
>
> Isso mesmo. Eu estava na faculdade de direito e tinha um quarto extra. E, como a maioria dos estudantes, precisava do dinheiro.

LAILA FURNESS – off
Você a conhecia, botou anúncio ou o quê?

SHIRLEY BOOKER
Uma prima minha estudava com ela. Ela me disse
que tinha uma amiga que estava procurando um lugar
em Londres, então eu sugeri que nos encontrássemos.
A gente se deu bem de cara.
(sorri)
Acho que a obsessão que nós duas tínhamos por
Bryan Ferry foi o fator decisivo. Ela se mudou na
mesma semana.

LAILA FURNESS – off
Como ela era como companheira de apartamento?

SHIRLEY BOOKER
Na verdade, o que todo mundo espera. Organizada,
sempre fazia sua parte da limpeza, nunca roubou meu
leite. Eu tinha muitas provas naquele ano e precisava
de paz e silêncio para trabalhar, e Caroline nunca me
deu nenhum problema em relação a isso. Ela não saía
muito, mas nunca fez muito barulho. Diferente dos
vizinhos da porta ao lado e seu maldito piano. Quase
não dava para reparar que Caroline estava presente.

LAILA FURNESS – off
Essa não parece a mesma que outras pessoas
descreveram para nós. Uma de suas empregadoras da
época em que você está falando disse que ela era
faladora e se "distraía fácil".

SHIRLEY BOOKER
Isso provavelmente foi um pouco depois. Ela pareceu
se soltar mais perto do fim do período em que moramos
juntas.

LAILA FURNESS – off
Quanto tempo ela ficou com você?

SHIRLEY BOOKER

Pelo que me lembro, pouco mais de um ano.

LAILA FURNESS – off

Mas você manteve contato com ela? Mesmo depois que ela se casou?

SHIRLEY BOOKER

Ah, eu fui a todos os seus três casamentos. Eles ficavam cada vez mais suntuosos. Mas, para responder sua pergunta, sim, nós mantivemos contato. Três ou quatro vezes por ano, alguma coisa assim. Eu nunca conheci nenhum de seus outros amigos exceto nos casamentos, mas acho que ela gostava assim — nosso relacionamento era uma coisa "separada" do resto de sua vida. Ela podia me contar coisas que nunca contaria a outras pessoas.

Acho que o fato de eu ser advogada também ajudava — ela sabia que eu sempre ia dar uma resposta direta, mesmo que não gostasse de ouvi-la.

LAILA FURNESS – off

O que você achava de seu relacionamento com Luke Ryder?

SHIRLEY BOOKER

Como *relacionamento*, achei que foi uma ideia ótima. Ele era divertido, a levava para sair, eles faziam coisas juntos. Andrew nunca se interessou em fazer isso. Luke a mimava, em termos emocionais. E ela não escondia o fato de que era o melhor sexo que já tinha feito.

LAILA FURNESS – off

"Mas"...? Porque acho que estou sentindo um "mas" chegando.

SHIRLEY BOOKER

Mas como *casamento*? Não, com certeza não. Eu achava que seria um desastre completo. Ele era novo demais, errático demais. Ela devia tê-lo mantido em separado — como fazia comigo, na verdade. Eu nunca tinha pensado nisso assim antes.

Mas, de qualquer forma, ela deveria apenas ter aproveitado enquanto durasse e então seguido em frente. Ninguém a teria culpado por isso. Mas *se casar* com ele, tornar aquilo oficial, praticamente *todo mundo* a culpou por *aquilo*.

Os Howard, por causa do dinheiro — em especial Rupert, é claro.

Suas supostas "amigas", mesmo que a maioria delas fosse motivada pela inveja.

Seus filhos...

LAILA FURNESS - off
Os filhos dela não gostavam dele?

SHIRLEY BOOKER
Eles não o suportavam, nenhum deles. Especialmente Amelie.

LAILA FURNESS - off
Ninguém tinha mencionado isso antes. Guy com certeza não mencionou.

SHIRLEY BOOKER
Bem, não é surpresa, é? Você é psicóloga. Guy não vai sair agora e dizer a você que os três odiavam um homem que acabou morto, não é?

LAILA FURNESS - off
Mas Guy era só uma criança na época, tinha pouco mais de dez anos...

SHIRLEY BOOKER
É exatamente o que estou querendo dizer. A mãe dele estava substituindo o pai que ele adorava por um joão-ninguém com um sotaque engraçado que não se dava ao trabalho de brincar com ele. Não pode haver muito mais experiências perturbadoras para um menino de dez anos que isso. Mas você é psicóloga, você me diz.

> LAILA FURNESS - off

A princípio, concordo. Embora isso deva ter atrapalhado um pouco a felicidade do casal.

> SHIRLEY BOOKER

A felicidade do *casamento* também. Deu para ver que Guy empurrou o bolo de sua base na manhã da cerimônia de propósito. Foi uma destruição completa, glacê e bolo por todo o chão. Caroline insistia em dizer que tinha sido apenas um acidente, que Guy estava apenas "empolgado demais".

> LAILA FURNESS - off

Você, pelo visto, não concordou com isso.

> SHIRLEY BOOKER

Digamos apenas que ele não parecia "empolgado" para mim. Apenas totalmente furioso. E claro que houve a maior correria porque tiveram que mandar comprar outro bolo no último minuto.
          (faz uma expressão estranha)
Por sorte conseguiram um na Fortnum's. Não era segredo que Guy sempre foi uma criança difícil, mas, depois da chegada de Luke, ele ficou quase incontrolável. E não apenas em casa. A escola tinha problemas com ele: fazia bagunça num minuto, no outro já estava distraído. O tipo de comportamento que hoje em dia valeria um diagnóstico de TDAH.

E isso na verdade ficou *pior* depois que Luke morreu. É de se pensar que isso teria ajudado, ter a mãe toda só para ele, mas na verdade foi o contrário. Desconfio que Caroline estivesse distraída demais para dedicar tempo suficiente a ele.

CORTA PARA: MONTAGEM de FOTOS de Guy, Amelie e Maura Howard em meados dos anos 2000. As garotas estão crescendo depressa — maquiagem, saias mais curtas, saltos mais altos. Guy, em contraste, ainda parece um garotinho. Em uma foto está sentado na janela de seu quarto com Amelie. Ela está lendo uma história para ele e ele está agarrado

a um urso de pelúcia; um olhar mais atento revela lágrimas
em seus olhos. O terraço e os jardins podem ser vistos
pela janela, logo abaixo. Está chovendo.

SHIRLEY BOOKER
Quanto às garotas, elas sempre foram muito fechadas
e excluíram Luke completamente. Quanto à mãe, elas
entraram no modo passivo-agressivo — pararam de
ajudar com qualquer coisa que ela lhes pedisse. Ela
disse que era um pesadelo completo.
  E, é claro, havia todo aquele problema com Maura
naquele verão.

LAILA FURNESS - off
Maura... é a primeira vez que alguém menciona
qualquer problema com ela.

SHIRLEY BOOKER
Bem, duvido que fosse algo que Caroline quisesse que
outras pessoas soubessem. Naquelas circunstâncias.

LAILA FURNESS - off
Como assim?

SHIRLEY BOOKER
Não é preciso adivinhar. Maura tinha 15 anos. Uma
menina de 15 anos muito precoce e *rebelde*. Ela sabia
direitinho como irritar a mãe, e que jeito melhor de
fazer isso do que se envolver com pessoas erradas?

LAILA FURNESS - off
Inapropriadas de que jeito?

SHIRLEY BOOKER
Pessoas muito mais velhas que ela, para começar
— velhas demais para estarem andando com alguém
da idade de Maura. E, independentemente de idade,
eles com certeza *não* eram o tipo de gente com
quem Caroline queria que sua filha adolescente se
envolvesse.

LAILA FURNESS - off
Estou surpresa que Maura tenha entrado em contato com esse tipo de pessoa. Eu tinha a impressão que os filhos dos Howard viviam uma vida bastante protegida. E não é como se pudessem ter conhecido alguém na internet, não na época.

SHIRLEY BOOKER
Acho que ela conheceu um deles em um evento beneficente em sua escola. Um caso desventurado da lei das consequências não intencionais. E, quando Caroline descobriu o que estava acontecendo, era, é claro, tarde demais. Acho que também houve suspeita de uso de drogas. Nada pesado, mas todos sabemos a facilidade com que as coisas podem evoluir quando se trata de drogas.

LAILA FURNESS - off
Posso ver por que Caroline estaria ansiosa.

SHIRLEY BOOKER
Ela ficou louca de preocupação durante todo o verão antes da morte de Luke. Nada que fizesse tinha qualquer efeito — tentou conversar com Maura, botá-la de castigo, cortar sua mesada, mas não fez diferença.

LAILA FURNESS - off
Porém, para quem estava de fora, parecia que tudo estava bem.

SHIRLEY BOOKER
Claro que parecia. É assim que pessoas como Caroline lidam com situações como essa. O que acontece por trás de portas fechadas é uma coisa; contar a todo o mundo é algo totalmente diferente.

Foi a mesma coisa depois do assassinato — ela apenas fechou as escotilhas, se isolou do mundo. A ponto de não agir rápido o bastante para conseguir ajuda para os filhos, embora fosse óbvio para qualquer um que eles estivessem com problemas. Hoje em dia,

todos os três teriam sido diagnosticados com alguma
forma de transtorno de estresse pós-traumático.

LAILA FURNESS - off
Eu não sabia que as crianças tinham feito terapia.

SHIRLEY BOOKER
Todos eles, na verdade. Mas, como eu disse, Caroline
era muito reservada com esse tipo de coisa. Acho
que me lembro de um incidente na escola das meninas,
algum tipo de dano. Acho que nunca soube de verdade
o que foi. Sei que Caroline teve que mexer muitos
pauzinhos para manter longe da imprensa. Não consigo
lembrar qual das garotas estava envolvida, mas tenho
quase certeza de que foi esse incidente que forçou
Caroline a lidar com a questão da terapia: deixaram
claro que ela não tinha mais escolha.

LAILA FURNESS - off
Quem? A polícia?

SHIRLEY BOOKER
A escola. Como condição para que ela continuasse a
frequentá-la.

LAILA FURNESS - off
Entendo.

*Há uma pausa; se Laila esperava que Booker dissesse mais,
ficou decepcionada.*

LAILA FURNESS - off
Então, voltando ao verão antes do assassinato, que
efeito a antipatia das crianças em relação a Luke
teve na dinâmica doméstica?

SHIRLEY BOOKER
Bem, não deve ter ajudado muito. Sei que Luke se
ofereceu para tentar conversar com Maura sobre
seu comportamento, mas Caroline achou que isso só

iria piorar as coisas. Maura o detestava tanto que provavelmente teria *adorado* ferrar com ele.

LAILA FURNESS - off
E os outros filhos? Como estavam as coisas nesse sentido?

SHIRLEY BOOKER
Segundo Caroline, Luke estava totalmente convencido de que era apenas questão de tempo para que os três entendessem. Aparentemente, ele era sempre assim, sabe, o tipo "alguma coisa vai acontecer". Muito tranquilo.
 As garotas tiraram proveito disso, é claro. Elas o tratavam como seu motorista particular. Mas, se isso mantivesse a paz, acho que era tudo com que Caroline se preocupava.

LAILA FURNESS - off
Naquele verão houve sugestões de que ela pudesse ter começado a ter um caso.

SHIRLEY BOOKER
Ah, sim, ela com certeza tinha. Não há dúvida em relação a isso.

LAILA FURNESS - off
(nitidamente surpresa)
Ela contou a você sobre isso?

SHIRLEY BOOKER
Quem era, não, mas que ela estava vendo alguém, sim, com toda a certeza.

LAILA FURNESS - off
O que ela falou sobre ele?

SHIRLEY BOOKER
Que ela não tinha procurado nada — tinha apenas acontecido. Uma "atração instantânea" e algo sobre "fruto proibido". Eu me lembro bem disso porque

pareceu muito brega, mesmo na época. E eu sei
que ela se sentia mal em relação a Luke, mas ela
disse que ninguém ia se machucar se eles nunca
descobrissem.

LAILA FURNESS – off
Isso me sugere duas coisas. A primeira é que, a
seus olhos, era só um casinho; e a segunda é que
esse outro homem também era casado. Aqui estou
me referindo ao uso da palavra "eles". O plural
sugerindo que Luke não ia ser a única pessoa que ia
se machucar se tudo fosse descoberto.

SHIRLEY BOOKER
Isso é análise psicológica?

LAILA FURNESS – off
Se você quiser.

SHIRLEY BOOKER
Na verdade, acho que tem razão nos dois pontos. Eu
sei que ela não tinha intenção de se divorciar de
Luke — não naquele momento, pelo menos.
  Na verdade, estou quase certa de que ela estava a
ponto de terminar com esse outro homem na época em
que Luke morreu.

LAILA FURNESS – off
Você acha que ela já poderia ter feito isso, ou
tentado?

SHIRLEY BOOKER
É bem possível. Tínhamos um almoço marcado na semana
seguinte — que, é claro, nunca aconteceu —, então eu
não estava muito a par se ela tinha falado com ele.
Sei que ela estava apreensiva em relação a isso,
sobre como ele poderia reagir.

LAILA FURNESS – off
A ponto de estar realmente com medo dele?

SHIRLEY BOOKER
(pensa por um instante)
Não com *medo*, não. Mas desconfortável, sem dúvida. Eu me lembro de ela dizer que tinha "repetido o mesmo erro", se envolvido com alguém completamente inadequado.

LAILA FURNESS - off
Em referência a Luke?

SHIRLEY BOOKER
Não, tenho quase certeza de que não. Acho que estava falando do homem com quem se envolveu quando ainda estava na escola.

LAILA FURNESS - off
Eu me lembro, agora. O homem que seus pais não aprovavam? O motivo pelo qual eles a mandaram para a casa do tio em Edgbaston?

SHIRLEY BOOKER
Exato. Acho que ela levou um bom tempo para superar isso. Desconfio que era por essa razão que ela era tão quieta quando foi morar comigo.

E, é claro, isso fez com que ela ficasse duas vezes mais preocupada com Maura. Ela não queria que a filha cometesse os mesmos erros.

LAILA FURNESS - off
Uma última pergunta. O que você diria se eu lhe dissesse que descobrimos provas de que Luke não era quem dizia ser?

Que ele, na verdade, era um americano de 37 anos, não um australiano de 26.

Shirley parece atônita, então começa a rir.

LAILA FURNESS - off
O que é tão engraçado? Sem dúvida é um assunto sério.

SHIRLEY BOOKER

É claro que é. É só que eu disse basicamente a mesma coisa para Caroline.

Meu filho na época estava começando a se interessar por surfe — temos uma casa na Cornualha —, e *ele* disse que era claro como o dia, pelo que eu tinha contado a ele, que Luke não entendia nada de surfe.

Além disso, o sotaque australiano era *execrável*. Eu disse a Caroline que ela devia verificar o passaporte dele. Quer dizer, era *piada*, claro, mas depois de todos esses anos você agora está me dizendo que...

LAILA FURNESS - off

Quando foi isso? Quando vocês tiveram essa conversa?

SHIRLEY BOOKER

Deve ter sido algumas semanas depois do casamento. Eu só o conheci na cerimônia.

LAILA FURNESS - off

E como ela reagiu quando você disse isso? Quero dizer, àquela altura, ela já tinha se casado com ele.

SHIRLEY BOOKER

Ela riu. Disse que tinha visto o passaporte dele, obrigada, quando eles viajaram em lua de mel. E, de qualquer modo, ela não se importava. Ela não dava a mínima para o lugar de onde ele tinha vindo ou quem era. Isso não importava.

LAILA FURNESS - off

Então se ela descobrisse que ele era de fato um impostor, isso não a teria abalado muito?

SHIRLEY BOOKER

(ergue uma sobrancelha)

Se o que está querendo perguntar é se ela teria ficado abalada o bastante para *matá-lo*, então não. Com certeza, não.

Lamento, dra. Furness, mas infelizmente você parece estar indo na direção errada aqui.

CORTA PARA: *Estúdio.*

LAILA FURNESS

Então, como podem ver, minha semana acabou sendo um caso de dois passos à frente, três atrás.

Por um lado positivo, *havia* mesmo um homem misterioso, ainda que não saibamos seu nome.

Por outro, no entanto, parece que Caroline *não* teria ficado muito incomodada se descobrisse que o marido não era bem quem dizia ser.

JJ NORTON

Essas, porém, foram umas revelações e tanto sobre as garotas: a terapia, o incidente na escola. O que você pensou disso? Do ponto de vista profissional?

LAILA FURNESS

Bem, como eu disse antes, é preciso ser muito cauteloso em relação a tentar fazer qualquer tipo de análise sem ir direto à fonte, especialmente quando nem sabemos ao certo o que aconteceu. Quero dizer, obviamente *alguma coisa* aconteceu, e foi séria o bastante para que a escola insistisse em terapia, mas pode ter sido na verdade um acidente, ou só uma pegadinha boba que saiu do controle.

Sejamos francos, todos já estivemos em situações como essa quando éramos dessa idade, faz parte do amadurecimento...

BILL SERAFINI
(com um sorriso)

Posso confirmar isso.

LAILA FURNESS

Então, na falta de mais informação, eu seria cautelosa em dar muita importância a isso.

JJ NORTON
Acho que poderíamos perguntar a Maura.

LAILA FURNESS
Nós poderíamos, embora eu ache que ela não esteja com muita vontade de falar conosco outra vez. Mas, sim, nós com certeza poderíamos tentar.

BILL SERAFINI
E enquanto isso, nossa busca pelo amante misterioso continua. Alan, o que você conseguiu em relação a isso?
(sorrindo)
A quantos MGBs você estava reduzido na última vez, me lembre?

ALAN CANNING
(sem sorrir)
Havia 42 proprietários na região de Londres e eu falei com dezesseis deles. Depois disso, falei com outros quinze.
(se levanta e prende uma lista no mural)
Também comecei a entrar em contato com algumas das mulheres listadas como proprietárias, pois achei que esse homem pudesse estar dirigindo o carro de outra pessoa. Uma irmã, uma esposa...

JJ NORTON
É bem brutal usar o carro da própria mulher para pular a cerca...

ALAN CANNING
Talvez o próprio carro chamasse atenção demais.

JJ NORTON
Um MGB vermelho está longe de ser discreto.

LAILA FURNESS
Mas um Bentley teria sido pior, ou, não sei, um Lamborghini.

MITCHELL CLARKE
Não por aqui. Não sobra espaço para eles.

ALAN CANNING
(ignorando-os)
E há muitos outros proprietários homens com quem ainda não falei.

BILL SERAFINI
Mas ninguém chamou a atenção até agora?

ALAN CANNING
Até agora, não.

BILL SERAFINI
Está bem. E você, Hugo, o que descobriu sobre o testamento da velha sra. Ryder?

Hugo se levanta e vai até uma mesa ao lado onde há pilhas de papéis e pastas. Enquanto ele passa pelo mural, para brevemente e dá uma olhada, então se vira para a equipe.

HUGO FRASER
Bem, consegui estabelecer que Florence Ryder estava vivendo em uma casa de repouso em Ambleside quando morreu, o que aconteceu em maio de 2005. O testamento passou por legitimação no início do ano seguinte.
(distribuindo folhas de papel)
Como podem ver, ele é bem direto, como é de praxe com documentos assim. Há várias pequenas doações para obras de caridade — o usual, a organização Marie Curie, a sociedade protetora dos animais, esse tipo de coisa — e uma doação específica de joias para uma mulher chamada Sylvia Carroll. Foi difícil encontrá--la, mas na verdade ela era funcionária da casa de repouso. Vou voltar a ela daqui a pouco.

O resto do espólio — que, aliás, somava mais de quatro milhões de libras — foi para uma prima de seu falecido marido. Uma mulher chamada Margaret Wilson.

> LAILA FURNESS

E o que sabemos sobre ela?

> HUGO FRASER

Quando Florence morreu, Margaret morava na Cornualha, em um lugarejo chamado Poltreath, a cerca de 15 quilômetros de St Ives. Ela morreu 18 meses depois, mas nessa época ela estava morando *em* St Ives, em uma casa com vista para a baía...

> JJ NORTON

É impressionante o que quatro milhões de libras podem fazer.

> MITCHELL CLARKE

Verdade.

> HUGO FRASER

Ela era viúva desde 1998, e tinha apenas um filho, Ian, nascido em 1977. Estamos tentando localizá-lo, mas Wilson é um sobrenome muito comum.

> LAILA FURNESS

E, com o risco de dizer o óbvio, em outubro de 2003, tanto mãe quanto filho tinham quatro milhões de razões fabulosas para querer Luke Ryder fora do caminho.

> HUGO FRASER

Não discordo. Embora haja duas objeções importantes.

Primeiro, não temos certeza se o testamento *original* — o que foi mudado em favor de Luke — tinha os mesmos termos daquele válido na época da morte de Florence Ryder.

A única pessoa que podia nos dizer isso seria o advogado de Florence, mas, claro, ele estaria limitado pela confidencialidade do cliente.

> LAILA FUNESS

Ele ainda está vivo?

                          HUGO FRASER
   Aposentado há muito tempo, mas está.
     A segunda objeção — supondo que o testamento
   original *fosse* na verdade o mesmo — é se Margaret
   Wilson e/ou seu filho realmente *sabiam* quanto iam
   ganhar com a morte de Florence. E, por consequência,
   quanto eles perderiam com uma canetada quando o "neto"
   perdido havia muito tempo apareceu em cena.

                          LAILA FURNESS
   Isso vai ser difícil de provar.

                          HUGO FRASER
   Sem a colaboração do advogado, vai. Mas há algumas
   coisas que podemos confirmar sem a necessidade de sua
   intervenção.
     Uma delas, se Florence estava ou não em contato
   regular com os Wilson enquanto ainda estava viva, o
   que aumentaria a probabilidade de que eles soubessem
   sobre o conteúdo do testamento.
     E é aí que Sylvia Carrol entra em cena.

*CORTA PARA: ENTREVISTA. Sylvia Carroll está sentada
na sala de estar de uma casa de repouso. Há cadeiras
forradas com plástico arrumadas em torno de um espaço
aberto amplo, e uma TV em um canto mostrando um
programa de culinária. Sylvia é uma mulher de meia-idade
corpulenta com cabelo pintado de ruivo preso em um rabo
de cavalo e usa um jaleco azul-turquesa. Ela tem uma
argola no nariz e vários piercings nas orelhas.*

                          SYLVIA CARROLL
   Flo era uma das residentes mais simpáticas de quem
   eu já tive que cuidar. Sempre fácil de lidar, nunca
   criava problema. Não como alguns deles.

                       HUGO FRASER - off
   Há quanto tempo você a conhecia?

                        SYLVIA CARROLL
Deve ter sido por sete anos. É, desde quando comecei
em Lakeside até quando ela morreu em 2006.

*CORTA PARA: MONTAGEM de FOTOS de Florence Ryder
participando de atividades na casa de repouso. Bingo,
exercícios, uma festa de Natal com chapéus de papel
e fogos de artifício. Há várias imagens dela com uma
Sylvia mais jovem e mais magra. As duas estão sorrindo
e Sylvia está com o braço em torno dela.*

                        HUGO FRASER - off
Ela deixou um presente muito simpático em seu
testamento. Aquelas joias? Os broches e as pulseiras?

                        SYLIA CARROLL
É, foi isso o que eu quis dizer... ela era uma senhora
muito legal. Ela queria que eu ficasse com elas.

                        HUGO FRASER - off
Bem valiosas, também. Diamantes, esmeraldas...

                        SYLVIA CARROLL
                     (corando um pouco)
Como eu disse, ela queria que eu ficasse com elas. Ela
disse que não tinha filhas nem netas, e eu era o mais
próximo disso que ela tinha. Foi tudo muito correto.
O advogado acertou isso no testamento. Olhe, espero
que você não esteja sugerindo...

                        HUGO FRASER - off
Não, não, não estou sugerindo nada. Tenho certeza de
que você *era* como uma neta para ela.

                        SYLVIA CARROLL
                  (ainda parecendo cautelosa)
Eu era mesmo. Era a única que cuidava dela. Ninguém
mais cuidava, isso é certo.

                        HUGO FRASER - off
Então ninguém a visitava? Mais ninguém da família?

                    SYLVIA CARROLL
Quando eu comecei no Lakeside, ela me disse que
não tinha família. Por isso foi uma grande surpresa
quando Luke apareceu.

                 HUGO FRASER - off
Luke?

                    SYLVIA CARROLL
Você sabe, o neto. O que foi morto. Você deve se
lembrar dele. Saiu em todos os jornais.

                 HUGO FRASER - off
Você o conheceu?

                    SYLVIA CARROLL
                      (sorrindo)
Claro que eu o conheci. Eu estava presente na
primeira vez em que ele veio. Ele tinha escrito
antes, dizendo que queria vir e se estava tudo bem,
mas o gerente ficou naturalmente um pouco cauteloso no
início. Sabe, pessoas aparecendo do nada e dizendo
ser parentes há muito perdidos nem sempre é algo
legítimo. Mas ele era. O advogado o verificou.

                 HUGO FRASER - off
O advogado da sra. Ryder?

                    SYLVIA CARROLL
O dr. Hepworth, sim. Ele queria que Luke fizesse
teste de DNA, mas ela se recusou. Disse que o
passaporte e outras coisas eram o bastante. Que
exigir um teste de DNA faria com que Luke achasse
que ela não acreditava nele. Que ele ia se sentir
ofendido.

                 HUGO FRASER - off
Interessante. E imagino que tenha sido um grande
choque. Para a sra. Ryder, quero dizer, ele aparecer
assim depois de todos aqueles anos.

                    SYLVIA CARROLL
É. Eu me lembro de ouvir ele dizer isso para o
gerente. Como ele tinha se perguntado inicialmente
se era a coisa certa a fazer e como a última coisa
que queria fazer era causar algum tipo de preocupação
para Flo. Isso era muito característico nele, sempre
preocupado com outras pessoas.

                    HUGO FRASER - off
Então você gostava dele?

                    SYLVIA CARROLL
                (sorrindo outra vez)
Ele era bastante sedutor.
                (rapidamente)
Ah, não de um jeito ruim, não quis dizer nesse
sentido. É só que ele era muito simpático. Todas
as velhinhas se apaixonaram por ele. Ele sabia
direitinho como falar com elas. Ele as lisonjeava,
provocava um pouco, sabe. Elas comiam na mão dele.
E, é claro, ele era muito bonito. Causou uma mudança
e tanto por aqui, isso eu posso dizer. Nós ficávamos
ansiosas, esperando que ele viesse.

                    HUGO FRASER - off
E a sra. Ryder também gostava dele?

                    SYLVIA CARROLL
Ela o *adorava*. Ele era seu menino de olhos azuis. Ela
sempre o provocava pelo seu sotaque. Eu me lembro
de ela me dizer uma vez que não conseguia acreditar
como seu Brian podia ter produzido um menino tão
maravilhoso quanto ele.

                    HUGO FRASER - off
Parece então que ela o via muito.

                    SYLVIA CARROLL
Ah, via, ele costumava vir umas duas vezes por mês.
Naquela motocicleta vistosa.

HUGO FRASER - off
É mesmo? Quer dizer, mesmo de motocicleta, é um caminho longo de Londres até Ambleside.

SYLVIA CARROLL
Eu sei. Mas ele não parecia se importar. Acho que ele gostava mesmo da companhia dela. Eles riam muito juntos.

HUGO FRASER - off
Ele alguma vez trouxe a mulher?

SYLVIA CARROLL
Não, nunca a vi nem uma vez. Ele não falava muito sobre ela, pelo menos não que eu ouvisse. Nem sobre os pais.

HUGO FRASER - off
Isso não pareceu estranho para você?

SYLVIA CARROLL
(dá de ombros)
Na verdade, não. Sei que tinha havido algum tipo de desentendimento antes de seus pais irem para a Austrália, embora eu não saiba do que se trata, porque Flo nunca falava sobre isso. E, depois que Luke reapareceu, ela só queria seguir em frente, deixar o passado para trás.

E isso não tinha nada a ver com Luke, de qualquer jeito, tinha? Aquela briga? Ele não era nem nascido. Ela ficou muito satisfeita por ele ter reunido a coragem para tentar entrar em contato com ela. Você sabe, antes que fosse tarde demais. Ela tinha mais de oitenta, lembre-se disso. Ela sabia que não lhe restava muito tempo.

HUGO FRASER - off
Mas, levando isso em conta, sabe se alguma vez ela tentou contatar o filho, antes que Luke aparecesse? Para tentar fazer as pazes.

SYLVIA CARROLL
Não sei. Se ela tentou, não funcionou. Mas acho que ela não saberia nem por onde começar para encontrá--los. Não com eles tão longe.

HUGO FRASER - off
Na verdade, Brian tinha morrido em 1993.

SYLVIA CARROLL
Pois então.

HUGO FRASER - off
Como ela reagiu quando Luke foi morto?

SYLVIA CARROLL
Arrasada. Inconsolável. Ela quis ir ao funeral, mas era longe demais. Ela enviou uma coroa muito bonita. Dálias. Eu as escolhi para ela.

HUGO FRASER - off
A polícia veio vê-la?

SYLVIA CARROLL
Ah, veio. Mais de uma vez. Aquele homem alto, Peter alguma coisa...

HUGO FRASER - off
Peter Lascelles.

SYLVIA CARROLL
Isso mesmo. Um homem bem simpático. Ele fez o possível, mas a pobre velhinha estava em um estado tal que não acho que ele conseguiu tirar muita coisa dela. E o que ela podia contar a ele, afinal? Como eu disse, ela não sabia nada sobre a vida de Luke em Londres.

HUGO FRASER - off
Imagino que ele tenha perguntado a ela sobre o testamento. Quem ia ficar com o dinheiro agora que Luke estava morto.

SYLVIA CARROLL
Talvez.

HUGO FRASER - off
Você nunca conheceu Margaret Wilson? Nem seu filho?

SYLVIA CARROLL
(com a expressão se fechando)
Não, mas eu sabia tudo sobre eles.

HUGO FRASER - off
E?

SYLVIA CARROLL
Eles apareceram na casa de repouso logo depois do funeral de Flo. Com a droga de um advogado, acredita? Queriam revirar as coisas dela. Fazer um "inventário". Me acusaram de exercer "influência indevida" sobre uma "pessoa idosa vulnerável" porque eu recebi as joias. Eles obviamente achavam que isso também devia ir para eles, os canalhas gananciosos. Fazendo acusações como essa, eu podia *perder* o meu *emprego*...

HUGO FRASER - off
Isso deve ter sido muito chato. Acho, porém, pelo que acabou de dizer, que você não os havia conhecido enquanto a sra. Ryder estava viva. Eles nunca a visitaram?

SYLVIA CARROLL
Nunca vi nem sombra deles. E felizmente eu não estava de serviço quando eles vieram xeretar ou teria havido discussão...

HUGO FRASER - off
Ela alguma vez conversou com você sobre o testamento? Sobre para quem ela planejava deixar o dinheiro dela antes que Luke entrasse em contato?

                    SYLVIA CARROLL
Na verdade, não. Mas ela nunca mencionou os malditos
Wilson, isso eu sei. Nem uma vez.

CORTA PARA: *Estúdio.*

                    JJ NORTON
Uma salva de palmas para Hugo, eu acho. Essa foi uma
entrevista muito boa.

                    MITCHELL CLARKE
                         (rindo)
É, qualquer um pensaria que ele já tinha feito esse
tipo de coisa antes.

                    LAILA FURNESS
Isso com certeza eliminou qualquer dúvida que
pudéssemos ter sobre se "Luke" podia enganar Florence.
Ela estava profundamente arrependida da briga com o
filho, mas, depois de todos aqueles anos, ela não tinha
como fazer nada em relação a isso.
   Então, quando alguém aparece dizendo que é seu
neto, ela o aceita na hora. Psicologicamente falando,
ela estava preparada para acreditar. Não é surpresa
que tenha recusado um teste de DNA.

                    BILL SERAFINI
Concordo, Laila. Embora meu principal destaque fosse
Ian Wilson. Ele com certeza tinha um motivo e tanto,
e com certeza não parece o tipo de pessoa que teria
aceitado a perda daquele tipo de dinheiro.

As pessoas concordam em torno da mesa.

                    HUGO FRASER
Por falar nisso, eu tive aquela conversa com Peter
Lascelles sobre até que ponto os Wilson estavam sendo
investigados na época.

CORTA PARA: *Hugo sentado a uma mesa de trabalho, com o
telefone no viva-voz à sua frente.*

> HUGO FRASER
> (ao telefone)

Peter? É Hugo Fraser. Estou trabalhando na série da Showrunner com Alan Canning e Bill Serafini.

> PETER LASCELLES

É, eles mencionaram que você estava na equipe. E eu sei quem você é, claro.

> HUGO FRASER

Estávamos verificando a questão do testamento de Florence Ryder e se isso podia levantar algumas linhas viáveis de investigação.

> PETER LASCELLES

Ah, os Wilson.

> HUGO FRASER

Os Wilson, exato.

> PETER LASCELLES

Bem, como você vai gostar de saber mais que a maioria, a investigação permanece aberta — pelo menos oficialmente —, por isso não posso revelar muita coisa.

> HUGO FRASER

Entendi.

> PETER LASCELLES

Mas, falando hipoteticamente, em um caso em que certas partes possam ter um interesse financeiro substancial na morte da vítima, sempre investigamos a) se eles tinham conhecimento desse interesse financeiro e b) caso soubessem disso, se também tinham os meios e a oportunidade de cometer o crime.

> HUGO FRASER

Nossa suposição de trabalho para a) é sim.

> PETER LASCELLES

Você pode pensar que sim, prefiro não comentar. Como costumam dizer.

> HUGO FRASER

Você determinou que os Wilson tinham álibis sólidos para a noite de 3 de outubro de 2003?

> PETER LASCELLES

Digamos apenas que nem a sra. Wilson nem seu filho foram indiciados. Isso é, claro, um assunto de conhecimento público, pois nenhuma acusação foi feita contra ninguém nesse caso.

> HUGO FRASER

Você sabe onde Ian Wilson vive atualmente?

> PETER LASCELLES

Ele se mudou para o exterior, acredito, logo depois do assassinato. Mas para onde, infelizmente, não tenho ideia.
> > (pausa)

Desculpe, não fui de muita ajuda, não é?

CORTA PARA: *Estúdio.*

> HUGO FRASER

Então esse é o ponto em que estamos. Se acreditarmos no que disse Lascelles, nenhum dos Wilson foi considerado envolvido no assassinato na época. E, para ser honesto, não tenho certeza se uma mulher poderia sequer ter cometido um ataque como aquele, ainda mais levando em conta a idade que Margaret tinha na época.

> ALAN CANNING

Já vi casos em que mulheres eram capazes desse grau de violência, embora quase sempre estivessem sob forte pressão mental ou emocional no momento.

> JJ NORTON

Você quer dizer vítimas de abuso doméstico?

> ALAN CANNING

Em primeiro lugar, sim. Mas *nenhum* desses crimes surgiu do nada. Eles foram o último ato em um longo drama.

LAILA FURNESS

Concordo. Uma mulher atacar alguém que não conhecia, e fazer isso de forma selvagem, só pelo dinheiro, sem nenhum problema pessoal com a vítima, seria olhar para alguém do espectro da psicopatia.

O que, claro, não é impossível, mas as probabilidades são muito pequenas.

JJ NORTON

Ainda resta Ian. Quantos anos ele tinha na época, 28? Ele teria sido muito mais que capaz...

LAILA FURNESS

E ele é alguém para quem "Luke" poderia ter aberto a porta, mesmo que não se conhecessem: "Luke" teria sabido sobre os Wilson pela Florence, então ele não os teria visto como ameaça. Ian podia ter inventado uma história de que ela estava passando mal, e assim que ele entra...

ALAN CANNING
(assentindo)

Nós com certeza precisamos tentar encontrá-lo. E investigar o álibi dele também.

BILL SERAFINI

Concordo.
      (virando-se para Hugo)

Por que não converso com Peter Lascelles, em off? De policial para policial. Ver se ele se dispõe a me dar um pouco mais de informação.

HUGO FRASER
(de um jeito um tanto ácido)

À vontade.

BILL SERAFINI

Então o próximo tópico é o atropelamento em que o verdadeiro Luke Ryder pode ter se envolvido antes de deixar a Austrália. Alguma novidade nisso, Mitch?

MITCHELL CLARKE
(ergue os olhos)
Na verdade, tenho algo que eu acho que pode ser bem significativo.

Como discutimos na última vez, a cobertura da imprensa disse que a vítima entrou em coma logo depois do acidente, assim não temos como saber quando, nem mesmo *se*, ela de fato morreu.

Então comecei a fazer uma busca dos registros de óbito na região de Sydney nos dois meses após a data do acidente, para ver se alguma coisa chamava minha atenção. Isso me deu cinco fatalidades em que a causa da morte foi descrita como trauma com objeto pesado, ferimento resultante de um acidente de trânsito, mas obviamente não havia detalhes sobre onde e quando esses acidentes aconteceram.

Daí cruzei os nomes com a listagem do instituto médico legal de Nova Gales do Sul. Mas, mais uma vez, infelizmente não tive sorte. Não há nada relacionado a um incidente naquele dia e naquela área. O que sugere que ou a vítima não morreu dos ferimentos, ou, caso *tenha morrido*, foi em algum outro lugar, ou um bom tempo depois.

JJ NORTON
Bem, bom trabalho por ter perseverado — estou ficando com dor de cabeça só de ouvir isso.

MITCHELL CLARKE
Eu, então, estava vagando pelo vale da ingratidão, admito, o que pode explicar por que meu contato na polícia resolveu ter pena de mim. Ele não me deu nenhum detalhe, mas deixou uma forte sugestão de que a vítima era um estudante, e talvez esse fosse um viés útil de se investigar.

Para ser honesto, quando ele falou isso, meu primeiro pensamento foi "que ótimo, quantos estudantes há em Sydney?", mas aí pensei que, com um acidente sério como aquele, talvez houvesse algo em um jornal de estudantes. Meu contato jornalista achou que eu estava perdendo tempo, mas sempre fui um cara beligerante...

BILL SERAFINI

Bom, dessa vez isso sem dúvida deu frutos.

MITCHELL CLARKE
(sorrindo)

Deu mesmo, embora ainda tenha levado séculos, porque na época não havia nada on-line. Mas acabei descobrindo uma coisa no site da Faculdade de Tecnologia de Sydney. A seção de ex-alunos tem PDFs com os registros de associações de estudantes até os anos 1980.

Ele digita em seu teclado. Surge uma imagem na tela.

E isso foi o que descobri.

CASA DOS ROSELLAS

"A Edição Especial"

A REVISTA DA FACULDADE DE TECNOLOGIA DE NOVA GALES DO SUL

VERÃO DE 1996

Turma de 1996

"Gostaria de oferecer os mais calorosos parabéns por parte do corpo docente para todos os que estão se formando neste verão. Seu trabalho árduo e dedicação compensaram, e um futuro brilhante os espera."
Hamish Davidson, Diretor

Bola em jogo

Que ano os rapazes tiveram! Uma grande campanha na copa no Shute Shield, registrando recordes nos placares antes de perder por pouco nas quartas para o futuro campeão.
Continua na página 3

Aluno do último ano selecionado para equipe olímpica de natação

Jamie Broderick confirmou sua vaga na equipe olímpica de natação em 2000 depois de um desempenho incrível nas classificatórias em Brisbane no início de dezembro.
Continua na página 5

Mo Khan — um tributo

Todos vocês já devem saber que Mohammed Khan lamentavelmente morreu em consequência de um atropelamento depois de uma noite com seus amigos em novembro. Ninguém que conheceu Mo vai se esquecer dele — e não apenas por seu terrível sotaque britânico e suas piadas horríveis. Ele era um bom amigo, um jogador de críquete passável, e um dia teria sido um grande engenheiro. Dezenove anos é cedo demais para morrer. Nós vamos sentir sua falta, Mo. Descanse em paz, amigo.

Turnê de críquete para a NZ em 1997

Só um lembrete para alguém que queira se inscrever para a turnê de críquete para Wellington e Christchurch, nós precisamos de nomes

                    HUGO FRASER
                  (em voz baixa)
Meu Deus, morte em Comic Sans.

                   MITCHELL CLARKE
(vai até a tela e aponta para o texto do "tributo")
Como vocês podem ver, a data está basicamente certa,
e os detalhes do acidente batem até onde sabemos.
   E, se vocês se lembram de quando falei com a
polícia de Sydney pela primeira vez, eles deixaram
bem claro que a família da vítima tinha feito de
tudo para manter seu nome longe da imprensa, o que
fez com que achássemos que a pessoa em questão
estava ou em algum *lugar* ou com *alguém* com quem não
deveria estar.

                    BILL SERAFINI
Isso.

                   MITCHELL CLARKE
E, levando-se em conta que Mohammed Khan tinha saído
com os amigos antes que isso acontecesse, é razoável
supor que estavam bebendo. Posso facilmente ver por
que uma família muçulmana devota ia querer manter
isso fora da imprensa.

                    BILL SERAFINI
Você conseguiu descobrir alguma coisa sobre a família?

                   MITCHELL CLARKE
                 (sacudindo a cabeça)
Infelizmente, não. Nada, na verdade, além do que
vocês podem deduzir desse texto — a questão-chave
para nós sendo o fato de que eles eram do Reino
Unido. Mas Khan é um nome tão comum na comunidade
muçulmana que, mesmo que soubéssemos de que cidade
eles eram, não ia ser de grande ajuda.

                    ALAN CANNING
E também não temos como ter 100% de certeza de que
esse é o cara certo — quer dizer, imagino que seu

contato na polícia não estava disposto a chegar a ponto de confirmar isso.

                    MITCHELL CLARKE
Não, não estava, então você tem razão, não temos como ter certeza. Essa é só uma opinião embasada.

                    LAILA FURNESS
E, como dissemos antes, Luke pode não ter tido nada a ver com isso. Pode ser apenas coincidência.

                    MITCHELL CLARKE
Certo. Tudo o que temos são a proximidade do acidente com o lugar onde Luke estava trabalhando, e o fato de que ele deixou o país menos de uma semana depois.

                    ALAN CANNING
Policiais não gostam de coincidências. Se fosse meu caso, eu ainda ia querer investigar.

                    BILL SERAFINI
Eu também.

                    MITCHELL CLARKE
Bem, não sei ao certo quanto mais vamos conseguir descobrir, mas Tarek agora está no caso. Vamos ver o que ele e a equipe podem descobrir.

                    JJ NORTON
            (olha em torno da mesa)
Acho que eu sou o próximo.
    (ele pigarreia e abre a pasta de arquivo)
Como concordamos na última vez, dei mais uma olhada nas provas da perícia forense, para ver se havia alguma chance de que novos testes pudessem resultar em alguma coisa, especificamente nas roupas. E adivinhem: eles na verdade nunca as testaram.

                    LAILA FURNESS
Eles nunca testaram as roupas? *Sério*?

JJ NORTON

Sei que parece que alguém comeu mosca, mas lembrem-se de que estávamos em 2003. Os testes de DNA eram muito mais rudimentares na época e também muito mais caros e levavam semanas para fazer. E não vamos nos esquecer de que o corpo estava na chuva, então, levando tudo em consideração, acho que o PIC não achou que valia gastar seu orçamento na chance remota de que algo tivesse sobrevivido à chuva.

BILL SERAFINI

PIC?

JJ NORTON

Desculpem, o policial investigativo chefe.

Mas, pelo lado positivo, isso *significa* que agora nós mesmos podemos testar as roupas, e quem sabe o que podemos encontrar.

LAILA FURNESS

Então como fazemos isso?

ALAN CANNING

Vou ligar para o policial que está cuidando do arquivo. Vai ser alguém na unidade de casos arquivados.

LAILA FURNESS

Se querem saber, para mim isso é antigo demais. Pelo menos no que tange investigações ativas.

BILL SERAFINI

Bem, é por isso que estamos aqui, não é, Laila?
(olhando ao redor)
Precisamos da permissão de parentes? Não conheço todos os seus procedimentos britânicos.

ALAN CANNING

A polícia pode solicitar mais testes, não precisam de aprovação da família. Vamos só torcer para a polícia topar o jogo.

JJ NORTON

Eles talvez topem, considerando-se o que mais eu descobri. Como sabemos do arquivo, três fios de cabelo foram encontrados no zíper da jaqueta de Ryder durante a investigação original, mas eles não foram testados em 2003 porque nenhum deles tinha raiz.

Mas, como alguns de vocês devem saber, agora podemos extrair amostras de DNA de provas como essa. É trabalhoso e caro, mas pode ser feito.

LAILA FURNESS

Lembre-me, de que cor eram os fios de cabelo?

JJ NORTON

Castanho-médio, sem tintura. O que excluía o próprio Luke, porque ele era louro, e também Caroline, porque seu cabelo era pintado. Mas, na época, só conseguiram ir até aí.

BILL SERAFINI

De qualquer forma, em tese, isso reforçava a hipótese de trabalho da Metropolitana de que Caroline não era a criminosa. Mas, pelo que você diz, JJ, acho que devíamos botar pressão na polícia para fazer o teste agora.

ALAN CANNING

Eu posso fazer isso. Embora precisemos nos lembrar de que, mesmo que consigam alguma coisa, não vão nos dar acesso total. O máximo que poderíamos esperar seria uma pista.

LAILA FURNESS

Bem, uma pista já é bem mais do que nada, que é só o que temos agora.

BILL SERAFINI

Obrigado, Alan. Ficamos gratos.

E, enquanto isso, esta parece ser a minha deixa.

Ele se levanta, vai até o mural e começa a prender fotos: propriedades industriais abandonadas cercadas por alambrados, casas térreas decrépitas, estradas largas, postes telegráficos.

Essa, meus amigos, é North Birmingham, Alabama. População de 1.273, grande parte da qual é de afro-americanos. Antes um pujante distrito industrial, agora é uma cidade do cinturão da ferrugem — drogas, crimes nas ruas e prostituição são abundantes, e a renda familiar está bem abaixo da média nacional.

Então ela está longe de figurar no topo de um programa turístico. Embora haja uma coisa que esteja do nosso lado: mesmo que seja um subúrbio de uma cidade grande, em outros aspectos é igual a uma cidade pequena, o que significa que todo mundo sabe da vida de todo mundo, e as pessoas gostam de falar.

<u>JJ NORTON</u>
O que sem dúvida torna nosso trabalho mais fácil.

<u>BILL SERAFINI</u>
Certo. Porque eu posso dizer a vocês, essa exigiu algum trabalho diplomático. Lembrem, até onde todo mundo em North Birmingham sabe, "Eric Fulton" morreu em uma explosão em um ônibus em Beirute mais de duas décadas atrás.

E, de repente apareço eu, dizendo a eles não só que ele está vivo, como também que roubou a identidade de um cara que morreu.

<u>MITCHELL CLARKE</u>
Entendo o que você quer dizer.

<u>JJ NORTON</u>
Então como você se virou?

<u>BILL SERAFINI</u>
(sorri)
Com muito, muito cuidado.

CORTA PARA: Bill de camisa de mangas curtas e óculos escuros perto de um alambrado. O prédio atrás dele parece uma escola, com uma quadra de basquete de concreto e uma bandeira americana pendurada inerte em um mastro. A luz está muito forte. Bill está parado com um homem na casa dos quarenta, que está usando uma camisa xadrez e um boné de beisebol. Legenda: "Frank Tappin, ex-técnico de beisebol infantil."

FRANK TAPPIN
Nossa, eu não ouço o nome de Eric Fulton há mais de vinte anos.

BILL SERAFINI
Você ensinava beisebol a ele, na época?

FRANK TAPPIN
Isso mesmo. Eric era um bom garoto. Quieto. Nunca me deu nenhum problema. Embora fosse óbvio que ele odiava cada maldito minuto. Principalmente porque ele não era bom naquilo. Era seu pai que o fazia jogar.

BILL SERAFINI
O que você sabia sobre a família?

FRANK TAPPIN
Para dizer a verdade, não muito. Havia três irmãos. Eric era o mais novo. Sua mãe trabalhava em um supermercado, e seu pai tinha dois empregos. Eric sempre estava usando roupas que tinham sido dos irmãos e eram grandes demais para ele. Seus dois irmãos eram muito mais altos que ele.

BILL SERAFINI
Você se lembra do nome dos irmãos?

FRANK TAPPIN
Não, não me lembro. Eu nunca tive contato com eles. Só com Eric.

BILL SERAFINI
A família ainda mora por aqui?

FRANK TAPPIN
Não, senhor. Não há um bom tempo. O sr. e a sra. Fulton morreram, e não sei o que aconteceu com os outros garotos. Embora eles não estejam morando aqui, isso eu sei.

BILL SERAFINI
As pessoas ficaram surpresas quando souberam que Eric tinha sido morto em Beirute?

FRANK TAPPIN
Para dizer a verdade, eu fiquei muito. Eric nunca tinha parecido o tipo aventureiro. Fiquei surpreso até mesmo por ele ter um passaporte. A maioria das pessoas por aqui não tem.

BILL SERAFINI
Eric estava morando aqui quando viajou para o Líbano ou já tinha se mudado?

FRANK TAPPIN
Não, ele já não morava aqui havia alguns anos. Pequeno demais, eu acho. E não só a cidade.

BILL SERAFINI
O que você quer dizer com isso?

FRANK TAPPIN
Cidades pequenas, mentes pequenas. Acho que Eric tinha se cansado disso. Acho que ele se mudou para Nova York. Não posso garantir que seja verdade, mas era o que as pessoas diziam.

CORTA PARA: Bar, interior. Paredes com painéis de madeira, cartazes de cerveja e espelhos pintados. Há dois senhores no balcão. A mulher à mesa com Bill tem cabelo branco, rugas profundas na pele bronzeada e mãos ressequidas, mas mesmo assim seus olhos têm um brilho.

Legenda: "Nancy Kozlowski, ex-professora da Escola Secundária de North Birmingham."

          BILL SERAFINI

Então, Nancy, por que não nos conta como você se encaixa nesta história?

          NANCY KOZLOWSKI

Eu fui professora de Eric no segundo ano do Ensino Médio. Turma de 1982.

          BILL SERAFINI

Mas você tinha mais que um interesse de professora por ele, não é?

          NANCY KOZLOWSKI

Eu gostava dele, se é o que está insinuando. O pobre garoto precisava de uma mãe. Não me entenda mal, sua mãe era uma mulher muito simpática, mas era um pouco avoada. Meio *ausente*, digamos assim. E quanto ao pai dele, bem, Jim era um cara duro. Um homem decente e trabalhador, sim, quanto a isso não tem discussão, mas ele odiava fraqueza, ainda mais em seus filhos. Os outros dois, ele aprovava, mas Eric era diferente.

          BILL SERAFINI

Como assim?

          NANCY KOZLOWSKI

Lembre-se de que isso foi nos anos 1980, e estávamos, e *ainda estamos*, no Sul. As atitudes levam tempo para mudar aqui, e algumas nunca mudam. Eric não era como os outros garotos, e, hoje eu lhe digo, isso o assustava. Crianças detestam chamar atenção, seja por ter cabelo ruivo, ou por ser o mais alto, ou o único sem pai. E nesse caso era muito mais que isso.

          BILL SERAFINI

Com isso você quer dizer que...?

NANCY KOZLOWSKI
Eric sabia desde cedo que não gostava de garotas. E
também sabia, sem precisar dizer, que isso não era
uma coisa sobre a qual ele podia sair falando por aí.
Especialmente com seu pai.

BILL SERAFINI
Então ele contou para você?

NANCY KOZLOWSKI
Bem, ele não veio direto e contou, não, não foi nada
assim. Eu pude sentir, naquele último ano, que alguma
coisa o estava corroendo e tinha um bom palpite do
que poderia ser. Mas ele tinha de tomar consciência
disso no momento certo para ele. Até que um dia eu
o encontrei chorando. Alguns dos garotos o estavam
chamando de bicha e não sei mais o quê. Crianças
sabem ser muito cruéis.

BILL SERAFINI
O que você disse para ele?

NANCY KOZLOWSKI
Como falei antes, eu disse a ele que North Birmingham
talvez não fosse o melhor lugar para ele. Que ele não
podia mudar o que era nem devia tentar fazer isso,
embora algumas pessoas daqui discordassem de mim.
Que ele não tinha que ter vergonha de quem era porque
Deus o havia feito daquele jeito e o amava mesmo
assim. Ele só precisava se cercar de outras pessoas
que pensassem como eu.

Ele largou os estudos no fim daquele ano e logo
depois deixou a cidade. Se a mãe dele soubesse que
tinha sido culpa minha ele ir embora, ela nunca teria
me perdoado. Mas não me arrependo disso, Bill,
não me arrependo nada.

BILL SERAFINI
Quando falei com Frank Tappin, ele disse que foi uma
surpresa Eric ter ido parar em Beirute. O que você
achou quando soube?

NANCY KOZLOWSKI
No início, não acreditei, não tenho problema em admitir para vocês. Eu recebi um ou dois cartões dele de Nova York, e ele parecia feliz. Muito à vontade consigo mesmo. Não entendo o que o fez resolver partir. Ainda mais para um lugar daqueles.

BILL SERAFINI
Você ainda tem algum dos cartões que ele enviou?

NANCY KOZLOWSKI
Não, eles se perderam há muito tempo. Mas tenho aquelas fotos sobre as quais falamos.

CORTA PARA: MONTAGEM de FOTOS de Eric Fulton na escola; em várias fotos de turma, recebendo um prêmio, tentando jogar beisebol. É possível ver que ele era pequeno para a idade, com cabelo louro macio e um sorriso tímido.

NANCY KOZLOWSKI
Esse prêmio foi pela melhor caligrafia da turma. De algum modo, isso se encaixa. Ele era um garotinho muito simpático e educado.

CORTA PARA: Estúdio. Bill está de pé junto ao mural. As fotos que acabamos de ver estão agora presas com o restante.

BILL SERAFINI
(olhando ao redor para a equipe)
Este parece um daqueles momentos "vocês estão pensando o que eu estou pensando?".

LAILA FURNESS
Bom, o que *eu estou* pensando é que esse Eric Fulton não parece nada com o Eric Fulton que tomou o lugar de Luke.

BILL SERAFINI
É isso o que estou pensando também.

             HUGO FRASER
              (secamente)
A homossexualidade entrega um pouco.

             LAILA FURNESS
Mas não é só isso, é? Há algumas semelhanças, sim: cor do cabelo, olhos, esse tipo de coisa. Mas esse Eric é pequeno para sua idade, enquanto "Luke" era alto. "Luke" era atlético, esse Eric não era; "Luke" era extrovertido, Eric era tímido.
   Levando tudo isso em consideração, acho que temos que concluir que...

              JJ NORTON
... o Eric Fulton que morreu na explosão no ônibus não era o Eric Fulton de North Birmingham, mas alguém completamente diferente.

            MITCHELL CLARKE
Você acha que nós temos o Eric Fulton errado? Bom, eu imagino que não seja um nome tão incomum...

             BILL SERAFINI
           (sacudindo a cabeça)
Não, eu conferi mais de uma vez. Esse é o cara certo. Ou melhor, esse é o *passaporte* certo.

Faz-se silêncio; eles estão processando a informação.

              JJ NORTON
Merda, você está dizendo...?

             BILL SERAFINI
              (assentindo)
Que o cara que se casou com Caroline Howard não era mais "Eric Fulton" do que era "Luke Ryder"?
   É exatamente o que estou dizendo.
   Estamos lidando com um impostor em série.

ALAN CANNING
Espere aí, espere aí, um passo de cada vez. O verdadeiro Eric Fulton, do Alabama, aquele sobre o qual você conversou com aquelas pessoas, ele se mudou para Nova York quando?

BILL SERAFINI
Em 1982. Ele tinha 17 anos.

ALAN CANNING
Então ele começa uma vida inteiramente nova e cheia de orgulho na Big Apple até que em determinado momento, anos depois, o futuro "Luke Ryder" rouba seu passaporte?

BILL SERAFINI
Não, não acho que tenha acontecido assim. Lembram o que Frank acabou de dizer sobre Eric ser um garoto caseiro? Não, não acho que tenha sido o passaporte de Eric que foi roubado, pela simples razão de que eu duvido que ele sequer tenha tido um. Como 96% de meus compatriotas americanos.

ALAN CANNING
Então está dizendo que nosso homem usou o nome e os detalhes de Eric para conseguir um passaporte emitido nesse nome? Sem que o verdadeiro Eric soubesse?

BILL SERAFINI
Isso mesmo.

ALAN CANNING
(se encosta na cadeira e cruza os braços)
Um pouco arriscado, não? E se o verdadeiro Eric de repente decidisse tirar umas férias em Torremolinos?

BILL SERAFINI
Eu não acho que isso fosse muito provável. Homens mortos não saem de férias.

ALAN CANNING
Você acha que ele já estava morto? Tem certeza disso?

BILL SERAFINI
Tanto quanto possível.

ALAN CANNING
Você tem alguma prova?

BILL SERAFINI
Não, provas de verdade, não...

HUGO FRASER
Então como pode ter tanta certeza?

BILL SERAFINI
Instinto. Além de trinta anos de experiência. E o fato de ser a única teoria possível.

LAILA FURNESS
Então o que você acha que aconteceu?

BILL SERAFINI
Acho que o verdadeiro Eric Fulton morreu em Nova York. Morreu, ou talvez tenha sido morto. Lembrem, a cidade ainda estava lidando com a epidemia da aids até o meio dos anos 1990, e ele certamente estaria em um grupo de alto risco.
  Acrescente-se a isso o fato de Nova York estar no meio de uma epidemia de crack e tiroteios fatais ocorrerem todos os dias. Confie em mim, você não precisava ser um traficante de drogas para se enredar nisso, bastava só estar no lugar errado na hora errada.

JJ NORTON
Pode ter sido um crime de ódio. Se Eric fosse gay assumido.

BILL SERAFINI
Infelizmente, pode. É triste.

                    LAILA FURNESS
Então nosso impostor em série descobre de algum
jeito que o verdadeiro Eric Fulton morreu e sabe
informações o suficiente para solicitar um passaporte
em seu nome?

                    BILL SERAFINI
É minha suposição, sim. E nosso ladrão estava com
sorte — ninguém em North Birmingham sabia de verdade
onde Eric estava. Não havia Facebook para consultar,
como dissemos antes, e teria sido muito difícil
localizá-lo de outro jeito. Até onde as pessoas em
sua cidade sabiam, Eric tinha sumido do mapa.

                    HUGO FRASER
E voltamos a ter notícias dele em 1997, quando
aparece morto em uma explosão em Beirute.
  O que as pessoas não sabem é que o homem morto
não é ele, mas um surfista de Kalgoorlie chamado Luke
Ryder, e nosso homem misterioso então saiu com a
identidade *dele* em seu lugar. O que esse cara andava
fazendo para precisar continuar a trocar de nome?

                    BILL SERAFINI
Isso, Hugo, é o que nós precisamos descobrir.

                    LAILA FURNESS
Tem uma teoria, Bill?

                    BILL SERAFINI
Bem, na verdade, eu tenho.

                    ALAN CANNING
                  (em um sussurro)
Por que não estou surpreso?

                    BILL SERAFINI
                   (ignorando-o)
Acho que estamos lidando com um vigarista. Um
vigarista muito esperto, que sempre conseguiu se
manter um passo à frente dos agentes da lei.

LAILA FURNESS
De que tipo de vigarista estamos falando?

BILL SERAFINI
Do pior tipo, pelo menos na minha cartilha: os que são próximos e *muito* pessoais.
  Acho que ele escolhia pessoas que ficavam com muita vergonha ou se sentiam muito humilhadas para procurar a polícia. Pessoas que se culpariam por serem enganadas.

JJ NORTON
Mas, mesmo assim, elas ainda teriam amigos e família que iam querer que o criminoso fosse pego. Pego e preso.

BILL SERAFINI
Exato, e é justamente por isso que acho que nosso homem sempre tinha que desaparecer. E que maneira melhor de fazer isso que fingir a própria morte?

ALAN CANNING
Acho que é plausível. Toda ideia, em minha opinião, é um pouco dramática demais, mas acho que coisas estranhas aconteceram.

LAILA FURNESS
(para Bill)
Acho que você pensa que a maioria de suas vítimas eram mulheres.

BILL SERAFINI
Penso, sim. E desconfio que eram mulheres mais velhas do que ele, também, talvez bem mais velhas até. Lembram do que Sylvia Carroll disse sobre ele ser encantador? Que ele sabia como agradar as velhinhas na casa de repouso?
  Não me entendam mal, não estou dizendo que todas as suas vítimas eram *tão* idosas, mas de qualquer forma isso diz muito sobre seu talento para conquistar confiança e romper qualquer resistência.

MITCHELL CLARKE
Somando-se a isso uma enorme quantidade de exageros. Aquele famoso "encanto" dele.

BILL SERAFINI
(com um sorriso seco)
É, isso também.

HUGO FRASER
Eu acredito que alguém possa *em teoria* ter ficado tão puto com esse cara que o perseguiu até Londres...

ALAN CANNING
(virando-se para ele)
Mas como você acha que nosso Fulano teria conseguido fazer isso? Na prática, quero dizer. Teria rastreado-o de Nova York até Campden Hill, passando pela Grécia, por Bali e quem sabe onde mais, incluindo a maldita Beirute?

MITCHELL CLARKE
(dá de ombros)
Qualquer jornalista que se preze podia ter conseguido isso. E Bill conseguiu em alguns dias.

ALAN CANNING
Bill tem acesso a uma equipe de pesquisadores profissionais, sem mencionar os contatos na polícia...

BILL SERAFINI
(com um sorriso autodepreciativo)
Bom, isso com certeza ajuda.

LAILA FURNESS
Então você acha que esse vigarista estava ativo em Nova York em meados dos anos 1990? Você mesmo não estava na polícia nessa época?

BILL SERAFINI
Estava.

> LAILA FURNESS

Mas você não se lembra de nada disso da época?

> BILL SERAFINI
> (sorrindo)

Foi há muitos anos, Laila, e é uma cidade grande. Mas vamos ver o que as pessoas lá na minha área descobriram.

> JJ NORTON

Então não tem nenhum gancho para terminar, Bill? Você está perdendo a magia.

> BILL SERAFINI
> (dá uma risada)

Bem, vou me esforçar mais na próxima vez, JJ.

FADE OUT

– CRÉDITOS FINAIS –

**MENSAGENS DE TEXTO ENTRE AMELIE E MAURA HOWARD,
18 DE MAIO DE 2023, 8H49**

> Desculpe, Am. Acabei de receber um telefonema de Guy. Aconteceu uma coisa.

Eu SABIA que isso ia acontecer

Então o que é?

> Eles vão abordar aquela coisa da terapia

Que merda é essa?

Isso é *particular*

> Ele mandou pedir desculpas. Disse que tentou ligar, mas você não atendeu.

> Desculpe, Am

Ele NÃO TEM DIREITO de botar coisas particulares nessa merda da Showrunner

> Tem mais uma coisa

> Isso vai aparecer

> Sobre aquele incêndio, na escola

Pelo amor de Deus, isso faz um milhão de anos

E essa merda foi um ACIDENTE

> Eu sei. Desculpe, Am

Pare de se desculpar. Nada disso é culpa sua

É com Guy que estou puta, não com você

> Eu sei o que você quer dizer

> Imagine se nós começarmos a contar as merdas *dele* em público, o que ele ia achar disso?

Melhor não fazer isso

Data: Sábado, 20/05/2023, 10h54
De: Alan Canning
Para: Gordon.Evans@Met.Police.uk

Assunto: Olá

Gordon,

Não consigo lembrar se respondi a você sobre a festa, mas acho que definitivamente devo conseguir ir. Ainda não tenho certeza sobre o dia de golfe, pois isso vai depender de meus compromissos com as gravações.

Aliás, o programa está ficando interessante e — bem como você desconfiou — não é tão simples quanto pareceu no início. E, por falar nisso, acho que me lembro de que você tinha um contato no Departamento de Polícia de Nova York. Estou certo? Se estiver, eu ia apreciar uma ajuda discreta.

Kath manda lembranças.

Abraço,

Alan

Data: Sábado, 20/05/2023, 15h30
De: Hugo Fraser
Para: serena.f.hamilton@hhllp.com

Assunto: Aniversário do papai

Você pensou mais sobre onde quer ir almoçar? Eu me lembrei do Ozymandias, ali perto do metrô de Holland Park, sabe? Ele sempre adorou esse lugar.

E obrigado por compreender aquela outra coisa. Como eu disse, não é nada demais. Só quero manter as coisas simples.

H

MENSAGEM DE VOZ DEIXADA PARA BILL SERAFINI POR DAVID SHULMAN, 20 DE MAIO DE 2023, 15H41

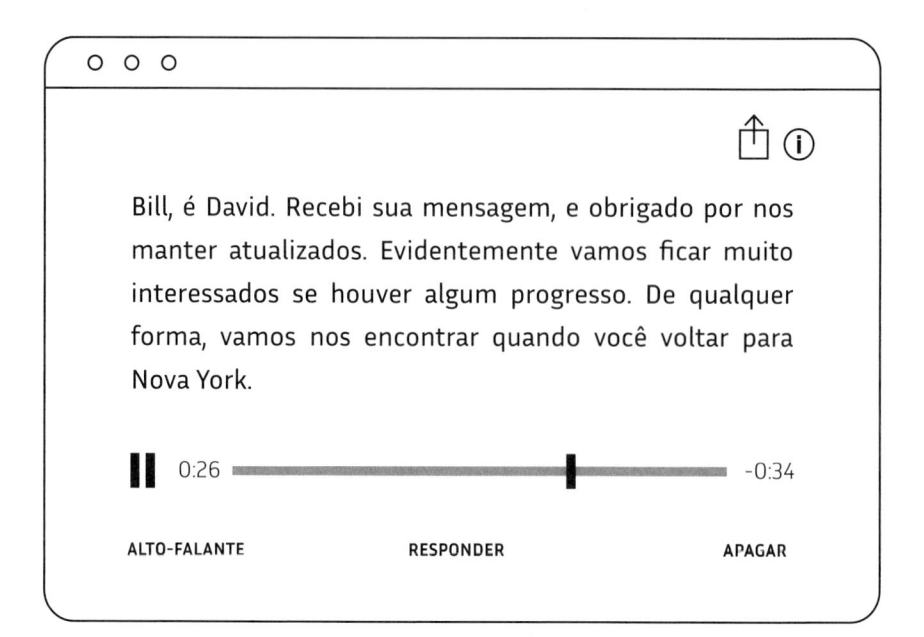

Bill, é David. Recebi sua mensagem, e obrigado por nos manter atualizados. Evidentemente vamos ficar muito interessados se houver algum progresso. De qualquer forma, vamos nos encontrar quando você voltar para Nova York.

0:26 -0:34

ALTO-FALANTE RESPONDER APAGAR

Data: Domingo, 21/05/2023, 16h50
De: Mitchell Clarke
Para: Laila Furness

Assunto: Só checando

Oi, Laila,

    Desculpe incomodar você no fim de semana, mas tem uma coisa que eu queria checar com você. É sobre Mohammed Khan, aquele estudante em Sydney. Acabei de encontrar um artigo que você apresentou em uma conferência em 2002, antes de se casar. Seu nome de solteira era Khan, certo?

    Sei que é um nome comum, então suponho que seja apenas coincidência. Espero que não se importe por eu perguntar.

    M

Data: Domingo 21/05/2023, 16h58
De: Laila Furness
Para: Mitch Clarke

Assunto: Re: Só checando

Ah. Bem observado. E sim, é apenas coincidência. Khans são quase tão comuns quanto Smiths.

    Por falar nisso, acho que você está lidando muito bem com toda essa coisa. Você é o único de nós de fora da família que acabou sendo afetado pessoalmente e sei que não deve ser fácil ter que revirar tudo outra vez depois de tanto tempo. Vamos só torcer para podermos dar a você e aos Howard alguma conclusão.

    Vejo você na semana que vem.

    L

MENSAGEM DE VOZ DEIXADA POR LAILA FURNESS PARA SUA MÃE, 21 DE MAIO DE 2023, 17H23

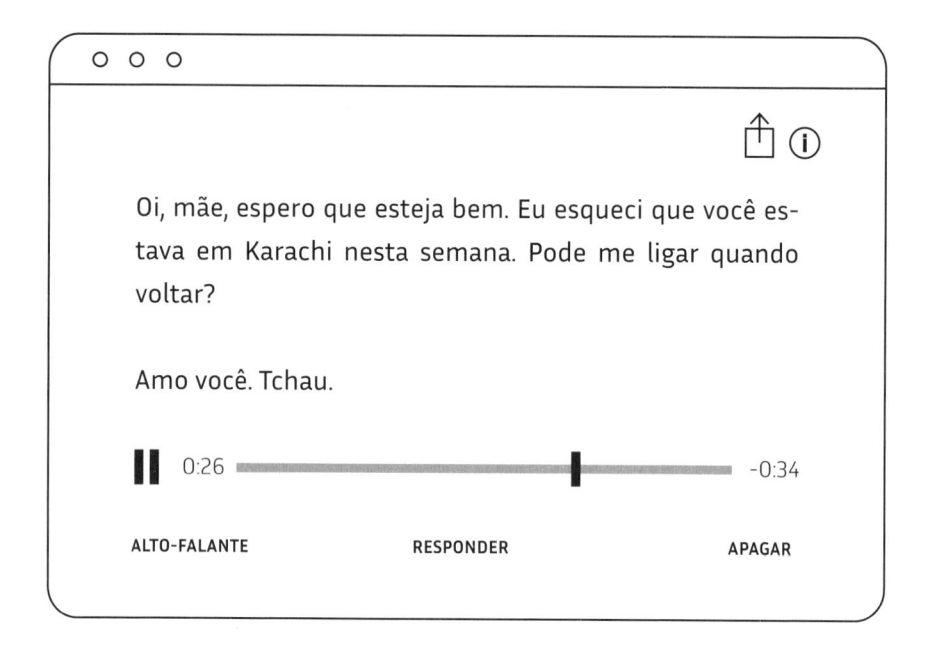

Oi, mãe, espero que esteja bem. Eu esqueci que você estava em Karachi nesta semana. Pode me ligar quando voltar?

Amo você. Tchau.

0:26 ———————————————— -0:34

ALTO-FALANTE   RESPONDER   APAGAR

EPISÓDIO QUATRO
TRANSMISSÃO | 12 DE OUTUBRO

INFAME

QUEM MATOU LUKE RYDER?

UMA SÉRIE DOCUMENTAL
ORIGINAL DA SHOWRUNNER

TELEVISÃO The Times, 13 de outubro de 2023

NOSSO LAR É ONDE A DOR ESTÁ
A VERDADEIRA SACADA DE *INFAME* É O QUE ELA NOS CONTA SOBRE RELACIONAMENTOS FAMILIARES

ROSS LESLIE

INFAME: QUEM MATOU LUKE RYDER?
Showrunner

MANTENHA AS COISAS EM FAMÍLIA
Netflix

Tolstói estava errado. Se essa série *Infame* prova alguma coisa é que todas as famílias infelizes desmoronam de forma semelhante, por mais ricas ou privilegiadas que pareçam ser.

Bastava só olhar para imagens do rosto assombrado dos filhos de Caroline Howard Ryder nos anos após o assassinato de seu padrasto para saber que dinheiro só serve para esconder as fissuras. Por trás das paredes anônimas daquela casa enorme em Campden Hill, as crianças estavam agindo a ponto de cometer pequenos crimes e serem levadas para terapia profissional. Algumas dessas revelações foram nitidamente desconfortáveis de assistir, e, ao mesmo tempo, a coisa toda era, é claro, muito interessante. O drama psicológico que se desenrola continua a ser reforçado pela sucessão de novas descobertas sobre o homem morto no centro do caso, um homem, como descobrimos ontem à noite, cuja verdadeira identidade ainda não é conhecida.

Para continuar no assunto de disfunções domésticas, temos a nova produção da Netflix *Mantenha as coisas em família*, adaptada de um romance de 2022 de John Marrs. Os recém-casados Finn e Mia tomaram a decisão provavelmente equivocada de comprar uma casa quase em ruínas

📁 **INFAME/LUKE RYDER** Entrar

Está bem, primeiro a pergunta óbvia: alguém já descobriu alguma coisa sobre esse tal de Eric Fulton?

↪ publicado há 9 horas por Slooth
   26 comentários   compartilhar   ocultar   denunciar

> Estou pesquisando desde que nos deram o nome. Até agora, só o básico.
>
> ↪ publicado há 9 horas por Investig4dor
>   12 comentários   compartilhar   ocultar   denunciar

Ei, @TruCrimr, você ficou bem cético em relação a Serafini na última vez. O que achou dessa história sobre a tatuagem? O fato de ter sido isso que indicou a ele a troca de identidade?

↪ publicado há 8 horas por PaulWinship007
   compartilhar   ocultar   denunciar

> Diante disso, faz sentido, mas na minha opinião você nem ia *começar* a observar as tatuagens do cara a menos que já desconfiasse que as identidades tinham sido trocadas. Então o que o botou nesse caminho? Essa é a verdadeira pergunta
>
> ↪ publicado há 8 horas por TruCrimr
>   98 comentários   compartilhar   ocultar   denunciar

Então, achamos que Caroline sabia ou não? Sobre essa coisa do impostor?

↪ publicado há 8 horas por PaulWinship007
   compartilhar   ocultar   denunciar

> Pessoalmente, não
>
> ↪ Publicado há 7 horas por AngieFlynn77
>   5 comentários   compartilhar   ocultar   denunciar

> É claro que ela sabia. Ela tinha que saber.
>
> ↪ publicado há 7 horas por Investig4dor
>   2 comentários   compartilhar   ocultar   denunciar

> Concordo — lembram daquela coisa no último episódio? Sobre ela dizer que sempre sabia quando ele estava mentindo? QED, quod erat demonstrandum, "o que havia de ser demonstrado". Ela sabia
>
> publicado há 6 horas por ErichoVermelho0909
> 1 comentário   compartilhar   ocultar   denunciar

>> Também dá pra interpretar isso do outro jeito, ou seja, ela *achava* que sabia que ele estava mentindo, mas isso prova que ela estava apenas se iludindo
>>
>> publicado há 6 horas por 112BoDiddyl
>> 2 comentários   compartilhar   ocultar   denunciar

É de dar pena a situação desse Canning, não é? O Grande Bill está todo prosa por desvendar a coisa toda enquanto o pobre do Al fica procurando carros usados... Que roubada 😂😭 #timeCanning

publicado há 5 horas por Edison5.0
6 comentários   compartilhar   ocultar   denunciar

Boa a ideia de refazerem a perícia forense. Na verdade, não acredito que a Metropolitana ainda não tenha feito isso. Pensando bem, claro que não fizeram. É a Metropolitana. Dã 🤦

publicado há 5 horas por NerddaPerícia
26 comentários   compartilhar   ocultar   denunciar

Aliás, estou me sentindo bastante satisfeito por Hugo Boss obviamente concordar comigo sobre ir atrás do dinheiro. Fiquem de olho no dinheiro da velha sra. Ryder. Ainda vamos ouvir falar nisso, escrevam o que estou dizendo

publicado há 4 horas por TruCrimr
78 comentários   compartilhar   ocultar   denunciar

> Concordo. Fiquem de olho naquele cara, o Ian Wilson, essa seria a minha opinião
>
> publicado há 4 horas por Investig4dor
> 12 comentários   compartilhar   ocultar   denunciar

Aquela Sylvia da casa de repouso também era uma bela vaca traiçoeira. #sóestoudizendo

publicado há 4 horas por RonJebus
12 comentários   compartilhar   ocultar   denunciar

A coisa que estou achando mais interessante são as reações da equipe enquanto eles discutem o material novo. Alguns deles parecem estar mais emocionados com isso do que era de se esperar. Ou sou só eu?

publicado há 3 horas por KatMcAllisterOIB
3 comentários   compartilhar   ocultar   denunciar

> Não, eu concordo
>
> publicado há 3 horas por MaryMary51523x
> 9 comentários   compartilhar   ocultar   denunciar

Eu gostaria que tivéssemos vídeos de Luke/Eric/seja lá qual fosse seu nome. Vocês não iam amar se aquele cara do *Faking it* armasse para cima dele?

publicado há 3 horas por LimaoeCrime
6 comentários   compartilhar   ocultar   denunciar

> Cliff Lansley? Ora, sim. Isso é que seria um embate de titãs...
>
> publicado há 2 horas por Starsky6145
> 3 comentários   compartilhar   ocultar   denunciar

☞☞☞ Atenção aqui, gente, música icônica do Plantão 📢 Alguém entrou em contato comigo por e-mail ontem à noite depois do programa. Ela não quis vir aqui, mas o que me contou foi grande para cacete. Ela disse que *conheceu* Amelie Howard. Em 2012 na reabilitação. Ela diz que o nome dela era Emma, não Amelie, mas aparentemente era com certeza a mesma pessoa

publicado há 2 horas por Slooth
314 comentários   compartilhar   ocultar   denunciar

> Merda, é sério? Reabilitação de drogas?
>
> publicado há 9 horas por Investig4dor
> 2 comentários   compartilhar   ocultar   denunciar

> É. Aparentemente, ela estava em desintoxicação total de opiáceos
>
> publicado há 2 horas por Slooth
> 15 comentários   compartilhar   ocultar   denunciar

> Que droga. Coitada da garota
>
> publicado há 2 horas por AngieFlynn77
> 5 comentários   compartilhar   ocultar   denunciar

Mas isso foi dez anos depois do crime. Para ser sincero, não sei bem como pode ser relevante

publicado há 2 horas por PaulWinship007
12 comentários   compartilhar   ocultar   denunciar

> Acho que a relevância vai depender de quando o uso de drogas começou. Embora a coisa sobre problemas na escola seja interessante/possivelmente significativa nesse contexto.
>
> publicado há 2 horas por NerddaPerícia
> 32 comentários   compartilhar   ocultar   denunciar
>
>> Não... naquelas escolas particulares chiques, derramar o coquetel do seu professor provavelmente seria classificado como "prejuízo" 🙁
>>
>> publicado há 1 hora por 112BoDiddly
>> 2 comentários   compartilhar   ocultar   denunciar
>>
>>> Não tão ruim quanto destruir o bolo de casamento da sua mãe 🎂 💨
>>>
>>> publicado há 1 hora por SemSaída88
>>> compartilhar   ocultar   denunciar

Mesmo assim, as drogas *podem* ser mais importantes do que achávamos. O que quero dizer é que essa é a primeira vez que alguém menciona que Maura tinha amigos com ligações com drogas na época do assassinato. Quem sabe não é isso que está no âmago do caso? Ou seja, não Amelie, mas os amigos suspeitos de Maura, talvez até uma negociação de droga que tenha dado errado. Não sei bem como isso teria se desenrolado na prática, mas vale a pena levar em conta.

publicado há 1 hora por EnrichoVermelho0909
11 comentários   compartilhar   ocultar   denunciar

> É, embora *nós* não soubéssemos que Maura tinha essas conexões, a polícia devia saber. Será que eles verificaram isso na época?
>
> publicado há 1 hora por PocusHous1978
> 7 comentários   compartilhar   ocultar   denunciar

Achei a parte psicológica muito interessante — aquela coisa de Peter Pan

publicado há 1 hora por AngieFlynn77
32 comentários   compartilhar   ocultar   denunciar

> Concordo. Eu fiz pesquisa sobre aquela mulher de Nevada que eles também mencionaram, Kathy Augustine. Um caso muito feio. O marido aplicou nela uma injeção paralisante chamada succinilcolina. Ela levou dez minutos para morrer e ficou consciente o tempo todo, o canalha.
>
> publicado há 1 hora por JimBobWalton1978
> 9 comentários   compartilhar   ocultar   denunciar

>> Estou buscando no Google essa coisa de succinilcolina. Nunca tinha ouvido falar nisso. Pelo visto só é usada em ambientes hospitalares, e é muito difícil de obter, mas ele era enfermeiro, então teria como saber tudo sobre ela.
>>
>> publicado há 45 minutos por NerddaPerícia
>> 5 comentários   compartilhar   ocultar   denunciar

>>> É, e se você não souber o que procurar, pode parecer um ataque cardíaco. Ela também é metabolizada muito rápido depois da morte, então é quase impossível identificá-la na autópsia. Basicamente, se duas enfermeiras não tivessem desconfiado de alguma coisa e tirassem amostras de Augustine enquanto ela ainda estava viva, os policiais nunca teriam pegado o cara.
>>>
>>> publicado há 30 minutos por AssassinatoPerfeito616
>>> 15 comentários   compartilhar   ocultar   denunciar

EPISÓDIO CINCO
GRAVAÇÃO

ELENCO
Alan Canning (AC)
Mitchell Clarke (MC)
Hugo Fraser (HF)
Laila Furness (LF)
JJ Norton (JJN)
Bill Serafini (WS)

CHAMADA DA EQUIPE: 8H30
CÂMERA PRONTA: 9H

PROGRAMAÇÃO DO DIA

**INFAME:
Quem matou
Luke Ryder?**

Segunda-feira
5 de junho de 2023

EPISÓDIO 5:
ESTÚDIO
DIA 1 DE 4

PRODUTOR **Nick Vincent**
DIRETOR **Guy Howard**
EDITOR **Fabio Barry**
PESQUISADOR
Tarek Osman
ASSIST. DE PROD.
Jenni Tate
GERENTE DE LOCAÇÃO
Guy Johnson

Café da manhã no set
a partir das 8h30
Almoço a partir das 12h45
Previsão de término: 17h30

*Nota para elenco: cenas externas devem ser filmadas primeiro, vista-se adequadamente

LOCAÇÃO Frobisher Studios
Kingston Road, 131-137
Maida Vale, oeste de Londres

OBSERVAÇÕES:
Vagas de estacionamento limitadas no local.
O metrô mais próximo é o de Warwick Avenue.
Telefone de contato para emergências: 07000 616178.

EQUIPE

Cargo	Nome	Telefone	Chamada	Cargo	Nome	Telefone	Chamada

DRY RISER FILMS Ltd
Dry riser
227 Sherwood Street London W1Q 2UD

SEQUÊNCIA DE CRÉDITOS: MONTAGEM em P&B em estilo arthouse com imagens e recortes curtos: cobertura da época dos noticiários sobre cena de crime, fotos de família

CANÇÃO-TEMA – "It's Alright, Ma (I'm Only Bleeding)" [Bob Dylan] da trilha sonora de Sem destino [1969]

FIM DOS CRÉDITOS

INFAME

FADE IN

QUEM MATOU LUKE RYDER?

FADE OUT

FRAME NEGRO, SURGE o TEXTO em VOICEOVER – Narrador (voz feminina)

> Na noite de 3 de outubro de 2003, o corpo de Luke Ryder foi encontrado em um jardim no bairro elegante de Londres W8.
> Ele tinha 26 anos e era nativo de Kalgoorlie, no oeste da Austrália.
> Ou era quem ele dizia ser.
> Mas agora sabemos que o homem que se passava por "Luke" já tinha usado pelo menos uma outra identidade e podia ser um impostor em série.
> Será que alguma coisa no passado do verdadeiro Luke Ryder tinha voltado para assombrar o homem que havia roubado seu nome?
> Ou alguém que ele tinha enganado o havia localizado, com a intenção de se vingar?

FADE OUT

CORTA PARA: Guy no estúdio sentado com Nick.

NICK VINCENT (Produtor)
Você disse no começo que não queria ter um papel ativo nesta filmagem, que embora você seja o diretor, queria que a equipe estivesse livre para seguir a investigação para onde quer que ela levasse.

Por que resolveu ficar novamente diante das câmeras agora?

GUY HOWARD
Tanta coisa surgiu desde que começamos com esse processo — e desde que eu mesmo disse alguma coisa na tela — que provavelmente está na hora de os telespectadores ouvirem a opinião da família sobre tudo isso.

Em particular, até onde o Luke que conhecíamos está de acordo com o que a equipe agora descobriu — ou difere em algum sentido.

NICK VINCENT (Produtor)
E qual é a opinião de todos vocês?

GUY HOWARD
Bem, como você ouviu em um episódio anterior, eu estava achando difícil acreditar que "Luke" na verdade fosse um homem chamado Eric Fulton, que era 11 anos mais velho do que ele dizia.

Mas, se a equipe estiver certa, "Eric Fulton" era apenas mais um do que podia ser qualquer número de identidades roubadas. Acho que talvez nunca saibamos quem ele realmente era, nem, por falar nisso, quantos anos tinha.

Mas não nego que seja perturbador, mesmo depois de todos esses anos, descobrir que tivemos um estranho completo na casa por tanto tempo, alguém sobre quem agora descobrimos não saber absolutamente nada, nem mesmo o nome.

NICK VINCENT (Produtor)
O retrato que parece estar surgindo é de alguém que pode ter fraudado uma série de mulheres.

Obviamente ainda temos que reunir qualquer prova real para apoiar isso, mas parece uma hipótese razoável. Qual sua reação a isso? Você acha que sua mãe ia ser a próxima vítima dele?

GUY HOWARD
Tenho que admitir que também estou pensando nisso. Até adoecer, minha mãe sempre teve uma personalidade forte. Não consigo vê-la como vítima.

E "Luke" não se *comportava* como esse tipo de predador — não que eu me lembre. Quero dizer, é, ela comprava coisas para ele — a mais importante delas, aquela Harley —, mas ela nunca dava a ele grandes quantias de dinheiro. E como suas amigas contaram à equipe, até onde minha mãe sabia, ele ia ganhar uma pilha de dinheiro só para ele. Ele não *precisava* do dinheiro dela.

NICK VINCENT (Produtor)
Embora esse tipo de armação seja um modus operandi padrão para certo tipo de fraudador — olhe para toda a história da falsa herdeira Anna Delvey alguns anos atrás, ou aqueles homens supostamente ricos que enganaram mulheres em aplicativos de namoro como o Tinder.

O fraudador diz ser riquíssimo, mas que temporariamente não consegue acessar nenhum dinheiro. Então é a velha história: "Eu só preciso de sua ajuda com essa pequena questão de fluxo de caixa."

GUY HOWARD
Verdade, mas, como eu disse, acho que Luke nunca pediu dinheiro para minha mãe desse jeito — tenho quase certeza de que não foi feito nenhum grande pagamento a ele enquanto eles estavam casados. Ela dava *coisas* a ele, não dinheiro.

> NICK VINCENT (Produtor)

A outra questão que eu queria levantar com você é o que Shirley Booker disse, em especial sobre o que vocês, três crianças, achavam de Luke. Ela disse que vocês o "odiavam".

> GUY HOWARD

Ela estava falando de Amelie...

> NICK VINCENT (Produtor)

É, você tem razão, ela disse que Amelie era quem menos gostava dele, mas disse que você também o odiava. Você até destruiu o bolo de casamento...

> GUY HOWARD
> (gargalhando)

Eu não tenho *nenhuma* lembrança de fazer isso...

> NICK VINCENT (Produtor)

Mesmo assim, tenho que perguntar: por que não contou nada disso antes?

> GUY HOWARD

Para ser justo, acho que contei. Eu disse que não gostava dele. Acho que nunca foi *ódio* propriamente dito...

> NICK VINCENT (Produtor)

Shirley disse que, segundo Caroline, você se tornou "incontrolável". Tão disruptivo que hoje em dia você seria diagnosticado com TDAH.

> GUY HOWARD
> (ri outra vez)

Minha mãe sempre foi muito dramática. Veja o caso do bolo.

> NICK VINCENT (Produtor)

Shirley também nos contou que vocês três fizeram terapia. É verdade?

                    GUY HOWARD
              (sua expressão se fecha)
Não estou preparado para falar sobre isso diante das
câmeras.

              NICK VINCENT (Produtor)
Está bem, é justo. E sobre o relacionamento de suas
irmãs com Luke? Nós ainda não conseguimos falar
diretamente com Amelie. Ela realmente o odiava tanto
quanto disse Shirley Booker?

                    GUY HOWARD
              (depois de uma pausa)
Acho que, dentre nós três, ela era quem menos gostava
dele. Acho que é correto dizer isso.

              NICK VINCENT (Produtor)
Você sabe por quê?

                    GUY HOWARD
              (dá de ombros)
Não tenho ideia. Até onde me lembro, ela teve uma
aversão imediata por ele que só piorou. Mas não se
esqueça de que eu só tinha dez anos na época. Podia
haver sutilezas que eu não captei.

              NICK VINCENT (Produtor)
E Maura?

                    GUY HOWARD
Acho que ela só ficava fora do caminho dele. Ela
estava naquela idade — todos os adultos eram um pé
no saco, quem quer que fossem. Mas por que você não
pergunta a ela?

              NICK VINCENT (Produtor)
Na verdade, nós perguntamos. Ela não estava muito
disposta a falar conosco de novo, mas acabou concordando.

*CORTA PARA: Maura em seu quarto no velho estábulo em
Dorney Place. É possível ver o jardim e a casa principal*

pela janela atrás dela. Seu cabelo está preso em um coque bagunçado; ela está usando uma blusa azul-marinho de mangas compridas e um colete da mesma cor, com um cachecol de lã em volta do pescoço. Ela está sentada levemente virada, ambos os braços envolvendo o corpo.

NICK VINCENT (Produtor) - off
Depois da última vez em que conversamos, nós entrevistamos Shirley Booker...

MAURA HOWARD
(lançando um olhar na direção dele)
Aquela mala sem alça.

NICK VINCENT (Produtor) - off
... e ela disse que, de vocês três, Amelie era quem mais odiava Luke. É assim que você se lembra disso?

MAURA HOWARD
(parece desdenhosa)
Ela nunca foi à nossa casa, então não sei como pode de repente saber de tanta coisa.

NICK VINCENT (Produtor) - off
Ela soube por sua mãe.

MAURA HOWARD
É o que ela diz. Minha mãe não está em condições de contradizê-la agora, não é?

NICK VINCENT (Produtor) - off
Você está dizendo que ela está errada? Amelie *não* o odiava?

MAURA HOWARD
(dá de ombros)
Não estou dizendo que ela *gostava* dele, mas éramos apenas crianças, nada disso significava realmente alguma coisa. E todos amávamos nosso pai. Ficamos arrasados quando ele morreu, então, para ser honesta, nós provavelmente teríamos odiado qualquer

um com quem minha mãe se casasse. Ainda mais tão pouco tempo depois.

NICK VINCENT (Produtor) - off
A equipe agora acha que "Luke" pode ter sido um vigarista. Que ele pode ter defraudado diversas outras mulheres.

MAURA HOWARD
Se você está dizendo.

NICK VINCENT (Produtor) - off
Você, surpreendentemente, não parece se abalar com isso.

MAURA HOWARD
(dá de ombros)
Eu não gostava dele, mas ele provavelmente não merecia todas as nossas merdas. Ele sempre foi muito legal com minha mãe...
(ela engole em seco, de repente emocionada)
Está bem, então na época eu não o queria por perto, mas agora, olhando para trás, teria sido muito melhor se ele não houvesse morrido. Minha mãe nunca mais foi feliz outra vez.
(afasta o olhar, com os olhos se enchendo de lágrimas)

NICK VINCENT (Produtor) - off
Eu também queria perguntar a você sobre a terapia...

MAURA HOWARD
(fica de pé e arranca o microfone)
Eu *não* vou falar com vocês sobre isso de jeito nenhum.

Ela joga o microfone no chão e sai andando.

CORTA PARA: *Estúdio, com a equipe agora em torno da mesa.*

LAILA FURNESS
Acho a dinâmica familiar dos Howard infinitamente fascinante.

                    (parecendo um pouco constrangida)
Desculpem, sei que isso parece ser um tanto
insensível. E nada tem a ver com assunto.

                    BILL SERAFINI
Eu acho que tem *tudo* a ver.

                    HUGO FRASER
Vou dizer o óbvio, eu sei, mas não parece que vamos
chegar a lugar nenhum pressionando a família na
questão da terapia.

                    LAILA FURNESS
O que era de se esperar.
          (olhando para Nick atrás da câmera)
Embora talvez tivesse ajudado se o sr. Vincent
tivesse sido um pouco mais sensível.

                    JJ NORTON
O que *me* fascina é a psicologia dessa figura, "Luke",
qualquer que fosse seu nome verdadeiro.
    Sou só eu ou mais alguém está se perguntando se o
relacionamento com Caroline pode ter sido diferente
dos anteriores?

                    ALAN CANNING
Em que sentido?

                    JJ NORTON
No sentido de que ele não era apenas "muito legal",
ele de fato se casou com ela.
    Vigaristas como ele tendem a tosquiar as mulheres
e seguir em frente, não é? Você não precisa se
preocupar com os aspectos jurídicos para conseguir
isso. Na verdade, acho que isso só torna as coisas
mais complicadas. *E* muito mais propensas a atrair
atenção indesejada dos poderes estabelecidos.

                    MITCHELL CLARKE
Nós não *sabemos* se ele se casou com nenhuma das
outras.

BILL SERAFINI
Mas JJ tem razão: o casamento deixa um rastro de documentos. Ele seria muito mais fácil de rastrear.

ALAN CANNING
Só se você soubesse o nome que ele estava usando na época.

BILL SERAFINI
Verdade.

HUGO FRASER
Na minha opinião, vigaristas que se casam com a mulher que estão enganando fazem isso exatamente *por causa* dos "aspectos jurídicos". Ou seja, para se colocarem na fila para herdarem sua propriedade, incluindo qualquer seguro de vida, o que eles costumam fazer sem o conhecimento da vítima. Eu tive um caso exatamente assim no ano passado.

JJ NORTON
Você, porém, está falando de um tipo diferente de vigarista aí, não? Um marginal que quer herdar é um marginal que tem a intenção de matar. Como o homem que assassinou aquela romancista, Helen alguma coisa...

MITCHELL CLARKE
Helen Bailey. Aquele, sim, *era* um sujeitinho da pior espécie...

LAILA FURNESS
Só interrompendo: psicologicamente falando, um criminoso desse estilo seria um tipo de personalidade muito diferente.

E, como Mitch acabou de dizer, não *sabemos* se "Luke" não se casou com outras mulheres. Na verdade, como sabemos que ele não as assassinou?

Quero dizer, ele poderia ter feito isso, certo? Até onde sabemos, ele poderia até estar planejando matar Caroline.

HUGO FRASER
(olha em torno da mesa)
Nós sabemos se Caroline — ou mesmo Luke — contratou algum seguro diferente depois do casamento?

NICK VINCENT (Produtor) - off
Já fiz essa pergunta a Guy, e ele diz que não.

HUGO FRASER
Nesse caso, acho improvável que ele tivesse planos para assassiná-la. Eles estavam casados havia mais de um ano. Ele teria tido bastante tempo para colocar os aspectos financeiros no lugar se pretendesse mesmo matá-la.

MITCHELL CLARKE
Talvez ele tenha mudado de ideia. Ele podia ter enganado mulheres no passado, mas dessa vez era de verdade. Ele se casou com ela porque realmente a amava.

LAILA FURNESS
(sorrindo para ele)
Você é um velho romântico.

BILL SERAFINI
(sacudindo a cabeça)
Boa tentativa, Mitch, mas não me convenceu.

HUGO FRASER
Tem outra possibilidade: talvez ele tenha percebido que ia ganhar mais se apostasse em longo prazo. Quer dizer, ele só precisava ficar parado e esperar a morte de Florence Ryder para receber o dinheiro.

MITCHELL CLARKE
Acho que o caminho é por aí. Talvez tenha sido o que fez a diferença dessa vez.

LAILA FURNESS
Mas nós não vamos chegar a lugar nenhum sem *fatos* de verdade sobre esse homem.

ALAN CANNING
Exatamente. Então, Bill, descobriu mais alguma coisa desde que nos reunimos pela última vez? Os melhores de Nova York apresentaram resultado?

BILL SERAFINI
Eu ia chegar nisso.
(se levanta e vai até o mural)
Eu tive sorte. Um dos detetives do departamento de polícia de Manhattan é um cara que eu treinei quando ele era só um novato, então cobrei um favor.
(se vira e prende uma foto)
Levando em conta que nossa teoria atual é de que o verdadeiro Eric Fulton morreu em algum momento entre meados e o fim dos anos 1990 em Nova York, pedi a meu parceiro para comparar nossa foto com mortos não identificados na cidade nesse período. E achamos ouro.

Ele aponta para a foto; é uma fotografia de autópsia, os olhos estão fechados e o rosto está muito machucado de um lado.

Lembram que eu disse que achava que o verdadeiro Eric Fulton podia ter sido vítima de algum tipo de violência? Bom, esse homem morreu em resultado de um assalto a mão armada no Brooklyn em dezembro de 1994. Não houve testemunhas — pelo menos nenhuma que estivesse disposta a prestar um depoimento formal —, mas sem dúvida havia a sugestão de que pode ter sido um crime de ódio. O ataque aconteceu altas horas da madrugada a apenas algumas centenas de metros de um famoso bar gay.

A vítima não tinha identidade nem carteira quando foi encontrada algumas horas depois, e apesar dos repetidos apelos da polícia, ninguém se apresentou. Até agora, ele permanece oficialmente não identificado.

JJ NORTON
Você acha que esse pode ser o verdadeiro Eric Fulton?
E nosso homem misterioso roubou a identidade do
corpo?

BILL SERAFINI
É possível. Houve tempo mais que suficiente para
alguém encontrá-lo e revistar seus bolsos antes que
os policiais aparecessem. E sabemos que nosso homem
era um grande oportunista. Vejam o que aconteceu em
Beirute.

JJ NORTON
Você pediu ao departamento de polícia de Nova York
para comparar o DNA desse homem não identificado com o
da família de Fulton?

BILL SERAFINI
Pedi, mas ainda não tive notícias.

LAILA FURNESS
(ainda olhando fixamente para a foto)
Ele estava morando em Nova York havia anos e mesmo
assim ninguém parece ter percebido seu desaparecimento?

BILL SERAFINI
Evidentemente não.

LAILA FURNESS
Isso me parece muito triste.

BILL SERAFINI
Eles podem ter tido suas razões. Mas acho que nunca
vamos saber.

HUGO FRASER
Então você acha que em dezembro de 1994 nosso homem
misterioso começou toda uma nova vida como "Eric Fulton"?

BILL SERAFINI
Eu não acho, eu *sei*. Porque, seis meses depois da morte
desse homem não identificado, o até então gay Eric

Fulton começou um relacionamento sexual com uma mulher.

Esta mulher.

Ele pega outra foto. É um recorte de revista. A mulher está passando da meia-idade, com um vestido longo dourado de lantejoulas, sorrindo e segurando uma taça de Champanhe.

BILL SERAFINI
Essa é Rose Shulman no Met Gala em maio de 1994. Ela na época tinha 56 anos.

E, quando a festa tornou a acontecer, ela tinha um acompanhante.

Ele prende mais uma foto; Shulman outra vez, em outro vestido longo, acompanhada dessa vez por um homem alto e muito mais jovem em roupas de gala. O rosto dele não está virado para a câmera.

LAILA FURNESS
Bom, com base exclusivamente na atura e no físico, esse sem dúvida não é o Eric Fulton de North Birmingham, Alabama.

JJ NORTON
Mas na verdade não podemos ver seu rosto, podemos? Você acha que isso é deliberado?

BILL SERAFINI
Bem observado, JJ. E sim, é. Fiz uma pesquisa de outras imagens de Rose por volta dessa época, e "Eric" se destaca por sua ausência. E, quando ele é fotografado, está nitidamente fazendo o possível para não aparecer na foto.

E, como discutimos várias vezes antes, na época não havia redes sociais, então se você tomasse cuidado, tinha uma boa chance de manter seu rosto longe dos olhos do público.

                    (ergue uma sobrancelha)
Supondo sempre que você tivesse uma boa razão para
querer isso.

                        ALAN CANNING
Concordo que ele tem aproximadamente a mesma altura
e o mesmo físico de "Luke", mas o cabelo é sem dúvida
mais escuro. E mais curto.

                        LAILA FURNESS
Mas essas coisas são fáceis de mudar, não são? Como
usar óculos. Ou não.

                        ALAN CANNING
Acho que são.

                        HUGO FRASER
Então o que aconteceu com Rose? Imagino que alguma
coisa tenha acontecido, ou você não estaria nos
contando isso tudo.

                       BILL SERAFINI
                    (com expressão fechada)
No espaço de cinco meses, ele a lesou em uma quantia
na casa dos 800 mil dólares. Ainda levou várias joias
de família que ela nunca mais tornou a ver.

                          JJ NORTON
                          (irônico)
Bom sujeito.
   Nós sabemos como eles se conheceram? Pode nos dar
uma pista de como ele operava.

                       BILL SERAFINI
Ele parece ter conseguido entrar de penetra em um
vernissage em uma galeria onde ela estava. Ele disse
a ela que era artista...

                      MITCHELL CLARKE
Bom, não deixa de ser verdade, ele era a droga de um
artista *da trapaça*.

BILL SERAFINI
... e ele claramente fez sua pesquisa, porque os membros da família Shulman são reconhecidos patronos das artes e apoiam diversas instituições beneficentes para jovens pintores.

HUGO FRASER
Você acabou de dizer que "ela nunca mais *viu* suas joias". No passado.

BILL SERAFINI
(respira fundo)
Rose foi diagnosticada com câncer de mama em 1996 e morreu nove meses depois. Sua família acredita veementemente que o estresse de perder seu dinheiro foi um fator que contribuiu muito. Ela se sentiu humilhada. Não só porque ela achava que Fulton realmente gostava dela.

MITCHELL CLARKE
Acho que não havia, por acaso, ninguém da família Shulman em Londres no dia 3 de outubro de 2003, havia?

BILL SERAFINI
(dá uma risada seca)
Não, infelizmente, não. E, sim, nós verificamos.

LAILA FURNESS
(suspira)
Outro beco sem saída.

HUGO FRASER
Seu colega no departamento de polícia de Nova York tem alguma ideia do nome que nosso homem estava usando antes de se tornar Eric Fulton?

BILL SERAFINI
Infelizmente, não. Mas é seguro dizer que eles estão no caso.

>   Por falar sobre estar no caso, você falou com a
> Metropolitana sobre testar aqueles fios de cabelo, Alan?
>
>   ALAN CANNING
> Falei com a unidade de casos arquivados, e eles
> concordaram em testar o cabelo e fazer uma análise de
> DNA completa nas roupas.
>   Mas podem esperar sentados: nós vamos estar no fim
> da fila em comparação com casos atuais.
>
>   BILL SERAFINI
>   (olhando em volta)
>   O que mais temos de importante da última vez?

Ele se levanta e vai até o quadro branco, que agora vemos ter uma lista escrita com a letra de Bill.

A CÂMERA se aproxima com ZOOM.

Ian Wilson

Incidente na Austrália/ Atropelamento e fuga

O amante misterioso de Caroline

>   BILL SERAFINI
> Então, primeiro, nosso nome atual no quadro: Ian
> Wilson. E a notícia é que Tarek localizou alguns
> vídeos dele. Eles são dos anos 1990, então não são
> diretamente relevantes, mas podem nos ajudar a fazer
> um retrato do cara.

Ele aponta com a cabeça na direção da câmera, e a tela na parede ganha vida. É um trecho do BBC South News. Um jovem de corpo robusto com cabelo louro e aparelho dental, usando uma camisa de rugby listrada de verde e azul-marinho está sendo entrevistado por um jornalista que segura um grande microfone cinza. Há duas pessoas mais velhas paradas do seu lado, e atrás deles outro grupo de adultos. As cores estão esmaecidas e amareladas, e há alguns saltos no vídeo.

JORNALISTA
(para a câmera)

Estou aqui com Ian Wilson, da escola Sir William Penrose em Guildford que acabou se ser convocado para jogar pela seleção inglesa de rugby sub-16.
(virando para Ian)
Grande dia, Ian. Você deve estar muito empolgado.

IAN WILSON
(sorrindo)

É, eu estou muito satisfeito.

JORNALISTA

Soube que você joga rugby desde que estava na escola primária.

IAN WILSON
(passando a mão pelo cabelo)

É, eu costumava jogar com meu pai no jardim e acho que tudo começou aí.

JORNALISTA

Esses são sua mãe e seu pai com você aqui, estou certo? Eles devem estar muito orgulhosos.

SR. WILSON

Muito orgulhosos, muito orgulhosos. Ian se saiu extremamente bem.

Wilson dá um sorriso indulgente. Ele é uma versão mais velha e mais corada do filho; sua mulher é uma figura muito menos substancial. Ela agarra a bolsa e sorri nervosamente. Ian passa a mão pelo cabelo outra vez; ele está começando a se parecer bastante com Boris Johnson.

JORNALISTA
E acho que você está, também, com sua camisa nova
especial.

*Ian sorri e ergue uma camisa branca da Inglaterra com
uma rosa vermelha no peito. Ela nitidamente ainda não foi
usada.*

JORNALISTA
E, acredito, seu primeiro jogo vai ser no fim do mês?

IAN WILSON
(sorrindo outra vez)
É, vamos jogar contra a Escócia no dia 21.
(ele se inclina para a frente, ergue o punho e grita)
Vamos acabar com a droga dos escoceses! É!

JORNALISTA
(parecendo alarmado e virando-se depressa para a câmera)
Bom, tenho certeza de que todos desejamos todo o
sucesso para o time. De volta com você no estúdio.

A IMAGEM CONGELA.

LAILA FURNESS
Para um vídeo tão curto, foi extraordinariamente
revelador.

HUGO FRASER
Para começar, Ian Wilson é um babaquinha grosseiro e
superprivilegiado.

*Alan dá um olhar rápido para ele e parece prestes a dizer
alguma coisa, mas muda de ideia.*

MITCHELL CLARKE
Ah, o que é isso, ele, na época, era só um menino...

HUGO FRASER
Ele tinha 16 anos. As pessoas não mudam muito depois
disso. Não estou certo, Laila?

LAILA FURNESS

Bem, eu concordo que você raramente vê mudanças profundas de personalidade depois dessa idade, não sem um acontecimento significativo de gatilho...

HUGO FRASER

Aí está.

JJ NORTON

De qualquer forma, com base no que acabamos de ver, acho que o Ian adulto teria sido mais que capaz de causar sérios danos. Ele era *jogador de rugby*, pelo amor de Deus.

LAILA FURNESS

Sou propensa a concordar. E, se isso é algo em que podemos nos basear, também posso ver por que ele causou tão má impressão quando apareceu naquela casa de repouso...

HUGO FRASER
(assentindo)
E então tentou fazer pressão sobre Sylvia Carroll.

ALAN CANNING
(bem impaciente)
Nada disso faz nenhuma diferença: Peter Lascelles nos contou especificamente que Wilson tinha um *álibi*. Ele é carta fora do baralho. Isso é cachorro morto, e não consigo de jeito nenhum entender por que ainda o estamos chutando.

MITCHELL CLARKE

Nos *disseram* que ele tinha um álibi, mas ainda não sabemos qual era, sabemos? Talvez Lascelles não tenha investigado muito a fundo...

LAILA FURNESS

O que Peter falou sobre isso, Bill? Você ia falar com ele, não ia?

BILL SERAFINI
Eu ia e falei.

MITCHELL CLARKE
E o que ele disse?

BILL SERAFINI
Vamos dar uma olhada, está bem?

CORTA PARA: SEQUÊNCIA de ENTREVISTA. Bill está sentado em um pub com Peter Lascelles. Ele está tomando cerveja em uma caneca de vidro. Bill está tomando bourbon com gelo.

BILL SERAFINI
Eu ainda não entendo esse negócio dos britânicos com cerveja quente.

PETER LASCELLES
(sorrindo)
É tudo parte do pacote: vem junto com a frieza e os dentes malcuidados.
(Bill ri)
Então você queria me perguntar sobre o álibi de Ian Wilson. Claro que não tenho a liberdade de contar tudo para você, pois ainda é um caso aberto...

BILL SERAFINI
Entendido.

PETER LASCELLES
... mas uma coisa eu *posso* contar: como discutimos antes, nós investigamos Margaret e Ian Wilson em 2003, pois os dois tinham um motivo claro para querer a morte de Luke Ryder. O verdadeiro Luke Ryder, nem preciso dizer.
(respira fundo)
Falando de um de cada vez, tenho certeza de que você vai me entender se eu disser que — teoricamente falando, é claro — uma mulher de meia-idade sofrendo de artrite grave seria uma suspeita improvável de assassinar um homem de 26 anos muito em forma.

BILL SERAFINI
Não sabemos qual era sua idade *real*, é claro, mas entendi.

Entretanto — e, de novo, de forma puramente hipotética — não haveria nada que impedisse alguém nesse estado de saúde de conseguir outra pessoa para cometer o crime em seu nome. Ainda mais alguém próximo dela, que também fosse ganhar financeiramente. Como o próprio filho.

PETER LASCELLES
É claro e qualquer policial competente ia conduzir suas investigações de acordo com isso. Um filho desses seria investigado, e o álibi dele — ou dela —, verificado.

BILL SERAFINI
E?

PETER LASCELLES
Bom, como você bem sabe, Bill, alguns álibis são mais difíceis de verificar que outros em especial se, quando você for falar com a pessoa em questão, ela não estiver mais no país.

BILL SERAFINI
E acho que nessas circunstâncias você ia querer determinar exatamente quando eles partiram. Para saber se viajaram antes ou *depois* da data do crime.

PETER LASCELLES
Exatamente. E em nosso caso hipotético foi três dias depois do assassinato.

BILL SERAFINI
E a escolha desse momento não lhe pareceu suspeita? Será que não daria para pensar que eles estavam fugindo de sua jurisdição?

PETER LASCELLES
Sem dúvida seria uma consideração importante. E, mesmo que a pessoa em questão tivesse insistido

que vinha planejando aquela viagem em particular fazia algum tempo, teria sido difícil de verificar. Vinte anos atrás, a documentação de viagens não era digitalizada como é agora.

BILL SERAFINI

Mas de qualquer forma ele ainda ia precisar de um álibi para a noite em questão.

PETER LASCELLES

Certo. Mas, novamente, havia muito menos provas técnicas em que nos basear na época. Não havia muitas câmeras de segurança, mesmo nos centros das cidades, e apenas alguns celulares tinham rastreamento por GPS. Então quase todos os álibis estavam baseados em seres humanos, não em dados digitais.

BILL SERAFINI
(assentindo)

E, ao contrário de máquinas, pessoas podem mentir. E, mesmo que *achem* que estão dizendo a verdade, suas lembranças podem enganá-las. Testemunhas oculares são, como se sabe, pouco confiáveis.

PETER LASCELLES

Concordo, embora, quando um suspeito apresenta uma testemunha para servir de álibi, alguém que em tese passou diversas horas com ele na noite do crime, então as provas fornecidas devem, em teoria, ser muito mais sólidas.

Presumindo, óbvio, que a testemunha não confundiu o dia. Sem querer ou, é claro, de propósito.

BILL SERAFINI

Então estamos falando sobre um encontro fortuito naquele dia em particular ou algum tipo de relacionamento prolongado?

                    PETER LASCELLES
Para o propósito de nosso caso hipotético, vamos
supor que a pessoa em questão foi uma mulher que ele
conheceu em um bar e com quem passou a noite.

                    BILL SERAFINI
                    (assentindo)
Está bem. E vejo como pode ser difícil de confirmar em
termos de uma data exata. A menos que tivessem pagado
com cartão de crédito ou tenham ido para um hotel...

                    PETER LASCELLES
Acho que você devia supor que eles não fizeram isso.

                    BILL SERAFINI
Posso perguntar qual era a idade dessa mulher
hipotética?

                    PETER LASCELLES
Digamos na casa dos quarenta.

                    BILL SERAFINI
Certo. Está bem, vamos interromper nosso caso
hipotético por um momento e nos concentrar no de
verdade. Wilson está na casa dos vinte, certo?
Um sujeito também bem apessoado. Então, se ele
ficou com uma mulher de certa idade, eu posso
facilmente vê-lo seduzindo-a para que lhe desse
um álibi falso.

*Ele continua a falar sobre a RECONSTITUIÇÃO. VÍDEO apenas,
sem ÁUDIO. "Ian" está na cama com uma mulher mais velha.
Eles conversam, ela sorri, então assente.*

Ele pede a ela, de forma natural, enquanto ainda
estão juntos, se ela pode lhe fazer um favor, que
não é nada demais, só um pequeno incômodo com o qual
ele não quer lidar, então, caso alguém perguntasse,
ela podia contar que sua noite de paixão tinha sido
na verdade um dia antes. Ela acabou de ter a melhor

transa da qual se lembra em muito tempo. Então pensa: "Por que não?"

E, quando ela percebe que se envolveu em uma investigação de assassinato, o sr. Escorregadio já desapareceu há muito tempo, e ela está apavorada demais para mudar sua história e contar a verdade.

PETER LASCELLES
(pega sua cerveja)
Você com certeza sabe contar uma boa história. Já pensou em escrever um romance? Você daria um belo desafio para aquele tal de Ian Rankin.

BILL SERAFINI
(sorrindo)
Obrigado. Mas você acha plausível, como um roteiro?

PETER LASCELLES
Plausível demais. E, hipoteticamente falando, com certeza teríamos apresentado exatamente essa série de acontecimentos para a testemunha.

BILL SERAFINI
Mas ela não se alterou. E nunca mudou de ideia desde então, ou não estaríamos tendo essa conversa.

PETER LASCELLES
Você pode achar isso; eu não poderia comentar.

BILL SERAFINI
E acho que essa noite de paixão foi longe demais de Londres para que nosso homem estivesse em dois lugares ao mesmo tempo?

PETER LASCELLES
Longe o bastante, imagino.

BILL SERAFINI
E também acho que você nunca teve causa provável para fazê-lo fornecer DNA ou digitais?

PETER LASCELLES
Mais uma vez, você poderia muito bem pensar isso.
(pausa)
Está pensando em turistar enquanto estiver por aqui, Bill?

BILL SERAFINI
Bem...

PETER LASCELLES
Há um lugar ótimo para visitar. E não muito longe de Londres se é que você me entende. Como Salisbury, por exemplo.

BILL SERAFINI
(franze o cenho por um momento, então compreende)
Ah, está falando do lugar onde aqueles dois russos tentaram matar aquele desertor, Serguei alguma coisa?

PETER LASCELLES
Skripal. E eles disseram que estavam lá apenas para "ver a catedral". Ah, valeu, como diriam meus netos.

BILL SERAFINI
Ainda não sei bem o motivo de...

PETER LASCELLES
Tem uma pousada ótima lá que eu recomendo. Conheci a dona do local, hã... Acho que vai fazer uns vinte anos, agora.

BILL SERAFINI
(devagar)
Certo.
 Entendi.
Parece que realmente vale meu tempo.

PETER LASCELLES
Tenho certeza de que você não vai se arrepender.
(sorrindo)
E a catedral também é muito bonita.

CORTA PARA: *Estúdio.*

HUGO FRASER
Imagino que você tenha entendido a dica. Quero dizer, ele foi bem explícito.

BILL SERAFINI
Eu certamente entendi, Hugo, e ele com certeza foi.
(sorri)
E ele também estava certo sobre aquela igreja antiga.

CORTA PARA: *IMAGENS de Bill sentado à mesa de um café com vista para um gramado que leva à catedral de Salisbury. O sol está brilhando, mas é possível ver que faz frio, pois ele usa um casaco de couro além dos óculos, que eram sua marca registrada. Há uma mulher sentada em frente a ele, de costas para a câmera. Vemos que ela é magra, com cabelo curto bem cortado no qual ela tinha feito luzes com um profissional. Ela veste um casaco de pele sintética cor de chocolate. Legenda: "Christine."*

BILL SERAFINI
Acho que devemos começar dizendo que você concordou em falar conosco desde que protejamos sua identidade, e é por isso que vamos chamá-la de Christine.

E a razão pela qual queremos falar com você é porque você foi a mulher que forneceu um álibi para a noite de 3 de outubro de 2003 para Ian Wilson.

"CHRISTINE"
Forneci, sim.

BILL SERAFINI
Você pode relembrar aquela noite?

"CHRISTINE"
(rindo, uma risada rouca de fumante)
Bem, não sei *ao certo* a que nível de detalhe você quer que eu chegue...

>BILL SERAFINI
>(com um sorriso irônico)

Vamos manter isso no nível família.

>"CHRISTINE"

Está bem. Eu estava trabalhando em um bar na cidade na época. Faz muito tempo agora, mas era um lugar bem descolado. Eu era a gerente, então não ficava no atendimento ao público o tempo todo, mas obviamente entrava e saía a noite inteira.

>BILL SERAFINI

E foi assim que você conheceu Ian?

>"CHRISTINE"

Foi. Ele, para ser honesta, chamou a atenção. Não tem muitos caras que aparecem sozinhos. Eles em geral estão com namoradas ou amigos, não sozinhos. Duas garotas tentaram chamar sua atenção ao longo da noite, mas ele não pareceu interessado.
>(ri)

Na verdade, eu estava começando a me perguntar se ele era gay. Embora eu não soubesse o que estaria fazendo em nosso bar se fosse, já que tinha um bar gay a cinquenta metros na mesma rua.

>BILL SERAFINI

Então o que aconteceu?

>"CHRISTINE"

Por volta da meia noite, eu saí para fumar um cigarro. Estava congelando, mas era proibido fumar lá dentro, então eu não tinha escolha. Alguns minutos depois, ali estava ele.

>BILL SERAFINI

Ele também estava fumando?

>"CHRISTINE"

Não. Eu lhe ofereci um, mas ele disse que não fumava. Disse que só queria um pouco de ar fresco.

> BILL SERAFINI

Que nome ele deu a você?

> "CHRISTINE"

Ian.

> BILL SERAFINI

Só isso?

> "CHRISTINE"

Só Ian. Eu nunca soube seu sobrenome.

> BILL SERAFINI

Então o que aconteceu em seguida?

> "CHRISTINE"

Nós começamos a conversar, e eu disse que era chato trabalhar no meu aniversário, e ele insistiu em me pagar uma taça de champanhe. A gente não podia beber durante o trabalho, mas, dane-se, achei que merecia.

> BILL SERAFINI

Então você tornou a entrar?

> "CHRISTINE"

Isso. E ele pagou o espumante...

> BILL SERAFINI

Não me diga... em dinheiro?

> "CHRISTINE"

É. Então nós nos sentamos no bar, e de repente surge uma despedida de solteira. Um bando de garotas com cabelos modelados e tiaras, e as saias mostrando a calcinha e eu pensei, ah, bem, foi bom enquanto durou.
  Mas, sim. Quero dizer, durou. Ele não pareceu interessado nelas. Nós fomos para uma mesa, uma coisa levou à outra, e terminamos no meu apartamento.

BILL SERAFINI
E tem certeza de que ele ficou a noite inteira
com você?

"CHRISTINE"
(ri de novo)
Ah, tenho. Acho que a gente não dormiu muito.

BILL SERAFINI
E acho que pelo fato de ser seu aniversário você
tinha certeza da data, quando a polícia apareceu?

"CHRISTINE"
Você se lembra de *seus* quarenta anos?

BILL SERAFINI
Com certeza...

"CHRISTINE"
Certo. E aposto que o meu foi muito mais memorável
que o seu. Sem ofensa.

BILL SERAFINI
(sacudindo a cabeça e sorrindo)
Não me ofendi.

"CHRISTINE"
Então, é, eu não tive nenhum problema em me lembrar.
E não se esqueça de que os policiais apareceram
apenas algumas semanas depois.

BILL SERAFINI
Outros funcionários do bar se lembraram dele também?

"CHRISTINE"
Eles certamente o reconheceram, mas não tinham
certeza se tinha sido na sexta-feira ou no sábado, só
que foi naquele fim de semana.

BILL SERAFINI
Entendi. Então quando você falou com a polícia, como
a identidade foi confirmada?

"CHRISTINE"
Peter me mostrou uma foto. Parecia tirada de um passaporte.

BILL SERAFINI
Peter Lascelles, o investigador-chefe?

"CHRISTINE"
Isso mesmo.

BILL SERAFINI
E você teve 100% de certeza de que era o mesmo homem com quem você tinha passado aquela noite?

"CHRISTINE"
Certeza absoluta.

CORTA PARA: *Estúdio. Bill ainda está junto do quadro branco.*

JJ NORTON
Então se acreditarmos nessa "Christine", Ian Wilson não pode ter sido o assassino.

BILL SERAFINI
Certo.

LAILA FURNESS
E você? Acreditou nela?

BILL SERAFINI
Acreditei, sim. Ela manteve contato visual comigo o tempo todo, sem piscar rápido, nenhum dos indicativos corporais de mentira.
    Então, para resumir, acho que devemos pausar a coisa de Ian por enquanto. Pelo menos, até que surjam novas provas.

ALAN CANNING
(em voz baixa)
Graças a Deus por isso.

BILL SERAFINI
Então em seguida vem o outro lado do mundo. Mitch?
Mais alguma coisa pelo viés de Sydney?

MITCHELL CLARKE
Nada novo, receio. Embora eu tenha feito uma pesquisa
na imprensa britânica na época em que Caroline e
"Luke" se casaram. Basicamente para ver a facilidade
com que a família da vítima de atropelamento e fuga
poderia localizá-lo agora. E isso foi o que eu
descobri.

CORTA PARA: MONTAGEM de cobertura jornalística.

CAROLINE HOWARD E LUKE RYDER
PLANEJAM UM CASAMENTO ÍNTIMO E ROMÂNTICO EM CASA

PRÓXIMOS CASAMENTOS
Sr. L. Ryder e a sra. C. J. Howard
O casamento anunciado é entre Luke, filho dos falecidos Brian e Maureen Ryder, de Kalgoorlie, Austrália Ocidental, e Caroline, viúva de Andr

CASAMENTO FELIZ DE RYDER COM SUA DOCE CAROLINE

MITCHELL CLARKE
Também houve cobertura quando eles foram a uma
festa de gala em Holland Park, que ocorreu apenas
seis semanas antes do assassinato. Embora eu não
pudesse encontrar muito em termos de fotos, fosse do
casamento ou depois, as que eu encontrei eram em sua
maioria dela, não dele.

LAILA FURNESS
Nosso homem evitando ser fotografado outra vez?

MITCHELL CLARKE
Pode ser. Mas isso nos mostra que, se você tivesse um nome, havia muitas menções a Ryder na imprensa para alguém localizá-lo. Há até referências a ele ser australiano.

BILL SERAFINI
Está bem, anotado. Obrigado. Então o próximo é o amante não tão misterioso de Caroline, Alan?

ALAN CANNING
Na verdade, acho que finalmente fiz algum progresso. Eu localizei o proprietário de um MGB vermelho que podia se encaixar no papel. Só falei com a pessoa pelo telefone, mas parece promissor.

BILL SERAFINI
Estou impressionado. Então, quem é o cara?

ALAN CANNING
Não é um homem, é uma mulher. Ela vivia na área de Kensington na época e emprestava o carro para o irmão com frequência.

HUGO FRASER
Qual é o nome dela?

ALAN CANNING
(sem olhar para ele)
Prefiro não dizer agora, não até eu descobrir mais coisas.

HUGO FRASER
(de testa franzida)
Isso me parece um pouco esquisito.

MITCHELL CLARKE
(sorrindo)
Calma, rapaz, ou alguém pode achar que você tem alguma coisa a esconder...

                    HUGO FRASER
                    (depressa)
Bom, disso você deve entender bem...

                  MITCHELL CLARKE
O que quer dizer com isso?

                   BILL SERAFINI
                   (intervindo)
Ei, tenho certeza de que Hugo estava se referindo
apenas ao fato de que você foi alvo desse caso por
algum tempo, não foi, Mitch? Certo, Hugo?

Nenhum dos homens diz nada; há uma pausa desconfortável. Então, de repente, há o barulho de movimento por trás da câmera.

Nick vincent aparece no quadro. Ele está bronzeado e usando uma camisa com a gola aberta. No momento seguinte, surge outra pessoa atrás dele. O recém-chegado é magro, tem o cabelo escuro um pouco comprido, usa óculos e uma camiseta cinza com a logomarca da UCLA na frente. Ele segura um laptop e uma pilha de papéis. Parece um pouco desconfortável.

                NICK VINCENT (produtor)
Certo, gente, acho que essa pode ser uma boa hora
para atualizar todos vocês em relação a algo em que
Tarek estava trabalhando. Nós ouvimos seu nome ser
mencionado mais de uma vez ao longo da série, mas
até agora ele sempre esteve do outro lado da câmera.
Dessa vez ele vai aparecer na tela, porque descobriu
coisas bem animadoras.

                    TAREK OSMAN
     (empurrando os óculos para o alto do nariz)
Sem pressão, hein, Nick?

                NICK VINCENT (produtor)
Não se menospreze, garoto. Enfim, vou deixar que você
explique.

Nick dá a volta na mesa e se encosta no batente da janela, dando um tapinha de leve no braço de Tarek ao passar.

CLOSE de Tarek quando ele puxa uma cadeira e se senta.

TAREK OSMAN
(mexendo no laptop e nos papéis)
Muito bem. Então, eu e a equipe investigamos mais a fundo "Luke Ryder" para ver se conseguíamos descobrir mais sobre seu passado. E conseguimos desencavar uma coisa, sobre quando ele estava em Assos.

VÍDEO de Tarek em locação na Grécia. PANORÂMICA da baía: barcos de pesca, tavernas na beira do cais, casas de cores vivas e colinas azuladas por trás.

CORTA PARA: Tarek caminhando por uma rua — trepadeiras floridas nas paredes, um gato piscando ao sol, mesas e cadeiras em frente a um bar. Ele para em frente ao local e se volta para a câmera. Ele não está usando óculos escuros e semicerra um pouco os olhos.

TAREK OSMAN
Vocês devem lembrar que Rupert Howard não tinha nenhuma foto dele com Luke do verão em que se conheceram por lá, e nós também não conseguimos descobrir nada de útil na internet. Por isso decidimos que talvez valesse a pena vir até aqui e conversar com pessoas.

CORTA PARA: Interior de um bar. Tarek está com um homem na casa dos quarenta anos. As paredes são pintadas de azul-esverdeado, com um piso branco e móveis de madeira brancos.

TAREK OSMAN
Estou aqui com George Nicolaides, que assumiu o bar de seu pai há dez anos. Acho que estou certo em supor

que você não estava em Assos no verão em que Luke Ryder trabalhou aqui, não é?

GEORGE NICOLAIDES
(falando inglês perfeito com um leve sotaque americano)
Não, eu estava na universidade na época e tirei o verão para viajar.

TAREK OSMAN
E, olhando ao redor, você evidentemente reformou o bar desde 1998.

GEORGE NICOLAIDES
Isso mesmo. Nós o reformamos todo quando eu assumi. Ele tinha um visual muito mais tradicional quando era do meu pai.

TAREK OSMAN
Quase irreconhecível em relação ao que é agora, certo?

GEORGE NICOLAIDES
(rindo)
É possível dizer isso, sim. Meu pai era um acumulador terrível, não jogava nada fora até estar caindo aos pedaços. No fim, os móveis não combinavam e ele tinha pôsteres que eram mais velhos que eu. Mas na verdade isso acabou ajudando. Quer dizer, a você.

TAREK OSMAN
É, fale mais sobre isso.

GEORGE NICOLAIDES
O lugar era assim antes de começarmos a reforma.

Ele passa por uma foto. A CÂMERA dá um ZOOM para mostrar o bar com um quadro de cortiça ao fundo, coberto por camadas de bolachas de cerveja, folhetos de táxis, post--its e fotos, muitas das quais com os cantos enrolados.

Como você pode ver, muitas daquelas coisas tinham anos de idade.

                    TAREK OSMAN
    Mas você não jogou tudo isso fora? Quer dizer, quando
    fez a reforma?

                    GEORGE NICOLAIDES
    Não, nós encaixotamos tudo e demos para meu pai. Ele
    nunca teria me perdoado se eu tivesse jogado isso
    fora.

                    TAREK OSMAN
    E é por isso que temos que agradecer a ele por essas...

CORTA PARA: SEQUÊNCIA de três FOTOS. A primeira é de
"Luke" e Rupert Howard, com os braços em torno dos
ombros um do outro, nitidamente bêbados. Alguém tinha
escrito "Amigos de Assos" com uma esferográfica no canto
inferior. A segunda é do bar. É tarde da noite e as luzes
estão baixas. Rupert pode ser visto a uma das mesas com
um grupo de jovens da sua idade, com copo na mão, com
o rosto levemente vermelho. Mais ao fundo, e não tão
visível, "Luke" está sentado a uma mesa com uma mulher;
ela está na casa dos quarenta, com cabelo escuro curto.
Apenas parte de seu rosto está visível.

Na terceira foto, ela e "Luke" estão parados sob o sol na
rua em frente ao bar; ela está usando óculos escuros e um
chapéu, ele está com o braço ao seu redor, puxando-a bem
para perto. Ela está sorrindo para ele, com uma das mãos
tocando o cabelo dele. A foto parece ter sido tirada de
dentro do bar sem o conhecimento de nenhum dos dois. Não
há mais ninguém visível no retrato.

A CÂMERA mostra os dois homens olhando para as fotos
sobre a mesa.

                    TAREK OSMAN
    Você tem alguma ideia de quem é essa mulher?

GEORGE NICOLAIDES
Infelizmente, não. Como eu disse, estava fora naquele verão. Falei com meu pai sobre isso e ele se lembrava de seu rosto, mas não de seu nome. Ele disse que tinha quase certeza de que ela era inglesa e estava alugando um apartamento em algum lugar na cidade, mas isso foi tudo o que eu consegui descobrir.

CORTA PARA: Estúdio. A equipe se remexe um pouco em suas cadeiras. Há muita informação nova para digerir ao mesmo tempo.

TAREK OSMAN
Também conversamos com alguns dos moradores mais antigos enquanto estávamos em Assos, e uma senhora achava que o nome da mulher podia ser Irene. Mas outra pessoa disse Carrie, então não dá para ter a menor ideia.

LAILA FURNESS
Mas se ela estava alugando um lugar ali deve haver algum tipo de documento...

TAREK OSMAN
É possível, mas, tanto tempo depois, seria um milagre que alguém ainda tivesse isso e, de qualquer forma, aluguéis como esses podem ser bem informais na Grécia.

HUGO FRASER
O que quer dizer "evitar impostos".

BILL SERAFINI
Mas isso nos dá outra vítima em potencial das armações de "Luke", e outro grupo de suspeitos que podem ter desejado localizá-lo.

LAILA FURNESS
(para Tarek)
E Rupert, ele se lembrou dessa mulher?

TAREK OSMAN
(dá um suspiro e sacode a cabeça)
Era de se imaginar que se lembrasse, não é? Ou que a foto tivesse despertado alguma coisa, mas, infelizmente, não. Ele disse que tinha uma vaga lembrança de vê-la por lá, mas que não tinha ideia de que estivesse acontecendo alguma coisa entre ela e Luke.

LAILA FURNESS
Embora, como você disse, tenha sido há muito tempo. Se ela estava na casa dos quarenta, então agora teria mais de sessenta.

ALAN CANNING
E quase impossível de ser localizada. Seria mais uma perda de tempo completa, e isso supondo que *houvesse* algum tipo de relacionamento entre eles, o que não estou *nem um pouco* convencido de que fosse o caso. Não com base na droga de uma foto.

BILL SERAFINI
Não tenho tanta certeza — quer dizer, não sei você, Alan...

Ele aponta para a terceira foto onde ela está presa no mural.

... mas eu não ajo assim com mulheres aleatórias que conheço em bares.

ALAN CANNING
(ficando irritado)
Talvez você não, mas alguns homens fazem isso, ainda mais canalhas egoístas como esse "Luke" sem dúvida era.

LAILA FURNESS
(em voz baixa)
Eita, a situação ficou tensa do nada...

NICK VINCENT (produtor)
Tudo bem, gente, não vamos nos debruçar tanto sobre isso nesse estágio, há muitas outras pistas que ainda não seguimos totalmente...

BILL SERAFINI
É justo. Você está no comando.

NICK VINCENT (produtor)
Na verdade, há mais uma coisa que precisamos dividir com vocês.

A equipe troca olhares: o que é agora?

MITCHELL CLARKE
(com uma jocosidade um tanto forçada)
Então o que mais vocês estão escondendo?

NICK VINCENT (produtor)
Não "escondendo", exatamente, Mitch. É algo que Fabio descobriu.

JJ NORTON
(franzindo as sobrancelhas)
Fabio, o editor de vídeo?

NICK VINCENT (produtor)
Exatamente.

Tarek abre o laptop. A tela na parede oposta ganha vida.

TAREK OSMAN
Está bem. Há algum tempo, Guy nos deu velhas filmagens de família para usarmos como imagens de fundo. Nós digitalizamos todas elas, mas, sendo bem sincero, não achamos que iam nos contar muita coisa — imagens de fundo úteis, obviamente, mas era mais um trabalho de produção que de pesquisa. Por isso foi Fabio quem descobriu, não eu.

Ele digita no teclado e, ao fazer isso, Nick se aproxima e para ao lado da tela.

VÍDEOS começam a passar. Mostram o casamento de Caroline e Andrew Howard. Imagens levemente saltadas, cores esmaecidas e não há som. Eles são retratados na escada da velha prefeitura de Chelsea, em seguida sentados juntos na recepção, fazendo um brinde e cortando o bolo. Parecem envergonhados e passam a sensação de ser tudo um pouco armado.

A cena muda para a lua de mel. Areia branca e palmeiras. A CÂMERA faz uma PANORÂMICA, sem muita firmeza, para mostrar casais na praia e no mar, e então surge Caroline sentada em uma toalha, aplicando protetor solar. Ela usa óculos escuros grandes e espelhados e um maiô de aspecto um tanto antiquado.

<u>GUY HOWARD (off)</u>
(rindo)
Como sempre, minha mãe era a única que não estava de biquíni. Ela odiava essas coisas. As garotas compraram um para ela de aniversário uma vez, mas ela se recusou a usá-lo.

<u>TAREK OSMAN</u>
(empurrando os óculos para o alto do nariz)
Na verdade, acho que podemos estar prestes a descobrir por quê.

A tela agora mostra Caroline em um quarto de hotel. O clima é bem diferente — mais íntimo, mais bem-humorado. Ela está sentada na cama de costas para nós, secando o cabelo e vestindo apenas roupa íntima, mas está segurando um espelho e podemos ver o reflexo de Andrew enquanto ele a filma. Depois de um ou dois minutos, ela se vira, rindo, estende a mão e afasta a câmera; a lente mergulha, vira de cabeça para baixo, depois a tela fica em branco. Toda a sequência leva apenas alguns segundos. Tarek aperta o pause, então olha em torno da mesa.

                    MITCHELL CLARKE
    É para ter alguma coisa aí? Porque eu não consigo ver.

Tarek retrocede a imagem e passa a última cena outra vez, congelando alguns frames antes do fim, então dá um ZOOM em Caroline.

                    LAILA FURNESS
                      (surpresa)
    Ah, meu Deus, isso é o que eu acho que é?

                    JJ NORTON
                (assentindo lentamente)
    Com toda certeza.

                    MITCHELL CLARKE
    Vocês se importam de compartilhar? Ainda não estou entendendo nada.

                    JJ NORTON
               (se levanta e vai até a tela)
    Para ser justo, não é tão fácil ver, não a menos que você saiba o que procura. Esta linha aqui, logo acima da linha da calcinha. Essa é uma cicatriz de operação.

                    MITCHELL CLARKE
    Como assim, ela fez uma apendicectomia, ou algo assim?

                    ALAN CANNING
                  (balançando a cabeça)
    Não, não é isso. Eu já vi isso antes em autópsias. É de uma cesariana.

                    MITCHELL CLARKE
                    (se dando conta)
    Merda, ela teve um *bebê*. E *antes* de se casar com Andrew Howard.

                    TAREK OSMAN
Essa é a conclusão óbvia, sim. Claro, não tivemos
acesso a seus registros médicos, e provavelmente não
vamos conseguir...

*Há uma comoção repentina. A CÂMERA gira e mostra por um
instante uma imagem um pouco fora de foco de Guy. Ele
parece aterrorizado. Então vira de costas, e a CÂMERA o
perde de vista. Há o som de passos e uma porta bate.*

                NICK VINCENT (produtor)
Desculpe, pessoal, acho que isso foi um golpe e tanto
do nada para Guy.

                    LAILA FURNESS
            (olhando para Nick, nitidamente chocada)
Ah, meu Deus, ele não *sabia*?

                    HUGO FRASER
            (em voz baixa, com um tom sarcástico)
É evidente que não.

                    LAILA FURNESS
                    (para Nick)
Você não acha que devia ter falado com ele? Tê-lo
alertado sobre o que você descobriu e no que isso
implicava? Quer dizer, tirando o fato de que ele é
o *diretor* disso tudo, jogar uma coisa dessas em cima
dele, *na frente da câmera*...

                    HUGO FRASER
Exato.
                    (encarando Nick)
O que você acharia de ser emboscado desse jeito? O
cara tem um irmão ou uma irmã que nunca viu, que ele
nem sabia que tinha.

                    BILL SERAFINI
Está bem, todos podemos concordar que a revelação foi
um pouco brusca, mas a informação ainda muda o jogo,
certo?

                    NICK VINCENT (produtor)
                  (sorrindo, não muito satisfeito)
            Com certeza muda, Bill. Com certeza muda.

FADE OUT

– CRÉDITOS FINAIS –

Data: Sexta-feira, 09/06/2023, 9h14   **Importância:** Alta
De: Alan Canning
Para: Nick Vincent
CC: Guy Howard, Hugo Fraser, Mitch Clarke, Laila Furness, Bill Serafini, JJ Norton

Assunto: Sua abordagem

Nick,

Estou escrevendo para expressar minha frustração e — sinceramente — irritação pelo modo como lidou com o último episódio.

Tenho certeza de que todos compreendemos a necessidade de criar "ganchos" para o público, e concordo que você fez esse alerta explicitamente no começo, mas não precisa manter todos nós completamente no escuro para conseguir isso. É o tipo de coisa que faz com que nós nos sintamos — e provavelmente pareçamos — tolos. Não posso crer que alguém ache aceitável ser emboscado desse jeito na TV. Ainda mais em um contexto em que estão sendo apresentados como "testemunhas especializadas". Nós merecemos algum respeito.

Espero estar falando por todos nós quando digo que gostaria que você garantisse que isso não vai tornar a acontecer.

Alan

Data: Sábado, 10/06/2023, 11h17   **Importância:** Alta
De: Laila Furness
Para: Bill Serafini

Assunto: o e-mail de Alan

Oi, Bill.

O que você acha disso tudo? Alan está coberto de razão, mesmo que expresse isso de forma um tanto enfadonha (nossa, que novidade). Concordo que Nick agora está forçando a barra, mas, sem nunca ter feito antes um trabalho para a TV, fico relutante em avaliar isso como apenas parte do jogo.

Alguma reflexão?

L

Data: Domingo, 11/06/2023, 12h45
De: Bill Serafini
Para: Laila Furness

Assunto: Re: o e-mail de Alan

Laila,

Em minha opinião, Alan está apenas sendo falastrão como sempre. Eu estou me mantendo bem fora disso.

B

Data: Domingo, 11/06/2023, 16h39   **Importância:** Alta
De: Alan Canning
Para: Nick Vincent
CC: Guy Howard, Hugo Fraser, Mitch Clarke, Laila Furness, Bill Serafini, JJ Norton

Assunto: Fwd: Sua abordagem

Só pra saber: vocês receberam isso?

MENSAGENS DE TEXTO ENTRE MAURA E AMELIE HOWARD, 7 DE JUNHO DE 2023, 17H49

> Bem, isso foi uma merda

> O que aconteceu?

> A merda da Shirley Booker, foi isso o que aconteceu

> A vaca velha, o que ela tem a ver com isso?

> Ela disse a eles que nós odiávamos Luke. Ou seja lá qual era o nome dele

> Ah

> Infelizmente fiquei um pouco chorosa

> Ei, você está bem?

> Acho que foi a primeira vez que eu pensei de verdade nele e em como ele era com mamãe

> Sei como você se sentia em relação a ele na época, mas ele fazia a mamãe feliz

> Eu sei

> E olhando para ela hoje em dia

> ☹

> Sinto muito, Maurie

> Queria que houvesse alguma coisa que eu pudesse fazer

> Não, é melhor você ficar fora disso

> Só espero que Guy saiba pelo que ele está nos fazendo passar em nome de sua maldita "carreira"

> É mesmo

**MENSAGEM DE VOZ DEIXADA PARA TAREK OSMAN
POR BILL SERAFINI, 8 DE JUNHO DE 2023, 9H45**

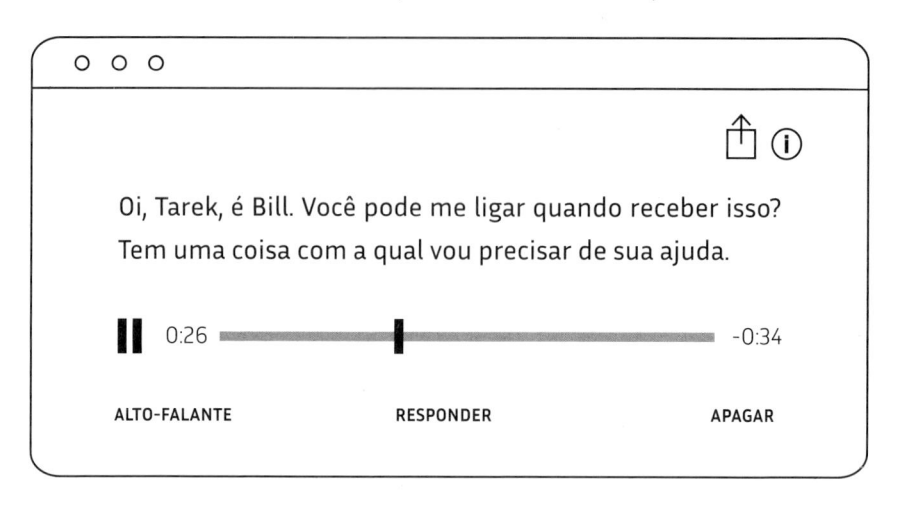

Oi, Tarek, é Bill. Você pode me ligar quando receber isso? Tem uma coisa com a qual vou precisar de sua ajuda.

0:26   -0:34

ALTO-FALANTE   RESPONDER   APAGAR

**MENSAGEM DE VOZ DEIXADA PARA TAREK OSMAN POR NICK VINCENT,
9 DE JUNHO DE 2023, 20H03**

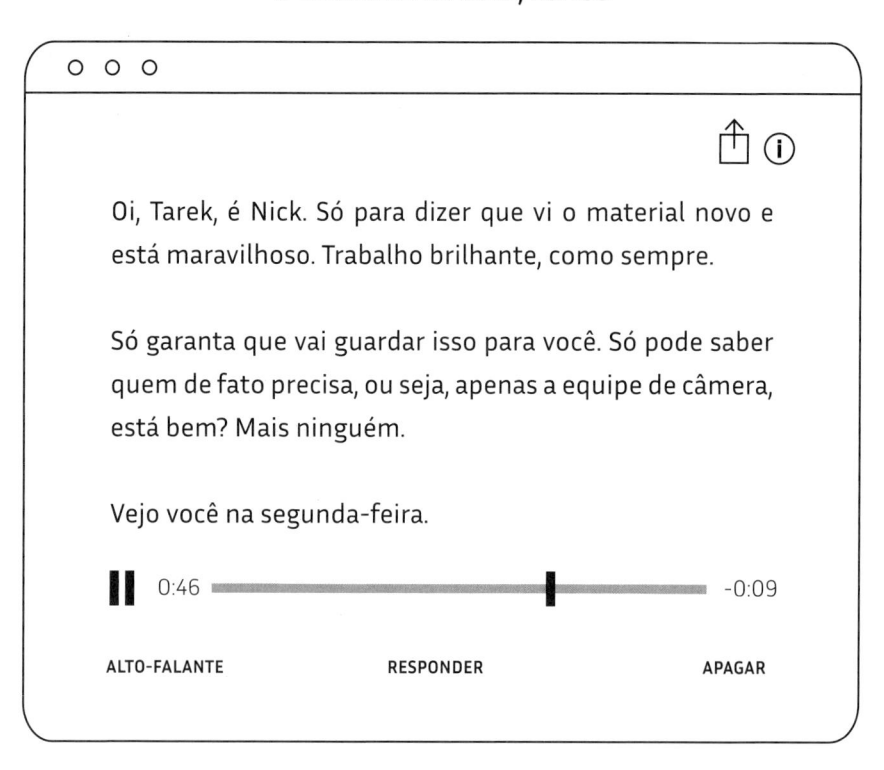

Oi, Tarek, é Nick. Só para dizer que vi o material novo e está maravilhoso. Trabalho brilhante, como sempre.

Só garanta que vai guardar isso para você. Só pode saber quem de fato precisa, ou seja, apenas a equipe de câmera, está bem? Mais ninguém.

Vejo você na segunda-feira.

0:46   -0:09

ALTO-FALANTE   RESPONDER   APAGAR

EPISÓDIO CINCO

TRANSMISSÃO | 15 DE OUTUBRO

INFAME

QUEM MATOU LUKE RYDER?

UMA SÉRIE DOCUMENTAL ORIGINAL DA SHOWRUNNER

TELEVISÃO The Times, 16 de outubro de 2023

QUAL É O PREÇO DA VERDADE?

INFAME PODE SER UM NOVO TIPO DE REALITY, MAS O CUSTO É REAL DEMAIS

ROSS LESLIE

INFAME: QUEM MATOU LUKE RYDER?
Showrunner

Ela nos levou de Ambleside ao Alabama, e agora até Assos, enquanto a equipe de especialistas de *Infame* continua a investigar o evasivo "Luke Ryder", um homem cuja habilidade de morfar tranquilamente por toda uma sequência de identidades diferentes com certeza deve colocá-lo no alto da lista para se tornar o próximo Dr. Who.

Eu falei antes sobre a ressonância psicológica deste caso e como tem sido atraente sua exploração de relacionamentos familiares complexos. O episódio de ontem à noite acrescentou uma nova camada de complexidade e verdadeira aspereza quando Nick Vincent, o produtor de *Infame*, revelou "ao vivo" na tela que Caroline Howard Ryder teve um bebê quando ainda era adolescente. Isso claramente foi um choque completo para seu filho, Guy, diretor do programa, o que seguramente resultou em um episódio impossível de parar de assistir, mesmo que tenha feito com que eu me perguntasse se tínhamos enfim cruzado a linha notoriamente difusa entre assistir a um programa e o voyeurismo.

Não foi a primeira vez que fui levado a refletir sobre as questões éticas levantadas por este gênero; algumas semanas atrás me referi a *Infame* como o melhor reality show de true crime da TV. Mas captar até um breve vislumbre do sofrimento e da expressão assombrada de Guy Howard ontem à noite foi um lembrete poderoso do custo humano desse tipo de TV. Na frase memorável de T.S. Eliot, com certeza não se deve pedir a ninguém envolvido nesses crimes para suportar tanta "realidade" quanto isso.

INFAME/LUKE RYDER Entrar

Minha nossa, aquele Nick Vincent sabe como acender um pavio e sair fora
KABOOM!

publicado há 5 horas por Slooth
6 comentários   compartilhar   ocultar   denunciar

> Filho da mãe traiçoeiro. E vocês viram Guy? Isso é que é ser emboscado, coitado. Eu ia adorar ser uma mosca na parede na próxima reunião *deles*...
>
> publicado há 4 horas por MsMarple99
> 2 comentários   compartilhar   ocultar   denunciar

Tenho que dizer que acho que eles foram longe demais ontem à noite. Não foi apenas a coisa de Guy sobre a qual eles estão falando nos jornais — foi a violação da privacidade de Caroline. Ela pode ter Alzheimer, mas não está *morta*. Ela merece a mesma consideração que todo mundo.

publicado há 5 horas por AngieFlynn77
28 comentários   compartilhar   ocultar   denunciar

> Estou com você nessa, Ange. Isso com certeza pegou mal
>
> publicado há 2 horas por MsMarple99
> 2 comentários   compartilhar   ocultar   denunciar

> Mas em termos da investigação não foi muito importante? Não me entendam mal, eu também achei desconfortável, mas afinal é isso o que o programa devia estar fazendo: descobrir o máximo possível de informação nova que possa ser relevante. Isso às vezes pode ser problemático
>
> publicado há 4 horas por Investig4dor
> 2 comentários   compartilhar   ocultar   denunciar

> > Desculpe, mas ainda é preciso tratar as pessoas com alguma dignidade
> >
> > publicado há 4 horas por AngieFlynn77
> > compartilhar   ocultar   denunciar

Aquela cena com o louco do Bill e aquela mulher "Christine" foi simplesmente hilariante #vamosmanteronívelfamiliar #suandonoslençóis 😂

📤 publicado há 3 horas por RonJebus
5 comentários   compartilhar   ocultar   denunciar

> E o Sherlock Serafini atacou *de novo*. Toda aquela história de Rose Shulman. Quer dizer, quem tem essa sorte toda com tanta frequência? Só me lembrem de nunca jogar pôquer com esse cara... 😌 😃
>
> Publicado há 3 horas por PaulWinship007
> compartilhar   ocultar   denunciar

Mais alguém jogando o bingo do MGB vermelho? Um grande viva toda vez que ele for mencionado

📤 Publicado há 3 horas por Brian885643
7 comentários   compartilhar   ocultar   denunciar

> Isso está me deixando louco e vejo as malditas coisas por toda parte agora 🤓
>
> 📤 publicado há 2 horas por 123Jackdetodososnegócios
> 2 comentários   compartilhar   ocultar   denunciar

O que foi aquilo entre Hugo F e Mitch? Parece até que tem outra pauta rolando da qual nós não sabemos

📤 publicado há 2 horas por FanaticoporTC88
12 comentários   compartilhar   ocultar   denunciar

> Também fiquei curioso — você acha que é possível que eles realmente se *conheçam*? Quero dizer, trabalhos muito diferentes e tal, mas, como todo mundo sempre diz, Ladbroke Grove fica pertinho de Campden Hill, e HF com certeza sabe se virar por *essa* parte da cidade (para começar, aquela coisa de clube de tênis/squash)
>
> 📤 publicado há 2 horas por NoddyHolder1977
> 27 comentários   compartilhar   ocultar   denunciar

>> Concordo. Com certeza devemos ficar de olho nele.
>>
>> 📤 publicado há 2 horas por TruCrimr
>> 31 comentários   compartilhar   ocultar   denunciar

EPISÓDIO SEIS

GRAVAÇÃO

ELENCO
Alan Canning (AC)
Mitchell Clarke (MC)
Hugo Fraser (HF)
Laila Furness (LF)
JJ Norton (JJN)
Bill Serafini (WS)

CHAMADA DA EQUIPE: 8H15
CÂMERA PRONTA: 8H30

PROGRAMAÇÃO DO DIA

**INFAME:
Quem matou
Luke Ryder?**

Terça-feira
11 de julho de 2023

EPISÓDIO 6:
ESTÚDIO
DIA 1 DE 4

PRODUTOR Nick Vincent
DIRETOR Guy Howard
EDITOR Fabio Barry
PESQUISADOR
Tarek Osman
ASSIST. DE PROD.
Jenni Tate
GERENTE DE LOCAÇÃO
Guy Johnson

Café da manhã no set
a partir das 8h30

Almoço a partir das 12h45

Previsão de término: 17h30

*Nota para elenco: cenas externas devem ser filmadas primeiro, vista-se adequadamente

LOCAÇÃO Frobisher Studios
Kingston Road, 131-137
Maida Vale, oeste de Londres

OBSERVAÇÕES:
Vagas de estacionamento limitadas no local.
O metrô mais próximo é o de Warwick Avenue.
Telefone de contato para emergências: 07000 616178.

EQUIPE

Cargo	Nome	Telefone	Chamada	Cargo	Nome	Telefone	Chamada

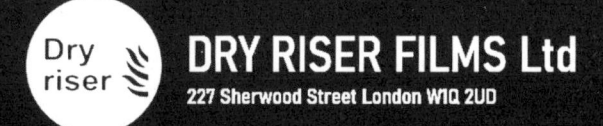

Dry riser

DRY RISER FILMS Ltd
227 Sherwood Street London W1Q 2UD

SEQUÊNCIA DE CRÉDITOS: MONTAGEM em P&B em estilo arthouse com imagens e recortes curtos: cobertura da época dos noticiários sobre cena de crime, fotos de família

CANÇÃO-TEMA - "It's Alright, Ma (I'm Only Bleeding)" [Bob Dylan] da trilha sonora de Sem destino [1969]

FIM DOS CRÉDITOS

INFAME

FADE IN

QUEM MATOU LUKE RYDER?

FADE OUT

FRAME NEGRO, SURGE o TEXTO em VOICEOVER - Narrador (voz feminina)

> Três de outubro de 2003: o marido de uma socialite britânica é encontrado espancado até a morte em um bairro elegante da capital britânica.
> Vinte anos depois, o assassino ainda não foi levado à justiça.
> Porém, graças ao trabalho da equipe de *Infame*, uma nova luz agora foi lançada sobre esse caso intrigante.
> Em 2003, a polícia de Londres nem sabia quem a vítima era realmente. Ele não era australiano nem tinha 26 anos, como dizia, e "Luke Ryder" não era seu nome verdadeiro.
> Foi por isso que ele teve que morrer?

FADE OUT

CORTA PARA: Estúdio. A atmosfera parece ter mudado; mais desconforto, mais incerteza. A equipe está em torno da mesa com Tarek. Nick está de pé junto da janela. A luz do sol inunda o recinto, e estão todos com roupas de verão.

              MITCHELL CLARKE
Bom, Nick, você aprontou das suas de novo. Nos conduziu até a água e nos jogou lá dentro.

           NICK VINCENT (produtor)
                (sorrindo)
Bom, todo mundo gosta de um gancho, não é?

               ALAN CANNING
              (com sarcasmo)
E nós aqui achando que raios disparados do nada eram um talento exclusivo de Bill.
      (Bill sorri, mas não responde)

              LAILA FURNESS
             (para Tarek)
O que mais pode nos contar sobre o bebê de Caroline? Nós sabemos quando ele nasceu?

               TAREK OSMAN
Bem, nenhuma das amigas dela com quem falamos parecia saber sobre isso — ninguém levantou o assunto, é fato.
    E, em termos de data de nascimento, na verdade há apenas um período antes de se casar com Andrew Howard em que Caroline esteve fora do radar por um bom tempo.

               ALAN CANNING
         (assentindo devagar)
No verão depois que ela terminou a escola, quando ela esteve na casa de seu tio em Birmingham.

               TAREK OSMAN
Edgbaston, certo...

MITCHELL CLARKE
Então foi por *isso* que ela foi "enviada para longe". Não foi para se afastar de um homem inadequado, foi para se livrar de seu bebê ainda mais inadequado...

BILL SERAFINI
Com certeza é o que parece.

LAILA FURNESS
Mas ela tinha só 16 anos no fim daquele verão, o que significa que devia ser menor de idade quando a criança foi concebida.

BILL SERAFINI
Mais razão ainda para a família querer encobrir isso.

ALAN CANNING
Você conseguiu encontrar algum registro do nascimento?

TAREK OSMAN
Infelizmente, não. É uma aposta razoável que tenha sido em um hospital de Birmingham, mas não temos como saber a data. E, se ela deu o bebê para adoção, não vamos conseguir acesso à certidão de nascimento original — só o filho adotado pode fazer isso. O documento deve ter sido substituído por um novo depois que a adoção foi concluída.

MITCHELL CLARKE
Bem, não *sabemos* se ela deu a criança para adoção...

JJ NORTON
Bom, ela com certeza não ficou com ela, não é...

TAREK OSMAN
(empurrando os óculos para o alto do nariz)
Não, obviamente não. Mas, como tenho certeza de que vocês sabem, os registros de adoção são confidenciais, então é basicamente impossível descobrir onde a criança foi parar. Embora provavelmente ela tenha

sido adotada por uma família das Midlands, levando-se em conta que seria uma autoridade local de Birmingham a lidar com isso.

MITCHELL CLARKE
Até onde sabemos, ela nunca contou a ninguém?

NICK VINCENT (produtor)
Bem, Andrew Howard devia saber: ele teria visto a cicatriz assim como nós vimos. Mas ele é o único, até onde podemos dizer.

LAILA FURNESS
Eu não vi Guy hoje, ele está bem?

NICK VINCENT (produtor)
(dá de ombros)
Até onde eu sei.

LAILA FURNESS
(é evidente que a resposta não a impressiona)
Não estou surpresa que ele esteja abalado. Tudo o que ele acreditava saber foi posto em dúvida...

JJ NORTON
Sei bem como é. E quanto mais velho você fica, mais traumático é.

HUGO FRASER
Tenho certeza de que todos sentimos empatia por ele. Mas não tenho tanta certeza de que isso nos dê uma nova linha de pesquisa viável na investigação do assassinato.

MITCHELL CLARKE
Verdade. Quer dizer, por mais ressentida que a criança abandonada pudesse ficar, ele ou ela não teria problema com ninguém além de Caroline. E com certeza não com um marido que ela tinha conhecido mais de vinte anos depois.

                    BILL SERAFINI
Mas sabemos que *alguém* foi até a casa naquela noite.
Tem que haver a possibilidade de ter sido o filho
havia muito perdido de Caroline.

                    MITCHELL CLARKE
                    (fazendo a conta)
Se a criança nasceu em 1979, ela teria 44 agora.

                    LAILA FURNESS
Mais precisamente, ele ou ela estaria com 18 anos em
1997, e teria o direito de ver seus registros com essa
idade, mas não há sugestão de que tenha feito contato
com Caroline na época. Então por que deixar para 2003?

                    JJ NORTON
Nem todos os filhos adotados querem procurar os pais
biológicos. Alguns nunca procuram. E aos 18 anos é
o mais cedo que se pode fazer isso. Muitas pessoas
deixam para bem depois. Só estou dizendo.

                    MITCHELL CLARKE
Mas, se ele ou ela a localizou, pode ter sido um
encontro bem difícil. E se a criança foi criada na
pobreza? É uma possibilidade se pensarmos que ela
pode ter crescido na região mais desprivilegiada de
Birmingham, certo?
   Então, anos depois, ele ou ela de repente encontra
a mãe verdadeira e os outros filhos dela sentados em
uma montanha de dinheiro como Dorney Place, enquanto
ele ou ela havia sido descartado na miséria.

                    JJ NORTON
Exatamente.

                    LAILA FURNES
Acho que é um pouco injusto. Até onde sabemos,
Caroline pode ter desejado ficar com o bebê, mas ter
sido impedida pelos pais. E lembrem, ela era muito
jovem, quase uma criança também.

MITCHELL CLARKE
Só estou dizendo que o filho pode não ter visto as coisas do mesmo jeito. E se a pessoa apareceu naquela noite à procura de Caroline? Não tinha Google Earth na época, a pessoa teria apenas um endereço. Talvez nem tivesse ideia da casa do cacete que era. Ele ou ela fica com raiva, exige ser recebido em casa, "Luke" tenta acalmar, mas as coisas ficam feias, e se o filho fosse um *garoto*...

HUGO FRASER
Na verdade, esse roteiro não é tão absurdo, Mitch.

LAILA FURNESS
E, é claro, a polícia nunca o procurou porque nem sabe que ele existe.

HUGO FRASER
(para Tarek)
Disso nós temos certeza, não é?

TAREK OSMAN
Bem, não tem nada em nenhum lugar dos arquivos do caso para sugerir que eles soubessem.

LAILA FURNESS
Mas, se os registros de adoção são sigilosos, não há nada que a gente possa fazer, além de ainda mais especulação.

NICK VINCENT (Produtor)
Nada que *nós* possamos fazer, mas entregamos tudo o que descobrimos para a Metropolitana. Agora depende deles.

MITCHELL CLARKE
Mas em que pé isso nos deixa? O que nos resta?
(contando com raiva nos dedos)
Rupert está fora, Caroline está fora, não podemos seguir a criança adotada, Ian Wilson tem um álibi. Nós basicamente estamos ficando sem caminhos.

JJ está prestes a dizer alguma coisa, mas Alan toma a frente.

                ALAN CANNING
Ah, disso não tenho tanta certeza.

                LAILA FURNESS
                (com um sorriso)
Não me diga que você finalmente encontrou o dono do MGB vermelho...

                ALAN CANNING
É engraçado você mencionar isso. Na verdade, a mulher que eu estava investigando de repente ficou nervosa. Se recusou totalmente a falar conosco.

                JJ NORTON
Você acha que alguém a procurou? Disse a ela para se manter calada?

                HUGO FRASER
Ah, pelo amor de Deus, isso não é a porra da *Família Soprano*.

                LAILA FURNESS
Pode ser só coincidência?

                MITCHELL CLARKE
         (assentindo para ela com ar sábio)
Mas Alan não acredita em coincidências, não é?

                ALAN CANNING
                (com firmeza)
Não acredito, não.

                LAILA FURNESS
                (Para Nick)
Você sabe sobre isso?

           NICK VINCENT (Produtor)
            (sem responder a ela)
O que você tem, Alan?

ALAN CANNING
(se encostando na cadeira)
Algo que chamou minha atenção pela primeira vez quando Bill estava entrevistando as pessoas no Alabama que conheciam Eric Fulton quando criança.

CORTA PARA: VÍDEO anteriormente exibido de Bill entrevistando Nancy Kozlowski (editado).

NANCY KOZLOWSKI
Eu pude sentir, naquele último ano, que alguma coisa o estava corroendo e tinha um bom palpite do que poderia ser. Até que um dia eu o encontrei chorando. Alguns dos garotos o estavam chamando de bicha e não sei mais o quê. Crianças sabem ser muito cruéis.

BILL SERAFINI
O que você disse para ele?

NANCY KOZLOWSKI
Como falei antes, eu disse a ele que North Birmingham talvez não fosse o melhor lugar para ele. Que ele não podia mudar o que era nem devia tentar fazer isso. Ele só precisava se cercar de outras pessoas que pensassem como eu.
   Ele largou os estudos no fim daquele ano e logo depois deixou a cidade. Se a mãe dele soubesse que tinha sido culpa minha, ela nunca teria me perdoado. Mas não me arrependo disso, Bill, não me arrependo nada.

BILL SERAFINI
Quando falei com Frank Tappin, ele disse que foi uma surpresa Eric ter ido parar em Beirute. O que você achou quando soube?

NANCY KOZLOWSKI
No início, não acreditei. Eu recebi um ou dois cartões dele de Nova York, e ele parecia feliz. Muito à vontade consigo mesmo. Não entendo o que o fez resolver partir. Ainda mais para um lugar daqueles.

BILL SERAFINI
Você ainda tem algum dos cartões que ele enviou?

NANCY KOZLOWSKI
Não, eles se perderam há muito tempo. Mas tenho aquelas fotos sobre as quais falamos.

CORTA PARA: Estúdio. As pessoas parecem confusas.

LAILA FURNESS
Não tenho certeza de aonde você quer chegar, Alan...

ALAN CANNING
Só depois de ver isso muitas vezes é que salta aos olhos.

MITCHELL CLARKE
Vou ter que aceitar sua palavra, porque, pode crer, *nada* está saltando aos meus olhos...

ALAN CANNING
Naquela altura, era apenas um palpite, então liguei para Tarek e perguntei se podia conversar com um membro da equipe de gravação.

LAILA FURNESS
(franzindo o cenho)
A equipe da gravação no Alabama? Mas o que eles poderiam...

ALAN CANNING
E ele me botou em contato com uma das mulheres da equipe de câmera. Ela pediu que eu não revelasse seu nome, mas confirmou exatamente o que eu suspeitava: aquela estava longe de ser a primeira vez que Bill e Nancy Kozlowski se encontravam.

Silêncio. Bill se remexe na cadeira, mas não diz nada.

JJ NORTON
Não sei aonde quer chegar, mas a primeira pergunta que me vem à mente é como ela podia ter tanta certeza.

ALAN CANNING
Para começar, pela linguagem corporal deles, também pelo fato de terem chegado à gravação juntos...

HUGO FRASER
Eu não diria que *isso* é conclusivo.

ALAN CANNING
E, além de tudo, o que Nancy diz naquele vídeo: "Como eu disse antes", "aquelas fotos sobre as quais falamos", o fato de ela chamá-lo de Bill...

HUGO FRASER
Com o risco de me repetir, acho que isso não prova nada.

ALAN CANNING
(olhando para ele)
Não? Está bem, então dê uma olhada nisso aqui.

Ele abre um laptop e o conecta à tela principal. Um documento escaneado aparece, com o título: "Departamento de Detetives, Ficha de Investigação."

MITCHELL CLARKE
Do que se trata?

ALAN CANNING
Esta é uma ficha de investigação do departamento de polícia de Nova York. Ela é, na verdade, uma solicitação a policiais em patrulha para deter determinado indivíduo, ou por acreditarem que é testemunha de um crime, porque há base para a prisão, ou porque de algum jeito ele está sob suspeita. Esta...
(gesticulando)
... é a Ficha de Investigação de Eric Dwight Fulton.

DEPARTAMENTO DE DETETIVES
FICHA DE INVESTIGAÇÃO

Data de preparação:	**9/08/97**	Nº de controle:	**774/813**

Sobrenome:	**Fulton**	Primeiro(s) nome(s):	**Eric Dwight**

Último endereço conhecido (Rua, apto, estado, código postal)
Rua West Green Hill 8495, apto. 6, Brooklyn, NY, 11229

Sexo: **M**   Raça: **Branco**   Data de nascimento: **11/03/1966**   Número de seguro social:

Altura: **1,87**   Peso: **77**   Cor do cabelo: **Louro**   Cor dos olhos: **Azuis**

Apelidos ou outros nomes pelos quais é conhecido: Queixa nº:
Não conhecidos/ Possivelmente   **86565/D90/0**

Procurado como:
(X) Perpetrador: causa provável para prisão
(　) Apenas suspeito: sem causa provável para a prisão
(　) Testemunha

Precauções a serem observadas
(　) Armado e perigoso   (X) Risco de fuga   (　) Resiste à prisão   (　) Outro

Crime/acusação: **Furto/Fraude**   Violência doméstica? **Não**

JJ NORTON
(analisando o documento)
Muito bem, então isso obviamente foi emitido depois que ele escapou com a pilha de dinheiro de Rose Shulman...

ALAN CANNING
Na verdade, após a morte dela. Foi só então que a queixa formal foi feita.

JJ NORTON
... enfim, não tenho certeza de aonde isso nos leva, considerando que já sabíamos sobre isso.

ALAN CANNING
Você tem razão. Já.
       (digita em seu teclado)
Mas nós não sabíamos *disso*.

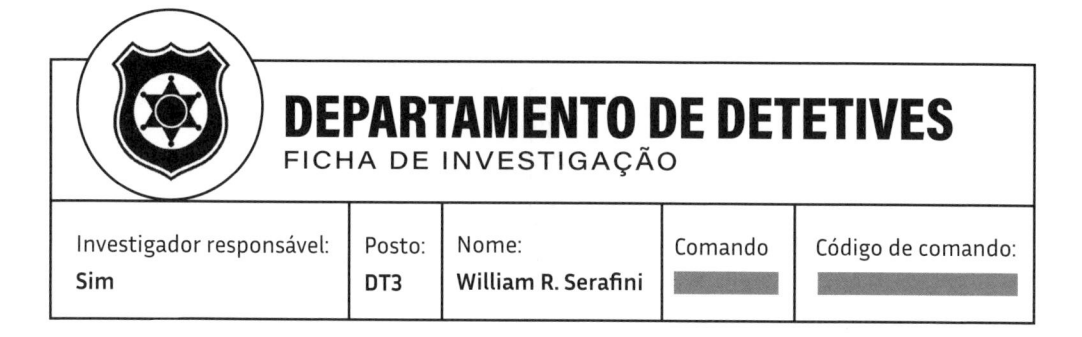

DEPARTAMENTO DE DETETIVES
FICHA DE INVESTIGAÇÃO

Investigador responsável:	Posto:	Nome:	Comando	Código de comando:
Sim	DT3	William R. Serafini		

JJ NORTON
    (se vira para Bill, nitidamente chocado)
O caso era *seu*? Por que não disse nada?

BILL SERAFINI
    (se mexendo na cadeira)
Acho que nunca neguei explicitamente.

LAILA FURNESS
Ah, pare com isso, Bill. Tenho certeza de que você nunca disse nada sobre ser... o que diz aí?, "investigador responsável".

BILL SERAFINI
Olhem, eu deixei de mencionar...

ALAN CANNING
    (em voz baixa)
É um pouco mais que uma "omissão".

Ele digita outra vez em seu teclado; a tela muda para trechos do episódio anterior.

                LAILA FURNESS

Então acha que esse vigarista estava ativo em Nova York em meados dos anos 1990? Você mesmo não estava na polícia nessa época?

                BILL SERAFINI

Estava.

                LAILA FURNESS

Mas você não se lembra de nada disso da época?

                BILL SERAFINI

Foi há muitos anos, Laila, e é uma cidade grande. Mas vamos ver o que as pessoas lá na minha área descobriram.

CORTA PARA: Tomada aberta de toda a equipe — ninguém se olha diretamente.

                HUGO FRASER

Com o benefício de ver as coisas em perspectiva, essa última resposta foi a clássica resposta de um advogado, sem dizer uma mentira completa, mas tampouco toda a verdade. Não passou *nem* perto.

                LAILA FURNESS
           (olhando fixamente para Bill)

Então, você sempre soube de Eric Fulton?

                BILL SERAFINI

Não é tão simples assim...

                MITCHELL CLARKE

Por que não contou? Está bem, talvez no início disso você não soubesse que ele e Luke Ryder eram a mesma pessoa, mas assim que isso ficou óbvio...

ALAN CANNING
Acho que você vai descobrir que isso só se *tornou* óbvio porque Bill já estava três passos à frente de todos nós.

LAILA FURNESS
(para Nick, que ainda está parado junto da janela)
Você sabia?

JJ NORTON
(para Bill)
Você está na trilha de Fulton desde o princípio, não é? Estou certo, não estou?
   Você sabia sobre Rose Shulman. Sabia que Eric Fulton já tinha roubado pelo menos uma identidade, e sabia que o verdadeiro Eric Fulton tinha toda chance de estar morto...

BILL SERAFINI
Ei, espere um minuto aí...

JJ NORTON
(gesticulando para a tela)
Essa coisa está datada de setembro de 1997. Você está nesse caso há *25 anos*.

ALAN CANNING
Eu falei com aquele colega seu, aquele que você treinou. Ele disse que você estava *obcecado* por Fulton, que não conseguiu deixá-lo nem quando seu capitão o mandou parar. Ele disse que você trabalhava à noite e nos fins de semana.

BILL SERAFINI
(com desdém)
Ele está exagerando...

ALAN CANNING
Ele também me contou que você tem trabalhado para os Shulman desde que se aposentou. Você foi ao Alabama, foi até à droga de *Beirute*...

A CÂMERA faz uma PANORÂMICA em torno da mesa; estão literalmente boquiabertos.

JJ NORTON

(olha para Bill, depois para Alan)

Puta merda... é sério?

ALAN CANNING

Sério.

Foi assim que ele descobriu que foi Luke Ryder quem realmente morreu no atentado. E foi assim que ele descobriu que "Eric Fulton" estava à solta.

(virando-se para Bill)

Vai me dizer que eu estou errado?

BILL SERAFINI

Não. Mas, como eu disse, não é tão simples...

JJ NORTON

(devagar, como se estivesse começando a juntar as peças)

Então na verdade é isso o que está acontecendo aqui: você está usando *nossa* investigação para solucionar *a sua*.

Você sabia que íamos acabar descobrindo que Ryder não era quem dizia ser, e, se tivéssemos problemas para descobrir isso sozinhos, você estaria logo ali, para nos dar um empurrãozinho na direção certa...

ALAN CANNING

(apontando para ele)

É exatamente isso, JJ. Bem no alvo.

Canning volta a digitar em seu teclado; mais VÍDEOS aparecem na tela, dessa vez uma versão editada de Bill botando a foto de "Eric Fulton" no mural.

BILL SERAFINI

É, sim. Este é o homem que deixou Sydney em novembro de 1995 e foi ferido em um atentado a bomba num ônibus em Beirute em agosto de 1997.

Só que ele não foi ferido naquele dia.
Ele foi morto.

O homem que temos procurado, o homem que conheceu Rupert Howard na Grécia, o homem que se casou com Caroline Howard e acabou espancado até a morte no jardim da casa dela... não era Luke Ryder.

Ele era um impostor.

CORTA PARA: *Equipe.*

HUGO FRASER
(secamente)

Parece que ele não era o único. Você também não é exatamente quem disse que era, Bill.

BILL SERAFINI

Ah, parem com isso...

MITCHELL CLARKE

Agora sabemos de onde vieram todos aqueles ganchos. Não é difícil jogar uma bomba se você tem todo um arsenal delas preparado para ser usado.

LAILA FURNESS

(ela se volta para Nick, estreitando os olhos)

Você não respondeu à minha pergunta: *você* sabia? Você o chamou para esta série só porque ele já estava com meio caminho andado?

Porque me parece a droga de uma coincidência muito grande você ter se deparado com o único ex-policial de todo o Departamento de Polícia de Nova York que já estava no caso...

NICK VINCENT (Produtor)
(erguendo as mãos)

Laila, eu...

HUGO FRASER
(sarcasticamente)

E é claro que isso daria como resultado um programa de TV *excelente*, não é, Nick? Você podia coreografar

essa porra toda, todas aquelas ditas descobertas,
as grandes revelações...

> MITCHELL CLARKE
> (assentindo)

Um arco narrativo perfeito.

> NICK VINCENT (Produtor)

Bill, vamos lá, me ajude aqui.

Há silêncio; agora estão todos olhando para Bill.

> HUGO FRASER

E então? Estamos esperando.

> BILL SERAFINI
> (respira fundo)

Olhem, eu ouvi falar na série pelo boca a boca...
Que uma emissora de TV britânica estava interessada
em fazer uma séric sobre o caso de Luke Ryder.
E, sim, claro que eu me interessei. Eu não vou me
desculpar por isso.

> JJ NORTON

Então você está admitindo que sabia que Luke Ryder e
Eric Fulton eram a mesma pessoa, mesmo no início?

> BILL SERAFINI

Sabia, sim.

*A equipe reage com vários níveis de raiva e indignação.
Bill ergue as mãos.*

E, sim, por isso eu peço desculpas. Mas não vou me
desculpar por querer estar envolvido. Eu sabia que
essa podia ser minha melhor chance de conseguir uma
conclusão para os Shulman de uma vez por todas.

> LAILA FURNESS

Mas você disse que sabia de Eric há anos. Isso não
é "conclusão" suficiente? Por que os Shulman estão

pagando você depois de todo esse tempo? O que eles podem esperar encontrar?

BILL SERAFINI
Simples. Seu dinheiro. Se conseguirmos localizar a verdadeira identidade desse homem, há uma chance de encontrarmos o dinheiro desaparecido também.

Pode haver contas bancárias por aí em seu nome verdadeiro. Sem mencionar os diamantes Cartier de Rose Shulman.

HUGO FRASER
E tenho certeza de que você tem um percentual em cima do valor recuperado. Um bom trabalho se você conseguir...

BILL SERAFINI
(ignorando-o)
É por isso que a família está me pagando, e foi por isso que entrei em contato com Nick quando soube do programa.

HUGO FRASER
E você contou a ele o que acabou de nos contar?

BILL SERAFINI
Em parte. Contei a ele que tinha determinado, pelo menos para minha própria satisfação, que "Eric Fulton" tinha roubado a identidade de Luke Ryder em Beirute.

Assim que entrei no caso, no trabalho em 1997, Fulton tinha desaparecido havia muito tempo, e ninguém sabia onde ele estava. E, por muito tempo, as coisas continuaram assim.

Mas, depois que me aposentei, os Shulman me pediram para dar uma outra olhada no caso, e foi aí que eu fiz a ligação com o Líbano. E, quando vi aquelas imagens antigas da CNN sobre a explosão, havia um rosto que, de repente, me pareceu muito familiar.

VÍDEO do noticiário sobre Beirute é exibido outra vez; a carnificina na rua, os feridos no hospital. A IMAGEM CONGELA em um homem em uma cama com um curativo sobre o olho. É Eric Fulton.

MITCHELL CLARKE

Merda, ele estava bem debaixo do nosso nariz a droga do tempo todo.

BILL SERAFINI

Certo. Então o que fiz a seguir foi ir até Beirute para tentar descobrir que nome ele tinha dado quando o levaram para o hospital.

JJ NORTON

Não me diga: Luke Ryder.

BILL SERAFINI

Certo. Então comecei a procurar um homem com esse nome e eu o encontrei. Primeiro em Assos e, depois disso, finalmente, em Londres. O resto vocês sabem.

ALAN CANNING

Mas essa não é a história toda, é? Não passa nem perto disso.

Você não só deixou de *nos* contar tudo isso, como também não contou para a equipe da Metropolitana.

Você guardou tudo o que sabia sobre Luke para si mesmo, embora o fato de ele ser um impostor fosse prova nova e significativa na investigação de assassinato...

BILL SERAFINI

(interrompendo)

Eu estava prestes a fazer isso quando soube da série. E achei que algumas semanas de atraso não iam fazer muita diferença, não depois de vinte anos.

JJ NORTON

Você queria uma chance de resolver tudo antes de passar para eles. *Você* queria ser o herói que solucionou o caso...

                    BILL SERAFINI
                 (sacudindo a cabeça)
Não foi assim, honestamente...

                    HUGO FRASER
Você é — ou *era* — um policial, pelo amor de Deus.
Você tinha o *dever* de informar a Metropolitana.

                    BILL SERAFINI
                   (dá de ombros)
É justo. Erro meu. Mas eles com certeza sabem agora,
não é?

                    LAILA FURNESS
Tem mais alguma coisa que você não nos contou? Alguma
outra bomba prestes a explodir?

                    BILL SERAFINI
Garanto que não.

                    LAILA FURNESS
Tem certeza?

                    BILL SERAFINI
Palavra de escoteiro.

Ele sorri; ninguém mais faz o mesmo.

                    ALAN CANNING
                    (em voz baixa)
Onde você estava na noite de 3 de outubro de 2003?

                    BILL SERAFINI
                (olha fixamente para ele)
Sério?

                    ALAN CANNING
Sério.

*Bill está nitidamente prestes a dizer alguma coisa da
qual poderia se arrepender, mas se contém bem a tempo.*

                    HUGO FRASER
Para ser justo, não é uma pergunta absurda.

                    ALAN CANNING
É a pergunta *óbvia*.
              (virando-se para Bill)
Você, de todas as pessoas, podia ter localizado
Ryder. Você exige o dinheiro, as joias. Ele recusa,
as coisas ficam feias...

                    BILL SERAFINI
              (sacudindo a cabeça)
Isso não aconteceu. Em 2003 eu nem sabia que "Eric
Fulton" e "Luke Ryder" eram a mesma pessoa. Isso só
ocorreu muito depois, depois de eu deixar o trabalho.

                    ALAN CANNING
É o que você diz...

                    BILL SERAFINI
E, se não for suficiente para vocês, eu estava nos EUA
durante todo aquele outubro.

                    ALAN CANNING
Que conveniente. Suponho que possa provar isso.

                    BILL SERAFINI
              (encarando-o)
Se for preciso.

                    ALAN CANNING
É muito interessante. Porque alguma coisa está me
incomodando desde que vi seu nome listado no e-mail
inicial de Nick.
   "Serafini" é um nome bem marcante, não é? Eu sabia
que já o havia escutado em algum lugar. Então eu
me lembrei. Foi em uma lista de representantes para
uma conferência conjunta da Metropolitana com o
Departamento de Polícia de Nova York a que eu fui
alguns anos atrás.

(ele ergue uma folha de papel A4)
"Policiamento urbano no século XXI." No Eden Park Hotel, Windsor, de 1º a 4 de outubro...
(ele faz uma pausa)
... de 2003.

BILL SERAFINI
Eu não compareci.

ALAN CANNING
Ah, é mesmo?

BILL SERAFINI
(visivelmente se esforçando para manter a calma)
É mesmo. Houve uma crise de última hora no trabalho. Eu tive que desistir. Sinta-se à vontade para verificar se quiser.

ALAN CANNING
Acho que vou fazer isso.

Eles estão se encarando, abertamente hostis. Há um silêncio desconfortável, então Laila pigarreia e olha em torno da mesa.

LAILA FURNESS
Ok, mas, nesse meio-tempo, em que pé estamos, além de muito putos com Bill?

JJ NORTON
(erguendo os olhos)
Na verdade, eu talvez tenha uma coisa a acrescentar.

Ele se levanta, vai até o mural e aponta para uma das fotos.

Vocês se lembram disso? A foto que "Luke" tinha na carteira que nós todos achamos que tinha sido tirada na Austrália?

A CÂMERA dá um ZOOM e se aproxima da foto de uma mulher e um garotinho louro parados rígidos diante de uma casa de um andar com uma torre de água de concreto ao fundo.

Eu vinha pensando nisso fazia algum tempo. É óbvio que, em teoria, essa foto podia ser exatamente o que supomos desde o começo: isto é, uma imagem do verdadeiro Luke Ryder, que ele tinha na mochila quando a bomba no ônibus explodiu.

                HUGO FRASER

Que "Eric" encontrou e guardou porque sabia que ela podia ajudar a corroborar sua identidade. Com Florence Ryder, por exemplo.

                JJ NORTON

Exatamente. E entendo por que ele a guardou com base nisso — ela podia ser muito útil. Mas guardá-la é uma coisa, guardá-la na *carteira* é bem diferente.
    Lembrem-se, essa era a única foto que ele tinha ali. Na minha cabeça, isso representa algo muito mais pessoal.

                LAILA FURNESS

Concordo. Trata-se de "identidade" em um sentido muito mais íntimo.

                MITCHELL CLARKE

Desculpe, não estou acompanhando. Você está dizendo que essa é na verdade uma foto de Eric Fulton, então ela não foi tirada em Kalgoorlie, como pensamos, mas no Alabama?

                HUGO FRASER
            (sacudindo a cabeça)

Não, a lógica de JJ ainda se aplica. Nós sabemos que esse homem na verdade não era Eric Fulton tanto quanto não era Luke Ryder. Uma imagem do verdadeiro Eric não teria nenhum significado pessoal para ele, então ele não teria motivo para carregá-la por aí.

                JJ NORTON
              (assentindo)

De fato. Não acho que essa foto seja de alguma identidade que esse homem assumiu. Acho que

na verdade é *ele*. A única coisa de seu passado
verdadeiro que ele se permitiu guardar. Por qualquer
que fosse a razão, e nesse caso...

> HUGO FRASER

... se pudermos descobrir *onde* ela foi tirada,
podemos conseguir descobrir *quem* ele era.

> JJ NORTON
> (apontando na direção dele)

Em resumo.

> BILL SERAFINI
> (em voz baixa, franzindo o cenho)

Por que não pensei nisso?

> ALAN CANNING

Concordo com a lógica, embora na verdade seja muito
mais fácil falar do que *fazer*.
> (apontando para a foto)

Quer dizer, olhem para isso... Pode ser qualquer lugar.

> HUGO FRASER
> (para JJ)

Você está achando que a torre de água poderia ser
identificável?

> JJ NORTON
> (sorrindo)

Não poderia ser.
Ela é.

*Ele volta para sua cadeira e digita no teclado; um
CLOSE da torre de água aparece na tela. A imagem foi
digitalmente reconstruída, e como resultado, agora é
possível ver um fragmento de letras no lado esquerdo: o
fim de uma palavra.*

> MITCHELL CLARKE
> (chegando para a frente na cadeira)

O que é isso? GH?

                    JJ NORTON
UGH.

                   LAILA FURNESS
Então o nome da cidade termina com ugh? Algo como
...borough?

                    JJ NORTON
Essa foi nossa hipótese de trabalho, sim.

                   ALAN CANNING
Boa sorte na hora de reduzir isso. Deve haver
centenas de lugares com nomes assim.

                    JJ NORTON
                   (calmamente)
Se você está pensando no Reino Unido, então, sim,
claro. Mas há muito poucas torres de água por aqui,
então um lugar no Reino Unido é bem improvável.
Torres como essa são muito mais comuns nos EUA, basta
assistir a alguns filmes antigos para saber disso. Por
outro lado, a grande maioria das cidades americanas
na verdade terminam em "B-O-R-O", não "B-O-R-O-U-
-G-H".

                   BILL SERAFINI
Isso eu posso assegurar.

Ninguém lhe dá atenção.

                    JJ NORTON
Mas há outro país onde esse sufixo é bastante comum,
por razões históricas óbvias.
   O Canadá.

                   LAILA FURNESS
Canadá?

                    JJ NORTON
Com certeza. E, se você cruzar os nomes de cidades
terminando em UGH com aquelas torres de água, e então

fizer uma busca de imagens dessas torres, é isso o que você encontra.

Ele digita em seu teclado e uma MONTAGEM de IMAGENS do Google aparece. A equipe precisa de apenas alguns segundos para reconhecer uma foto na segunda fileira,

LAILA FURNESS
(apontando)

Onde é isso?

JJ NORTON

Isso, Laila, é Flamborough, New Brunswick.

LAILA FURNESS

Confesso que minha geografia do Canadá é um pouco ruim...

JJ NORTON
(sorrindo)

Não se preocupe, a minha também era.

Ele digita em seu teclado, e um MAPA do Canadá aparece com Flamborough marcada.

A isso segue-se uma MONTAGEM de IMAGENS de Flamborough nos anos 1970 e 1980. É nitidamente o mesmo lugar da foto original.

> MITCHELL CLARKE

Isso me parece o clássico caso da cidade que é tão pobre que só tem um cavalo...

> HUGO FRASER
> (em voz baixa)

Está mais para só ter um alce.

> JJ NORTON
> (sorrindo)

Vocês não estão muito distantes. Mesmo hoje em dia a população é de pouco mais de mil.

> LAILA FURNESS

Então devemos conseguir localizar nosso homem com bastante facilidade?

> JJ NORTON

Bem, em teoria, sim, mas não se anime muito: não sabemos sua idade, então não conseguimos reduzir as buscas por aí, e não há muita coisa na internet sobre a escola de ensino médio local.

> LAILA FURNESS

Mas vocês devem conseguir descobrir que casa é essa. Com o Google Maps, talvez?

> JJ NORTON

Nós tentamos, mas não nos levou a lugar nenhum — não tem StreetView naquele lugar. Mas é evidente que não há nada que nos impeça de ir até lá e dar uma olhada nós mesmos.

    E é por isso que Tarek já reservou um voo para New Brunswick amanhã a essa hora.

> LAILA FURNESS

Enfim, algum progresso.

> MITCHELL CLARKE

Com certeza é o que parece. Muito bem, JJ. Meus parabéns.

> JJ NORTON
> (sorrindo)
> Atribua isso ao meu nerd interior enterrado não muito fundo. E por uma insônia provocada por um *vindalho* no último fim de semana que fez com que eu ficasse pesquisando no Google por "torres de água" na maior parte da noite de sábado.

> BILL SERAFINI
> Perdi a conta do número de vezes em que casos meus se transformavam em algo assim — algum detalhe minúsculo que parecia insignificante, mas acabou destrinchando a coisa toda.
> Mas, sim, eu concordo com Mitch: muito bom trabalho, JJ.

Os outros trocam olhares; ninguém responde a Bill.

FADE OUT

CORTA PARA: Dorney Place. Nitidamente o tempo passou. A equipe está de volta à sala de estar, que foi arrumada com o quadro branco, as fotos e uma tela. A sala está escura, e chove forte do lado de fora.

> BILL SERAFINI
> (com uma animação levemente falsa)
> É bom ver o verão inglês corresponder às expectativas.

> MITCHELL CLARKE
> Você acaba se acostumando. Com o tempo.

> HUGO FRASER
> (com impaciência)
> Então quais são as novidades, JJ? Você, como membro da Polícia Montada do Canadá, "pegou seu homem"?

JJ NORTON
(sorrindo)
Percebi o trocadilho, Hugo. E sim, estou feliz em dizer que Tarek e eu não voltamos do norte congelado de mãos vazias.

CORTA PARA: IMAGENS. JJ e Tarek estão parados na rua principal de Flamborough, New Brunswick. Há uma loja de artigos de cama, mesa e banho em um lado da rua, um Subway e uma imobiliária visíveis no outro. Há carros estacionados e pessoas nas calçadas e sentadas em um café à luz do sol; por toda a parte a cidade parece mais próspera do que era nas fotos históricas mostradas anteriormente. Em primeiro plano, Tarek está olhando seu telefone, e JJ tem um mapa desdobrado sobre o capô de um carro.

JJ NORTON
A torre de água fica a nordeste daqui, então acho que a casa deve ser...
(ergue os olhos e aponta)
... naquela direção.

TAREK OSMAN
(olhando para seu celular)
É, parece que é isso mesmo.

CORTA PARA: JJ e Tarek em frente à que é nitidamente a casa mostrada na fotografia original: o ângulo da câmera foi exatamente reproduzido para permitir que a imagem dos dias atuais se transformasse lentamente na foto e então novamente no presente.

O prédio foi ampliado e o jardim da frente concretado para dar mais espaço para carros. Um grande SUV dava ré em uma entrada de carros. A torre de água mal fica à vista através de árvores muito mais frondosas. JJ se vira para a câmera.

JJ NORTON

Como podem ver, temos muita certeza de que essa é a casa certa e, graças a Tarek, sabemos quem mora nela agora. Mas é óbvio que não temos como saber se eles têm relação com o homem que estamos procurando.

Com base nisso, precisamos tomar cuidado com a forma de agir aqui, então vou até lá sozinho primeiro, sem as câmeras, para reconhecer o terreno.

A CÂMERA o acompanha enquanto ele se dirige até a casa, toca a campainha e espera ser atendido. A porta é aberta por uma mulher segurando um bebê no quadril. Tanto seu rosto quanto o do bebê foram borrados. JJ se apresenta e mostra a ela uma cópia da foto. Ela aponta para a imagem, assente e eles conversam por alguns momentos. Ele, então agradece e volta apressado na direção de Tarek e da equipe de gravação.

JJ NORTON
(erguendo a foto)

Estamos com sorte. Ela sabe quem é a mulher da foto. Ninguém da família mora mais por aqui, mas tem um pastor aposentado que os conhecia bem, e ele ainda está na cidade.

CORTA PARA: ENTREVISTA. Interior de uma casa limpa, mas um pouco envelhecida e antiquada. Um homem idoso magro de camisa xadrez e calça está sentado em uma poltrona de madeira. Ele usa óculos de leitura com uma correia de couro em torno do pescoço. Há um quadro em tons pastel de um Jesus sorridente cercado por anjos e criancinhas, na parede atrás dele. O homem deve ter oitenta e tantos anos, mas ainda tem uma presença considerável; deve ter sido uma figura carismática na juventude. Legenda: "Paul Cormier, pastor, Igreja de St Laurence, Flamborough (Aposentado)."

JJ NORTON

Então, reverendo Cormier, nos disseram que o senhor conhecia a família que morava na casa da Greenall

Road nos anos 1960. Acredito que eles estavam em sua congregação, é isso mesmo?

REVERENDO CORMIER
Sem dúvida é. A família McKeena. Lawrence e a mulher, Marie. Pessoas muito simpáticas. Muito praticantes. No sentido religioso, quero dizer.

JJ NORTON
E eles tinham filhos?

REVERENDO CORMIER
Dois. Rebecca e Jonah. Rebecca foi a primeira, e levou vários anos depois disso até Jonah nascer. Acho que os McKenna tinham desistido. Marie o chamava de seu bebê milagroso.

JJ NORTON
Ele era, então, um pouco mimado, talvez?

REVERENDO CORMIER
Infelizmente havia muito pouco dinheiro para mimar qualquer um de seus dois filhos. O salário de Larry não era muito bom, e devia ser difícil para as crianças não terem as mesmas coisas que seus amigos e colegas de escola tinham.

JJ NORTON
Bem, eu sei como é isso, mas e "mimá-lo" de outras maneiras? Eles eram uma família afetuosa?

REVERENDO CORMIER
Eu não diria isso. Larry era um pai bem rígido, se você quer uma opinião sincera. Mas acho que Marie mimava Jonah um pouco. Ela costumava ter reações exageradas se ele fungasse ou ralasse o joelho. Imagino que esperaram tanto para tê-lo que ela morria de medo de perdê-lo.

JJ NORTON
(chegando para a frente na cadeira)
O senhor disse que tinha algumas fotos que podia nos mostrar?

Cormier leva a mão a uma mesa lateral, ergue um álbum de fotos antiquado e o põe no colo. Ele pega os óculos e abre as páginas. Elas estão tão secas que o papel crepita.

REVERENDO CORMIER

Minha mulher trabalhava nos cultos para crianças nas manhãs de domingo. Tanto Rebecca quanto Jonah vinham. Mas quando Jonah cresceu, Rebecca já organizava muitas das atividades. Ela sempre amou crianças.

Ele gesticula para JJ, que puxa a cadeira um pouco mais para perto. A CÂMERA, por trás de Cormier, faz um ZOOM e se fecha em CLOSE, passando por uma série de imagens: crianças de seis ou sete anos sentadas para ouvir com seriedade uma mulher de cabelo grisalho que lê um livro de histórias da Bíblia; um dia de esporte; um auto de Natal com uma garota de cabelo escuro como Maria e um menino pequeno e louro com uma barba farta e ruiva como José.

A CÂMERA se detém em uma foto de grupo com todas as crianças arrumadas em fileiras; a mulher mais velha está de pé de um dos lados do grupo, e uma jovem ruiva de óculos, do outro. Alguém escreveu todos os nomes cuidadosamente no pé da página. A jovem ruiva é "Rebecca", a Maria da Natividade, "Julie-Ann", e José, "Jonah". Ele usa uma camiseta com uma baleia na frente e está ao lado de Rebecca; ela está com uma das mãos em seu ombro.

REVERENDO CORMIER
(gesticulando)

Essa letra é de Rebecca.

JJ NORTON

Imagino que a coisa da baleia na camiseta fosse deliberada...

                    REVERENDO CORMIER
                      (sorrindo)
Era sua história favorita da Bíblia. Por razões
óbvias.

                         JJ NORTON
Parece que Rebecca era muito protetora com ele.

                    REVERENDO CORMIER
Ah, era, com toda a certeza. Houve uma vez — Jonah
devia ter uns nove anos — quando um de seus colegas
de turma roubou uma coisa de outro menino e jogou a
culpa em Jonah.
   Foi Rebecca, não Larry nem Marie, que procurou os
pais do garoto culpado e exigiu que ele confessasse
a mentira. Era de sua natureza: ela não conseguiu
descansar até que a situação estivesse resolvida e o
menino responsável fosse punido.

                         JJ NORTON
Onde ela está agora?

                    REVERENDO CORMIER
Se mudou. Foi fazer enfermagem. Na última vez que soube,
ela estava trabalhando em uma dessas organizações
beneficentes que ajudam pessoas necessitadas no exterior.
Médicos Sem Fronteiras, eu acho.
               (suspira e sacode a cabeça)
A morte de Jonah foi muito dura para ela. Para todos
eles. Marie, depois disso, nunca mais foi a mesma.

                         JJ NORTON
                   (nitidamente surpreso)
Jonah *morreu*?

                    REVERENDO CORMIER
Quando tinha 17 anos. Ele tinha arrumado um emprego
de verão em Nova Escócia, perto de Hallifax. Uma de
suas professoras o recomendou — ela conhecia alguém
em uma daquelas marinas de luxo. Sabe como são essas

coisas: lugares reluzentes servindo gin e cheios de
nova-iorquinos para passar o verão.

Jonah não sabia nada sobre barcos, é claro —
não tem muita água por aqui. Mas ele era sedutor,
estava disposto a ajudar e foi contratado
imediatamente.

JJ NORTON

E o que aconteceu?

REVERENDO CORMIER
(suspirando)

Talvez ele fosse um pouco sedutor *demais*, se é
que me entende. Houve boatos depois que ele tinha
se envolvido com a mulher de uma daquelas pessoas
dos iates. Que ela lhe havia emprestado dinheiro,
ou ele a havia convencido disso, e o marido
descobriu...

JJ NORTON

Alguma coisa me diz que isso não acabou bem...

REVERENDO CORMIER
(sacudindo a cabeça)

Não mesmo. Houve uma grande briga entre esse homem e
Jonah, e o homem foi parar no hospital.

Quando a polícia procurou por Jonah, algumas
horas depois, não havia sinal dele. A princípio,
acharam que ele tinha simplesmente fugido
da cidade e voltaria assim que as coisas se
acalmassem. Mas então Larry descobriu que ele
deixara todos os seus pertences para trás.
Carteira, passaporte, tudo.

Cerca de uma semana depois, algumas roupas
apareceram na praia, e a polícia as identificou como
sendo de Jonah. Mas foi tudo o que encontraram.
Isso tornou as coisas duplamente difíceis para
a família, sem corpo para velar. Marie fez um

memorial para ele no cemitério. Ainda está lá. Só o nome de Jonah e as datas, e um entalhe no formato de baleia. Ela encomendou a um escultor local que o fizesse para ela.

    (sacudindo a cabeça)

Muito triste.

    (silêncio)

    JJ NORTON

Sem querer parecer insensível, havia alguma possibilidade de que Jonah tivesse forjado seu afogamento? A polícia investigou isso, o senhor sabe? Quer dizer, se ele estava encrencado...

    REVERENDO CORMIER

Acho que a polícia investigou isso, mas nunca descobriu nada. Não foi encontrado mais nenhum vestígio dele, embora Rebecca tenha se agarrado a isso por anos — ela sempre insistia que um dia ia encontrá-lo.

    (dá de ombros)

Não sou nenhum tolo, sr. Norton. Sei que há pessoas que abandonaram suas vidas e recomeçaram, mas é preciso uma quantidade enorme de planejamento para conseguir fazer isso. Jonah tinha só 17 anos na época, e sinceramente, mesmo que fosse mais velho, ele nunca me pareceu despachado o bastante para conseguir fazer uma coisa dessas.

 E acho muito difícil acreditar que ele teria abandonado a família e nunca mais olhado para trás. Ele sabia a dor que aquilo causaria, especialmente para a mãe e a irmã.

    JJ NORTON

O senhor disse antes que os pais dele estão mortos. Rebecca ainda mantém contato com alguém por aqui, o senhor sabe?

                    REVERENDO CORMIER
                  (sacudindo a cabeça)
Não que eu saiba. Não restam muitos de sua geração
por aqui. A maioria dos jovens vai embora para outro
lugar assim que tem chance.

                    JJ NORTON
            (estendendo a mão para apertar a dele)
Obrigado, reverendo, o senhor ajudou muito.

CORTA PARA: Estúdio. A equipe está sentada em torno da mesa.

                    BILL SERAFINI
Eu tiro o chapéu para você, JJ. Em menos de uma
semana você conseguiu uma coisa que não consegui em
vinte anos.

                    HUGO FRASER
E nós temos certeza de que esse Jonah McKenna é o
homem que estamos procurando, não temos?

                    JJ NORTON
Bom, precisaríamos do DNA de um membro da família para
ter certeza. No momento, tudo depende de encontrarmos
Rebecca. Aí poderíamos fazer uma comparação com o que
a Metropolitana tem no arquivo de "Luke".

                    MITCHELL CLARKE
Você tentou os Médicos Sem Fronteiras?

                    JJ NORTON
Tentamos, mas ainda não descobrimos nada. Tarek
também está entrando em contato com a Cruz Vermelha
e os Médecins du Monde, e algumas das organizações
religiosas como a Christian Aid. Mas, até agora, não
tivemos sorte.
            (olhando em torno da mesa)
Mas ainda temos a foto da casa que "Luke" levava na
carteira, e pelo que vejo, a única forma de ele ter
conseguido a foto, e ainda por cima guardá-la, era
porque, na verdade, ele era Jonah McKenna...

ALAN CANNING
(desdenhoso)
Isso nunca resistiria em um tribunal...

JJ NORTON
(ignorando-o)
... e nós também temos *isso*.

Ele gesticula com a cabeça para Tarek, que digita em seu teclado. Duas imagens aparecem lado a lado na tela principal. À esquerda, um CLOSE de Jonah na foto do culto infantil com as outras crianças. À direita, uma das fotos de casamento tiradas de "Luke" em Dorney Place. As fotos tinham sido arrumadas para ficar no mesmo nível. Tarek digita outra vez no teclado, e então a imagem do garoto à esquerda começa a se transformar.

JJ NORTON
Como podem ver, Tarek conseguiu alguns programas bem legais de envelhecimento facial.

O rosto de Jonah aos poucos evolui de criança para rapaz e para jovem adulto. A imagem final tem a anotação: "Idade: 25 anos." A semelhança com Luke é surpreendente.

E caso alguém esteja se perguntando, não manipulamos esse processo de forma alguma. Apenas colocamos a foto de Jonah no programa, e esse foi o resultado.

MITCHELL CLARKE
Isso é incrível.

LAILA FURNESS
Concordo, parece que você realmente "pegou seu homem", JJ.

HUGO FRASER
Então o que acontece agora?

                    JJ NORTON
Bem, entrei em contato com a polícia canadense. Eles
vão fazer a ligação com o Departamento de Polícia
de Nova York para ver se conseguimos ligar o Jonah
McKenna que desapareceu em Nova Escócia em 1991 ao
"Eric Fulton" que roubou o dinheiro de Rose Shulman
em 1995.

                  BILL SERAFINI
               (franzindo o cenho)
Você informou o Departamento de Polícia de Nova York
e não falou comigo?

                    JJ NORTON
Nick disse para eu não fazer isso. Desculpe.

                  MITCHELL CLARKE
             (em voz baixa para Laila)
Não parecem desculpas sinceras para mim.

Laila tenta sem sucesso conter um sorriso.

                   HUGO FRASER
                (com insolência)
Vai dar uma de roto falando do esfarrapado, Bill?

*Bill abre a boca para dizer alguma coisa, mas fica claro
que pensa melhor e muda de ideia.*

                   HUGO FRASER
             (olhando em torno da mesa)
Então, a menos que mais alguém tenha alguma coisa,
acho que terminamos.

                  BILL SERAFINI
               (virando-se para Hugo)
Ah, eu acho que ainda não terminamos.

*Os outros trocam olhares um pouco maliciosos — e em
alguns casos cautelosos. A julgar por sua expressão, Bill
nitidamente tem alguma carta boa na manga.*

                    HUGO FRASER
Está bem, Bill, estou dentro. O que você tem?

Bill sorri e gesticula com a cabeça para Nick atrás da câmera. A tela muda para uma imagem de Bill, mais uma vez com os óculos que são sua marca registrada e camisa de manga curta, sentado a uma mesa sob o sol com uma cerveja à sua frente.

                    MITCHELL CLARKE
                  (sacudindo a cabeça)
Por que eu nunca pego as partes boas?

                    LAILA FURNESS
               (maliciosamente, em voz baixa)
Eu *achei* suspeito ele estar bronzeado...

                    HUGO FRASER
Espere aí, eu conheço esse bar. Não é o lugar aonde Tarek foi...

                    BILL SERAFINI
                      (sorrindo)
Em Assos. Isso mesmo.

                    LAILA FURNESS
Você foi a *Assos*? Mas eu achei que...

                    BILL SERAFINI
... que tínhamos chegado a um beco sem saída nessa? Que mesmo que "Luke" tivesse enganado outra mulher mais velha por lá nunca íamos conseguir localizá-la?
    É. Isso foi o que todos pensamos, Laila. Mas eu repeti o que Alan fez e resolvi voltar lá para dar uma olhada de perto.

Alan olha para ele, mas não diz nada. A imagem na tela muda para VÍDEO, que mostra Bill conversando com uma série de senhoras idosas gregas. A maioria delas sacode a cabeça e fica com expressão vazia, mas uma assente e começa a falar com empolgação em grego.

LAILA FURNESS

Não me diga... alguém, no fim das contas, se lembrou da mulher?

BILL SERAFINI

Não é tão simples assim.

HUGO FRASER

Agora eu me perdi.

LAILA FURNESS

Eu também.

BILL SERAFINI

Desculpe, gente. Vou voltar um pouco. Então, como disse, comecei a me perguntar se não tínhamos deixado passar algo sobre toda a coisa de Assos. Que talvez precisássemos abordar isso por um viés diferente.

LAILA FURNESS

Em que sentido?

BILL SERAFINI

No sentido de que, se nossa teoria estava certa e "Luke" enganou *mesmo* outra mulher por lá, e de maneira tão profunda a ponto de dar a alguém motivo para localizá-lo e matá-lo, então por onde esse "alguém" começaria a procurar por ele?

LAILA FURNESS

Acho que estou entendendo aonde você quer chegar. A pessoa começaria em Assos, é claro. Depois Sydney, talvez, porque "Luke" em tese era australiano.

Com certeza não iria a Londres.

MITCHELL CLARKE

(assentindo)

Faz sentido. E eu concordo, Assos teria sido o primeiro lugar aonde essa pessoa iria.

                HUGO FRASER
              (franzindo o cenho)
Mas, sem saber o nome dessa mulher, não sei como isso
ajuda...

                BILL SERAFINI
Tenham um pouco de paciência. Então a primeira coisa
que fiz foi entrar em contato com George Nicolaides
para saber se alguém tinha procurado por Luke depois
que ele deixou a ilha.

                LAILA FURNESS
Fico surpresa por Tarek ainda não ter perguntado isso
a ele.

                BILL SERAFINI
Ele perguntou, mas nem George nem seu pai se
lembravam de nada. Mas, dessa vez, quando falei com
George, tentei uma abordagem diferente: eu perguntei
se ele conseguia lembrar de mais alguém que estava
trabalhando no bar por volta dessa época. E ele me
pôs em contato com um cara...

Uma IMAGEM aparece na tela; um homem na casa dos quarenta, com barba cerrada por fazer, cabelo grisalho e um rosto muito mediterrâneo.

Esse é Vasilis Mourelatos. Ele agora vive em Atenas,
mas trabalhou no bar de George vários meses no ano
depois que "Luke" partiu. Ele me disse estar certo
de que um homem apareceu procurando por ele naquele
verão. E foi isso o que a senhorinha também me
contou.

CORTA PARA: ENTREVISTA. Bill e Vasilis Mourelatos conversando pelo Zoom. Bill está em uma mesa externa de um restaurante, nitidamente ainda em Assos.

                BILL SERAFINI
Então o que você se lembra desse homem, Vasilis?

> VASILIS MOURELATOS

Infelizmente eu não estava lá no dia em que ele apareceu, ele falou com um dos outros barmen. Mas lembro que eles falaram sobre isso comigo. Era um cara britânico. Ele estava procurando por Luke Ryder e queria saber se algum de nós tinha informação sobre ele. Disse a meu colega que era importante, que devíamos ligar para ele se soubéssemos onde estava Luke.

> BILL SERAFINI

Mas ele não disse por que queria saber?

> VASILIS MOURELATOS
> (dando de ombros)

Eu nunca soube. Desculpe.

> BILL SERAFINI

Mas, se ele queria que vocês ligassem, ele deve ter deixado um número, certo?

> VASILIS MOURELATOS

É, havia um pedaço de papel. Alguém o prendeu no mural. Eu não sei o que aconteceu com ele...

CORTA PARA: Estúdio. Bill olha para a equipe ao redor.

> BILL SERAFINI

Mas acho que nós sabemos, não é? Ele acabou naquele caixote com coisas que George encaixotou para o pai, como todo o resto do lixo.

> LAILA FURNESS
> (nitidamente impressionada)

Você o *encontrou* mesmo?

> BILL SERAFINI

Bem, não tenho 100% de certeza, porque havia muitos pedaços de papel com nada além de um nome e um número, e não há como saber há quanto tempo a maioria deles estava ali.

Mas acho que esses quatro são os mais prováveis porque são todos números do Reino Unido. E uma coisa que o sr. Nicolaides se lembrava sobre aquela mulher na foto com Luke era que ela era britânica.

Ele digita em seu laptop, e a tela mostra uma imagem de quatro pedaços amassados de papel.

LUKE
44-07001900539

Tony B
0118 496 0140

mick
0121 496 0372

Steve
0117 496 0917

HUGO FRASER
Imagino que você tenha ligado para todos esses números.

BILL SERAFINI
Certamente.

LAILA FURNESS
"Luke" parece o mais promissor, supondo que era uma referência à pessoa que o homem estava procurando em vez de seu próprio nome.

BILL SERAFINI
Essa também foi minha suposição. A má notícia é que o número de Luke está fora de serviço. Assim como o de Tony. O de Steve toca, mas ninguém atende, e quanto a Mick, ele se revelou um cara que estava tentando abrir um negócio de aluguel de barcos em Assos naquele verão. Ele me pareceu estar falando a verdade.

MITCHELL CLARKE
Então você vai tentar descobrir a quem pertenciam os outros três números em 1998?

BILL SERAFINI
Pode-se dizer que estou cuidando disso.

ALAN CANNING
(sacudindo a cabeça)
As empresas telefônicas *nunca* vão dar esse tipo de informação. E o número de Luke é nitidamente um celular. E se era um telefone descartável? Não vai haver nem registro.

BILL SERAFINI
Em minha experiência, pessoas comuns não usam celular descartável, Alan. Apenas pessoas que não querem deixar rastros.

LAILA FURNESS
Mas, se alguém quisesse localizar Luke Ryder para se vingar, ele não faria de tudo para permanecer anônimo? Essa parece uma boa razão para usar um telefone descartável.

BILL SERAFINI
Concordo.

MITCHELL CLARKE
Está bem, mas, com base nisso, o que você pode fazer? É só outro beco sem saída.

BILL SERAFINI
Nem *tanto*, Mitch, porque meus instintos profissionais
me dizem que qualquer pessoa preparada para viajar
até Assos para encontrar Luke, com quase toda certeza,
também tentaria outros métodos.

LAILA FURNESS
Tipo...

BILL SERAFINI
Anúncios pessoais, por exemplo.

MITCHELL CLARKE
(secamente)
Tanto tempo assim atrás? Boa sorte com isso...

BILL SERAFINI
Na verdade, não é tão impossível quanto parece. Nós
temos aqueles números telefônicos, lembrem-se, o
que significa que podemos fazer uma busca na internet
por uma equivalência. E é exatamente o que Tarek e a
equipe têm feito.
(digita em seu laptop novamente)
E isso foi o que eles encontraram.

ADOS

Apelo

Você conhece um homem chamado LUKE RYDER? Ele seria da área de Sydney e agora pode estar morando em Londres. Louro, estrutura mediana, 1,80 m de altura. Visto pela última vez no Bar Delphi, em Assos, Grécia, no final do verão de 1998. Informação confidencial para a Caixa Postal 7675.

Oferece-se recompensa

PARA ALUGAR

Quarto de casal em casa atraente com chuveiro privativo. Totalmente mobiliado. Recentemente reformado. Animais não são permitidos. Apenas para não fumantes. Aluguel por

LAILA FURNESS
Está bem, então isso prova que sem dúvida *alguém* estava tentando localizar Luke, e você mandou bem, isso é um passo enorme à frente.
  Mas, mesmo assim, aqui não tem nada...
(apontando para a tela)
... que nos ajude a identificar quem estava procurando por ele, tem? Além desse número de caixa postal com mais de vinte anos?

BILL SERAFINI
Não tão depressa, Laila. Se está nesse ramo há tanto tempo quanto eu, você reconhece certo jeito de fazer as coisas. Ou, nesse caso, certo jeito de *dizer* as coisas. O uso de certos termos, por exemplo, ou formas particulares de palavras.

Há um breve silêncio enquanto todos eles tornam a ler o anúncio.

HUGO FRASER
(respira fundo)
Está bem, então desconfio que vocês vão dizer que esse é exatamente o tipo de linguagem que policiais costumam usar. Qualquer um que trabalhe na área de segurança com regularidade reconheceria isso.
  Então é aí que você quer chegar? Acha que esse anúncio foi publicado por alguém com experiência policial?

BILL SERAFINI
Não agindo de forma oficial, é claro. Mas alguém com esse treinamento, sim. Acho que *é* uma boa possibilidade.

ALAN CANNING
(sacudindo a cabeça, desalentado)
Mais uma vez, você está construindo um número enorme de suposições, sinceramente, que são tênues, sem absolutamente nenhuma *prova* concreta...

BILL SERAFINI

Me escutem, por favor. Como eu disse antes, são coisas pequenas e fáceis de deixar passar como essa que frequentemente solucionam um caso.

LAILA FURNESS

Está bem, mas...

BILL SERAFINI
(interrompendo-a)

Lembram quando Alan revisou minhas entrevistas no Alabama? Eu pensei, bem, talvez eu deva fazer como ele.

Ele faz um sinal com a cabeça para a câmera: a tela muda para VÍDEOS do episódio 5.

TAREK OSMAN

Também conversamos com alguns dos moradores mais antigos enquanto estávamos em Assos, e uma senhora achava que o nome da mulher podia ser Irene. Mas outra pessoa disse Carrie, então não dá para ter a menor ideia.

LAILA FURNESS

E Rupert, ele se lembrou dessa mulher?

TAREK OSMAN

Era de se imaginar que se lembrasse, não é? Ou que a foto tivesse despertado alguma coisa, mas, infelizmente, não.

LAILA FURNESS

Embora, como você disse, tenha sido há muito tempo. Se ela estava na casa dos quarenta, então agora teria mais de sessenta.

ALAN CANNING

E quase impossível de ser localizada. Seria mais uma perda de tempo completa, e isso supondo que *houvesse* algum tipo de relacionamento entre eles, o que não

estou *nem um pouco* convencido de que fosse o caso.
Não com base na droga de uma foto.

BILL SERAFINI
Não tenho tanta certeza — quer dizer, não sei você,
Alan, mas eu não ajo assim com mulheres aleatórias
que conheço em bares...

ALAN CANNING
Talvez você não, mas alguns homens fazem isso, ainda
mais canalhas egoístas como esse "Luke" sem dúvida era.

LAILA FURNESS
Eita, a situação ficou tensa do nada...

A IMAGEM CONGELA em Alan. Seu rosto está furioso.

CORTA PARA: Estúdio.

BILL SERAFINI
(voltando-se para a equipe)
Eu estou com Laila, a situação ficou *mesmo* tensa do
nada. Rápido demais, na verdade. O que fez com que
eu me perguntasse: o que podia ter deixado Alan tão
irritado? Quer dizer, ele não tem nada a ver com
isso, tem?

Bill se vira para Alan, mas ele não diz nada.

O gato comeu sua língua, parceiro? Ah, bem, acho que
posso fazer a próxima parte sozinho.

*Ele torna a digitar em seu computador. Uma MONTAGEM de
FOTOS aparece na tela. Uma delas mostra garotos pequenos
sentados em fileiras numa escola; outra tem uma família
composta por uma mãe, um pai, uma menina, um menino e um
menino mais novo; e a última foto, de anos depois, é de
uma reunião familiar, nitidamente extraída do Facebook.*

ALAN CANNING
Onde você conseguiu tudo isso?

BILL SERAFINI
(sorrindo e dando de ombros)
Está tudo na internet, meu amigo, se você souber onde — e como — procurar. Como meu amigo Tarek com certeza faz.

Ele torna a se virar para a equipe: alguns deles parecem claramente desconfortáveis.

Então, para resumir, nosso amigo Alan aqui nasceu em Croydon em 1967. Ele tinha um irmão mais velho, Graham, nascido em 1962, e uma irmã, Eileen, nascida em 1958. Vou poupar vocês de terem que fazer as contas: Eileen agora tem 65. E ela teria 40 em 1998.

LAILA FURNESS
Não me diga que você acha que Eileen foi a mulher que Luke conheceu em Assos?

BILL SERAFINI
Seria fácil confundir Eileen com Irene, não seria? E outra pessoa achou que ela se chamava Carrie.

Ele lança um olhar cheio de significado para eles.

MITCHELL CLARKE
Está bem, e você acha que também seria fácil confundir Ca*rrie* com Ca*nning*.

BILL SERAFINI
Isso...

ALAN CANNING
(apontando para Bill)
Como você ousa? Como *ousa* bisbilhotar assuntos da minha família?

BILL SERAFINI
Você está dizendo que eu estou errado? Que essa mulher *não era* sua irmã?

LAILA FURNESS
(intervindo)
Espere um minuto, antes que todos nós nos deixemos levar. Bill, quando você e Tarek estavam investigando nos recantos mais selvagens da internet, você achou uma foto de Eileen no fim dos anos 1990? Talvez isso ajudasse a determinar se ela é a mulher na foto com "Luke" em 1998.

BILL SERAFINI
Bem pensado, Laila. E, sim, nós encontramos.

A tela muda para uma foto. É um ambiente de escritório: mesas e computadores, pessoas usando crachás pendurados, várias segurando pastas. Há um círculo vermelho em torno de Eileen Canning. A imagem está posicionada ao lado das duas fotos que antes mostravam Luke com a mulher misteriosa em Assos.

JJ NORTON
Bom, o cabelo é parecido, mas centenas de mulheres dessa idade usam o cabelo assim.

LAILA FURNESS
(franzindo o cenho)
Há alguma semelhança, mas eu não diria mais que isso.

HUGO FRASER
Concordo. Não dá para ver o suficiente do rosto da mulher de Assos para fazer qualquer identificação positiva.

MITCHELL CLARKE
Mas, como diz Laila, *há* uma semelhança. E entendo como a coisa do nome pode apoiar isso.

Vê Alan olhando com raiva para ele e ergue as mãos.

Ei, cara, só estou dizendo.

LAILA FURNESS
É tudo o que tem, Bill? Porque não vejo como você pode estabelecer uma conexão com Alan com base apenas nisso. Tem mais alguma coisa?

BILL SERAFINI
Sem dúvida. Em novembro de 1997, Eileen Canning se divorciou de seu marido — aliás, o dono de uma construtora bem-sucedida — e voltou a usar o nome de solteira. Seis meses depois, uma mulher aproximadamente com a mesma idade foi retratada com "Luke" em Assos.

Não posso *provar* que era Eileen, nem sequer que ela passou férias lá, mas faria sentido. Ela tinha acabado de se divorciar, tinha feito quarenta anos — por que não ia querer aproveitar sua liberdade e encontrar uma última chance para o amor?

HUGO FRASER
(secamente)
Com base na ficha dele, não acho que *amor* era o que Luke tinha em mente.

BILL SERAFINI
(assentindo)
Certo. E a falência de Eileen Canning foi declarada em 1999. Ela deve ter recebido um bom dinheiro do marido, mas conseguiu gastar tudo em dois anos. Isso é muito, sob qualquer circunstância normal.

LAILA FURNESS
Por outro lado, se ela estava sendo enganada por alguém como "Luke"...

BILL SERAFINI
(assentindo)
Acho que todos concordaríamos que qualquer pessoa que a amasse poderia querer encontrar a pessoa responsável pelo golpe e fazê-la pagar, em todos os sentidos da palavra.

Um irmão, por exemplo. Especialmente um irmão com acesso a todos os recursos da Polícia Metropolitana.

                    LAILA FURNESS
                    (para Alan)
Isso é verdade? Foi você que procurou Luke em Assos em 1999?

                    HUGO FRASER
                    (secamente)
Mais precisamente, você o rastreou até Dorney Place quatro anos depois?

Alan se levanta, vai até a janela e olha para fora.

                    BILL SERAFINI
Estamos esperando.

                    ALAN CANNING
                    (se vira para encará-los)
Está querendo saber se eu tinha razão para caçar aquele homem? Se eu tinha razão para odiar a mera visão dele?
    A resposta é sim.
    Eu tinha.

FADE OUT

- CRÉDITOS FINAIS -

Data: Segunda-feira, 17/07/2023, 11h09 **Importância:** Alta
De: Tarek Osman
Para: Nick Vincent

Assunto: [vazio]

Só para confirmar que mandei as imagens para o laboratório. Eles acham difícil, mas informo você assim que souber.
   T

EPISÓDIO SEIS

TRANSMISSÃO | 18 DE OUTUBRO

INFAME

QUEM MATOU LUKE RYDER?

UMA SÉRIE DOCUMENTAL
ORIGINAL DA SHOWRUNNER

TELEVISÃO *The Times, 19 de outubro de 2023*

SE MOVENDO RÁPIDO E QUEBRANDO COISAS

QUANDO INFAME TEM UMA REVIRAVOLTA SELVAGEM, QUAL PORQUINHO SE ENCAIXA NO PAPEL?

ROSS LESLIE

INFAME: QUEM MATOU LUKE RYDER?
Showrunner

QUEM VOCÊ ACHA QUE SOMOS?
BBC1

Está bem, levante a mão quem estava esperando por isso, porque eu com certeza não estava. Quando você acha que está entendendo *Infame*, eles viram tudo de cabeça para baixo outra vez. Fiquei tentado a descrever o episódio de ontem à noite como uma reviravolta no quebra-cabeça (de um jeito muito parecido com que Guy fez com o malfadado bolo de casamento de sua mãe), mas na verdade foi muito mais fundamental que isso: nos créditos finais, eu não sabia ao certo nem se tinha a mensagem certa na caixinha: podemos estar perto de descobrir quem "Luke Ryder" realmente era, mas a premissa básica dessa série inteira agora está em ação. O produtor do programa, Nick Vincent, nunca se opôs a manipular alguns fogos de artifício, mas até agora ele pelo menos jogava dentro das regras — regras, por acaso, criadas por ele mesmo. Mas, com o desenrolar desse episódio, ficou terrivelmente óbvio que nenhuma das pessoas sentadas em torno da mesa tinha ideia de onde estava se metendo, ou a verdadeira razão por terem sido escolhidas para participar. Nós ficamos boquiabertos com o terrível prazer em ver a desgraça alheia enquanto os especialistas da equipe começaram a se voltar uns contra os outros. E como. Pense em *O senhor das moscas* com anabolizantes. Estou evitando pronomes aqui para não entregar muita coisa, mas se você gosta de uma batida de trens em câmera lenta em ultra HD, isso é para você. No romance de Golding, Ralph em uma frase famosa (infame) pergunta a Piggy e aos outros garotos: "O que é melhor, lei e resgate ou caçar e quebrar as coisas?" A julgar por esse episódio, Nick Vincent seguramente optou pelo segundo.

Agora vamos de "quem você acha que foi" para "quem você acha que é". Uma nova série estreou com a atriz Greta Scacchi, que se revelou ter a mais fascinante

INFAME/LUKE RYDER `Entrar`

Caralho. Estou sem palavras. BILL? Que merda foi essa????

publicado há 5 horas por Slooth
6 comentários   compartilhar   ocultar   denunciar

> Não, eu não me surpreendi. Ele sempre sabia demais. Pra mim, as coisas nunca bateram
>
> publicado há 5 horas por RonJebus
> 22 comentários   compartilhar   ocultar   denunciar

> Deixando o Bill pra lá, mas e o Alan? Botou o Bill no chinelo, e ele mesmo acabou caindo no esquema
>
> publicado há 5 horas por Investig4dor
> 18 comentários   compartilhar   ocultar   denunciar

> Cuidado com os quietinhos, hein? Nunca achei que ele fosse capaz. Enfim... As coisas aparecem
>
> publicado há 4 horas por MsMarple99
> 21 comentários   compartilhar   ocultar   denunciar

> Alan 1 Bill 1, e entramos na prorrogação 😉
>
> publicado há 4 horas por AngieFlynn77
> 5 comentários   compartilhar   ocultar   denunciar

Acho que essa história do Alan é bem estranha. O que quer que ele diga, acho que aquela mulher em Assos com certeza *era* sua irmã. E o cara obviamente se mostra como alguém que teria um grande ressentimento

publicado há 5 horas por Investig4dor
18 comentários   compartilhar   ocultar   denunciar

> Concordo, grande como a droga de Sydney 😂
>
> publicado há 5 horas por PaulWinship007
> 13 comentários   compartilhar   ocultar   denunciar

> É. Bill é um babaca que se acha, mas é um bom detetive.
>
> publicado há 5 horas por Deixadocomomorto55
> 19 comentários   compartilhar   ocultar   denunciar

publicado há 4 horas por AngieFlynn77
5 comentários   compartilhar   ocultar   denunciar

Esse tipo de conflito interno é ótimo pela audiência, é óbvio, mas com certeza a verdadeira questão é que, se eles estavam sentados em cima disso, quanta coisa mais não nos contaram, seja no interesse da "TV" ou de alguma coisa muito mais suspeita? Tem mais alguma coisa que estão escondendo? E se tem, o quê, e mais importante, por quê?
publicado há 3 horas por TruCrimr
85 comentários   compartilhar   ocultar   denunciar

> Bem observado, como sempre. Embora todas as coisas de true crime funcionem, de certa forma, desse jeito. Eles precisam manter o público assistindo e por isso nunca se recebe toda a informação de uma vez
> publicado há 2 horas por MaryMary51523x
> 1 comentário   compartilhar   ocultar   denunciar

Concordo. É muito fácil sermos desviados do que realmente importa por todo o entrevero entre Bill e Alan, mas vamos respeitar o belo exemplo de trabalho de dedução do JJ. Caramba, ele na verdade *encontrou* o sujeito, Jonah. Depois de 20 anos 🎩
publicado há 2 horas por Slooth
23 comentários   compartilhar   ocultar   denunciar

> Aquele tal de Jonah forjou a própria morte quantas vezes? São três, agora? Três que sabemos? Kct, ele desapareceu sem deixar vestígio
> publicado há 3 horas por JimBobWalton1978
> 17 comentários   compartilhar   ocultar   denunciar

> Que nem aquele político que deixou as roupas na praia e fingiu a própria morte 😂
> publicado há 2 horas por MsMarple99
> 1 comentário   compartilhar   ocultar   denunciar

Ei, gente, atenção ISSO É IMPORTANTE. Minha cunhada é uma sargento detetive aposentada da Metropolitana. Ela não está vendo a série, mas perguntei se ela por acaso não estava naquela conferência em 2003. E, porra, ela ESTAVA. Não só isso. Ela na verdade se LEMBROU DE BILL. No ato. Ela o reconheceu assim que enviei uma foto. Parece que ele estava em um painel sobre terrorismo ou algo assim. Ele fez uma piada ruim sobre seu sobrenome e estar "do lado dos anjos" ☹ Mas o fato é que BILL *ESTAVA* LÁ

publicado há 1 hora por Brian885643
113 comentários   compartilhar   ocultar   denunciar

> Cacete ela contou à polícia?
>
> publicado há 1 hora por LimaoeCrime
> 4 comentários   compartilhar   ocultar   denunciar
>
>> Contou, mas só esta manhã, então ainda não sei de mais nada. Mantenho vocês informados
>>
>> publicado há 50 minutos por Brian885643
>> 11 comentários   compartilhar   ocultar   denunciar
>>
>>> Ela se lembra do dia e da hora da sessão à qual assistiu? É dizer o óbvio, eu sei, mas pode fornecer um álibi para ele
>>>
>>> Publicado há 34 minutos por Edison5.0
>>> 17 comentários   compartilhar   ocultar   denunciar
>>>
>>>> Só se foi uma sessão tarde da noite. E no dia certo. Estou só dizendo
>>>>
>>>> publicado há 30 minutos por PaulWinship007
>>>> 10 comentários   compartilhar   ocultar   denunciar
>>>>
>>>>> Mas a questão é que Bill disse que não compareceu à conferência. Seja qual for a sessão em que ele estava, agora sabemos que ele estava no país. Então ele foi pego em uma mentira. E todos sabemos que você não mente sobre uma coisa como essa a menos que tenha uma razão muito boa
>>>>>
>>>>> publicado há 25 minutos por TruCrimr
>>>>> 133 comentários   compartilhar   ocultar   denunciar

Atenção, gente, mais alguém percebeu que a Showrunner adiou o lançamento do último episódio? Ele devia ser na semana que vem, mas foi adiado para 7 de novembro. Isso é novidade, certo?

publicado há 34 minutos por RonJebus
7 comentários   compartilhar   ocultar   denunciar

> Vamos ter que esperar até novembro???? Eles explicaram por quê?
>
> publicado há 34 minutos por MsMarple99
> 2 comentários   compartilhar   ocultar   denunciar
>
>> Não, só disseram que está adiado. Esperem aí, ah, eita, também diz que o episódio 7 vai ser "lançado simultaneamente com um episódio 8 de bônus especial". Que merda é essa?
>>
>> publicado há 34 minutos por RonJebus
>> 10 comentários   compartilhar   ocultar   denunciar
>>
>>> Puta merda
>>>
>>> publicado há 34 minutos por MsMarple99
>>> 2 comentários   compartilhar   ocultar   denunciar
>>>
>>>> Vocês sabem o que isso significa, não sabem? Eles têm alguma surpresa
>>>>
>>>> publicado há 32 minutos por TruCrimr
>>>> 133 comentários   compartilhar   ocultar   denunciar

EPISÓDIO SETE
GRAVAÇÃO

ELENCO
Alan Canning (AC)
Mitchell Clarke (MC)
Hugo Fraser (HF)
Laila Furness (LF)
JJ Norton (JJN)
Bill Serafini (WS)

CHAMADA DA EQUIPE: 8H15
CÂMERA PRONTA: 8H30

Nascer do sol: 4h38
Previsão do tempo:
24º, com sol

PROGRAMAÇÃO DO DIA

**INFAME:
Quem matou
Luke Ryder?**

Quinta-feira
13 de julho de 2023

EPISÓDIO 7:
EM LOCAÇÃO
DIA 1 DE 2

PRODUTOR **Nick Vincent**
DIRETOR **Guy Howard**
EDITOR **Fabio Barry**
PESQUISADOR
Tarek Osman
ASSIST. DE PROD.
Jenni Tate
GERENTE DE LOCAÇÃO
Guy Johnson

Café da manhã no set
a partir das 8h30
Almoço a partir das 12h45
Previsão de término: 17h30

LOCAÇÃO Frobisher Studios
Kingston Road, 131-137
Maida Vale, oeste de Londres

OBSERVAÇÕES:
Vagas de estacionamento limitadas no local.
O metrô mais próximo é o de Warwick Avenue.
Telefone de contato para emergências: 07000 616178.

EQUIPE

Cargo	Nome	Telefone	Chamada	Cargo	Nome	Telefone	Chamada

DRY RISER FILMS Ltd
227 Sherwood Street London W1Q 2UD

SEQUÊNCIA DE CRÉDITOS: MONTAGEM em P&B em estilo arthouse com imagens e recortes curtos: cobertura da época dos noticiários sobre cena de crime, fotos de família

CANÇÃO-TEMA - "It's Alright, Ma (I'm Only Bleeding)" [Bob Dylan] da trilha sonora de Sem destino [1969]

FIM DOS CRÉDITOS

INFAME

FADE IN

QUEM MATOU LUKE RYDER?

FADE OUT

FRAME NEGRO, SURGE o TEXTO em VOICEOVER - Narrador (voz feminina)

> Por vinte anos a morte de Luke Ryder foi um mistério sem solução. A verdade escapou não apenas à Polícia Metropolitana, mas a milhares de detetives amadores que investigaram o caso na internet.
> Mas agora tudo o que achávamos saber sobre o caso foi questionado.
> Não apenas quem realmente era a vítima, mas por que alguém desejaria sua morte. E quem esse assassino seria.
> Mas será que a verdade está prestes a ser revelada?

FADE OUT

CORTA PARA: Dorney Place. A equipe está em torno de uma mesa junto a Guy e Tarek. A luz do sol entra pelas janelas francesas, e, apesar de todos usarem roupas leves, o clima está pesado. Sombrio e pesado.

> BILL SERAFINI

Então, Alan. Agora que estamos todos aqui, acho que você nos deve uma explicação.

> ALAN CANNING

Eu não acho que devo nada a *você*, parceiro. Você não tem jogado exatamente dentro das regras, tem?...

> LAILA FURNESS

Ao restante de nós, então. Acho que merecemos saber, não acha? Por que não contou a ninguém sobre isso antes?

> ALAN CANNING

Eu contei.

> LAILA FURNESS

Não contou mesmo.

Os outros começam a concordar, mas então se ouve a voz de Nick em off.

> NICK VINCENT (produtor) - off

Na verdade, ele contou.

Faz-se silêncio enquanto os outros observam Nick dar a volta, entrar em quadro e assumir sua posição favorita perto da janela.

Ele me contou.

> GUY HOWARD
> (olhando para ele boquiaberto)

Ele contou a *você*? Por que não disse nada? Eu sou a droga do *diretor*...

NICK VINCENT (produtor)
(dá de ombros, nitidamente impassível)
Renderia melhor para o reality.

BILL SERAFINI
Quando exatamente? Quando *exatamente* ele contou a você?

NICK VINCENT (produtor)
(encarando-o)
Bem, deve ter sido mais ou menos na época em que *você* me mandou um e-mail pedindo para participar do programa.

GUY HOWARD
O quê? *Os dois* entraram em contato com você?

NICK VINCENT (produtor)
Sim. E foi aí que eu percebi que podíamos estar com alguma coisa boa *de verdade* nas mãos.

Há um silêncio atônito.

LAILA FURNESS
Não acredito nisso. Alan e Bill estavam um passo à nossa frente o tempo inteiro?

JJ NORTON
(secamente)
Eu diria que não era apenas um passo. Mais para seis ou sete.

GUY HOWARD
Você fez todos nós de bobos...

NICK VINCENT (produtor)
Ah, pare com isso, Guy. Você sabe tão bem quanto eu o que as pessoas querem de programas como esses. Elas querem *respostas* — querem a droga do caso *solucionado* —, não só perder tempo revirando coisas velhas.

HUGO FRASER
(tranquilamente)
Então você pensou em arrumar as cartas a seu favor, é isso? Trazer mais algumas pessoas que pareciam ser especialistas objetivos como o resto de nós, mas que na verdade não apenas tinham *muito* conhecimento prévio, mas verdadeiro investimento no jogo?

NICK VINCENT (produtor)
Se você diz. Para ser justo, as coisas não começaram assim — foi só depois que se espalhou a notícia de que íamos reexaminar esse caso que Bill e Alan entraram em contato.

GUY HOWARD
Mas em vez de nos contar — *me* contar — você pediu a eles que se calassem. Para não contarem a ninguém da equipe.

NICK VINCENT (produtor)
Isso. Para apimentar as coisas. Adicionar drama à investigação.
(olhando em torno da mesa)
E funcionou, não foi? Quer dizer, vejam onde estamos agora.

LAILA FURNESS
Isso é desleal, e você sabe disso.

HUGO FRASER
Concordo. Você devia ter sido transparente com a gente, desde o princípio.

NICK VINCENT (produtor)
(erguendo uma sobrancelha)
Ah, é mesmo? Transparente? Como o restante de vocês tem sido?

HUGO FRASER
Exatamente.

> NICK VINCENT (produtor)

Ah, eu não acho que as coisas são assim tão simples, são, Hugo?

Sabe, embora eu tenha certeza de que você esperava que verificássemos suas credenciais, duvido que soubesse *quanta* pesquisa faríamos sobre você...

> LAILA FURNESS
> (absorvendo o que ele diz)

Você investigou nossa vida *pessoal*? Sem perguntar nem nos contar? Isso é totalmente antiético.

> JJ NORTON

Isso está parecendo muito o Big Brother para o meu gosto.

> NICK VINCENT (produtor)
> (balançando as mãos)

Nós só descobrimos o que havia para *ser* descoberto.

> GUY HOWARD

Espere um minuto: você está mesmo dizendo que *todas* as pessoas que você selecionou para esta equipe têm alguma ligação com o caso? Essa é uma coincidência *insana*...

> NICK VINCENT (produtor)
> (sacudindo a cabeça)

Não, não foi bem assim. Só depois que Bill e Alan me procuraram nós pensamos, ei, espere aí, talvez devêssemos olhar isso de um jeito diferente.

Talvez, em vez de escolher uma equipe com base em seus conhecimentos, devêssemos fazer ao contrário: fazer nossa própria pesquisa sobre o caso e ver se encontrávamos alguém que pudesse ter qualquer conexão com Luke Ryder ou os Howard...

> GUY HOWARD

Essa é minha *família*, você não tinha esse direito, isso é exploração...

                    NICK VINCENT (produtor)
Ah, é mesmo? Devo lembrar que, se você não fosse um
Howard, *nunca* teria sido chamado para fazer esse
programa? Recém-saído de uma faculdade qualquer sem
nenhum crédito no nome? Não é de se admirar que tenha
agarrado a chance quando ela surgiu em seu caminho.
Você quase pulou no meu colo.
   Então não venha dar uma de santinho comigo,
parceiro. Você não tem nenhum problema em explorar
sua família, desde que seja você a fazer isso.

*Guy abre a boca para dizer algo, então muda de ideia e
vira o rosto. Sua respiração está pesada e ele morde o
lábio. Os outros estão tentando não reparar.*

                    HUGO FRASER
         (se encostando na cadeira e olhando para
                 Nick de cima a baixo)
Muito astuto.

                    NICK VINCENT (produtor)
Ora, obrigado. Embora algo me diga que isso não tenha
sido exatamente um elogio.

                    HUGO FRASER
E, depois de chegar tão longe, você deve ter
percebido que, se procurasse pessoas para o programa
que *estivessem* realmente implicadas no caso, elas
ficariam propensas a aceitar. Culpadas ou não. Nem que
fosse só para saber o que vocês tinham descoberto.

                    MITCHELL CLARKE
Não me surpreende que você tenha conseguido
financiamento com tanta facilidade. Deve ter parecido
uma verdadeira mina de ouro.

                    NICK VINCENT (produtor)
                       (sorrindo)
Digamos apenas que nossos investidores rapidamente
viram o potencial dessa abordagem verdadeiramente
única e inovadora.

                    JJ NORTON
                  (em voz baixa)
Aposto que isso saiu direto da apresentação do
projeto. Palavra por palavra.

              NICK VINCENT (produtor)
                (virando-se para JJ)
Na verdade, quando começamos, tudo o que esperávamos
era descobrir alguma coisa nova a dizer sobre o
caso — afinal, esse é o objetivo de fazer este tipo
de programa.
  Mas, assim que mudamos de abordagem, percebemos
que, se *conseguíssemos* fazer isso, se realmente
identificássemos o verdadeiro assassino...

                  BILL SERAFINI
                  (assentindo)
... essa pessoa poderia estar sentada aqui bem à sua
frente. Na verdade, à porra desta mesa. Seria muito
valioso.

              NICK VINCENT (produtor)
                      (ri)
Não é fácil enganar você, Bill.

                    JJ NORTON
                  (com ironia)
E você iria encontrar o culpado, ao vivo diante
das câmeras, como uma espécie de Hercule Poirot
presunçoso e hipster.

              NICK VINCENT (produtor)
Acho que "presunçoso" é um pouco duro, JJ, mas, a
princípio, sim.
  Mas Guy tinha razão em relação a uma coisa: a
ideia de que conseguiríamos encontrar quatro outros
especialistas em investigação criminal, *todos* os
quais com uma conexão com esse caso, era mais do que
até nós podíamos ousar esperar.

Ele ri de novo — claramente está se divertindo muito.

Mas, droga, já tínhamos encontrado dois sem nem tentar, então o que tínhamos a perder?

> LAILA FURNESS

Deixe-me ver se entendi. Você está dizendo que escolheu alguns de nós exatamente *porque* você achou que tínhamos alguma ligação com o caso Ryder?

> NICK VINCENT (produtor)

Tinham ou *poderiam ter*, sim.

> LAILA FURNESS

Então todas essas "descobertas" que Tarek em tese tem feito, foi tudo um engodo? Vocês já sabiam de tudo isso antes mesmo de começarmos? Os Wilson, a irmã de Alan em Assos, o bebê de Caroline?

> NICK VINCENT (produtor)

Mais uma vez, em parte, sim, mas não tudo...

> GUY HOWARD
> (olhando para ele boquiaberto)

Você sabia disso? Durante todo esse tempo? Você é *inacreditável*.

> NICK VINCENT (produtor)

Ah, pare com isso, você *mesmo* me deu aquelas filmagens da lua de mel. Não é culpa minha que você não tenha conseguido ver o que estava bem na sua frente. Que grande diretor você é...

Guy empurra a cadeira para trás com violência deliberada, se levanta e sai andando do quadro. Ouve-se Nick murmurar: "Ah, saco, vai chorar no travesseiro."

> HUGO FRASER

Você apenas nos deu corda e nos observou seguir em frente, como um bando de idiotas. Essa coisa toda é um embuste desde o início.

NICK VINCENT (produtor)
Em meu mundo isso se chama "licença dramática", Hugo. Por acaso já ouviu falar nisso?

HUGO FRASER
Em *meu* mundo isso se chama fraude, Nick. Por acaso já ouviu falar *nisso*?

BILL SERAFINI
(interrompendo)
Você disse que "alguns" de nós têm conexões com o caso. Então, para que fique bem claro, você não está falando *apenas* de mim e de Alan?

NICK VINCENT (produtor)
Não, com certeza, não. Mas eu disse apenas conexões *possíveis*.

BILL SERAFINI
Nada que você possa provar com certeza?

NICK VINCENT (produtor)
Digamos apenas que algumas das coisas que descobrimos foram certamente verificadas, mas boa parte ainda está na fase de suposição ou chute calculado.
 E devo acrescentar que algumas coisas que achávamos se revelaram ser meras coincidências.
(ele ergue uma sobrancelha enquanto olha para Alan)
Apesar do que alguns nesta mesa possam pensar sobre isso.

BILL SERAFINI
(se recusando a morder a isca)
Então alguns de nós estão realmente livres de suspeitas?

NICK VINCENT (produtor)
Ah, estão, com certeza.

BILL SERAFINI
Quem, exatamente?

> NICK VINCENT (produtor)
> (sorrindo)

Ah, quem tem que saber isso sou eu. Vocês precisam descobrir.

> HUGO FRASER

Seu filho da mãe...

> LAILA FURNESS

Você está armando para nós. Jogando uns contra os outros.

> NICK VINCENT (produtor)

Se você acha.
  Mas não sei por que ficou tão nervosa de repente, Laila. Você não foi exatamente "transparente", foi? Com toda a porra da sua hipocrisia.

> LAILA FURNESS
> (de repente na defensiva)

Não sei o que você quer dizer com isso...

> NICK VINCENT (produtor)

Ah, acho que sabe.

> JJ NORTON

Laila? Aonde ele quer chegar?

> MITCHELL CLARKE
> (devagar)

Na verdade, eu acho que sei...

> LAILA FURNESS

Mitch, nós discutimos isso, eu *disse* a você...

> JJ NORTON

Alguém pode me dizer que merda está acontecendo?

> MITCHELL CLARKE
> (Desviando de leve o olhar de Laila e olhando
> para os outros ao redor)

Foi um tempo atrás, quando eu estava fazendo pesquisa sobre aquele atropelamento seguido de fuga em Sydney.

Eu descobri um nome para a vítima, lembram? Naquela revista de estudantes?

              JJ NORTON

Mohammed Khan, certo?

              MITCHELL CLARKE

Isso mesmo. Bom, alguns dias depois, eu me deparei com um artigo de Laila de anos atrás, algo sobre estratégias para lidar com perdas repentinas.

              JJ NORTON
            (franzindo o cenho)

E?

              MITCHELL CLARKE

O fato é que esse artigo foi escrito antes de Laila se casar. Ela o escreveu com seu nome de solteira.
    Laila Khan.

              HUGO FRASER

Ah, merda.

              MITCHELL CLARKE

Então eu mandei um e-mail para ela sobre isso — só para garantir, sabe? Porque, como eu disse quando estávamos gravando, Khan é de fato um nome muçulmano muito, *muito* comum.

              JJ NORTON

E o que ela disse?

              LAILA FURNESS
            (intervindo)

Eu disse que era coincidência...
            (voltando-se para Alan)

E nem *pense* em vir com sua conversa idiota de sempre sobre não acreditar em coincidências...

              ALAN CANNING
            (erguendo as mãos)

Ei, não estou dizendo nada.

BILL SERAFINI

Para sermos justos, Nick acabou de dizer que algumas coisas que eles investigaram se revelaram apenas coincidência. E, como você diz, é um nome muito comum...

MITCHELL CLARKE

Não é só isso, Bill. O artigo que encontrei era baseado na própria experiência de perder um membro próximo da família. No caso dela, um irmão.
(virando-se para ela)
Você falou sobre ele, lembra? Sobre como ele morreu quando tinha apenas 19 anos. E como foi mais difícil porque ele estava do outro lado do mundo e você não pôde estar com ele...

LAILA FURNESS

(completamente furiosa com ele)
O que *diabos* lhe dá o direito de bisbilhotar minha vida particular?

BILL SERAFINI

(com firmeza)
Isso está longe de ser "particular", Laila, não se você escreveu isso em uma revista profissional.

HUGO FRASER

(para Laila)
E, se é apenas uma coincidência, por que não esclarece isso para nós, aqui e agora?

Silêncio.

BILL SERAFINI

Laila?

LAILA FURNESS

(gélida)
Está bem.

Certo. Se é assim que vocês querem.

É, eu tinha um irmão, e sim, ele se chamava Mohammed. Ele foi para a universidade em Sydney e morreu vítima de um atropelamento em 1995...

JJ NORTON

Puta merda...

LAILA FURNESS

... mas não foi, e repito, *não* foi Luke Ryder o responsável. Logo, eu não tinha razão para ter raiva dele, muito menos para rastreá-lo e bater nele com uma pedra até ele morrer.

ALAN CANNING
(em voz baixa)

Como você sabe que não foi Ryder? Mais ninguém foi processado.

LAILA FURNESS

Não, ninguém foi indiciado, mas no fim tivemos certeza de quem era o motorista.

ALAN CANNING

"No fim?" O que quer dizer com isso?

LAILA FURNESS
(um pouco tensa)

O homem em questão fez uma confissão em seu leito de morte, ao que parece. Queria tirar isso do peito. Sua viúva entrou em contato com meu pai para contar a ele.

ALAN CANNING

A polícia de Sydney não parece saber disso.

LAILA FURNESS
(corando um pouco)

Eu não soube disso até Mitch começar a investigar o que aconteceu. Achei que meu pai tinha contado à polícia, mas, quando verifiquei com minha mãe, ela disse que ele nunca fez isso. Ele tentou telefonar para eles algumas vezes, mas nunca retornaram a ligação, e a coisa acabou se perdendo.

ALAN CANNING
Exatamente quando foi essa "confissão"?

LAILA FURNESS
(hesita por um instante)
Acho que foi em 2006.

Todos compreendem na hora o que isso significa.

ALAN CANNING
Dez anos *depois* que seu irmão morreu? E, durante todo esse tempo, você pode ter achado que na verdade *tinha sido* Ryder. Incluindo em *outubro* de 2003...

JJ NORTON
Quantas vezes eu fiquei aqui sentado e ouvi você insistir que uma mulher não podia cometer uma violência como aquela? Essa era a psicóloga objetiva falando ou outra parte muito interessada?

LAILA FURNESS
(agora desesperada)
Isso é um verdadeiro absurdo, e você sabe disso.
(virando-se para Canning)
Quanto a você, Alan, em *teoria* acho que eu *poderia* ter achado que o culpado era Luke Ryder em 2003, mas *na verdade* eu não achava — eu nem sabia que ele existia...

JJ NORTON
Você tem como provar isso?

LAILA FURNESS
É claro que eu não posso provar. Como se prova uma negativa?

ALAN CANNING
Você estava vivendo em Londres em 2003...

LAILA FURNESS
(com rapidez)
Assim como muitos de nós em torno desta mesa. Assim como *você*, por falar nisso. E nós já determinamos que você tinha um motivo pessoal e *tanto* para querer a morte de Ryder.
(inclinando-se na direção dele e apontando)
Então por que não nos conta, *inspetor detetive* Canning? Onde *você* estava na noite de 3 de outubro de 2003?

ALAN CANNING
Você está brincando, certo? Não pode estar pensando de verdade que...

BILL SERAFINI
Na verdade, eu concordo com Laila. Afinal de contas, é a pergunta óbvia.
(erguendo uma sobrancelha)
Não foi isso o que *você* disse quando *me* fizeram a mesma pergunta?

ALAN CANNING
De fato, foi. E também lembro que você nunca nos deu uma resposta.

BILL SERAFINI
Eu estava em Nova York naquela noite, eu *disse* isso a vocês.

ALAN CANNING
E eu disse a *você* que você estava listado como delegado na mesma conferência em que eu estava em Berkshire. Você podia ter ido a Londres sem dificuldade alguma...

                    BILL SERAFINI
Não do Brooklyn, eu não podia.

Mas eu concordo com você em uma coisa: qualquer um que estava nessa conferência podia com muita facilidade ter ido até Dorney Place e voltado para o hotel naquela noite.

(lançando um olhar significativo na direção dele) Então foi isso o que você fez? Foi de carro até lá depois que a última sessão terminou e todo mundo estava no bar? Mostrou seu distintivo para Ryder, contando a ele alguma história inventada para convencê-lo a deixá--lo entrar? E depois que *entrou, bam...*

                    ALAN CANNING
Isso é um completo absurdo, você está apenas tentando tirar nossa atenção de *você*...

                    JJ NORTON
                    (para Alan)
Na verdade, falando como um observador isento, tenho que dizer que seu motivo parece muito mais forte que o de Bill.

                    ALAN CANNING
                 (voltando-se para ele)
Ah, você é *isento* agora, não é? E *você*, JJ? O que *você* está escondendo? Porque deve haver alguma coisa.

                    JJ NORTON
Só porque *você* não contou toda a verdade não significa que o resto de nós fez a mesma coisa...

                    ALAN CANNING
Por que não perguntamos a Nick? Aposto que ele tem alguma coisa *bem* interessante sobre você.

Vamos encarar os fatos, ele podia ter escolhido entre diversos especialistas para seu programa, não podia? Henry Lee, Werner Spitz, qualquer um. E mesmo

assim ele escolheu você? Um perdedor sem futuro com tatuagens da droga de *Gales do Sul*?
               (brutalmente sarcástico)
Ah, desculpe, eu me esqueci que você é um *gênio* — Mensa é o cacete.

                    HUGO FRASER
Ai.

                    BILL SERAFINI
Tenho que admitir que eu mesmo já me perguntei sobre isso. Sobre as credenciais de JJ, no caso.

                    JJ NORTON
Vá se foder, Bill. *Vá se foder.*

                    LAILA FURNESS
Nick? É verdade? JJ é outro suspeito?

              NICK VINCENT (produtor)
         (nitidamente satisfeito por sua manobra
             estar funcionando tão bem)
Como eu disse, não vou dizer nada.

                    BILL SERAFINI
Mas, falando como detetive, JJ não tem nenhuma conexão com Londres, que eu saiba, então estou com dificuldade de entender como ele pode ter conhecido os Howard ou Luke Ryder, quanto mais ter um motivo...

                    JJ NORTON
Eu nunca morei em Londres, nunca estudei aqui, eu odeio o lugar...

                    LAILA FURNESS
                    (entendendo)
Não é Londres, é *Birmingham*. *Essa* é a ligação. Foi lá que você foi criado.

                    JJ NORTON
                (corando um pouco)
É, e daí?

                    HUGO FRASER
Eu agora me lembro, você não ficou se gabando de ser
nascido e criado em Birmingham?

                    JJ NORTON
Não tenho tanta certeza de ter me gabado, era mais
provável que estivesse brincando...

                    HUGO FRASER
Não, a questão é que você disse que não apenas morava
lá, você *nasceu* lá.

                    LAILA FURNESS
Exatamente. Como o bebê que Caroline Howard teve
quando tinha 16 anos. O que foi adotado por outra
família, e com toda probabilidade na região de
Midlands.

                    JJ NORTON
Ah, *qual é*...

                    BILL SERAFINI
Na verdade, acho que está no caminho certo, Laila.
E JJ não falou há algum tempo sobre como crianças
adotadas se sentem em relação a procurar seus pais
biológicos? Não foi quando descobrimos sobre o bebê
de Caroline? Acho que lembro que pareceu bem pessoal.
            (virando-se para Nick)
Estou me lembrando direito?

                NICK VINCENT (Produtor)
                    (assentindo)
Eu tenho até o vídeo para provar isso.
        (ele faz um sinal com a cabeça para o câmera)

VÍDEO aparece na tela.

MITCHELL CLARKE
Se a criança nasceu em 1979, ela teria 44 agora.

LAILA FURNESS
Mais precisamente, ele ou ela estaria com 18 anos em 1997, e teria o direito de ver seus registros com essa idade, mas não há sugestão de que tenha feito contato com Caroline na época. Então por que deixar para 2003?

JJ NORTON
Nem todos os filhos adotados querem procurar os pais biológicos. Alguns nunca procuram. E aos 18 anos é o mais cedo que se pode fazer isso. Muitas pessoas deixam para bem depois. Só estou dizendo.

MITCHELL CLARKE
Mas, se ele ou ela a localizou, pode ter sido um encontro bem difícil. E se a criança foi criada na pobreza? É uma possibilidade se pensarmos que ela pode ter crescido na região mais desprivilegiada de Birmingham, certo?
 Então, anos depois, ele ou ela de repente encontra a mãe verdadeira e os outros filhos dela sentados em uma montanha de dinheiro como Dorney Place, enquanto ele ou ela havia sido descartado na miséria.

JJ NORTON
Exatamente.

CORTA PARA: *Estúdio.*

ALAN CANNING
Isso agora parece ainda mais pessoal, JJ.
 É você, não é? O filho há muito perdido? Então como aconteceu? Você descobriu que Caroline era sua mãe e foi procurá-la...
   (gesticulando em torno da sala)
... só para descobrir que por todo aquele tempo ela estava vivendo em uma casa como esta? Porque tenho

certeza agora de que você disse algo bem amargo para aquele vigário em New Brunswick sobre crescer na linha de pobreza.

JJ NORTON
Vocês estão delirando, todos vocês. Nick deixou todos nós paranoicos. *Eu não tive nada a ver com isso.*

ALAN CANNING
Mas não foi isso o que eu perguntei, foi?
 Onde você estava na noite de 3 de outubro de 2003?

JJ NORTON
(sarcástico)
Não tenho a menor ideia, faça outra pergunta.

HUGO FRASER
Mas você nasceu em 1979 — essa parte está correta?

JJ NORTON
(virando-se para ele)
É. Como centenas de milhares de outras pessoas.

BILL SERAFINI
É adotado?

JJ NORTON
(depois de uma pausa)
Sou. Não que seja da sua conta. Nem de mais ninguém, na verdade.

BILL SERAFINI
Concordo. A menos, é claro, que você seja o filho perdido de Caroline Howard. Aí com toda certeza *é* da nossa conta.

JJ NORTON
Bem, eu não sou. Está feliz agora?

ALAN CANNING
Você tem como provar isso?

JJ NORTON

Se for necessário. Mas, para ser sincero, não vejo por que eu deva fazer isso...

LAILA FURNESS
(intervindo)

Desculpem, mas estou muito desconfortável com isso. Está perigosamente perto de bullying. Nick disse que alguns de nós *pareciam* ter conexões com o caso, só que na verdade era pura coincidência. Talvez isso se aplique a JJ...

ALAN CANNING

Só não sei por que ele está tão relutante em provar.

LAILA FURNESS

Mas pode não ser tão fácil.

Ele precisaria nos mostrar a certidão de nascimento original com o nome de sua mãe biológica, o que é um documento que ele pode nem mesmo *ter*, e com certeza pode não querer mostrar em público. É algo muito particular.

ALAN CANNING
(irritado)

Eu não estou pedindo para ver nada disso, tudo o que ele precisa fazer é fornecer uma amostra de DNA para comparar com a de Guy. Se eles forem parentes, vamos descobrir logo.

JJ NORTON

Pelo amor de Deus, você está perdendo a porra do seu tempo. Esse *não sou eu*. E estou de boa em *não* dar a vocês a porra de uma amostra. É uma invasão grosseira da minha privacidade e vocês sabem disso.

Enquanto fala, ele se encosta na cadeira e puxa as mangas. Alan o observa por um momento.

ALAN CANNING
(pensativo)
Eu tinha me esquecido dessa tatuagem. É seu perfil de DNA não é?

JJ enrubesce, mas não diz nada.

Talvez a gente possa usar isso. Quero dizer, você na verdade não trata muito como uma coisa particular, não é? Está bem aí para qualquer um ver.
(se volta para Nick)
Você deve ter vídeos onde pode conseguir uma imagem.

NICK VINCENT (Produtor)
(dando uma risada rápida)
Bem pensado, Alan. E você tem razão, nós temos. O problema é que os resultados foram inconclusivos — nenhuma das imagens estava boa o suficiente.

JJ NORTON
(olhando para ele boquiaberto, furioso)
Você já *fez* isso? Você examinou a droga do meu *DNA*? Sem nem mesmo me dizer?

NICK VINCENT (Produtor)
(dando de ombros, nitidamente inabalado)
Como Alan disse, se você achava que isso era particular, não deveria ter posto na porra do braço.

Há um silêncio desconfortável; JJ está furioso.

BILL SERAFINI
(com um pequeno riso forçado, tentando deixar o clima mais leve)
Droga, estou começando a achar que deveríamos fazer toda a equipe passar pelo polígrafo, isso ia nos dizer de uma vez por todas o que é real e o que é mera "coincidência".

NICK VINCENT (Produtor)
(com um sorriso malicioso)
É engraçado você mencionar isso.

LAILA FURNESS
Um *polígrafo*? Você não está falando sério.

NICK VINCENT (Produtor)
Por que não? Bill tem razão. E, vamos encarar, isso renderia...

HUGO FRASER
(de modo sombrio)
Não me diga: *"um ótimo material para o reality."*

NICK VINCENT (Produtor)
(rindo)
Você finalmente está pegando o jeito, Hugo.
Mas, falando sério, por que não? Se todos têm tanta certeza de que não têm nada a esconder.

LAILA FURNESS
(com firmeza)
Tem uma razão para polígrafos não serem admitidos nos tribunais, Nick. E não só aqui, nos EUA também. A ciência não é segura o suficiente. Algumas pessoas acham relativamente fácil vencer a máquina, enquanto outras pessoas reagem tão mal ao estresse que pode levar a falsos positivos perigosos.

TAREK OSMAN
(com certa hesitação)
Embora aqui eles sejam usados com criminosos sexuais, não são? Se eles foram liberados com uma licença... para verificar se eles estão respeitando as condições para sua liberdade?

HUGO FRASER
É, isso é verdade, mas é uma exceção muito limitada e rigidamente controlada à regra. A Lei de gestão de

criminosos de 2007 proíbe explicitamente o uso desses resultados de polígrafos em processos criminais. Por todas as razões que Laila mencionou.

                    BILL SERAFINI
Certo. Mas já vi gente inocente ser eliminada de investigações graças a polígrafos. Porém você tem razão, eles têm que ser administrados por um técnico experiente, não algum vagabundo da TV.
   Sem ofensa, Nick.

                 NICK VINCENT (Produtor)
                       (sorrindo)
Eu não me ofendo tão fácil, Bill. Provavelmente é melhor assim.
   Aliás, concordo com você: eu certamente acho que polígrafos têm o seu papel.

                       JJ NORTON
               (ainda nitidamente furioso)
Ninguém vai me tratar como a porra de um rato de laboratório, e ponto-final.

                      HUGO FRASER
Concordo. Nick quer tentar descobrir alguma coisa errada com a gente — sai jogando verde só para tentar colher maduro.

                    MITCHELL CLARKE
                (erguendo uma sobrancelha)
"A dama protesta demais", já dizia Shakespeare?

                      HUGO FRASER
                  (virando-se para ele)
O que quer dizer com isso?

                    MITCHELL CLARKE
Ah, qual é? Você também não foi bem "transparente", foi?

LAILA FURNESS
Do que está falando, Mitch?

MITCHELL CLARKE
(apontando para Hugo)
Ele a conhecia... no passado.
Caroline Howard.
Ele nunca pensou em mencionar isso, não é?

LAILA FURNESS
(arregalando os olhos)
Hugo a *conhecia*? Você tem certeza?

MITCHELL CLARKE
Toda a certeza. Eles eram todos parte do mesmo grupo de Kensington. Os mesmos clubes, os mesmos jantares, filhos nas mesmas escolas. Tudo *muito próximo*.

HUGO FRASER
(parecendo desconfortável)
Não era bem assim...

JJ NORTON
É mesmo? Então como era?

HUGO FRASER
É, nós vivíamos em alguns dos mesmos círculos, mas isso não é tão incomum nesta parte da cidade.

BILL SERAFINI
Então quão próximos vocês eram, exatamente? Conhecidos? Amigos? Amigos *íntimos*?

JJ NORTON
(de forma severa)
Talvez até uma amizade colorida? Esse homem "inapropriado" que ela estava vendo... era você?

LAILA FURNESS
(olhando de um para o outro)
Quer dizer que ele era inapropriado não porque era casado, mas porque era *negro*? Ah, meu Deus...

Há um silêncio. Hugo não está olhando ninguém nos olhos.

> ALAN CANNING
> (pigarreia)
Acho que esse pode ser o momento de mencionar o carro...

> LAILA FURNESS

Ah, merda.

> ALAN CANNING

Aquela mulher que eu contei para vocês que tinha um MGB vermelho em 2003? A que eu não consegui convencer a falar diante das câmeras? O nome dela é Serena Hamilton. Mas, na época, antes de se casar, ela era Serena *Fraser*. Hugo é seu irmão.

E, para evitar qualquer dúvida, ele costumava pegar o carro dela emprestado. Aparentemente, ele fazia isso o tempo *todo*.

> LAILA FURNESS
> (olhando para Hugo)

Meu Deus, era *você*. Era *com* você que ela estava tendo um caso.

> HUGO FRASER
> (sacudindo a cabeça)

Não é o que parece.

> JJ NORTON

O que *parece* é que você tinha um ótimo motivo para matar Luke Ryder. Caroline queria terminar com você, e você não aceitou o não como resposta...

> HUGO FRASER

Isso seria ridículo se essa coisa toda não fosse a merda de um programa...

> JJ NORTON

Você resolveu discutir com ela, fazê-la mudar de ideia... Só que quando você foi até lá ela havia ido para aquela festa, e a única pessoa em casa era Luke...

HUGO FRASER
(sacudindo a cabeça)
Não, de jeito nenhum, isso *não* aconteceu, e de qualquer forma, foi só uma coisa ocasional, um casinho.

MITCHELL CLARKE
Como JJ diria, "ah, valeu".

HUGO FRASER
(devolvendo as críticas)
E você? Por que não nos conta o que estava realmente fazendo lá naquela noite? Por que com toda a certeza não foram aquelas bobagens que você contou sobre "ouvir uma comunicação no rádio da polícia"...

MITCHELL CLARKE
E como você poderia saber disso?

HUGO FRASER
Porque Caroline e eu éramos *amigos*, e ela *conversava* comigo.

Ele respira fundo; os outros estão olhando fixamente para ele, que ergue as mãos.

Olhem, eu não podia contar isso antes porque eu sabia o que ia parecer...

Uma agitação percorre a mesa, alguém murmura "ah, valeu".

... mas vocês se lembram daqueles amigos inapropriados que Maura estava vendo naquele verão? Um deles não era apenas um amigo, ela *estava dormindo com ele*. Era por isso que Caroline estava tão preocupada...

MITCHELL CLARKE
(gélido)
Ela disse que ele era "inapropriado", não foi? E por que exatamente ele *era*? Por que era negro, como você? Não, *você* tem um passe livre porque é a porra de um negro assimilado pelos brancos e um filho da mãe rico,

mas o cara de Maura era apenas um lixo pobre e negro. A bosta embaixo da porra de seus sapatos Prada? É *isso* o que está dizendo?

>   HUGO FRASER
> Você sabe que não foi o que eu quis dizer. Maura tinha *15* anos, pelo amor de Deus. Era tecnicamente *estupro*...

>   MITCHELL CLARKE
>   (sacudindo a cabeça)
> Você não tem como provar que era eu...

>   HUGO FRASER
>   (olhando-o nos olhos)
> Ela o conheceu em um evento na escola. Ele era um jornalista — *você* era um jornalista e cobria eventos naquela área, *inclusive* naquela escola.
>   (respira fundo)
> E, sim, o homem em questão era negro. Isso reduz bastante as possibilidades...

>   MITCHELL CLARKE
>   (ainda sacudindo a cabeça)
> Isso não prova nada.

>   HUGO FRASER
> *Além do mais*, isso explicaria por que você estava lá naquela noite. Talvez tenha entrado escondido para vê-la quando sabia que a mãe dela estaria fora? Aquele apartamento em cima da garagem... Não era por isso que Maura estava tão ansiosa para se mudar para lá? Para que vocês dois pudessem trepar em paz? Com certeza era o que Caroline achava.
>   Você não tinha como saber que Luke não iria àquela festa, tinha? Até onde sabia, era Beatriz que estaria de babá naquela noite — Beatriz que beirava os setenta anos e era mais surda que um poste. Mas Luke não era, a audição dele era muito boa. Ele ouviu algo, saiu e pegou vocês dois em flagrante...

MITCHELL CLARKE

Você *não* vai me culpar por isso. Porra nenhuma! Se eu o tivesse matado haveria *provas*, haveria DNA, e deixe-me lembrar que eles não encontraram *nada* que me ligasse a *isso*.

(apontando para Hugo)

Você pode dizer a mesma coisa? O que *você* acha de nos dar uma amostra de DNA e vamos ver se a Metropolitana pode encontrar algo que bata com aquela jaqueta?

HUGO FRASER

Manda ver, eu não tenho nada a esconder. Porque eu *não estava lá*.

Ao contrário de *você*.

LAILA FURNESS

Mas você *estava* na festa, certo? Aquele carro, ele estava do lado de fora, Phyllis Franks o viu...

HUGO FRASER

(hesita)

Tudo bem, tem razão, eu estava lá, mas...

JJ NORTON

(intervindo)

Esperem aí, esperem aí. Hugo, o que acabou de dizer sobre Mitch não se encaixa na linha do tempo.

Mitch não podia estar entrando às escondidas para ver Maura naquela noite porque as garotas estavam no cinema, a noite inteira. Caroline comprou seus ingressos, lembram, e o filme só terminou às 22h15...

HUGO FRASER

Ela ter visto as garotas entrarem não quer dizer que elas de fato *tenham ficado* lá.

BILL SERAFINI

Você acha que elas deram uma escapada mais cedo?

                    HUGO FRASER
Acho que Maura pode ter feito isso. Eu sei que ela já
tinha feito isso antes. E era uma caminhada de apenas
vinte minutos até a casa.

                    BILL SERAFINI
Então sua teoria é de que ela e Mitch já tinham
combinado de se encontrar no quarto dela em cima da
oficina? Só que nenhum deles percebeu que Luke estava
em casa porque ele só desistiu de ir à festa *depois*
de Caroline deixar as garotas no cinema?

                    HUGO FRASER
Exato.

                    MITCHELL CLARKE
Pelo amor de Deus, isso é tudo uma grande *babaquice*...

                    ALAN CANNING
                    (em voz baixa)
Então por que não nos conta o que realmente
aconteceu? Você estava em um relacionamento com Maura
Howard ou não?
    Ou prefere que a gente traga ela até aqui e
pergunte a ela? Talvez nós devêssemos perguntar
a Guy o que ele acha disso.

*Ele se vira e olha para o outro lado da sala. A CÂMERA
acompanha seu olhar, abrindo lentamente para uma tomada
em grande angular, e vemos não apenas a equipe, mas
Guy, onde ele estava sentado esse tempo todo. Ele está
em uma cadeira na extremidade oposta, com as mãos na
cabeça. Depois de um momento, ele ergue os olhos.
Parece com raiva.*

                    GUY HOWARD
Deixem Maura fora disso, estão ouvindo?

                    NICK VINCENT (Produtor)
É um pouco tarde para se fazer de importante, parceiro...

                        GUY HOWARD
            (se levantando e andando na direção dele)
Vá se foder, Nick, *vá se foder*...

                        BILL SERAFINI
                    (erguendo as mãos)
Certo, certo, vamos dar um tempo agora, está bem?
   Mitch, acho que você precisa mesmo ser sincero
conosco. Pelo bem de Maura, mesmo que não seja por
mais ninguém.

                        MITCHELL CLARKE
                    (respirando fundo)
Está bem. Está bem.
   Sim.

                        ALAN CANNING
Sim, quer dizer que você *estava* se encontrando
com ela?

                        MITCHELL CLARKE
            (engole em seco, então assente)
Sim. Eu estava me encontrando com ela.

A CÂMERA ainda está com a grande angular. Guy olha fixamente para ele, então abaixa a cabeça e vira o rosto. Mitch olha para o resto da equipe.

   Olhem, eu não me orgulho disso, mas vocês têm que se
   lembrar que eu tinha pouco mais de 21 anos na época.
   E ela era muito mais sofisticada que eu...
            (olhando para os rostos deles)
   Com isso eu não quis dizer que... merda, está saindo
   tudo errado. Não a estou culpando, sério, a culpa
   é só minha, eu *sei* disso. Eu só quis dizer que ela
   vinha de uma origem completamente diferente. *Eu* era o
   garoto ao lado dela.
      Mas, sim, eu sabia que ela era menor de idade e não
   estou tentando me desculpar por isso, mas quanto a
   estupro...

>   (virando-se para Hugo)
> *Não* foi o que aconteceu. Eu a amava, eu nunca a teria forçado a fazer nada que ela não quisesse. Se muito, foi ela que forçou esse lado.

Hugo não parece convencido; os outros nitidamente não sabem no que acreditar. Guy vai até a janela e põe uma das mãos no vidro, de costas para o resto da sala.

>   LAILA FURNESS
>   (com delicadeza)
> Ela amava você?

>   MITCHELL CLARKE
>   (dá de ombros)
> Eu achava que sim.

>   HUGO FRASER
> É mais provável que ela o tenha usado só para enfrentar a mãe.

>   MITCHELL CLARKE
>   (virando-se para ele, agora com raiva)
> Olha, ela *disse* que me amava, está bem? E eu não sei o que lhe dá o direito de ser tão arrogante. Você estava transando com a mãe dela e traindo sua mulher...

>   HUGO FRASER
>   (também ficando com raiva)
> A *mãe* dela era *adulta*, não uma *criança* menor de idade...

>   BILL SERAFINI
> Esperem um pouco. Como eu disse, é hora de dar um tempo...

Há um silêncio desconfortável; Hugo se levanta e se serve um copo de água. A CÂMERA permanece em grande angular.

BILL SERAFINI
Mitch, por mais que eu odeie concordar com Alan em qualquer coisa, acho que você precisa nos contar o que de fato aconteceu naquela noite.
Porque Hugo tem razão: é evidente que nada disso aconteceu como você disse quando começamos tudo.

MITCHELL CLARKE
Eu não o matei, eu não tive *nada* a ver com isso...

BILL SERAFINI
(pacificador)
Não estou dizendo que matou. Mas queremos a verdade.

MITCHELL CLARKE
Está bem, está bem.
(respira fundo)
Você tem razão sobre o cinema: Maura tinha combinado com Amelie que ia embora cedo, e Amelie ia lhe dar cobertura. Eu a peguei em Notting Hill Gate e fomos para meu apartamento.

JJ NORTON
Deve ter sido meio decadente depois de Dorney Place...

HUGO FRASER
(ironicamente)
Bom, já sabemos que ela gostava de pegar pesado...

MITCHELL CLARKE
Vá à merda, Hugo.

BILL SERAFINI
Ignore-o. O que aconteceu depois?

MITCHELL CLARKE
Eu deixei Maura na esquina de sua rua por volta das dez. Ela devia se encontrar lá com Amelie às 22h15 para que elas voltassem juntas para casa.

ALAN CANNING
(assentindo)
O que explica um homem que corresponde à sua descrição ter sido visto na rua...

MITCHELL CLARKE
É. Eu parei para botar gasolina no caminho de volta e estava no caixa quando recebi uma ligação estranha do celular de Maura. Eu não consegui entender — levei alguns minutos para perceber que ela havia me ligado por engano. Que tinha sido sem querer.

BILL SERAFINI
Então a que horas foi isso?

MITCHELL CLARKE
Eu não olhei para o relógio, mas acho que era em torno de 22h35.

BILL SERAFINI
Você conseguiu ouvir o que estava acontecendo? Alguma coisa que ela estava dizendo?

MITCHELL CLARKE
(suspirando e sacudindo a cabeça)
Na verdade, não. Era mais como uma respiração pesada, quase um gemido. Eu tentei falar com ela, mas era bem óbvio que ela não conseguia me ouvir...

BILL SERAFINI
Então você fez a volta e foi para lá?

MITCHELL CLARKE
Claro que sim. Você não voltaria?

BILL SERAFINI
O que aconteceu depois?

MITCHELL CLARKE
Mais ou menos tudo o que eu contei a vocês: quando cheguei, os policiais já estavam lá.

BILL SERAFINI
Você seguiu o carro da polícia pela entrada de carros e fez a volta até os fundos da casa?

MITCHELL CLARKE
Isso, eu estava procurando Maura.

ALAN CANNING
Mas o que encontrou foi um corpo.

MITCHELL CLARKE
(engole em seco)
Isso.

BILL SERAFINI
Você conhecia Luke?

MITCHELL CLARKE
(sacudindo a cabeça)
Não, eu o havia visto de longe, mas só isso.

HUGO FRASER
Enquanto você transava com Maura em cima do estábulo, com certeza.

MITCHELL CLARKE
(ignorando-o)
Eu nunca falei com ele. E, de qualquer forma, o estado do corpo... Vocês não teriam reconhecido quem era — ninguém teria.

BILL SERAFINI
E depois?

MITCHELL CLARKE
(dá de ombros)
Foi como eu disse antes. Vi os policiais vindo na minha direção e só fugi.

LAILA FURNESS
Por que não contou à polícia que conhecia Maura?

MITCHELL CLARKE
Está na cara, não?

HUGO FRASER
Porque ele não queria ser acusado de estupro, por isso.

MITCHELL CLARKE
Eu era apenas um *garoto*, um garoto *negro* que tinha crescido em um conjunto habitacional em Ladbroke Grove. Eu não precisava de mais problema com a lei. E também não queria causar um problema para Maura.

LAILA FURNESS
(suspirando)
Acho que entendo bem.

ALAN CANING
Então é isso? Não tem mais nada que você não está nos contando?

MITCHELL CLARKE
É isso. Como eu disse, não tive nada a ver com isso. Quando cheguei lá, ele já estava morto. Essa é a mais pura verdade.

JJ NORTON
(em voz baixa)
Foi isso o que você disse da primeira vez. Palavra por palavra.

Há um breve silêncio.

ALAN CANNING
E quanto a Maura?

Eles o encaram. Guy se vira da janela e fica ali parado com os olhos fixos em Alan.

LAILA FURNESS
O que quer dizer com "e quanto a Maura"?

ALAN CANNING
Contaram à polícia que as garotas chegaram em casa às 22h30, e ninguém nunca questionou isso. Está bem aqui em nossa linha do tempo.

Mas, se o que Mitch diz é verdade, Maura pode ter chegado em casa pouco depois das *dez*, supondo que tenha ido direto para casa sem se dar o trabalho de esperar Amelie. E isso seria bem no meio do período no qual sabemos que Luke foi morto.

E, se a ligação acidental ocorreu às 22h35, são bons dez minutos antes de Maura dizer que tinha encontrado o corpo.

E tem mais uma coisa: ela tem cabelo castanho.

As pessoas começam a se sentir desconfortáveis: é óbvio aonde isso vai levar. Alan se encosta na cadeira e olha ao redor.

Então.
E se foi Maura? E se *ela* o matou?

Silêncio. Na janela, Guy está muito pálido, seus punhos estão tão apertados que os nós dos dedos estão brancos.

BILL SERAFINI
(se remexendo um pouco na cadeira)
Bem, por mais que seja sem dúvida difícil falar sobre isso — para todos nós —, precisamos olhar para essa coisa toda de forma objetiva...

LAILA FURNESS
(olhando desconfortavelmente para Guy)
É fácil dizer isso quando não se tem uma pessoa da família sob suspeita...

BILL SERAFINI
Eu sei, acreditem em mim, eu sei. Mas qual o sentido de fazer tudo isso se não vamos olhar para *todos* os possíveis suspeitos?

ALAN CANNING

Exatamente.

Então. Maura.

(apontando outra vez para a linha do tempo)
Porque, segundo isso, se ela estava em casa às dez, sem dúvida houve tempo suficiente...

MITCHELL CLARKE

Você acha *mesmo* que uma garota de 15 anos poderia ter executado esse... esse... *banho de sangue*? Sem mencionar o pequeno detalhe do motivo. Por que ela faria isso?

ALAN CANNING

(lançando um olhar carregado na direção dele)
Não posso acreditar que você, dentre todas as pessoas, precise perguntar isso. "Luke" estava prestes a expor sua festinha sexual para a mãe dela, não estava? O que teria dado fim a suas transas secretas, de uma vez por todas. Motivo suficiente, se querem minha opinião, para uma adolescente impetuosa. E já sabemos que ela o odiava.

BILL SERAFINI

(concordando)
Do ponto de vista profissional, nunca canso de me surpreender com aquilo de que os adolescentes são capazes, e especialmente garotas.

ALAN CANNING

(olhando para a equipe, embora não para Guy)
E a linha do tempo funciona: Mitch a deixa, e ela percebe que está prestes a chover, então em vez de esperar por Amelie, resolve ir direto para casa.

Enquanto ele fala, corta para RECONSTITUIÇÃO. "Maura" desce de um carro Ford claro que vai embora imediatamente. Podemos ver que o homem dentro do automóvel é negro. A CÂMERA segue "Maura" enquanto ela caminha pela rua bem iluminada até Dorney Place. Não há mais ninguém por perto. No portão, ela digita a senha e entra pela pista de carros. A garota que interpreta o papel se parece muito com as fotos de Maura naquela idade.

ALAN CANNING
Ela dá a volta pela lateral da casa na direção de seu quarto, mas não faz nenhum esforço para se esconder porque supõe que seja Beatriz, a babá, e ela não vai perceber nada.

Só que não é Beatriz que está na casa, é Luke.

Quando "Maura" chega ao terraço, "Luke" aparece nas janelas francesas. Ele abre a porta, nitidamente furioso. "Maura" se vira e tenta escapar, mas ele a segue e a agarra pelo braço. Há uma luta e a CÂMERA dá ZOOM para mostrar o cabelo dela prendendo no zíper da jaqueta dele. Ela o empurra, e ele escorrega, caindo pesadamente sobre a pedra. E fica ali deitado, sem se mexer.

Talvez ela ache que o matou; talvez esteja muito satisfeita por ele estar morto.

E talvez, apenas *talvez*, ela não saiba se ele está ou não morto e resolve que é melhor se certificar.

O VÍDEO desacelera quando ela assoma sobre ele, com uma pedra na mão que ela ergue devagar acima da cabeça.

A IMAGEM CONGELA.

CORTA PARA: Equipe. Alan se encosta na cadeira e olha ao redor.

Enfim, ela golpeia seu rosto até desfigurá-lo.

Silêncio. Na janela, Guy se virou.

MITCHELL CLARKE
(sacudindo a cabeça)
Eu ainda não estou convicto. Mesmo que sua mãe tivesse descoberto, qual a pior coisa que podia ter

acontecido? Ela teria ficado de castigo ou cortariam sua mesada ou alguma merda assim. Qual é, *não é* motivo para matar o cara...

> BILL SERAFINI

Laila, você está muito calada. Como psicóloga, o que acha?

> LAILA FURNESS
> (parecendo preocupada)

Só estou torcendo para que não seja mais um caso de um padrão familiar terrível.

Um breve silêncio; JJ é o primeiro a entender.

> JJ NORTON

Merda, você acha que ele podia estar abusando dela? Que foi por isso que ela reagiu desse jeito?

> LAILA FURNESS
> (com um suspiro)

Espero que não, espero que não, de verdade. Mas pode explicar por que as duas não gostavam tanto dele...

A CÂMERA gira rapidamente para capturar Guy enquanto ele se desvia dos móveis e desaparece atrás da câmera. Laila parece perturbada.

Ah, meu Deus, Guy, desculpe, eu não devia ter levantado isso...

> ALAN CANNING
> (em voz baixa)

Estamos aqui para determinar a *verdade*, Laila. "Qualquer que seja essa verdade." Foi o *próprio* Guy que disse isso.
> (estende as mãos)

Se é o que ele diz estar fazendo, então não pode escolher que "verdade" vamos encontrar, só porque ele não gosta dela.

> BILL SERAFINI
> (para Laila)

Isso pode ter acontecido assim? Será que Maura *pode* tê-lo matado?

> LAILA FURNESS
> (com a expressão fixa)

Talvez, se ele estivesse mesmo abusando dela.

> (respira fundo)

Eles viviam na mesma casa havia meses. Se isso estivesse acontecendo todo esse tempo, dá para entender facilmente como a pressão pode ter se tornado insuportável.

E precisamos nos lembrar de que o córtex pré-frontal não está desenvolvido por completo em um cérebro adolescente, o que significa que ele tem menos controle sobre os impulsos do que o de adultos maduros.

Então, sim, *talvez*, se ela já estivesse sob esse nível de pressão mental e de repente se viu em uma situação de confronto raivoso com ele, acho que é possível. Ela *pode* ter atacado com violência como Alan acabou de descrever.

> HUGO FRASER

Ou *talvez* ela fosse mais astuta do que vocês acham. Talvez a verdadeira razão para ter destruído o rosto dele tenha sido fazer com que parecesse o trabalho de algum psicopata aleatório. Para tirar a polícia da sua cola.

> BILL SERAFINI

Mitch, você estava se encontrando com ela na época. Ela alguma vez disse algo sobre o que aconteceu naquela noite? Imagino que ela não tenha dito nada sobre abuso, ou você já teria nos contado.

> MITCHELL CLARKE
> (sacudindo a cabeça)

Aquela noite foi a última vez que falei com ela. Ela me mandou uma mensagem terminando comigo na manhã seguinte. Tentei falar com ela por semanas, mas ela se recusou a atender minhas ligações.

HUGO FRASER
O que, em minha opinião, é por si só revelador.

BILL SERAFINI
(para Mitch)
Você não achou isso estranho?

MITCHELL CLARKE
(dando de ombros)
Não na época. Não com tanta merda acontecendo. E sejamos francos: homens de 21 anos não são exatamente conhecidos por sua inteligência emocional. Eu só achei que ela estava passando por merda suficiente para me incluir na mistura.

E sim, talvez, sendo totalmente honesto, achei que fosse melhor para mim. Eu já tinha escapado de uma encrenca naquela noite.
(olhando na direção de Bill)
E, só para constar, você tem razão: ela nunca me disse uma palavra sobre nada inadequado acontecendo com Luke. Nem uma palavra.

ALAN CANNING
(se recostando na cadeira)
Então, se *foi* Maura, nós achamos que Caroline sabia?

Todos levam um momento para absorver o que foi dito. Bill solta um assovio baixo.

BILL SERAFINI
Minha nossa...

ALAN CANNING
Essa tem de ser a conclusão óbvia, não é? Talvez não naquela noite, mas logo depois.

Lembrem-se do que Shirley Booker disse sobre as crianças fazerem terapia? Se Maura realmente matou

"Luke", vejo claramente por que ela precisou de um
terapeuta. Ela seria um poço de ansiedade.

>> LAILA FURNESS
>> (nitidamente irritada com a escolha
>> de linguagem dele)

Ela o *encontrou*. Vocês não acham que só *isso*...
   (gesticulando para as fotos da cena do crime)
... seria suficiente para abalar sua psique típica de
uma garota de 15 anos?

>> ALAN CANNING

É claro. Mas tem outra explicação, e, como eu disse
antes, não podemos simplesmente ignorá-la só porque
por acaso não gostamos dela.

>> BILL SERAFINI
>> (também olhando para os quadros)

Mas e suas roupas? Se Maura bateu em Luke até
a morte, ela teria ficado coberta de sangue, sem
mencionar tecidos corporais. Não havia como os
policiais não terem percebido isso.

>> HUGO FRASER

A explicação mais simples seria ela ter trocado
de roupa. Ela estava em casa, teria acesso a muitas
roupas limpas.

>> LAILA FURNESS
>> (olhando para a linha do tempo)

Mas havia tempo suficiente para isso?

>> HUGO FRASER
>> (pensando)

Acho que suficiente — supondo que ela tenha chegado
em casa pouco depois das dez. A ligação para a
emergência foi só às 22h47.

*JJ se levanta, vai até o mural e para diante de um grupo
de imagens retiradas de VÍDEOS exibidos anteriormente.*

A CÂMERA aproxima o ZOOM.

      JJ NORTON
    (gesticulando para uma imagem)
Nós sabemos o que ela estava vestindo mais cedo naquela noite, na festa de sua amiga. A pergunta é se ela ainda usava as mesmas roupas quando a polícia chegou na casa depois da ligação para a emergência.

      TAREK OSMAN
      (procurando)
Infelizmente não tenho nenhuma filmagem. Os noticiários não tiveram permissão de mostrar imagens das crianças naquela noite.

      HUGO FRASER
      (para Alan)
Seguramente a Metropolitana embalou as roupas de Maura se foi ela que encontrou o corpo. Nesse caso, deve haver alguma coisa no arquivo para dizer o que ela estava vestindo.

Eles começam a remexer em sua papelada. Bill é o primeiro a encontrar.

      BILL SERAFINI
Aqui estamos nós — moletom cinza, camiseta branca, jeans.
    (olha para JJ ainda perto do mural)
Isso bate?

      JJ NORTON
    (olhando de volta para ele)
É, até onde sabemos. Mas quantas camisetas brancas e jeans tem um adolescente médio? Não tenho certeza se dá para chamar isso de conclusivo. Ela pode ter se trocado com facilidade antes da chegada da polícia.

LAILA FURNESS

E o moletom?

JJ NORTON

Ela não estava com ele nas fotos anteriores. Mas, para ser justo, isso pode ter sido por ela estar em casa e não precisar dele.

HUGO FRASER

Espere um minuto. Essa sua nova versão dos acontecimentos, Alan: explique como *"Luke"* acaba vestindo uma jaqueta?

Algumas pessoas olham para ele de forma inexpressiva, mas Bill é mais rápido.

BILL SERAFINI

Entendo aonde quer chegar. Se ele estivesse assistindo à TV quando viu Maura pela janela, por que perdeu tempo vestindo uma jaqueta antes de sair e confrontá-la? Ninguém faria isso, não é? Mesmo se estivesse chovendo, o que sabemos que não estava — não naquela hora.

ALAN CANNING
(dá de ombros)

Não é nada de mais. Talvez ele não estivesse vendo TV. Talvez estivesse se preparando para sair e trabalhar na motocicleta.

Corta novamente para RECONSTITUIÇÃO. A imagem retrocede até o ponto em que "Maura" aparece no terraço e recomeça. Dessa vez, "Luke" está na sala de estar com sua jaqueta jeans preta quando a vê. O resto da sequência se passa como antes.

CORTA PARA: Equipe.

LAILA FURNESS

Mas ele não estava com as chaves da oficina com ele quando morreu. Já falamos sobre isso.

ALAN CANNING
(imperturbável)
Talvez Maura tenha aparecido no exato momento em que ele estava procurando por elas.

HUGO FRASER
Não estou convencido. Acho que os fatos *conhecidos* se encaixam muito melhor em outro roteiro: que outra pessoa apareceu naquela noite, inesperadamente ou não, e Luke resolveu conversar com ela fora de casa. Por isso a jaqueta.
Para mim, Maura não teve nada a ver com isso.
(uma pausa)
Embora eu aceite que o que Mitch nos contou levanta algumas questões significativas, principalmente o fato de que é possível que ela tenha chegado em casa cedo o bastante *ou* para cometer ela mesma o assassinato, como Alan está sugerindo, *ou* a ponto de saber bem mais sobre o crime do que já admitiu.
O problema é que essa é uma pergunta que só ela pode responder.

Há um barulho repentino, e a CÂMERA gira para ver as portas para a sala contígua se abrirem. Todo mundo se volta para ver Maura ali de pé com uma mão em cada porta.

MAURA HOWARD
Vocês querem saber o que aconteceu?
Está bem.
É só me perguntar.
Eu vou contar a vocês a merda do que aconteceu.

FADE OUT lento

CORTA PARA: Nick Vincent contra um fundo negro, em CLOSE, se dirigindo para a câmera.

NICK VINCENT (Produtor)
A esta altura da série, vocês ouviram falar muito sobre o jeito um tanto controverso como a estamos

conduzindo. Fomos acusados de deslealdade, exploração, até fraude. Mas não me arrependo de nada disso.

Por quê?

Porque em poucos meses conseguimos desvendar um caso que frustrou a Polícia Metropolitana por duas décadas.

Isso mesmo. Depois de todos esses anos, finalmente sabemos a verdade. Nós sabemos quem matou Luke Ryder.

Apertem os cintos. Prometo que vai ser uma viagem e *tanto*.

FADE OUT

CORTA PARA: *Dorney Place. Maura ainda está nas portas, e Guy agora está parado a poucos metros de distância. A equipe está em primeiro plano em torno da mesa, todos voltados na direção de Maura.*

<u>GUY HOWARD</u>
(dando um passo na direção da irmã)
Maurie, você não precisa fazer isso...

<u>MAURA HOWARD</u>
Ah, você acha? Eu ouvi todas as malditas palavras que eles disseram. E *aquele* canalha...
(apontando para Alan com mão trêmula)
... acabou de me acusar de assassinato.

<u>GUY HOWARD</u>
(se aproximando mais)
Ele, na verdade, não acusou. Eles só estão tentando eliminar possibilidades. Ninguém na verdade acredita que você fez nada.

<u>MAURA HOWARD</u>
É mesmo? Bem, não foi o que eu ouvi.

Ela o afasta do caminho, entra na sala e para em frente a Alan.

Você quer saber o que aconteceu? Então pergunte na minha cara, por que não faz isso?

Ela puxa uma cadeira com veemência deliberada e a coloca no chão a menos de dois metros dele, então se senta abertamente hostil.

ALAN CANNING
(calmamente)
Está bem, se é o que você quer, vamos ouvi-la. Conte-nos sua versão do que aconteceu naquela noite.

MAURA HOWARD
Não é uma *versão*...

ALAN CANNING
(dá de ombros)
Versão, relato, "sua verdade", como quiser. Não precisamos nos preocupar com semântica.
    Vamos começar pelo cinema. Sua mãe levou você e Amelie ao Gate em Notting Hill e comprou os ingressos para vocês. Era *O amor custa caro*, certo?

MAURA HOWARD
(resmungando em voz baixa)
Que apropriado.

ALAN CANNING
(evidentemente intrigado, mas sem se permitir ser desviado)
O filme começava às oito e devia terminar por volta das 22h15, então, levando-se em conta o tempo para caminhar de volta, você e Amelie deviam chegar em casa às 22h30.
    (espera que ela responda, mas ela não faz isso)
Mas evidentemente você tinha outros planos. Você saiu do cinema quase na mesma hora e foi pega por Mitch.

Alan aponta para Mitch e, quase inesperadamente, Maura olha para ele. O olhar dos dois se cruza por apenas um momento; muita água rolara por baixo daquela ponte desde a última vez em que estiveram no mesmo aposento. Maura desvia os olhos outra vez. Seus lábios estão tremendo um pouco. Mitch está de costas para a câmera, mas vemos Laila lançar um olhar ansioso em sua direção.

                MAURA HOWARD
Isso.

                ALAN CANNING
Você passou as duas horas seguintes na casa dele, e depois disso ele a deixou na Larbert Road pouco antes das dez. Você tinha combinado de se encontrar com Amelie ali para irem para casa juntas?

Maura assente, ainda sem fazer contato visual.

Mas Amelie não estava lá quando Mitch a deixou, estava?

Maura hesita por um breve momento, então balança a cabeça.

Quando ela chegou?

                MAURA HOWARD
Cerca de cinco minutos depois. Ela estava irritada comigo. Queria ir para a casa de uma amiga em vez de ir ao cinema, mas eu precisava que ela fosse lá para me dar cobertura.

                ALAN CANNING
A que horas vocês duas chegaram em Dorney Place?

                MAURA HOWARD
Por volta das 22h30. Você *sabe* disso.

                ALAN CANNING
Mas você só ligou para a emergência às 22h47. Por que a demora?

MAURA HOWARD
(revirando os olhos)
Quantas vezes mais? Nós fomos para a cozinha para pegar uma Coca e alguma coisa para comer. Não havia sinal de Luke...

ALAN CANNING
Você não quis dizer Beatriz? Você com certeza esperava que ela estivesse de babá, e não Luke?

MAURA HOWARD
(corando um pouco)
É claro, o que eu quis dizer foi que não havia ninguém por perto.

ALAN CANNING
Isso não a deixou preocupada? Quer dizer, Beatriz devia estar lá, não devia? Sua mãe não teria deixado seu irmão sozinho.

MAURA HOWARD
(olhando para ele pela primeira vez)
Quando Beatriz ficava de babá, ela costumava ficar o tempo todo passando roupa. Eu imaginei que ela estivesse fazendo isso.

ALAN CANNING
Ela não fazia isso na cozinha?

MAURA HOWARD
(com ironia)
Nós temos uma *lavanderia* para essas tarefas. É só ligar os pontos, gênio.

ALAN CANNING
(se recusando a ser tratado com condescendência)
Está bem. E as portas para o terraço estavam abertas ou fechadas?

MAURA HOWARD
Olhe, você sabe disso tudo...

ALAN CANNING
(com um sorriso seco)
Responda, só para me agradar.

MAURA HOWARD
Elas estavam fechadas, está bem?

ALAN CANNING
E o que aconteceu em seguida?

MAURA HOWARD
Eu e Amelie conversamos um pouco, tomamos nossa Coca, então ela subiu e eu fui para o meu quarto.
(uma pausa)
Foi então que eu o encontrei.
E não, eu *não* vou passar por tudo isso de novo.

ALAN CANNING
Então recapitulando: você não foi direto para casa depois que Mitch a deixou, você esperou sua irmã.

MAURA HOWARD
Certo.

Ele então começa a interrogá-la rápido.

ALAN CANNING
Você não viu ninguém saindo de lá quando chegou em casa?

MAURA HOWARD
Não.

ALAN CANNING
Você não discutiu com Luke porque ele a acusou de estar com Mitch, em vez de no cinema.

MAURA HOWARD
Não.

ALAN CANNING
Não era seu cabelo preso no zíper daquela jaqueta.

                    MAURA HOWARD
                (arregalando os olhos)
Não...

                    ALAN CANNING
Ele estava abusando de você?

Ela arqueja levemente; há um átimo de pausa antes que ela responda.

                    MAURA HOWARD
Não.

                    ALAN CANNING
E Amelie? Ela era mais nova, mais fácil de manipular. Era ela o alvo dele? Era *por isso* que vocês duas o odiavam tanto?

                    MAURA HOWARD
                (de um jeito ácido)
Olhe, nós só não gostávamos dele, está bem? Fim da história. Nem *tudo* envolve a merda de um abuso infantil, entende? Não que você saiba disso com tantos programas de crime na TV.

                    ALAN CANNING
O que estava vestindo no cinema?

                    MAURA HOWARD
(com um pouco de dificuldade para acompanhar todas as
            suas mudanças de direção)
O mesmo que na festa: jeans, uma camiseta, tênis...

                    ALAN CANNING
E uma jaqueta, com certeza. Quero dizer, estava frio, tinha chovido antes naquele dia e havia previsão de chover de novo...

                    MAURA HOWARD
Certo, desculpa. Eu também estava com aquele moletom com capuz que minha mãe tinha comprado para mim.

ALAN CANNING
Só? Não vejo como isso poderia ter sido útil em uma chuva forte.

MAURA HOWARD
(sorrindo, sem conseguir se conter)
É. Foi exatamente isso o que minha mãe disse. Mas não tinha nenhum outro que eu gostasse. Só o da escola, e nem *morta* eu queria ser vista com ele numa sexta à noite.

ALAN CANNING
E esse moletom foi o mesmo que a polícia recolheu posteriormente naquela noite? Junto com o resto de suas roupas?

MAURA HOWARD
Isso.

ALAN CANNING
E todas elas deram resultado negativo para sangue.

MAURA HOWARD
(franzindo o cenho outra vez)
É, e daí? Por que não dariam?

ALAN CANNING
Você encontrou o corpo, não seria muito estranho haver pelo menos *um pouco* de sangue em você. Sobretudo no moletom.

MAURA HOWARD
(sacudindo a cabeça)
Eu nunca cheguei tão perto, eu disse a você, eu saí *correndo* assim que vi o que era...

ALAN CANNING
Então você não trocou um moletom por outro? Um limpo?

MAURA HOWARD
Por que eu faria isso?

ALAN CANNING

Talvez *tivesse* sangue nele. Sangue *demais* para ser explicado apenas por você encontrar o corpo.

MAURA HOWARD

Caso tenha se esquecido, maldito inspetor Canning, a polícia revistou a droga da casa toda.
   Quero dizer, eu sei que eles são incompetentes, mas mesmo aquele bando de policiais estúpidos teriam encontrado um moletom com um balde de sangue em cima.

ALAN CANNING

Não se você o tivesse botado na máquina antes de ligar para eles...

MAURA HOWARD
(sarcástica)

Ah é? E como *exatamente* eu poderia fazer isso, Einstein? A droga da máquina *já estava ligada*...

Ela para — de súbito aterrorizada ao tomar consciência do que acabara de dizer. Suas bochechas ficam vermelhas, e ela desvia o rosto.

ALAN CANNING

Então outra pessoa tinha ligado a máquina de lavar. *Antes* de você chegar em casa.
   Quem?

MAURA HOWARD
(sem olhar nos olhos dele)

Não pergunte a mim...

ALAN CANNING

Eu *estou* perguntando a você.

MAURA HOWARD

Como vou saber? Minha mãe, eu acho...

ALAN CANNING

Mas você não nos contou bem no começo disso tudo que sua mãe nunca lavava roupa, que ela odiava fazer isso? Não foi por isso que, desde o início, ela contratou Beatriz?

     MAURA HOWARD
    (dando de ombros)
Então deve ter sido a Beatriz que ligou a máquina, o que isso importa, pelo amor de Deus...

Ela para e morde o lábio.

     ALAN CANNING
    (em voz baixa)
Importa muito, porque Beatriz não estava na casa naquela noite. Ela tinha ido embora da casa às 14h. Não há uma máquina de lavar no planeta que tenha um ciclo que dure *oito horas.*
    (há um silêncio)
Foi Amelie, não foi?

Não é uma pergunta. Ela não responde.

Você quer saber o que eu acho que aconteceu?

Ela vira o rosto; parece estar à beira das lágrimas.

Não acho que tenha voltado para casa com Amelie depois que Mitch a deixou. Acho que você ficou esperando por ela por um bom tempo antes de perceber que ela devia ter deixado o cinema mais cedo, assim como você. Então você foi para casa, supondo que ela já estivesse lá, e você tinha razão, ela estava.
  Mas nada podia prepará-la para o que encontrou.

CORTA PARA: RECONSTITUIÇÃO. *Como mostrado anteriormente. "Maura" desce do Ford, mas dessa vez fica esperando na rua, conferindo o relógio. Ela permanece ali por um tempo antes de sair na direção de Dorney Place, onde ela digita a senha de entrada no portão e segue pela entrada de carros.*

"Maura" entra em casa, mas não há ninguém. Parecendo um pouco confusa, vai até a cozinha. Ela ouve um barulho e, quando abre a porta da sala de serviço, vê que a máquina de lavar está ligada. Parece perplexa, mas então algo a faz virar: é Amelie, com sangue no rosto, branca como papel. Algo terrível havia acontecido.

                ALAN CANNING
Ela estava desesperada, entrando em pânico, meio enlouquecida. Ela disse que não sabia que seria Luke que ficaria de babá ou ela nunca teria voltado cedo para casa. Ela diz que eles tiveram uma discussão horrível. Talvez ela tivesse ameaçado contar à mãe o que ele estava fazendo com ela, quem sabe?

Ele continua falando durante a RECONSTITUIÇÃO.

    Qualquer que tenha sido o gatilho, houve uma briga, e em algum momento o cabelo dela ficou preso no zíper de sua jaqueta.
    Ela conseguiu escapar e tentou fugir pelo jardim. Mas ele a seguiu, derrubou-a naquela escada, eles lutaram novamente, talvez ela o tenha empurrado, talvez ele tenha escorregado...

CORTA DE VOLTA PARA: Dorney Place. Maura está com a mão na boca, chorando em silêncio. Guy se aproxima e põe a mão em seu ombro.

                ALAN CANNING
Ela não sabe o que fazer. Ela implora que você a ajude, e você diz que vai ajudá-la.
    Ela é sua irmã, e você a ama, e você concorda em ajudá-la a encobrir aquilo...

                MAURA HOWARD
            (sacudindo a cabeça)
Não, não foi assim...

LAILA FURNESS
(com delicadeza)
Como foi então, Maura?

MAURA HOWARD
(com voz embargada)
Ela nunca me pediu para ajudá-la. Ela nem sabia que eu estava lá...

BILL SERAFINI
Espere aí, o que você acabou de dizer?

MAURA HOWARD
(respirando fundo; Guy aperta mais seu ombro)
Quando eu cheguei, fui até a cozinha e a vi na área de serviço. Ela parecia estar enxaguando alguma coisa que eu não conseguia ver o que era, mas parecia ter sangue nela. Aí ela abriu a máquina e botou o que quer que fosse lá dentro e a ligou. Foi um pouco estranho porque eu sabia que já havia roupas limpas na máquina, mas ela não se preocupou em retirá-las, só a ligou de novo.

BILL SERAFINI
Você não perguntou a ela sobre isso?

MAURA HOWARD
(sacudindo a cabeça)
Não, eu não quis constrangê-la. Olhe, eu achei que ela tivesse tido um acidente com a menstruação. Ela tinha acabado de ficar menstruada na época, e eu só supus que fosse isso.

BILL SERAFINI
Então você apenas saiu? Não disse que estava ali?

Maura hesita, então assente.

Aí o que aconteceu?

MAURA HOWARD
Eu fui direto para o meu quarto...

Ela hesita de novo, então leva a mão à boca outra vez.

BILL SERAFINI
E nesse momento você percebeu de onde era o sangue.

Ela olha para ele, então torna a assentir.

E você resolve que vai protegê-la. Você não vai deixar que sua irmã de 13 anos passe o resto da vida na cadeia, fará o que for preciso.

Maura ergue a mão às cegas e segura a mão de Guy.

E depois, o que aconteceu?

MAURA HOWARD
Eu voltei para dentro e ali estava ela, na cozinha — a expressão no rosto dela era horrível, mas ela ficou calada. Eu disse que Luke estava morto, e ela tentou parecer surpresa, mas eu sabia que não estava. Não de verdade.
    Eu falei que ia ligar para a polícia e que quando eles chegassem iríamos dizer que tínhamos estado no cinema a noite inteira e tínhamos acabado de voltar. Que, do contrário, as pessoas poderiam achar que a gente tinha alguma coisa a ver com aquilo.

LAILA FURNESS
E o que ela disse em relação a isso?

MAURA HOWARD
Ela na verdade não disse nada. Só que ia subir para dar uma olhada em Guy.

Ela ergue os olhos. Há lágrimas escorrendo pelo seu rosto.

Foi então que eu soube.
    Ela tinha feito aquilo.

A IMAGEM CONGELA. Fade lento.

- CRÉDITOS FINAIS -

MENSAGENS DE VOZ DEIXADAS PARA AMELIE HOWARD POR MAURA HOWARD ENTRE 17H40 E 23H05, 14 DE JULHO DE 2023

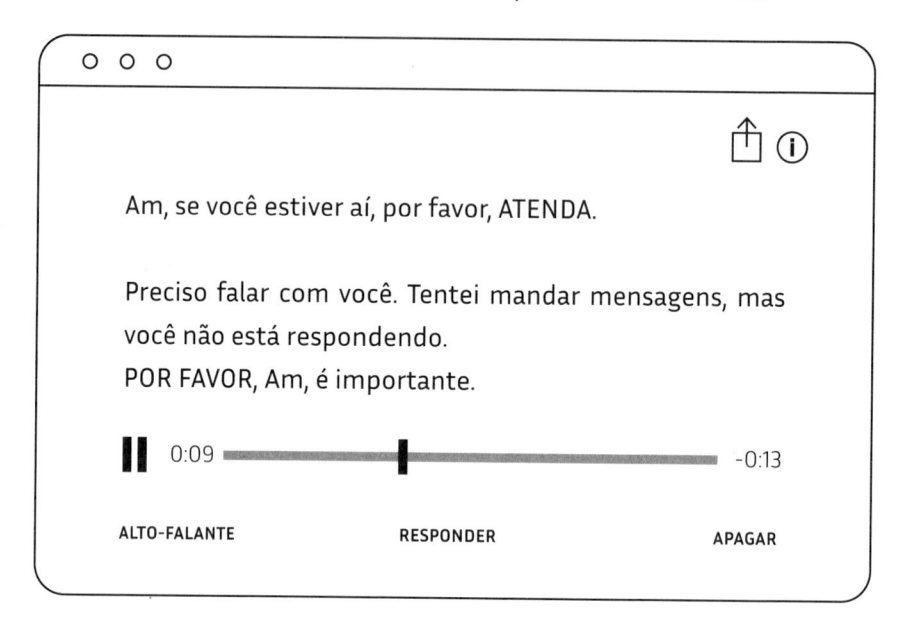

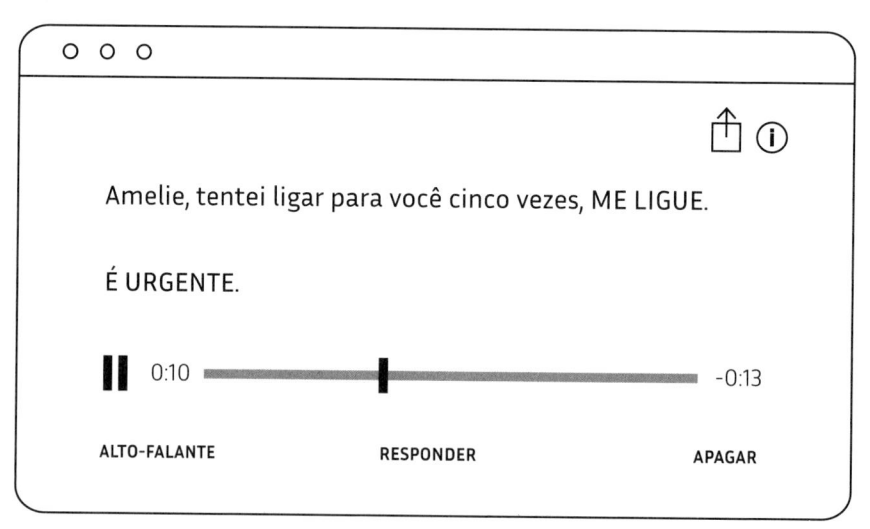

Am, se você estiver aí, por favor, ATENDA.

Preciso falar com você. Tentei mandar mensagens, mas você não está respondendo.
POR FAVOR, Am, é importante.

0:09   -0:13

ALTO-FALANTE   RESPONDER   APAGAR

Amelie, tentei ligar para você cinco vezes, ME LIGUE.

É URGENTE.

0:10   -0:13

ALTO-FALANTE   RESPONDER   APAGAR

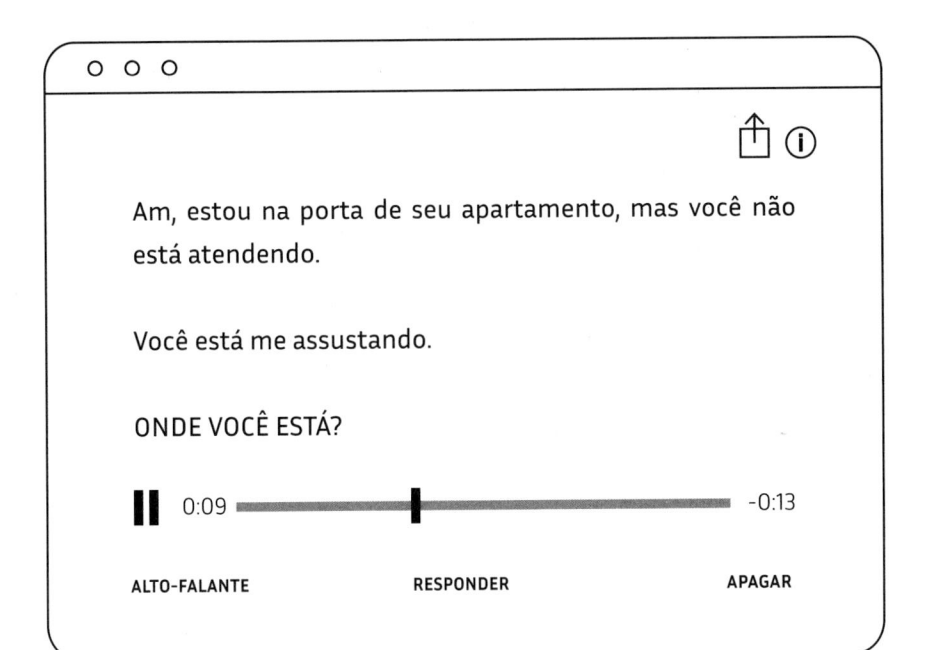

Am, estou na porta de seu apartamento, mas você não está atendendo.

Você está me assustando.

ONDE VOCÊ ESTÁ?

0:09   -0:13

ALTO-FALANTE   RESPONDER   APAGAR

EPISÓDIO OITO
GRAVAÇÃO

ELENCO
Alan Canning (AC)
Mitchell Clarke (MC)
Hugo Fraser (HF)
Laila Furness (LF)
JJ Norton (JJN)
Bill Serafini (WS)

CHAMADA DA EQUIPE: 8H15
CÂMERA PRONTA: 8H30

Nascer do sol: 7h02
Pôr do sol: 16h37
Previsão do tempo: 14°, chuva

PROGRAMAÇÃO DO DIA

INFAME: Quem matou Luke Ryder?

Quinta-feira
2 de novembro de 2023

EPISÓDIO 8:
EM LOCAÇÃO
DIA 1 DE 2

PRODUTOR **Nick Vincent**
DIRETOR **Guy Howard**
EDITOR **Fabio Barry**
PESQUISADOR
Tarek Osman
ASSIST. DE PROD.
Jenni Tate
GERENTE DE LOCAÇÃO
Guy Johnson

Café da manhã no set a partir das 8h30
Almoço a partir das 12h45
Previsão de término: 17h30

LOCAÇÃO Frobisher Studios
Kingston Road, 131-137
Maida Vale, oeste de Londres

OBSERVAÇÕES:
Vagas de estacionamento limitadas no local.
O metrô mais próximo é o de Warwick Avenue.
Telefone de contato para emergências: 07000 616178.

EQUIPE

Cargo	Nome	Telefone	Chamada	Cargo	Nome	Telefone	Chamada

Dry riser

DRY RISER FILMS Ltd
227 Sherwood Street London W1Q 2UD

SEQUÊNCIA DE CRÉDITOS: MONTAGEM em P&B em estilo arthouse com imagens e recortes curtos: cobertura da época dos noticiários sobre cena de crime, fotos de família

CANÇÃO-TEMA - "It's Alright, Ma (I'm Only Bleeding)" [Bob Dylan] da trilha sonora de Sem destino *[1969]*

FIM DOS CRÉDITOS

INFAME

FADE IN

QUEM MATOU LUKE RYDER?

FADE OUT

CORTA PARA: *Nick Vincent, fundo preto, se dirigindo à câmera.*

NICK VINCENT (Produtor)
Nós terminamos o último episódio com um momento verdadeiramente fantástico da televisão.

Um caso de vinte anos solucionado ao vivo diante das câmeras.

Um assassino de quem nunca ninguém suspeitou.

Para um cineasta, foi como um novo *The Jinx: a vida e as mortes de Robert Durst*. Lembram-se disso? Robert Durst, um assassino em série que tinha conseguido escapar da justiça por décadas, finalmente concordando em falar diante da câmera?

E, se esse golpe não foi suficiente, aquela última cena incrível, na qual ele foi até o banheiro crente que tinha sido bem-sucedido.

Só que havia uma coisa que ele tinha esquecido: seu microfone ainda estava ligado.

"O que diabos eu fiz?", diz ele em voz baixa, olhando fixamente para o espelho.

"Matei todos eles, é claro."

Bum.

Ninguém achou que isso pudesse ser superado, não em nossa indústria.

E, nos oito anos desde que *The Jinx* foi feito, nunca foi.

Nunca, melhor dizendo, até agora.

Os realizadores de The *Jinx*, é claro, passaram o que descobriram para as autoridades, e na noite anterior à exibição do último episódio, Robert Durst foi preso por homicídio qualificado.

Um clímax incrível, mas chegou tarde demais para ser incluído na série.

Também passamos o que *nós* descobrimos para as autoridades, e, durante esse verão, a Metropolitana conduziu sua própria investigação, incluindo testes avançados de DNA no cabelo encontrado na jaqueta.

Em outubro eles tinham provas suficientes para fazer uma prisão, e nós tivemos tempo suficiente para fazer uma pausa na série.

O que significa que agora podemos mostrar isso a vocês.

Ele continua a falar sobre VÍDEOS de Amelie Howard saindo de um prédio residencial, usando algemas. Ela é seguida por dois policiais uniformizados; a CÂMERA os acompanha enquanto eles caminham até um carro de polícia, abrem a porta traseira e a botam dentro dele. Ela não faz contato visual com ninguém.

Nós achamos que tínhamos solucionado o caso — achamos que, graças a nós, era possível encerrar esse caso de uma vez por todas.

Só que estávamos errados. Esse não era o fim.

Longe disso.

CORTA PARA: MONTAGEM da cobertura da imprensa da prisão.

> **Técnica avançada de DNA identifica a assassina de Luke Ryder**

> **Nova suspeita no caso de Luke Ryder "pode ter sido abusada por ele"**

> **Novas provas determinam assassina de Campden Hill "de forma irrefutável"**

> **Prisão chocante em caso de assassinato há vinte anos**

> **ENTEADA É INTERROGADA PELO "CRIME DA LOBA" DE 2003**

> **Com uma vítima de abuso revelada diante das câmeras, será que a loucura do true crime chegou longe demais?**

CORTA PARA: IMAGENS de Guy cercado por câmeras e microfones. Ele está com a barba por fazer e parece pálido, mas está calmo e controlado.

<u>REPÓRTER Nº 1</u>
Qual sua reação a essa notícia, Guy? Isso deve ter sido um choque e tanto.

<u>GUY HOWARD</u>
Bom, foi, quer dizer, nenhum de nós esperava por isso. Foi a pior notícia que poderíamos ter...

<u>REPÓRTER Nº 1</u>
Embora no final das contas isso se deva a você, não é? Se você não tivesse resolvido fazer esse documentário, nada disso teria sido descoberto. Sua irmã teria se safado...

GUY HOWARD
Não é questão de "se safar". Ela era uma *criança*, uma criança sob uma pressão emocional insuportável...

REPÓRTER Nº 1
Então você pode confirmar, não pode, que ela estava sendo abusada pelo homem que você conhecia como Luke Ryder? Você tem provas concretas disso?

GUY HOWARD
Não, mas...

REPÓRTER Nº 1
Essa nova prova que a polícia tem — aqueles novos testes de DNA que eles fizeram — comprova que o cabelo preso na jaqueta do homem morto era de sua irmã, certo?

GUY HOWARD
Foi o que me disseram...

REPÓRTER Nº 2
E o nome verdadeiro dele era Jonah McKenna? Um canadense que forjou a própria morte em 1991?

GUY HOWARD
Parece que sim...

REPÓRTER Nº 2
O que pode nos contar sobre ele?

GUY HOWARD
Nada. Eu não sei mais do que vocês. Acho que a polícia está tentando localizar a família dele.

REPÓRTER Nº 3
E a *sua* família? O que eles pensam de tudo isso? Eles culpam você pela prisão de sua irmã?

GUY HOWARD
(se contendo um pouco)
Não é culpa minha, como eu poderia saber o que eles iriam descobrir?

                    REPÓRTER Nº 4
E sua mãe? E Maura? O que elas acham disso?

                    GUY HOWARD
Minha mãe foi diagnosticada com Alzheimer, ela na verdade não está em condições de...

                    REPÓRTER Nº 4
Mas ela devia saber, certo? Não consigo ver duas adolescentes guardando um segredo assim.

                    GUY HOWARD
Não há *nenhuma sugestão* de que minha mãe soubesse de *alguma* coisa.

                    REPÓRTER Nº 4
Talvez não naquela noite, mas e depois? Suas irmãs não foram para a terapia? *Você* também não foi? Como qualquer mãe poderia *não* saber?

                    GUY HOWARD
Isso é *particular*...

                    REPÓRTER Nº 4
Isso está em sua série, parceiro. Na minha opinião, isso torna as coisas públicas. Não pode ser dos dois jeitos...

                    GUY HOWARD
                (começando a recuar)
Eu não tenho mais nada a dizer. Se tiverem mais perguntas, podem dirigi-las a meu advogado. Enquanto isso, eu ficaria grato se dessem um pouco de privacidade para mim e minha família...

                    REPÓRTER Nº 4
... "nesse momento difícil." É, beleza.
                    (em voz baixa)
E, enquanto isso, você a explora ao máximo.

                    REPÓRTER Nº 3
                (concordando em silêncio)
A audiência subiu 20%. Em uma estimativa conservadora.

CORTA PARA: Estúdio. Há nuvens escuras do lado de fora e chuva bate na janela. Nick está à mesa, assim como Tarek. Agora há duas telas de TV na parede.

                NICK VINCENT (Produtor)
Bem, eu achei que aconteceu tanta coisa que deveríamos nos reunir em volta da mesa mais uma vez.
    E me alegro em dizer que Guy vai se juntar a nós pelo Zoom, de Somerset, que é onde ele está ficando com a mãe.

Uma das telas de TV ganha vida. Guy está sentado em uma sala de estar com um grande jardim visível ao fundo. As árvores estão sem folhas e a névoa se enrosca em seus vincos. Guy parece mais magro que da última vez, abatido, até mesmo desmazelado. Ele precisa cortar o cabelo, e suas roupas não foram passadas. Ele está no mudo.

                    LAILA FURNESS
Posso só dizer, Guy, em nome de todos nós, que sentimos pela maneira como tudo isso acabou. Deve ser um momento terrível para você e sua família. Espero que esteja conseguindo toda ajuda de que precisa.
    E Amelie também. Muito do que descobrimos sobre sua história tem sentido agora. Se alguém pudesse ter percebido isso e intervindo na época... Isso é trágico, Guy, muito trágico.

Guy levanta a mão como um breve agradecimento, mas não liga o microfone.

                    JJ NORTON
            (olhando ao redor para o restante da equipe)
Não sei vocês, mas tenho a sensação de que começamos isso há anos. Ou talvez eu só tenha envelhecido assim como consequência...

> BILL SERAFINI
> (secamente, para Nick)

Bem, você deve estar satisfeito com como as coisas correram, você está em toda mídia. Recebi telefonemas de pessoas com quem eu não falava havia trinta anos.

> NICK VINCENT (Produtor)

Nós estamos em toda mídia, Bill. Foi um trabalho de equipe.

> HUGO FRASER

Nem sempre foi o que pareceu, Nick. Não para nós.

> JJ NORTON

Mas ainda tenho dificuldade de ver como a polícia não desvendou esse caso na época. Agora parece tão óbvio. Para começar, eles não perceberam que a máquina de lavar estava ligada?

> LAILA FURNESS
> (dá de ombros)

É uma casa grande. Se Amelie ligou a máquina em uma programação curta, ela já teria tranquilamente chegado ao fim quando a polícia foi procurar na lavanderia.

> JJ NORTON

E, de qualquer forma, ter um período de distanciamento é uma coisa maravilhosa, blá, blá. Nenhum de nós estava esperando por isso, não é? E passamos um pente fino nesse caso por semanas. É um certo exagero culpar a Metropolitana com base nisso.
> (olhando na direção de Guy)

Vamos encarar os fatos, aquelas garotas fizeram um ótimo trabalho para encobrir o caso.

> HUGO FRASER
> (em voz baixa)

Talvez um pouco bom *demais*...

                    JJ NORTON
               (aparentemente sem ouvi-lo)
Bem, pelo menos não há mais suspeitas sobre nenhum de
nós. Todas aquelas "coincidências" em que Nick quis
o tempo todo que as pessoas acreditassem não eram
nenhuma coincidência.
     Ei, adivinhe só, Nick. Elas realmente são
importantes.

Nick ri, mas não diz nada.

                    LAILA FURNESS
     (olhando na direção de Guy e depois de Nick)
Como está Maura, alguém sabe? Isso deve ter sido um
choque terrível para ela.

Na tela de TV, Guy está olhando para a esquerda. Ele não parece ter ouvido.

                NICK VINCENT (Produtor)
Bem, eu acho.

                    LAILA FURNESS
E Amelie?

                NICK VINCENT (Produtor)
Pelo que sei, a polícia não está dizendo muito.

                    JJ NORTON
                  (ironicamente)
Bem, eles devem estar muito *felizes* com você, Nick.
Resolver o caso deles sem custar um centavo sequer,
todas as pontas soltas amarradas com um belo laço de
fita reluzente...

                    HUGO FRASER
Embora não seja bem verdade, não é?

Várias pessoas se voltam para ele com expressões intrigadas. Na tela, Guy ergue os olhos e franze a testa.

                    MITCHELL CLARKE
                (franzindo o cenho)
Aonde quer chegar, Hugo?

                    HUGO FRASER
                (se encostando na cadeira)
Bem, ainda há algumas pontas soltas, não há? E a
jaqueta? A jaqueta jeans preta que "Luke" estava
usando?

Um breve silêncio.

                    LAILA FURNESS
                (se esforçando para se lembrar)
É, nós discutimos isso, não foi? Por que ele estava
de jaqueta quando morreu?

                    HUGO FRASER
Certo. Segundo a última reconstituição de Nick — que
imagino que a polícia ache ser uma abordagem muito
boa do que realmente aconteceu —, Amelie chegou em
casa, encontrou "Luke" ali, os dois iniciaram uma
discussão violenta, e ela tentou se livrar dele
correndo pelo jardim...

                    BILL SERAFINI
                (assentindo)
E, nesse caso, por que ele estava de jaqueta? Ele
estava dentro de casa quando ela voltou.

                    HUGO FRASER
Exato.

                    LAILA FURNESS
Esperem aí, nós não falamos justamente sobre isso
quando estávamos nos perguntando se podia ter sido
Maura?

                    MITCHELL CLARKE
Falamos, e chegamos à conclusão de que ele podia
estar se preparando para ir para a oficina.

                    HUGO FRASER
E *eu* observei que uma explicação mais simples era que ele ou tinha se encontrado ou estava *prestes* a se encontrar com outra pessoa, com quem ele estava planejando conversar no jardim.
   Como o autor misterioso do telefonema de King's Cross, por exemplo.

                    JJ NORTON
            (meio de brincadeira, mas só meio)
Ah, meu Deus, não comecem tudo de novo — isso só vai dar a Nick outra desculpa para começar a apontar o dedo para nós.

                    HUGO FRASER
                (interrompendo-o)
E os machucados de Amelie? Bem, na verdade, falo sobre a ausência deles.
   Se a luta com "Luke" foi tão violenta a ponto de seu cabelo ficar preso no zíper, como não havia nenhuma marca nela? Não havia nem um arranhão.

                    LAILA FURNESS
                (franzindo a testa)
Certo, temos certeza disso, não temos?

                    ALAN CANNING
Não há nada a respeito de machucados no arquivo. E não vejo como a polícia possa ter deixado isso passar.

                    JJ NORTON
Na verdade, Hugo acabou de apresentar um argumento muito bom. O que acha, Nick? Podemos descobrir se alguém perguntou a Amelie sobre isso?

                NICK VINCENT (Produtor)
                    (sorrindo)
Ah, acho que podemos fazer um pouco melhor que isso, JJ.

Ele acena com a cabeça para Tarek, que digita em seu teclado, e todos ouvimos uma gravação de ÁUDIO.

A qualidade de som não é muito boa — está um pouco abafado e a equipe leva alguns minutos para reconhecer as vozes. São duas mulheres — mulheres jovens. Uma está perguntando à outra como ela está, se a estão tratando bem.

                HUGO FRASER
Esperem aí, essa é *Maura*...

            NICK VINCENT (Produtor)
                (em voz baixa)
E Amelie. Certo.

                HUGO FRASER
           (virando-se para ele)
Como *diabos* você conseguiu botar as mãos nisso?

            NICK VINCENT (Produtor)
Só escute, Hugo. Só escute.

ÁUDIO CONTINUA.

               MAURA HOWARD
Havia mais uma coisa — não fique com raiva, está bem? Mas Nick, o produtor, queria que eu perguntasse uma coisa a você...

               AMELIE HOWARD
Aquele babaca. Se não fosse por ele, nada disso teria acontecido. Guy foi um estúpido de concordar em fazer essa merda...

               MAURA HOWARD
Olhe, eu sei, mas Nick foi mesmo muito insistente, então eu disse que perguntava, está bem?
    Você pode mandar ele se foder, se quiser, mas ele queria saber se você não tinha nenhum arranhão nem nada. Estou falando naquela noite. Se você brigou com Luke.

               AMELIE HOWARD
Certo. Bem, mande ele se foder.

MAURA HOWARD
Qual é, Am...

Silêncio.

O cabelo no zíper era seu com certeza — eles provaram isso, o advogado me contou...

AMELIE HOWARD
É, mas aquilo não aconteceu, não é? Olhe, eu experimentei aquela droga, está bem? A jaqueta. Alguns dias antes. Eu sempre gostei dela e a experimentei, foi então que deve ter acontecido. Ponto-final.

MAURA HOWARD
Então você não teve uma briga com ele naquela noite?

AMELIE HOWARD
(abaixando a voz)
Como assim? Você sabe que não tive.

MAURA HOWARD
Não, não sei, eu não sei de nada...

AMELIE HOWARD
Ah, pelo amor de Deus...

MAURA HOWARD
(em voz baixa)
Você estava sendo abusada por ele? Pode me contar se ele estava...

AMELIE HOWARD
É claro que não.

MAURA HOWARD
Mas você está fazendo com que todo mundo acredite nisso — a polícia, o advogado...

AMELIE HOWARD
Tipo, dã? É claro que estou. É isso o que todos eles querem ouvir, estão praticamente implorando por isso...

MAURA HOWARD
Mas se Luke não estava abusando de você, então por quê? Por que você... você sabe...

AMELIE HOWARD
Bati nele até morrer? Bati em seu rosto até seu cérebro explodir?

MAURA HOWARD
Merda, Am... sério?

AMELIE HOWARD
Ah, pare com isso, você sabe tão bem quanto eu que não tive nada a ver com aquilo...

MAURA HOWARD
Eu não sei disso, não sei nada disso...

AMELIE HOWARD
Você está me zoando, certo?

MAURA HOWARD
Claro que não, todos esses anos... eu achei... achei que estava protegendo você.

AMELIE HOWARD
(praticamente inaudível agora)
Você achou que estava me protegendo?

MAURA HOWARD
(sussurrando, quase sibilando)
O que mais você achou que eu estava fazendo? Eu vi você, o sangue na pia, aquela coisa com a máquina de lavar. Então quando eu saí e o encontrei, eu só... eu só... presumi...

AMELIE HOWARD
Minha nossa, Maurie, por que você não disse nada?

                    MAURA HOWARD
O que eu devia dizer? Quando falei que Luke estava morto, você não pareceu nada surpresa, e, quando eu disse que devíamos contar à polícia que tínhamos passado a noite inteira no cinema, você apenas concordou. Você nem perguntou por quê.
    Por que faria isso se não tivesse sido você?

                    AMELIE HOWARD
Ah, merda.
    Merda merda merda merda...

Nick acena com a cabeça para Tarek, que pausa o ÁUDIO. Nick olha para a equipe, a maioria dela em diversos estágios de choque e incredulidade.

                    HUGO FRASER
Então todo mundo entendeu errado. A polícia, nós, todo mundo.
    Não foi Amelie.

                    NICK VINCENT (Produtor)
É o que parece.

                    LAILA FURNESS
                    (para Nick)
Maura gravou isso para você?

                    NICK VINCENT (Produtor)
                    (assente)
Na Prisão de Sua Majestade de Heathside, onde Amelie está detida.

                    JJ NORTON
Então Maura achava que tinha sido Amelie, e Amelie achava que tinha sido Maura, mas nenhuma delas disse nada, então elas nunca descobriram que as duas tinham entendido mal. Isso parece algo escrito pelo maldito Thomas Hardy...

ALAN CANNING
(virando-se para ele)
Mas não foi bem isso o que elas disseram, foi? Você tem razão, Maura com certeza achou que Amelie era a assassina, mas Amelie não disse isso sobre Maura, disse?

LAILA FURNESS
Tem certeza? Eu não tenho certeza se foi isso o que eu ouvi.

BILL SERAFINI
Na verdade, eu concordo com Alan nesse ponto...

MITCHELL CLARKE
(parecendo confuso)
Mas, se não foi Amelie, quem foi?

NICK VINCENT (Produtor)
(com um sorriso estranho)
Parece que Hugo tinha razão sobre o que ele disse mais cedo: *havia* outra pessoa lá naquela noite.

Ele olha ao redor da mesa e ergue uma sobrancelha. Todos aos poucos compreendendo o que ele acabara de dizer.

LAILA FURNESS
Ah, merda, lá vamos nós outra vez...

NICK VINCENT (Produtor)
Bem?

HUGO FRASER
Sério? Você *ainda* acha que pode ter sido um de nós? Mesmo depois de tudo o que dissemos para provar o contrário?

NICK VINCENT (Produtor)
(dá de ombros)
Se a carapuça serviu, Hugo...
Enfim, não tenho certeza de quanta "prova" real qualquer de vocês apresentou. Uma montanha de

protestos ultrajados de inocência, sim, mas isso não é "prova". Não na minha opinião.

                    MITCHELL CLARKE
Ah, qual é, isso foi só pelo efeito, certo? Para continuar a aumentar os números de audiência? Você nunca achou *de verdade* que tinha sido um de nós...

                    BILL SERAFINI
                    (concordando)
Foi tudo invencionice, e ele sabe disso.

                NICK VINCENT (Produtor)
Sei? Nossos telespectadores não parecem concordar com você. E eu sei que é verdade, porque perguntamos a eles.

Depois da exibição do episódio seis, antes que qualquer das duas garotas estivesse sob suspeita, fizemos uma enquete no Twitter perguntando a nosso público quem eles achavam que tinha mais chance de estar envolvido com o assassinato, e foi isso o que eles disseram.

E, como podem ver, basicamente nenhum de vocês foi *totalmente* convincente.

A tela mostra o resultado da enquete.

DRY RISER FILMS Ltd
@dryriserfilms

Quem você acha que é o responsável mais provável pelo crime? #Infame #QuemmatouLukeRyder

Candidato	%
Alan Canning	15%
Mitch Clarke	14%
Hugo Fraser	13%
Laila Furness	9%
JJ Norton	11%
Bill Serafini	9%

                    LAILA FURNESS
Ah, bem, eu acho que podia ter sido pior.

                    HUGO FRASER
                (fingindo decepção)
Mas quanto a Alan, minha nossa, minha nossa...

                    ALAN CANNING
Para usar sua própria expressão, é o roto falando do esfarrapado agora, Hugo?

                    JJ NORTON
        (olhando fixamente para a tela, em
            seguida virando-se para Nick)
Esses são percentuais, certo? E, nesse caso, está falando alguém, isso só dá 71.

                NICK VINCENT (Produtor)
Bem observado. É sempre muito útil ter um cientista na sala.
    Você tem razão, *está* faltando alguém.

A tela atualiza a lista completa.

DRY RISER FILMS Ltd
@dryriserfilms

Quem você acha que é o responsável mais provável pelo crime? #Infame #QuemmatouLukeRyder

Alan Canning	15%
Mitch Clarke	14%
Hugo Fraser	13%
Laila Furness	9%
JJ Norton	11%
Bill Serafini	9%
Ian Wilson	29%

16.845 VOTOS RESULTADO FINAL

                    HUGO FRASER
Ah, o esquivo sr. Wilson. Imagino que isso fosse esperado.

                    JJ NORTON
Mas não sei ao certo aonde isso nos leva, já que ele ainda está fazendo uma imitação muito passável do maldito Pimpinela Escarlate...

                NICK VINCENT (Produtor)
Não tão depressa, JJ. Na verdade, nosso público não são as *únicas* pessoas que mantiveram contato desde a última vez em que todos estivemos em torno desta mesa.

Eles olham fixamente para ele.

                    LAILA FURNESS
            (olhando de Nick para Tarek)
Vocês encontraram *Wilson*?

                NICK VINCENT (Produtor)
Por mais que eu gostasse de ficar com os créditos, ele *nos* encontrou. Ele está assistindo à série — com enorme interesse, eu posso dizer...

                    ALAN CANNING
                  (em voz baixa)
Aposto que está.

                NICK VINCENT (Produtor)
E, considerando *o que* ele viu, ele se sentiu obrigado a se apresentar.

                    HUGO FRASER
                  (ironicamente)
Ah, é mesmo? Depois de todo esse tempo ele de repente tem um surto tardio de responsabilidade moral?

                NICK VINCENT (Produtor)
Tenha paciência, Hugo, tenha paciência...

                    LAILA FURNESS
                  (com impaciência)
            Pelo amor de Deus, o que ele disse?

                  NICK VINCENT (Produtor)
            Vamos dar uma olhada, o que acham?

*Tela muda para ENTREVISTA com Ian Wilson. Ele está
sentado a uma mesa com tampo de mármore em um bar
à beira-mar. Há palmeiras e casas baixas com um quê
holandês e, a distância, dunas laranja cintilantes.
Ele está bronzeado, usa uma camisa de linho creme com
óculos escuros presos no alto da cabeça, tem um negroni
na mesa e um cigarro aceso em um cinzeiro. Seu cabelo
louro está rareando. Ele está ainda mais pesado, mas a
autoconfiança persiste.*

                    MITCHELL CLARKE
            Onde é isso?

                  NICK VINCENT (Produtor)
                  (olhando para ele)
            Swakopmund. Na costa da Namíbia. Eu nunca tinha
            estado lá antes, mas dá para ver por que ele a
            escolheu — ótimo clima, pessoas simpáticas...

                     HUGO FRASER
                   (causticamente)
            Tenho certeza. E a inexistência de um tratado de
            extradição com o Reino Unido seguramente acrescentou
            aos atrativos.

*CORTA PARA: ENTREVISTA mostrada na tela na sala, então
vemos o tempo todo a reação da equipe.*

                  NICK VINCENT (Produtor)
            Então, Ian, por que decidiu romper o silêncio agora,
            depois de todos esses anos? Você devia saber que a
            polícia estava querendo falar com você há quase duas
            décadas.

IAN WILSON
É claro, mas, por recomendação de meus advogados, eu me recusei a obedecer. Como dizem em seriados policiais americanos.

NICK VINCENT (Produtor)
Até agora.

IAN WILSON
Isso.

NICK VINCENT (Produtor)
Então o que fez você mudar de ideia?

IAN WILSON
Eu estou assistindo à série, como todo mundo. Vendo todas as suas pequenas teorias sobre como aconteceu. E, então quando você anunciou que ia haver uma revelação enorme e que o final foi adiado, senti que a Metropolitana estava prestes a prender aquela garota. Amelie.

NICK VINCENT (Produtor)
E você acha que eles pegaram a pessoa errada, é isso?

IAN WILSON
Eu *sei* muito bem que pegaram.

NICK VINCENT (Produtor)
Então está bem, vamos ouvir: o que aconteceu naquela noite?

IAN WILSON
(pegando seu drinque)
Você estava certo sobre uma coisa: eu estava lá. Fui eu quem ligou para Ryder de King's Cross naquele dia.

Há algumas expressões de surpresa em torno da mesa. Hugo murmura "Eu sabia"; Nick os examina com um sorriso convencido, saboreando sua reação.

NICK VINCENT (Produtor)
Você marcou de ir até lá? Para falar com ele?

IAN WILSON
Isso. Eu queria discutir o testamento de Florence. Ryder ia ficar com tudo, e eu não achava que fosse justo. Minha mãe estava seguindo em frente com dificuldade, para começar. Ela não estava bem. Não tinha mais a mesma mobilidade de antes. Aquele dinheiro teria feito uma diferença enorme.

NICK VINCENT (Produtor)
Mas você não era exatamente próximo de Florence, era? Nem sua mãe.

IAN WILSON
Não, mas meu pai *era* próximo do marido dela — ele e Victor Ryder tinham sido grandes amigos no passado. E eu sabia que Victor com certeza ia querer que nós ficássemos com *alguma* coisa, pelo menos. Ele nunca nem tinha *conhecido* o maldito Luke.
(toma um gole de sua bebida)
Claro, na época eu nem sabia que "Luke" não era Luke, então ele não tinha direito a nada dele, o canalha hipócrita.
(faz uma careta)
Vai ver foi melhor que eu não soubesse, levando tudo em consideração.

NICK VINCENT (Produtor)
Então você foi até Dorney Place para falar do testamento.
 Mas, antes de avançarmos mais, como eu sei que as pessoas vão perguntar, você está admitindo, não está, que seu álibi foi uma armação?

IAN WILSON
(se inclinando para a frente para pegar o cigarro)
É claro que foi.

NICK VINCENT (Produtor)
Você fez com que "Christine" mentisse por você?

IAN WILSON
(com um sorriso um tanto desagradável)
Na verdade, ela se ofereceu. Eu precisava de um favor, e ela ficou muito satisfeita em ajudar. Nós éramos amigos havia anos. Como a Metropolitana teria descoberto se tivesse se dado ao trabalho de investigar.
(sopra fumaça na direção de Nick)
Na verdade, foi ela quem me avisou sobre tudo isso.

NICK VINCENT (Produtor)
Ela estava correndo um risco e tanto ao dar a você aquele álibi. Ela podia ter sido processada.

IAN WILSON
(emite uma breve expressão de escárnio)
Não me faça rir... Na época, a Metropolitana não conseguia encontrar nem a própria bunda com um mapa. Ela é muito mais esperta que aqueles babacas estúpidos.

E, de qualquer modo, depois da morte da minha mãe, eu fiz com que "valesse a pena".

NICK VINCENT (Produtor)
(assentindo devagar)
Eu fiquei curioso sobre como ela conseguiu bancar aquela pousada...

Wilson ergue uma sobrancelha e dá outra tragada, mas não diz nada.

NICK VINCENT (Produtor)
Então vamos voltar ao que realmente aconteceu naquela noite.

Você combinou de ir até lá. Mas ele não deixou você entrar, não foi?

IAN WILSON
(pegando o cigarro e dando uma tragada longa)
Ele disse que queria conversar no jardim. Era apenas a merda de um joguinho de poder, é claro. Me tratar como um cara agressivo e tolo.

NICK VINCENT (Produtor)
O que aconteceu então?

IAN WILSON
Eu tentei fazer com que ele fosse razoável. É óbvio.
(pausa)

NICK VINCENT (Produtor)
E?

IAN WILSON
É claro que ele não estava "no clima" para discutir.
(ele se inclina para a frente
e bate a cinza no prato)
As coisas ficaram um pouco acaloradas. Houve troca de empurrões e, bem, ele meio que escorregou.

NICK VINCENT (Produtor)
Escorregou?

IAN WILSON
(tragando outra vez)
Isso. Naquela escada. Aquilo era uma porra de uma armadilha mortal, se quer minha opinião. Para ser sincero, eu me surpreendo que ninguém tenha quebrado o pescoço antes.

NICK VINCENT (Produtor)
Você, por acaso, não o empurrou?

IAN WILSON
Não, não empurrei.

NICK VINCENT (Produtor)
Nem mesmo um empurrãozinho?

                    IAN WILSON
Não. Desculpe por estragar seu grande clímax para a
TV, parceiro, mas ele fez aquilo tudo sozinho.
   Ah, sim, ele podia estar um pouco desequilibrado,
mas isso porque *ele* estava *me* empurrando. Isso é
culpa dele, não minha.

              NICK VINCENT (Produtor)
Mas sabemos pela autópsia que o golpe que ele levou
na parte de trás da cabeça foi bem sério — certamente
o suficiente para fazê-lo apagar. Você não tentou
ajudá-lo?

                    IAN WILSON
Eu não sou a porra de um profissional de saúde...

              NICK VINCENT (Produtor)
Mas você podia ter ligado para a emergência...

                    IAN WILSON
        (dá outra tragada, nitidamente para ganhar tempo)
Acho que podia. Mas na hora eu queria mais era dar o
fora dali. Principalmente porque não queria passar
por toda aquela merda de acompanhá-lo.

              NICK VINCENT (Produtor)
"Principalmente"? Então essa não foi a única razão?

                    IAN WILSON
                    (hesita)
Se quer mesmo saber, eu vi uma luz se acender na
casa...

              NICK VINCENT (Produtor)
Uma luz? Onde?

                    IAN WILSON
No andar de cima, acima do terraço. Deve ter sido em
um dos quartos. Pensei ter visto alguém na janela...

              NICK VINCENT (Produtor)
Então você fugiu?

            IAN WILSON
        (seus olhos se estreitando)
Eu dei o fora, sim. Tropecei e quase quebrei meu
próprio pescoço no processo, mas sim, eu saí na hora
da propriedade.

        NICK VINCENT (Produtor)
Então, para evitar qualquer dúvida, a última vez em
que você viu "Luke" ele estava inconsciente, mas
ileso.

            IAN WILSON
        (pegando seu copo)
Isso.

        NICK VINCENT (Produtor)
Você não o espancou, não o machucou de jeito nenhum.

            IAN WILSON
Não, eu nunca toquei no sujeito.

        NICK VINCENT (Produtor)
Bem, nós sabemos que alguém fez isso. Você viu quem?

            IAN WILSON
            (devagar)
Não assim, não.

        NICK VINCENT (Produtor)
O que isso quer dizer?

            IAN WILSON
Olha, eu não vi nada *acontecer* de fato. Eu só soube
que o sujeito estava morto no dia seguinte, mais
ainda o que tinha sido feito com ele.
        (ele estende a mão para bater a cinza
            mais uma vez)
A coisa toda já estava muito feia. A polícia nunca
teria acreditado em mim. Teriam achado que *eu* tinha
feito aquilo, e, para ser honesto, eu também teria
achado se estivesse no lugar deles — se alguém
tivesse me contado uma história tão bizarra.

Eu não estava preparado para correr esse risco. Não com uma acusação de assassinato em jogo. Ninguém estaria.

> NICK VINCENT (Produtor)

Então o que *de fato* você viu?

> IAN WILSON
> (dando outra tragada)

Eu caí fora, como você disse. Mas, quando cheguei no canto da casa, eu me virei e olhei para trás, só por um segundo.
 Estava começando a chover, mas ainda havia luz vindo da casa. A porta para o terraço estava aberta...

> NICK VINCENT (Produtor)

Ela não estava antes?

> IAN WILSON
> (sacudindo a cabeça)

Com certeza não. Lembre-se de que ele nunca me deixou entrar. Demos a volta na casa e na hora a porta dos fundos sem dúvida estava fechada.

> NICK VINCENT (Produtor)

Então o que você viu quando olhou para trás?

> IAN WILSON

Como eu disse, foi um completo show de bizarrice.
 Havia alguém ali, parado acima dele, só, tipo, *olhando* para ele.

> NICK VINCENT (Produtor)

Você não viu essa pessoa agredi-lo?

> IAN WILSON

Não, mas eu vi o que ela tinha na mão.

> NICK VINCENT (Produtor)

Você conseguiu ver o que era, mesmo no escuro?

                    IAN WILSON
Eu tinha tropeçado naquela droga menos de cinco
minutos antes. Claro que eu soube o que era.

                NICK VINCENT (Produtor)
E você viu *quem* era?

                    IAN WILSON
É, eu vi quem era.
                    (dá outra tragada)
Mas, como eu disse, ninguém teria acreditado em mim.

                NICK VINCENT (Produtor)
Porque...

                    IAN WILSON
Porque era a porra de uma *criança*.
    Ele não podia ter mais que dez anos. Só ali parado
como a porra de um zumbi ou coisa assim, com aquela
maldita coisa na mão.
    Era como se tivesse saído daquele filme terrível, *A
profecia* — me deixou morrendo de medo se quer saber!

                NICK VINCENT (Produtor)
Você não voltou, não tentou falar com ele?

                    IAN WILSON
Você só pode estar brincando.
    Eu dei o fora dali e nem olhei para trás.

A IMAGEM CONGELA.

*No silêncio que se seguiu, Nick leva a mão ao lado de
sua cadeira e põe algo em um saco plástico de prova sobre
a mesa. É um taco de críquete infantil. A CÂMERA gira
devagar, de modo que podemos ver a expressão abalada de
cada membro da equipe. Nós não conseguimos ver Guy.*

                    LAILA FURNESS
                (com a mão sobre a boca)
Ah, meu Deus...

MITCHELL CLARKE
Onde você encontrou isso?

NICK VINCENT (Produtor)
No segundo andar. Há dois dias, quando estávamos preparando as coisas para a gravação. Claro que àquela altura sabíamos o que estávamos procurando.

ALAN CANNING
Imagino que você não precisa que eu lhe diga que essa foi uma busca ilegal; não acredito que alguém tenha lhe dado permissão.

NICK VINCENT (Produtor)
(calmamente)
Não, não deram.

HUGO FRASER
(apontando para o saco de prova)
Você mandou testá-lo?

NICK VINCENT (Produtor)
Por um laboratório particular, mandei.

JJ NORTON
E?

NICK VINCENT (Produtor)
Alguém com certeza o limpou, mas ainda há traços de sangue na madeira. É óbvio que ainda não conseguimos determinar de quem...

LAILA FURNESS
(em voz baixa)
Amelie. Foi *Amelie* quem o limpou. O sangue que Maura viu na área de serviço. Era *disso*...
 Ela deve ter visto o que tinha acontecido...
 Ela sabia a verdade esse tempo todo...

Seu rosto está corado. Alguns deles estão olhando na direção de Guy. Mas ele não aparece na câmera. Nós não podemos vê-lo.

                    BILL SERAFINI
                 (sacudindo a cabeça)
Não é surpresa que ela tenha precisado de terapia.
Minha nossa, coitada dessa criança...

                    MITCHELL CLARKE
                  (franzindo o cenho)
Então o que estava na máquina de lavar roupa?

                     JJ NORTON
Meu palpite é que era o pijama dele — ele devia estar
encharcado...

                    LAILA FURNESS
Ah, meu Deus, ela deve tê-lo lavado, trocado e
colocado de volta na cama...

                     JJ NORTON
                    (assentindo)
E depois deixou que Maura pensasse que ela era a
responsável — que era *ela* a assassina. Ela está
protegendo o irmão há quase vinte anos.

                    MITCHELL CLARKE
Mas ela com certeza não teria achado que ele seria
preso. Ele só tinha dez anos, pelo amor de Deus...

                     HUGO FRASER
                   (em voz baixa)
Assim também como os garotos que mataram Jamie
Bulger. Eles *foram* mandados para a prisão e ainda
estavam lá dez anos depois, quando "Luke" foi morto.
Isso saiu em todos os jornais, e Amelie tinha 13
anos, idade suficiente para saber tudo sobre o caso.

                    MITCHELL CLARKE
Mas os assassinos de Bulger eram psicopatas. Nós
estamos falando de *Guy*. O que teria levado um garoto
de dez anos normal a fazer uma coisa dessas?

LAILA FURNESS
Mas crianças de dez anos não são "normais", Mitch — pelo menos não como são adultos.

Como eu disse antes, crianças não pensam como adultos — não dá para falar sobre motivo com uma criança dessa idade, apenas impulso.

E esse "impulso" podia ser qualquer coisa, de uma aversão visceral pelo homem que tomou o lugar de seu pai a estar com raiva por ter perdido um programa de TV ou não poder jogar críquete...

JJ NORTON
(para Laila)
Você acha que Guy sequer se lembra do que aconteceu? Ele não parece lembrar — na verdade, pelo jeito como Wilson descreveu, ele podia até ser sonâmbulo.

LAILA FURNESS
Eu não acho que ele tenha nenhuma lembrança, não pode ter. Ele não teria se envolvido nisso se tivesse...

HUGO FRASER
(intervindo)
Mas estamos falando de alguém com um caso crônico de memória seletiva. E aquele maldito bolo de casamento? Ele diz que também não se lembra de ter feito aquilo.

LAILA FURNESS
Não, eu não acho que seja memória seletiva, ou pelo menos não como você está colocando.

Vocês se lembram do início, quando ele disse que era o único presente quando o pai desabou e morreu? Ele tinha *seis anos*. Imaginem o impacto de algo tão repentino e violento como esse em uma criança dessa idade...

MITCHELL CLARKE
(assentindo)
E mesmo assim ele parece ter bloqueado isso por completo.

LAILA FURNESS
É exatamente isso o que eu quero dizer. Crianças
que experimentam traumas graves tão novas não
conseguem processá-los de forma apropriada, por
isso a memória fica, na verdade, emperrada. Eu já vi
isso várias vezes em crianças que sofreram abuso.
Elas se recolhem na dissociação como mecanismo de
sobrevivência.

MITCHELL CLARKE
Não tenho certeza se entendo o que você quer dizer
com dissociação. De que tipo de comportamento estamos
falando?

LAILA FURNESS
A criança pode entrar em um estado de fuga, "parar de
pensar"...
          (ela respira fundo)
Ela também pode apresentar ataques de raiva violentos
e aleatórios. Ataques dos quais não se recorda
depois.

*O diálogo seguinte prossegue durante uma RECONSTITUIÇÃO.
Uma CÂMERA alta acima do jardim em Dorney Place. Está
escuro, chovendo, luz vem da porta dos fundos aberta da
casa. A CÂMERA desce gradualmente até o nível do chão;
"Luke" está deitado de costas sobre a escada. "Guy" está
de pé ao seu lado com um taco de críquete na mão. "Luke"
parece estar recobrando a consciência, mas, quando ele
começa a se mexer, "Guy" ergue o taco acima da cabeça e
golpeia para baixo, pesadamente, uma, duas vezes. O corpo
estremece, então fica imóvel, mas os golpes continuam a
atingi-lo. A CÂMERA se fecha devagar no rosto do menino.
Há sangue escorrendo pela sua testa, seu rosto, seu
cabelo. O CLOSE continua até que tudo o que podemos ver
são os olhos da criança. Eles estão completamente vazios.*

MITCHELL CLARKE
Então o que pode induzir uma reação violenta como essa?

                    LAILA FURNESS
Varia: um barulho ou cheiro em particular podem ser
o suficiente para evocar o trauma original, mas pode
haver gatilhos visuais também...

                    HUGO FRASER
                    (assentindo)
Como ver alguém desmoronar a sua frente, do mesmo
jeito que seu pai.

                    LAILA FURNESS
E a questão é que, em um nível subconsciente,
Guy associou esse evento com o pai que ele amava
"partindo" para nunca mais voltar.
    Trata-se de um garotinho que estava passando por
um luto profundo pela perda do pai. E não só ninguém
pareceu ter percebido esse fato, como o trauma que
ele tinha experimentado na época daquela morte o
impediu de expressar seu luto de um jeito minimamente
saudável.
    Ele estava cheio de raiva, sofrendo e confuso. Nada
mais em seu mundo tinha sentido. E a única coisa que
compreendia era que tudo estava bem até a chegada de
Luke; em sua mente jovem, *era tudo culpa de Luke*.
    E, naquela noite, em um estado dissociativo
profundo, ele fez alguma coisa em relação a isso. Ele
fez com que Luke também "se fosse".

Corta para: Estúdio.

*Laila se encosta na cadeira e sacode a cabeça; ela parece
profundamente perturbada.*

                    LAILA FURNESS
Eu me sinto culpada, eu devia ter pensado nisso
antes. Todos os sinais estavam presentes — todas
aquelas fotos dele parecendo perdido e infeliz, o
comportamento disruptivo, os devaneios, até o maldito
bolo...

Ela respira fundo e se volta para a tela.

> Guy, confie em mim, você precisa lidar com isso. Desta vez, da maneira adequada. Você precisa conversar com alguém...
>
> Ela para.

A CÂMERA gira lentamente e passa pela equipe de modo a vermos a tela; não há ninguém ali.

A cadeira na qual Guy estava sentado está vazia.

CORTA PARA: trechos do episódio 1. Guy na sala de estar de Dorney Place, usando uma camisa branca impecável e jeans, o caro relógio Breitling que sua mãe lhe deu, a pulseira prateada. Ele parece feliz e relaxado, à beira de uma oportunidade que poderia mudar sua vida.

> NICK VINCENT (Produtor)
>
> Estamos em 2023, e faz quase vinte anos desde que tudo aconteceu. Por que você está revisitando isso agora?
>
> GUY HOWARD
>
> Porque eu quero saber a verdade. Porque é isso que faço como cineasta. E porque minha família viveu com esse fantasma pairando sobre nossa cabeça por quase duas décadas, e até que alguém descubra quem foi o responsável e o bote na cadeia, nenhum de nós jamais vai ter paz.
>
> Eu quero descobrir a verdade.
>
> Qualquer que seja essa verdade.

FADE OUT

– CRÉDITOS FINAIS –

EPISÓDIOS SETE E OITO
TRANSMISSÃO 7 DE NOVEMBRO

INFAME

QUEM MATOU LUKE RYDER?

UMA SÉRIE DOCUMENTAL
ORIGINAL DA SHOWRUNNER

Data: Domingo, 26/11/2023, 9h18   **Importância:** Alta
De: Bill Serafini
Para: David Shulman

Assunto: Atualização

David,

    Obrigado por seu tempo na segunda-feira. Como combinado, agora sabemos que o nome de nosso impostor era Jonah McKenna. Vou aplicar todos os meus esforços na offshore inativa e em contas bancárias na Suíça e contratar um consultor especializado nessa área.

    Minha prioridade imediata vai ser encontrar a irmã, já que Rebecca McKenna é quase com certeza a parente mais próxima de seu irmão, e, sem ela, nossa capacidade de fazer qualquer contato significativo com alguma instituição financeira que ainda tenha ativos em nome de Jonah McKenna vai ficar seriamente limitada.

    Dito isso, a sra. McKenna continua se mostrando esquiva — não só porque não sabemos se ela ainda usa esse nome. Tarek Osman me contou que sua equipe não fez nenhum progresso perceptível com organizações internacionais de médicos e enfermeiros, e infelizmente as forças policiais não vão ajudar muito: mesmo que os britânicos resolvam abrir um processo contra Guy (o que eu, pessoalmente, duvido, considerando o período passado, sua idade quando o crime foi cometido e as questões de saúde mental com as quais ele estava lutando na época), eu me pergunto se a Metropolitana vai achar que compensa o investimento em dólares dos contribuintes para localizar sua irmã. Eles já têm provas circunstanciais suficientes confirmando a identidade de McKenna.

Mas ainda há opções. Estou acionando meus contatos na Interpol e no setor de pessoas desaparecidas para ver se eles podem ajudar. Com isso em mente, estou no processo de organizar uma série de imagens de alta qualidade de progressão de idade (com e sem óculos, com o cabelo ruivo original e com diferentes cores e comprimentos). Temos que torcer para conseguir alguma coisa.

Enquanto isso, aproveite Jackson Hole. A previsão do tempo para os próximos dias parece boa e com neve.

Meus cumprimentos e boas festas para a família,
Bill

E TIMES, 30 DE NOVEMBRO DE 2023

DIRETOR DE *INFAME* É ENCONTRADO MORTO DEPOIS DE REVELAÇÕES "DEVASTADORAS"

OR ANGELA ODIWE

O caso de Luke Ryder faz mais uma vítima

epois do final sensacional da érie da Showrunner *Infame*, ue foi ao ar em 7 de novembro, famoso caso de assassinato de ampden Hill teve mais uma eviravolta chocante.

Guy Howard, o diretor da érie e enteado da vítima, foi exposto nos últimos momentos do episódio final como o verdadeiro assassino de Jonah McKenna, que se casou com a mãe de Howard como "Luke Ryder" em 2001. Howard foi preso na última semana e libertado sob fiança enquanto o Serviço de Promotoria da Coroa reexamina o caso diante da nova informação descoberta pela série, que inicialmente tinha indiciado a irmã de Howard.

Uma das revelações mais chocantes do episódio final foi a descoberta pela produção de um taco de críquete infantil que tinha pertencido ao sr. Howard e que ainda apresentava traços de sangue, e, portanto, pode ter sido a arma usada para agredir "Luke Ryder" na noite de sua morte. Fontes na polícia confirmaram que o objeto foi enviado para um exame forense completo.

A polícia de Avon e Somerset respondeu a um chamado de emergência logo depois das 15h de ontem, quando a mãe de Howard, Caroline Bowyer, que se casou com o ex-embaixador Jeremy Bowyer em 2009, voltou de uma consulta médica com sua cuidadora. A sra. Bowyer foi levada para o hospital Yeovil de ambulância depois de um colapso.

Acredita-se que Howard, 30, morreu em algum momento da manhã de ontem depois de sofrer, ao que parece, um ataque cardíaco, que pode ter sido resultado de uma overdose.

Embora não tenha sido deixado nenhum bilhete de suicídio, e a sala estivesse desarrumada, com a possível falta de alguns objetos, entende-se que a polícia não está tratando a morte como suspeita. Amigos do cineasta nos contaram que ele estava "completamente devastado" pelas revelações feitas no programa e "não tinha nenhuma lembrança" de tal agressão.

A polícia descartou o depoimento de uma vizinha idosa que alegou ter visto uma mulher ruiva de óculos e uniforme de enfermeira entrando na casa depois que a agência que fornece os cuidados para a sra. Bowyer negou ter feito uma visita ontem e confirmou não ter funcionários que correspondam a tal descrição.

THE FLAMBOROUGH Gazette

THE FLAMBOROUGH GAZETTE, 27 DE JUNHO DE 2024

SEU JORNAL COMUNITÁRIO DESDE 1968

Hidrante recém-pintado na Little River Road, Flamborough. O projeto levou dois anos para ser finalizado.

Todos os hidrantes agora estão pintados

MICHAEL LANDRY
Correspondente na comunidade

Um projeto que começou com um acidente de caminhão marcou seu encerramento com um evento especial na Flamborough Junior High School. Quando um caminhão destruiu um hidrante na Victoria Street em outubro de 2021, em frente à escola, alunos da turma do sétimo ano decidiram que iam dar sua própria contribuição para recuperar e melhorar a área.

O hidrante substituto foi pintado naquele fim de semana, e desde então empresas locais patrocinaram a pintura dos hidrantes locais pelas crianças em cores vivas, com o lucro revertido para obras de caridade locais.

No evento, o diretor da escola Matthew Surtees disse:

— Este foi um verdadeiro esforço da comunidade e mostrou às crianças pequenas o valor do trabalho em equipe e como até gestos pequenos podem fazer uma grande diferença.

RELÓGIO MISTERIOSO AINDA NÃO FOI RECLAMADO

Segundo o sargento Pierre Doucet da Polícia do Condado de Flamborough, um relógio valioso encontrado no cemitério da igreja de St. Laurence há seis meses ainda não foi reclamado. O relógio masculino, um Breitling Avenger, tem pulseira de cromo e foi encontrado no local que as crianças locais chamam de "Jonas e a baleia".

A gravação no verso não foi revelada para que o dono possa ser identificado caso apareça, mas acredita-se que inclua um primeiro nome com a inicial "G" e uma referência a um aniversário de 21 anos. "Além do valor sentimental, é um relógio tão caro que não acredito que não tenham dado por falta dele", diz o sargento Doucet. "Se souberem quem pode tê-lo perdido, por favor, entrem em contato conosco no distrito policial de Flamborough."

NOTÍCIAS 2-5 | SOBRE A CIDADE 6-7 | TEMPO 9 | OBITUÁRIOS 10
EMPREGOS 11 | IMÓVEIS 12 | CLASSIFICADOS 13-14 | ESPORTES 15 -16

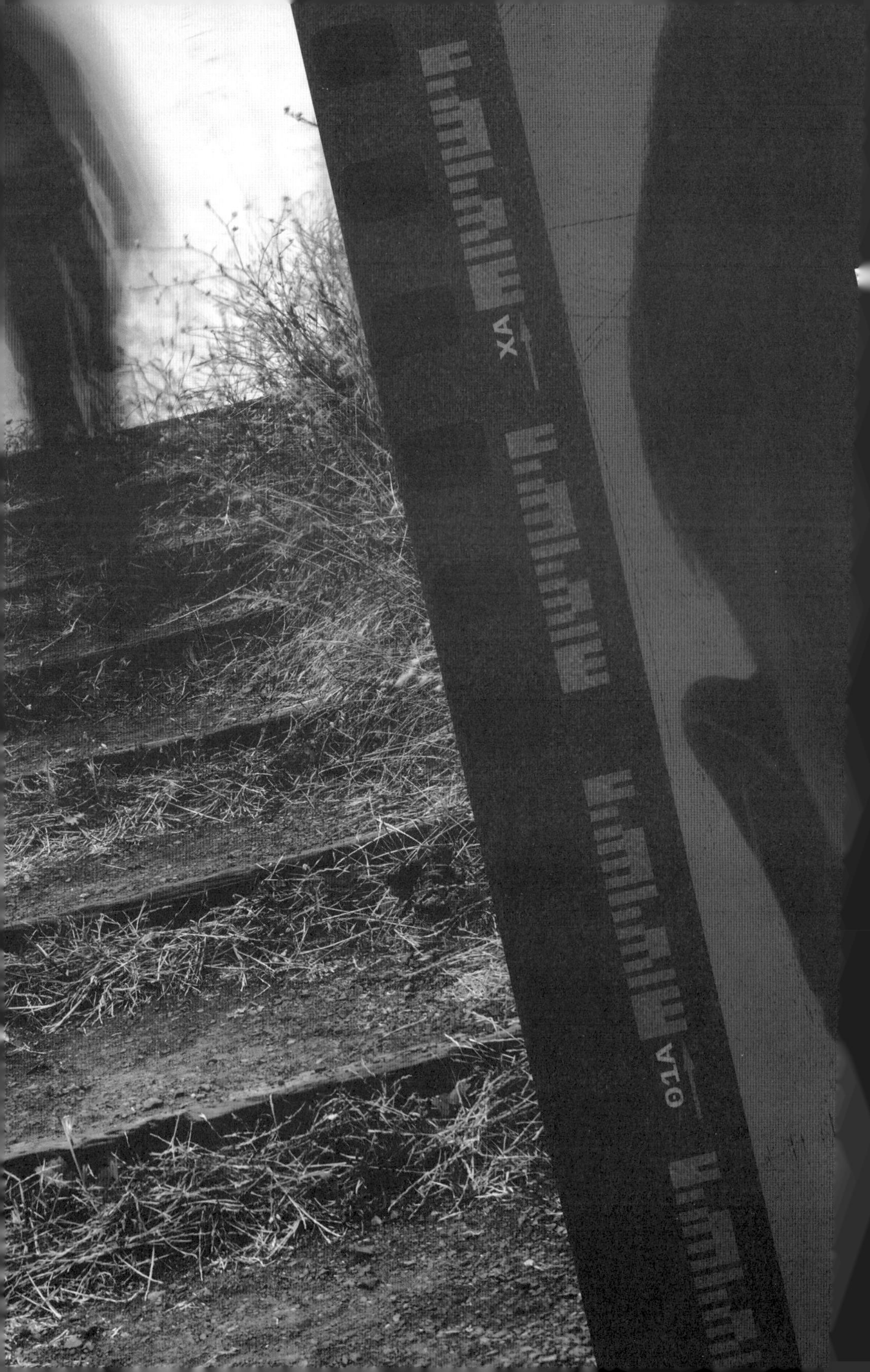

MATOU

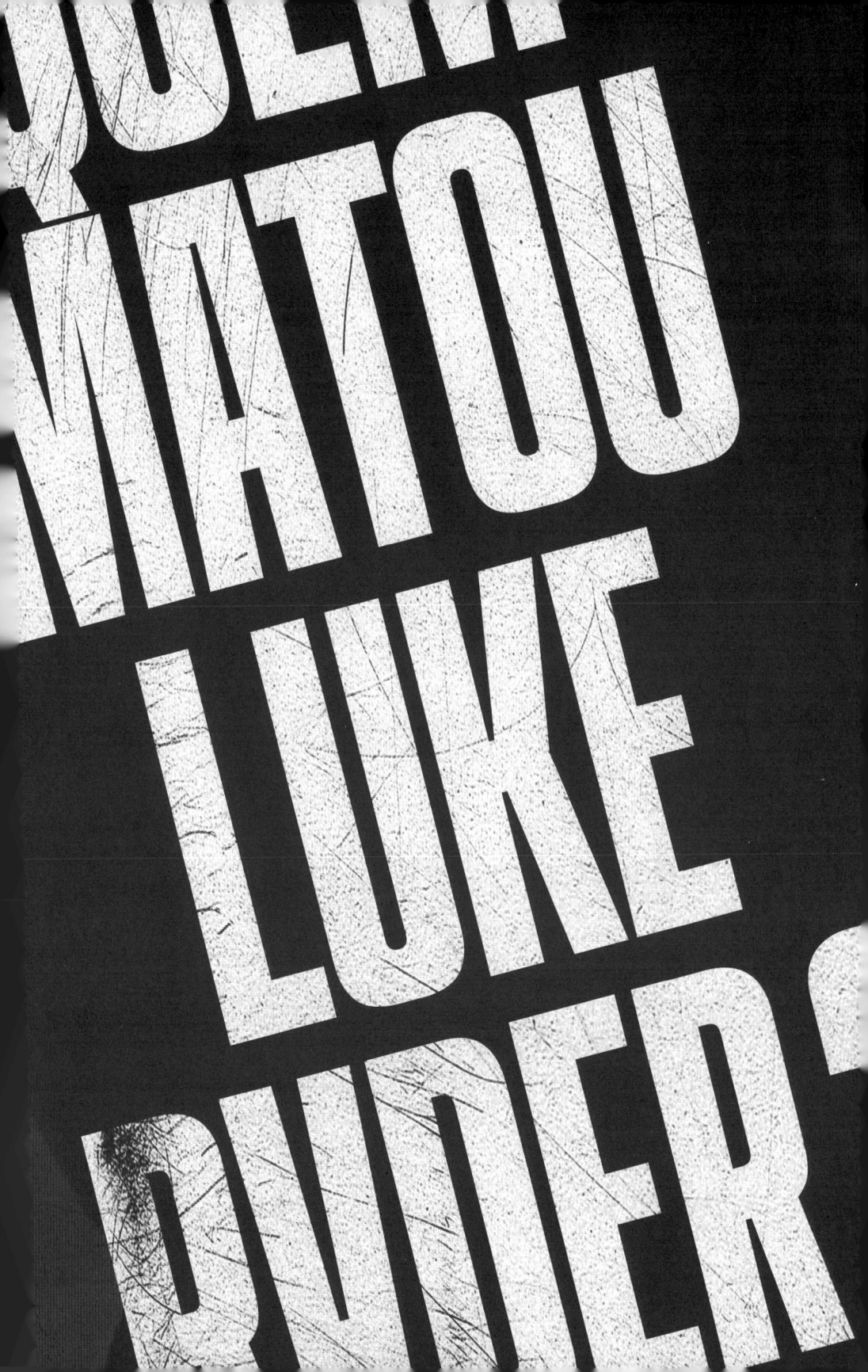

LUKE

RYDER

AGRADECIMENTOS

Depois de seis livros com Adam Fawley, *Assassinato na família* foi o primeiro para mim de diversas maneiras. Muito por ser meu primeiro romance autônomo, mas também por ser meu primeiro livro com a HarperCollins, meus novos editores. Eu simplesmente adorei a ideia desde o começo, e, se meus leitores gostarem de lê-lo a metade do que eu gostei de escrevê-lo, vou ser uma pessoa muito feliz.

Algumas coisas permaneceram as mesmas, é claro. Minha agente maravilhosa, Anna Power, continua a ser um apoio fundamental de todas as maneiras, e também devo muita gratidão à minha equipe na Johnson & Alcock, especialmente Hélène Butler, Anna Dawson, Saliann St Clair e Kroum Valtchkov.

Meu time profissional de consultores mais uma vez se mostrou valiosíssimo, então um grande obrigada para o inspetor detetive Andy Thompson, para os advogados Joey Giddings e Nicholas Syfret e também para Julie Stokes por sua ajuda nos aspectos psicológicos da história.

Muitos de meus amigos continuam a ser meus "primeiros leitores", e dessa vez alguns deles foram gentis o bastante para me deixarem usar suas fotos, ou como os "rostos" de alguns membros da equipe de *Infame* ou em outros lugares do livro: Stuart, Ben, Joey, Rachel e Hamish, eu com certeza devo uma a vocês. Obrigada, também, e sempre, a Simon, Sarah, Elizabeth e Stephen.

Dessa vez, tenho uma nova equipe de edição, e eu gostaria de agradecer a meus novos editores no Reino Unido e nos EUA, Julia Wisdom e Rachel Kahan, Susanna Peden e a equipe de relações públicas no Reino Unido, Olivia French e Roisin O'Shea, pelo marketing e, especialmente, pelo design fabuloso do miolo, minha editora de texto Janet Currie, Andy O'Neill e todo mundo na Palimpsest Book Production, e às brilhantes Elizabeth Burrell e Angel Belsey por seu trabalho no texto. E, finalmente, um muito obrigada à adorável Phoebe Morgan, que transformou a mudança para a HarperCollins em realidade, e para Kimberly Young, a editora executiva, por me receber tão bem na família Harper.

DIREÇÃO EDITORIAL
Daniele Cajueiro

EDITORA RESPONSÁVEL
Mariana Rolier

PRODUÇÃO EDITORIAL
Adriana Torres
Júlia Ribeiro
Juliana Borel

REVISÃO DE TRADUÇÃO
Letícia Côrtes

REVISÃO
Carolina Rodrigues
Allex Machado
Thaís Entriel

PROJETO GRÁFICO E DIAGRAMAÇÃO
Anderson Junqueira

Este livro foi impresso em 2025
para a Trama